吞挑峒首

王海 著

WUHAN UNIVERSITY PRESS
武汉大学出版社

图书在版编目(CIP)数据

吞挑峒首/王海著. —武汉:武汉大学出版社,2012.12
ISBN 978-7-307-10214-9

Ⅰ.吞… Ⅱ.王… Ⅲ.①中篇小说—小说集—中国—当代
②短篇小说—小说集—中国—当代 Ⅳ.I247.7

中国版本图书馆 CIP 数据核字(2012)第 240091 号

责任编辑:张 璇 责任校对:刘 欣 版式设计:韩闻锦

出版发行:**武汉大学出版社** (430072 武昌 珞珈山)
(电子邮件:cbs22@whu.edu.cn 网址:www.wdp.com.cn)
印刷:武汉中科兴业印务有限公司
开本:880×1230 1/32 印张:12.875 字数:364 千字 插页:1
版次:2012 年 12 月第 1 版 2012 年 12 月第 1 次印刷
ISBN 978-7-307-10214-9/I·615 定价:25.00 元

目　录

达乎极乐的返乡忧心

——序王海小说集《吞挑峒首》

郭小东

黎族的作家文学，是南方文学特别是海南岛文学的一颗痣。这痣的颜色、大小、质素，虽与总体上的观感无伤大雅，但它的存在、有无、大小、文野，却是上述文学格局中不可忽略的印记。

海南岛的黎族，有100多万人口。海南岛的文化传统与乡土文学，从某种意义上讲，黎族文化是其中最为耀眼、独特、无可替代且最值得珍重的部分。可以说，黎族文化就是海南岛的文化之魂，也是海南岛之所以置身世界格局并让世界目光有理由穿越海南岛的重要原因。海南岛从纬度上说，是东西方贯通的最短的“中途岛”。它在世界地理格局中的这种特殊位置及其在文化上所可能延展的价值，似乎至今未为岛人认知，并引为翘楚且为倨傲。在文化建设上，海南岛不单被长期忽视，同时也处于被掠夺的形势……说得太远，打住，还是回到本题：王海的小说创作。

在当代黎族作家文学中，王海作为黎族作家，他的身份及所处的文化地位，非常特殊，可说是当下黎族作家文学格局中，最具文化特质的一个。

海德格尔曾经说过：“诗人的天职是返乡，唯通过返乡，故乡才作为达乎本源的切近国度而得到准备。守护那达乎极乐的有所隐匿的切近之神秘，并且在守护之际把这个神秘展开出来，这乃是返乡的忧心。”这种言说中之返乡，是一个作家能否真正真实地走进灵魂的驻地，走进民族魂灵驻地的决心，并使民族灵魂在自己心中重生、滋长的前提。它不同于一般意义上的乡愁及对乡愁的倾情，也不仅仅止于通常游子对故乡的回望与追忆。忧心如焚的追返，向民族源头的重新寻找，有一种溯源的冲动，以及阅读每一历史进程的细节，舔舐每一民族心理迁徙之履痕的急迫，那是曾经被抛离被异己之后的一次回扑。其中之细微玄妙迷离之处，是外人难能真切把握的。

在我认识的黎族作家中，对本民族文化、文学的现代建设，对之省察之急迫，对之的忧心与乡愁的殷切，王海是最为理性同时最为情重的。这种情绪与格致，表现在他的小说中，自然也浓重地体现在他对民族文化的省察之中。而其背后的原因，正是我在研究黎族文化与文学的过程中，尤感兴趣的地方。

王海不同于所有黎族作家的，是他尤为特殊的文化身份及他藏匿于这种文化身份之中的民族成分。这种与生俱来的民族成分曾经沉匿，并未成为他的一种意识与心理自觉。它们的苏醒与认同，是在他长大成人，20 岁之后的事情。严格说，也即他在 1977 年高考之时：黎族，作为族别也作为文化符号，从现实也从心灵同时予他以重视与强调。他从此将作为“黎族”重新出世。他的人生便开始适切另一种文化与民族的命名与仪式。命名与仪式是一个人生命生长与文化生长的生命标志。而此前与之后的生命景观之裂变所产生的矛盾冲突，怀疑与困惑，将成为一个作家在创作中的印痕，也将是他的作品中最为炫目同时深富文化意味的价值所在。

土生土长的黎族作家诸如龙敏、亚根等人，他们的文化长成，有着浓重的文化自守和保全。他们与外界文化的链接，更多来自一种被启动被影响被关照的势能。而王海对自我民族身份的重新认定，对民族文化的认同，对民族生存与精神存在的责任与使命，则是在多种文化视野与观照下，对自我的一种省察与彻查，一种在充分比较的基础上的追问、诘疑与挑战。其中的困惑与释疑之范围与边界，将超越民族的界限而融入了多民族的文化交织之中。他对本民族的文化判断和评价，有可能更达至客观、宽容与大度的气象。在文学创作上，他基本上摆脱了民族的狭隘心理，而使其叙事的格局，进入人类文化的历史视野之中。虽然一民族一文学在反映表达民族的心灵诉求时，不可避免地会出现民族自卑与民族自大杂糅衍生的现象。这种现象，在王海这类作家的创作中，自然也是难以回避的，但至少，于他可能减持到少与薄弱的程度。这种减弱的程度如何？直接关系到“忧心”这一哲学命题，也即民族文化心理的焦虑。它们是相反相成的。程度越低，忧心越多。王海的创作呈现了这种文学的心理态势。这也是他优胜于其他本土黎族作家的地方。

在《吞挑峒首》中，他对某种现象的评价是准确的：“奥雅的权位是世袭的。如今，时代变了，大队、生产队的组织行政结构早已替代了过去峒和村寨的关系，奥雅不必像过去一样事无巨细都得费心劳神、发号施令。但是，奥雅还是奥雅。奥雅的威望是不变的。”具体部落或环境里的奥雅，作为个体生命，也许并不尽相同，但是，这里道出了一种文化秘密。文化自有一套自行其是的密码与解密方式，少数民族文化尤其如此。因其各少数民族本身文化沿革及部落制度的相异性，它们的文化基因中，与现代社会、现代性的文化生成，既有着某种文化共通，又不乏某种牴牾。某种今天看来深富现代性的文化制度与组织制度，作为萌芽时代的成熟形构，早已在少数民族部落社会上根深蒂固。黎族社会内部结构，并未进行过激烈的内部革命或阶级斗争。“民主补课”的改造方式也未对民族内部制度形成破坏性的意识形态结果。故作为民族的象征地位和力量源泉的奥雅，因其权力与身份的世袭制度，并未从根部上被铲除。他们的文化权威，始终是民族内部结构变动的决定性力量。

王海的文学创作，因为这种体认而有了某种文化的保证。保证了民族文化与乡土风俗包括人物性格及叙事细节在文学中的纯度，起码他保证了汉族文化在同化少数民族文化过程中，那种天然的抵抗及在抵抗中的妥协，妥协中的变通……它们是如何经历博弈的艰难与纠结的。这是少数民族文学创作中一个不可忽略的文化问题。这个问题长期困扰着民族文学创作。少数民族文化在与他民族文化，特别是在较之更为强大强势的民族文化与文学面前，如何坚守自己的文化自尊，同时又敞开胸怀，接纳他民族的文化影响甚至强势进入的形势，并有效排除政治意识形态干扰而进入一种比较正常的文化交融状态，从而符合现代社会的各种文化要求，得以获得同步的发展。

这种基准的明朗，使王海的小说创作一开始就进入一种良性状态的可能。发表在《民族文学》中的小说《芭英》、《帕格和那鲁》，事件与人物，都隐匿着由此而来的民族文化自信。芭英的母亲在谈到女儿生父时的口吻：“我是在他参军后第二年他回来探家时怀下你的。我们结婚的时候，你已经一岁多了。我们结婚不到三年就离婚了。他后来那个女人很漂亮，是汉人，他那时做了带领一百几十人的大官了。他是带着那个女人回来结婚的。那女人好白，好嫩，好娇气，天天要刷嘴，弄得满口都是白泡泡。他结婚的时候，公社书记都来喝喜酒的。”

小说接着写道：“母亲声音甜甜软软地说，好像在讲述别人的故事。”

说到父亲，母亲好一会儿才眼眶湿湿地苦笑说：“一个是生你的，一个是养你的，加起来就两个了。”

还有小说中对继父的描写：芭英的继父出田回来了，见母女俩手执照片默默无语，便开口笑道：“又在想念你们的亲人解放军呀。”

“继父是个好阿爸，真阿爸。”

小说说出的是一种通达的日常的伦理现象，几笔所勾勒所描写的是几个人物瞬间的日常细节，而整个语境及其后所滋养着的，却是一种南方少数民族尤其是黎族的历史生活风俗，其间隐伏着的文化符码和信号，却非三言两语可以笼括。黎族的婚姻、爱情、家庭，其文化伦理注重于生殖崇拜暗示，即便社会如何发展前行，只要这个民族的语言风习及生存环境的地域性规约没有太大改变，则这种根深蒂固的文化传统便无消失的可能。在很长时间里，黎族的婚姻仍然保留着古代习俗，即“不落夫家”，面对其养子却又“视同己出”。对生命之重视，并不忌讳亲生与否。而女性在社会生活中，具有极大的权威性，这种权威性大大强调了女性的地位尊严和文化尊严。依然有母权制的遗迹。“黎人气习慓悍，与其同类一言不合，持矢标枪相向，有不可遏抑之势，若倘妇人从中一间，则怡然而解，亦俗尚相沿如是耳。”小说细节及人物性格演化的文化理据，是王海小说尤为注重同时又不着痕迹地加以表达描述的重要部分。

王海在20岁之前，并无在海南岛黎族故乡长期生活的经验。对这个民族的文化了解也相当有限，这种文化距离加上他后来从事民间文学教学及民族文学创作，反而成就了他对民族文化的陌生感。这种陌生感上升为文学创作的间离状态，使之小说的理性把握拉近了对民族生活的感性距离。这就有别于其他创作形态的民族作家，他们的无距离写作，使之难以蜕尽民族生活加附其上的文化羁绊与阴霾。王海比之多了若干观照的视角，多方位的审视结果使他对民族生活的认识和文学的关系，有了更加娴熟透彻的理解。学术进入生活分析的关键之点，是将其民族的日常生活细节和伦理现象，做出准确精致的判断与叙事，故在小说便凸显或隐匿着一种难以言说的话语，民族文化的文学表达话语。这里面的观念及文化价值，构成了王海小说中最重要的元素。

对于民族作家而言，只有做到精神上的返乡，方能守护达乎极乐的切近与神秘，并将之有效地展示，对于小说而言，便是叙事的忧心。

王海的小说，大多发表于20世纪80年代，但客观地说，他小说的80年代印记并不明显。时代的意识形态及文艺风向、风势对之的影响似乎并不特别鲜明。这种评断似乎有割裂或忽略时代与文学的关联之嫌。但是，从今天的阅读感受及对作品产生年代的客观审视而言，王海小说的意识形态痕迹，或当时的习惯性叙述的气息，似乎并不太浓重。其中因由，我以为并不费解。

王海的小说创作发端于1970年代末，在80年代的文学热潮中，他并无自觉追捧的趋向。由于是返乡：肉身的返乡与精神的返乡，两者的吻合使他对乡土的民族生活有一种新鲜却又不失隔阂的印象与感觉。他的文学热情全在于那些依然生存于深山森林中的人物身上。那是一些最古朴，保持着基本的原始生态的人们。千百年的历史变迁，在他们身上似乎有所触动，又是那样的迟滞。20 世纪 80 年代的黎山，依然是夜不闭户，依然是刀耕火种，依然是一把砍刀一杆猎枪……这种生存及生活方式，并未因“文革”及现代生活风尚而有翻天覆地的变化。村庄在丛林里，而丛林里依然有男欢女爱的“布隆闺”，依然用刀砍鱼，用狗吠山（打猎），用火烧垦，依然是广种薄收的点种山兰，依然是一片片的船形屋。民族特色全以日常千百年的平缓生活表达着，形构着。

王海接触的是这样的民族生活与人生。外界翻天覆地的文艺思潮、政治风云，似乎与这里的生存状况并无太大关系。小说便以临摹的状态，进入生活。

可以说，王海如实地感觉着面前的一切，无意中在小说中形成了一种间离。他自己既游离于这种生活，又急切地探询并代言这种生活，同时又从这种生活中，打捞并抽离着对这个陌生着的自己的民族的文化认识，继而写下了大量与此相关的小说。《五指山上有颗红荔枝》、《被荒草掩没的坟茔》、《我家门前有条河》、《失落在深山里》、《弯弯月光路》等。它们纯粹、平实，诉说着民族新生与蝉蜕的种种干涩与圆通。他如实描状的结果，是他远离了当时的种种思潮与意识形态的文学考虑，而进入了生活故事，心灵写照，并把一切关系，依照民族千百年的生活法则，予以简单形象的处置。所谓的丑，亦复小丑，所谓恶，亦复与善有关的恶。民间文学的审美原则，坏人全坏、好人全好的传统精神虽然并不可取，但在民族的纯真年代与简单生活中，亦非全无道理。王海的 80 年代小说，给出了我们许多久违的美丽传说。

王海是黎族百多万人口中，寥若晨星的几位文学教授之一。他于 1970 年代人读中文系，成为我的学生。我是 77 级中文系的班主任，我和他一起，主编了大学的学生社团刊物《野草》，师道鲁迅先生。他后来留校，和我同在中国现当代文学教研室，既讲当代文学，也讲民间文学。本集中的小说，就是他在教学之余写下的。

海南岛的黎族，已经涌现了一批作家，但作家的学者化，或说学者型的作家，在黎族创作群体中，王海是仅有的一位。故他的小说创作，便有一种模范的意象。他自然是黎族作家中最优秀的一员。

由师生而同事、同好，王海的小说集即将问世，嘱我为之写几句话，却之不恭。

是为序。

2012 年 3 月 16 日

序二

生活的年轮与忧伤的世界

——王海教授的小说世界

周建江

海南当代黎族文学创作，近年来一直处于较为活跃的状态，其间，王海教授的努力功不可没，《吞挑峒首》小说集便是海南当代黎族文学创作代表作之一。

王海教授不是在海南本岛出生的黎族，长期生活、工作、学习在大陆，但这并不妨碍他对于本民族的强烈认同，以及对于黎族文化、文学的深深热爱。三十年来，王海教授用自己的民族文化彩笔描绘着自己家乡的山山水水和风土人情，其中既有传统的生活方式的展示，也有现代文明冲击下传统黎族文化的生存写照，更有着当代变革中黎村黎寨黎族人民的情感生活世界。更为重要的是，王海教授在自己的作品中寄寓了强烈的文化批判精神，一方面是“反思”，另一方面是建构。当然，由于长期学界的生活经历所致，王海教授的作品存在着浓浓的忧郁情调和强烈的感伤色彩，而这正是黎族文化的形态之一。

一

黎族生活画卷的徐徐展现，是《吞挑峒首》小说集最令人向往的核心内容，这里面有着赶帕阿公的尊贵，也有着帕那爹的善良；有着黎族青年男女的爱恨情仇，也有着黎族阿妈（米雅婆）的期待；有着传统的黎族民俗，也有着黎族的新风尚和新道德，从生活的方方面面描绘了黎族人民的精神世界，散发着民族文化的审美情趣。赶帕阿公是吞挑峒的头人——奥雅，在这里，没有尖锐的阶级压迫与阶级对立，更谈不上阶级斗争。虽然说经过社会主义教育运动和社会主义改造运动已经将半奴隶半封建的社会组织结构彻底铲除，况且“时代变了，大队、生产队的组织行政结构早已替代了过去峒和村寨的关系”，但在黎族人的意识深处，“奥雅仍然还是奥雅，奥雅的威望是不变的。”所以，赶帕阿公虽然坐在自家的房前，但每个过路的黎族本寨峒的成员，都必须向他表示敬意。峒民帕列赶牛去耕田，看见赶帕阿公便先问他汇报本峒寨发生的新鲜事，事毕，一句“去吧”的话语，一个“挥筷子”的简单手势，一个“没抬头”动作显示出赶帕阿公的权威性。当“后生哥传巨”没有规矩，缺少黎家应有礼数而经过赶帕阿公面前时，虽然毕恭毕敬地上前打招呼，但还是被赶帕阿公教训了一番，灌输了一番自认为合乎黎族传统文化的教导。为此，赶帕阿公“心满意足地挥挥手”，再次向世人展现了他的权威性。对此，赶帕阿公是十分在意与竭力维护的。因此，当听说本寨峒的村民比献回到家来，便一心等待比献上门问候请安，却整个下午不见比献来，这让赶帕阿公很是气恼，自己的权威受到了挑战或受了蔑视，一肚子气，见什么人都要发火教训，见什么事情都不顺眼，直到自己的儿子回家后讨好地解释，赶帕阿公方才心情舒畅一些，恢复了尊严。“这一夜，赶帕阿公倒头便入梦乡，睡得好酣畅，好沉实。”《吞挑峒首》用简单的事件和淡淡的生活细节，向我们展示了黎族生活的画面，这在海南岛日渐消亡的黎族民族文化的今天，难能可贵。同样的黎族生活情景也在《芭英》小说中得到表现。芭英曾经有过自己的恋爱对象，自从嫁到番板寨后，虽然开始了全新的生活，但挥之不去的是初恋情人的身影，加之自己的丈夫缺少生育的机能，造成了芭英在私生活方面的自由。但在她心底永远是对纯真生活的向往，这就注定了芭英今后生活中的悲剧。所以，当初恋情人比献回到峒寨后，让芭英很是难为。小说没有写完结果，就此打住。在我看来，这篇小说并不是在对芭英生活的描写让我感动，而在于其间的一些黎族传统文化生活片段让我投入。黎族女儿出嫁路上的哭歌，婚礼仪式时斩鸡，亚贵和亚贝的黎族祖先的传说，黎族的纹身，黎族儿女婚前的性生活，这些在黎族的现代生活中已渐渐淡然，某些习俗因为落后性而被废弃。《芭英》小说由此因为黎族生活画卷的陈列而成为富有生命力和生活性的作品。当然，《吞挑峒首》小说集从文学的本义来讲，是对人的精神世界的表露。《五指山上有棵红荔枝》里的米雅婆，因为丈夫的去世，按照黎族的传统习俗，是不能在没有自己亲生子女家中继续生活，是要回到娘家的。对此，“米雅婆的天塌了半边，一切都变得混沌了。”面对死去丈夫的儿子在那里积极操办米雅婆今后生活事宜的举动，“米雅婆好伤心呀。但她不怪儿子儿媳，他们不是亲骨肉，可也已经尽了孝心。”所以米雅婆只有等待和接受命运的安排。

水塘边那两颗高高的椰子树婀娜多姿，粗壮挺直的腰杆上，那一圈圈坚硬的树结像刀砍一样清晰，可以想见它们早已长出了密密的年轮，却仍然显示出旺盛的生命力。树是不像人那么容易衰老的，瞧那挨挨挤挤的大椰果挂满了树端，它们一茬接一茬地更替，总是那么丰硕。这两颗椰子树，还是当年米雅婆嫁到香冲寨举行婚礼那天，按照风俗，和丈夫一块亲手种下的。树长大了，结果了。儿子也大了，娶了媳妇生了孙，而种树的人却要去了……时间留不住，人总是要老的，米雅婆没有什么好抱怨的，也不应该有什么抱怨。

但是事情的发展出乎米雅婆的预想，在解决米雅婆今后生存的家族会议上，儿子帕丰提出了让米雅婆今后和自己一道生活，还像父亲当初活着时候一样，大家和和美美，其乐融融。小说写到这里，极是感人，充斥着浓浓的人间挚爱真情，也表现出黎族儿女在新生活年代里，走出了祖训，开创出新的生活。

帕丰端起米雅婆的酒碗，双手举到米雅婆面前，深情地说："妈，我是你养大的，你比亲妈还亲，我也从来没有把你当后妈看，这我心里非常清楚。你辛辛苦苦一辈子，没有过过多少舒心日子，阿爸去了，让你走我良心上过不去。现在好容易日子有了盼头，生活比过去好了，你更应该有个幸福的晚年……我和你儿媳妇商量过了，也和开龙爹、舅舅讨教过，决定让你留下来……"

米雅婆愣怔了片刻，颤巍巍地接过酒碗，任凭那唰唰的老泪滴落在酒碗里，一句话也说不出来。

这真像是做梦，可又实实在在不是梦！米雅婆明白了，她毫不怀疑，一定是她在那次病中昏睡的日子里，她的梦魂上过五指山，吃过那颗红荔枝……

同样细腻的黎族同胞内心情感世界的描写也体现在《梦中的彩虹》小说里。帕那爹为了心中的一个梦想——为村寨建设一座桥，多少年来忍受着村寨中人们的种种议论，打破黎族不能经商赚钱的古训，割断与村寨中人的"亲情"，努力地攒着修桥的钱。为了这个梦想，帕那爹曾经偷了镇里老师屋前窗户上贴的窗纸而终生不能原谅自己，直到在弥留之际还在老师面前希望讲清楚这件事情，求得自己心灵的安宁。虽然帕那爹的梦想永远不能实现，"因为那条小河对人们的日常出行影响不大，似乎并无建桥的必要；况且仅靠他攒下的那些钱，想要建造一座大桥（窗纸上"南京长江大桥"的样式），似乎有如杯水车薪……"但帕那爹内心的追求却是普普通通黎族人民纯朴善良本性的体现，尤为珍贵。

《吞挑峒首》小说集没有停留在单纯展示黎族民族文化和黎族儿女纯真质朴的思想感情层面上，而是进一步深入到黎家儿女的思想意识深处，探索发掘他们的生活观，尤其是渴望新生活的追求上。《轻风，掠过夏日的山坳》里的山女、龙梅、春妹三位黎家女孩，打小在山里生活，从未走出山外，如果不是一件偶然的事情发生，或许她们永远安生于自己原有的生活，在平静的生活中重复着祖先以来一直有的生活方式。在一个夏日的白天，三位黎家女孩在劳动之余于寨口的小溪处玩水，不料却被一位戴眼镜的外乡后生哥发现了，进退不是，由此引发了争执。在争执的过程中，三位黎家女孩了解到山外世界的精彩，引起她们的好奇，决定走出大山的包围去看看外面的世界。农忙过后的一天，三位黎家女孩大胆地相约出山，问路才知要翻五座山，还要坐半天的车。如此的困难打消了三位黎家女孩走向山外的信心。一年过后，三位黎家女孩分别出嫁了，依旧在大山里生活，她们不知道山外的世界究竟怎样；更重要的是，她们“也不想知道了”。这篇小说从黎家儿女的精神意念写来，探讨她们的精神世界，在思想追求与平复的过程中，完整地再现了黎族文化中积极和保守的一面。在当代新技术日新月异的今天，这样的民族文化精神的展示实为难得。因此，《吞挑峒首》小说集中有关黎族文化的展示成为黎族文化的活标本，我们能够由此走进黎族的文化世界中。

身为一名黎族作家，王海教授对黎族文化有着深深的挚爱之情，民族认同和文化认同在王海教授那里是强烈的。正因如此，王海教授虽然是岛外黎族作家，但他对于黎族的生活观察之深之细之精到，使得他可以看到许多细微的地方，从中发现生活的本质和意义。赶帕阿公坚守着自己奥雅的身份，处处从自己是首领的观念出发，是因为黎族文化中尊老观念的根深蒂固，以及对于黎家儿女影响之大。虽然在新形势下年轻人的观念多少有些变化，例如后生哥传巨虽然并不在意赶帕阿公的批评，但至少在当面还是要俯首帖耳听其训诫，虽然在走出赶帕阿公的视野之外后，传巨故态依然，“走近一颗树头。扯低裤头，憋足一口气撒出一泡长尿。完了，边抽裤子，边就哈哈大笑。随后又拿起枪，照旧横在腰后，照旧一步一颠地上了路，边走边哭似地唱起了一支‘闷调’歌。”但是在赶帕阿公训诫时，传巨还是“规规矩矩地扛起枪，脚步迈得稳稳地小心离去。”赶帕阿公也不是那么传统守旧的人，黎族文化中相亲相教相爱的美好品德，让赶帕阿公在得到几句尊敬的话之后，便心情舒畅，又过起自己从容的生活。前面引证过的《五指山上有颗红荔枝》将文化触角指向人的心灵世界，从“五指山上有颗红荔枝”的美丽传说的文化精神写起，彰显出黎家新一代的尊老品德，与传统文化照相辉映，演绎出新生活的美好和黎家儿女的精神情操。至于《轻风，掠过夏日的山坳》更是对文化精神的指涉，在黎族文化中，多种因素共生共存，互相影响，尤其是其中对于新知识的渴望与认识上的懵懂和行动上的归于平静，正是人类探索精神的写照。因此，王海教授的小说具有智慧的灵性和理想的光芒。除此之外，在王海教授的思想深处，还有着强烈捍卫民族文化的意识。《阿龙》里的黎族青年阿龙已经27岁了，还是光棍一条，但他并不因此而自卑。虽然在与女性谈话时不时地解释着什么，但一当涉及黎族的民族身份时，阿龙便是另一番面孔。“前不久一位姑娘邀他看电影，到了电影院，时间还早，他们便在宣传栏看自卫反击战的宣传图片。那姑娘无意中指着一幅越南俘虏兵的照片说：‘你看这些越南兵多像黎族人呀’。阿龙一听，怒目圆睁，就差没给那姑娘一个耳光了：‘你别胡说八道，黎族人难道就是这个熊样的！’说完，气冲冲地走了。”《我家门前有条河》里有这样一个情节，一个汉族年青人到理发店理发，面对自己的发型，抱怨理发师给自己理了一个“黎头”，招致旁边等候理发的黎族青年人的反对，“什么是黎头，什么是汉头！”并揪住那个青年不放，“你说清楚，黎就随便给人侮辱吗！”在这里，决不是什么民族狭隘主义等说辞所能解释的，而正说明王海教授对于自己本民族的敬重和维护，有着强烈的民族认同和文化认同，尤其是自我身份的认同。这些在作品中所体现出来的黎族文化正是《吞挑峒首》小说集有着强烈民族特色的所在，更是该小说集的成功之所在。在这点上，王海教授的民族作家身份同样是鲜明的。

二

上世纪70年代末，王海教授开始文学创作时，还是一名在校大学生，属于热血的文学青年。受到自身曾经有过的坎坷经历和不堪回首的岁月洗礼，加之当时“伤痕文学”、“反思文学”等文学大潮的裹挟，王海教授也加入了当时“伤痕文学”、“反思文学”创作的大军，创作出若干篇此等主题的小说。收录在《吞挑峒首》小说集中的《记忆中的小路》、《我们曾经也年轻》、《被荒草掩没的坟茔》、《我家门前有条河》、《采访》等小说便属于这一类。它们在这部小说集中思想性最明确，且作者所著功力也最多。

与当时从事“伤痕文学”、“反思文学”文学创作的大家或有影响力的作家相比，王海教授的这类小说没有坚持强烈的政治功利性标准。坚持强烈的政治功利性，势必要牺牲作品的审美功能和艺术价值。王海教授的这类小说指向社会人生观，表现当时的社会生活对于参与其间人物命运际遇的影响，他们的心理、情感、希望，从而有着较为丰富的人生感悟和命运的历史感，重在个人心灵世界的放大，在王海教授的这类小说里，情节是平淡琐碎的，但富有生活情趣，有着较多的细节描写以及场景氛围的铺设渲染。这正是曾经风云一时的“伤痕文学”、“反思文学”走向新生的路途。王海教授的这类小说做到了这一点，为自己今后的小说创作铺就了较为坚实的思想文化的基础，成为自己今后小说创作的重要内容之一。

此情可待成追忆。“伤痕文学”或“反思文学”重在表现过去的极端政治岁月对人心灵世界和肉体的创伤。王海教授的这类小说也是这样，只是在表现时候更多地是从追忆的角度写起，描写那段荒唐残暴的社会对主人公的迫害，以及形成的灰暗心理影响到主人公多少年后的行为及行为方式。作品虽然没有讲说什么宏大主题和鲜明的政治观念，却从人物的毁灭层面上控诉了那段岁月遗留下来的深深的伤痕，留下许多值得反思的问题给后人。《记忆中的小路》中篇小说属于代表作品。

《记忆中的小路》从大学毕业生杨野回到自己故乡探访写起，从当前所经历和所遇到的事件及人物，引发杨野回想当年的生活岁月，在随意式的流水叙述中，展现一颗幼小的心灵如何在生活中饱经摧残，并扭曲结下苦涩的果实。小说以顺述的线索铺陈当前的事件或人物，以倒叙的方式还原生活的本相，并丰富当前事件和人物的圆满程度。小说周旋于历史和现实之间，穿梭于记忆和眼前之间，更多地以记忆中的事件和人物验证当前事件和人物的生存境遇，留给读者以巨大的遗憾去实现作品的“伤痕”展示和“反思”意义。

小说展示了那段荒唐岁月中发生的种种不可理喻的生活图景。邓大有是劳改农场的一名政治犯。“解放前夕参军，赶上了解放战争的尾巴，接着参加抗美援朝，停战后部队开拔到北大荒，集体整编为生产建设兵团。在兵团，邓大有接受了培训，成为垦荒队的一名拖拉机手。他自称是新中国第一代拖拉机手。后来他回到广东老家，在县属农场里一个农机站当站长，1957 年因为有反党言论被划为右派，文化大革命开始后，又因反革命报复罪被判了 10 年徒刑。”至于邓大有当年被划为右派，实乃是农机站的副站长刘昌年调戏邓大有的妻子，而刘昌年是县委组织部长的小舅子；而所谓的“反革命报复罪”也只是刘昌年在“文革”时趁邓大有被办“学习班”时奸污了邓大有的妻子。为此，邓大有“二十多年的党龄也丢了”，“耽误了孩子一辈子，心都不安”。杨野的父亲是解放初期第一批参加筹建这个劳改场的老干部，“1940 年参加革命，1953 年从连长的职位上转业到公安系统，被派到龙头山参加劳改农场的筹建。因为资历老，也因为多少有些居功自傲，他耿直的性格便少了一些遮掩，难免就得罪了当时的领导，于是在 1957 年首当其冲地成为场里的头号右派给揪了出来……被开除了党籍，未经法院审判便就地押入监场劳改了两年……出狱后留在场里看管犯人，但身份却属‘就业’。‘就业’是劳改场里的一种特有的称谓，劳改场对刑满释放人员的安置，通常是遣返原地，但有时也会根据实际情况让少数有一技之长或有特殊情况者留场安排工作，享受工人待遇。这类人员的身份其实非常尴尬，从理论上说他们服完刑期后已经是具有人身自由的正常社会成员了，但事实上在普通人眼中他们仍然属于另类，是介于正常人与犯人之间的名副其实的‘二等公民’。”此外，年轻人不好读书学习，“狠”“狼”不分，在批林批孔的大会上唱错了歌词，却时时想着“进步”。年轻人谈恋爱，受到家长的诋毁，向组织上“揭发”当事人“品质是如何恶劣，把阿满描绘得与强奸犯相去无几”。为了争取“上大学”的推荐名额，热恋中的人都互相拆台，向组织上告发恋人“思想不健康，写黄色（爱情）小说，散布封资修毒素；敌我不分，和犯人拉拉扯扯，送烟给犯人抽。”结果自己也没有得到好处。为了铲除资本主义尾巴，农场干部在集市上没收场员的劳动所得。这些种种的怪现状，“也只有那个特殊年代才会发生”。

乍看起来，这些琐碎的现象似乎并没有多么严重，仅仅是日常生活中的一部分，但对于一个成长期的少年人、青年人来说，影响却相当大，对于心理的健康和政治生存策略的取得，都是在这种文化氛围下获得的。以杨野为例，“从记事起，他们心里就已经如胎记一般地打上了耻辱的烙印。”“在他们内心深处，都揣藏着一种自卑和敏感。为了避免自尊受伤害，他们的性格都不大合群。”“自我保护”意识是杨野行事的先决，这就为杨野今后生活悲剧的发生提供了很好的基础。

杨野性格上的卑微缺陷是生活强加于其上的，在任何人的潜意识里，都有着渴望胜利的心理冲动。虽然说杨野从小就有“压抑感”，甚至“在小伙伴面前低人一等”，但内心深处是“需要得到别人的承认”。所以，当时机一到，总会冒失地冲在前面，努力把自己给抬出来。当年在自己父亲的批斗会上，杨野以反讽的形式揭发了父亲的“罪行”，受到了“留团查看的处分。”事后得到邓大有的教诲，“一个人呀脾气不能太硬太倔，遇事缺少冷静总是要吃亏的。”当初对于自己被推荐上大学，杨野也不是没有分析过各个公布人选的优劣势，自认为自己还是有希望的，没想到却被自己的恋人从后面插了一刀，名落孙山。更让杨野吃惊的是，三年后的大学招生推荐名单也已经内定了，根本就没有杨野的名字。所以，生活教育了杨野一步一步地“成熟”，懂得如何在利害关系时保护好自己，哪怕是做出有违自己本意的事情。

1977年高考，杨野以自己的实力，成为第一个跳出农场的大学生。虽然是省内最普通的一所高校，但当年在农场所遭受的种种屈辱和不快，都被高考的胜利感所冲淡，所以在一次写作课上，杨野公然向任课教师发难，闹得任课教师下不来台，由此得罪了老师。当然，杨野做出这样的举动是有自己的文学基础做实力后盾的。在班级的诗歌朗诵会上，杨野谦虚地再火了一把，成为了"诗人"，尽管杨野的文学实力在于写小说，却也被贴上"思想倾向问题"、"小资产阶级那一套"的标签。不过，杨野并不在意别人评论自己。但当毕业问题摆在面前的时候，杨野及时地反应过来，屈"尊"找到曾经被调笑过的写作课的老师处拉关系、套近乎、改善关系，终于用自己的"自谦"感动了上帝，取得了老师的谅解，甚至积极为杨野的毕业留校问题操心，杨野在自己的人生之路上又走远了一步。

《记忆中的小路》正是从"文革"这个特殊的时期里，在一个普通的劳改农场里所发生的在当时常见的事情上，展现了一位少年人、青年人成长的过程，尤其是揭示出他的既简单又多向的性格特点。今天看来，正是这样的性格特点，使得国人在整体意识上都后退了几十年，造成了人们思想上的混乱和价值上的失准及道德上的堕落。《记忆中的小路》特别多次交代了杨野的思想上的心理特征，"出身和成长经历使他形成了一种习惯性的谦逊，这种谦逊背后的实质是与生俱来的自卑。""特殊的家庭背景和个人经历，使杨野自小就学会了夹着尾巴做人。参加工作后他为人小心谨慎，从不张扬，在工作上兢兢业业，任劳任怨。""他受过伤害，心里的阴影太浓重了。"当杨野根据自己的心理安排自己的生活之路时，难免就要出错，而且是杨野本意不想发生或根本没有料到要发生的，造成他人生性格的反复。《记忆中的小路》重点讲说了杨野在大学读书与同班文娱委员高星雨的恋情。对于高星雨的爱情进攻，杨野不是没有感觉，但却始终不接受。这固然是当年在农场生活时受到恋人告发的心理阴影，更是杨野出于自己今后留校打算的考虑，一旦有了女朋友，工作安排就是两个人的事情。杨野自己留校的问题都不确定，也没有能力安排女朋友的毕业工作问题。然而，当得知高星雨的"舅舅"是学校的院长时，杨野迫不及待地追求高星雨，希望以此为自己留校再加上一把保险锁。如此阴暗的心理，都是曾经的时代赋予的。所以，杨野的个人膨胀的心理便成为"反思"的要点。"当生活需要你的时候，你的一切都会被人关注，赞扬也来得容易；而一旦你在生活中对别人有了妨碍，一切又都走向相反了。"《记忆中的小路》正是在这样平淡的叙述中和复杂却又简单的心理描写里展现“伤痕”，走向“反思”，虽不激切，但却细致。

《被荒草掩没的坟茔》埋葬的是一段荒唐年代里人性扭曲的故事。十五岁的少年劳仔在1973年放弃了中学生活，“理由是学校现在三天两头‘开门办学’，不是到茶园采茶，就是到地里锄草，同学们早有议论，说学校简直成了茶场的‘子弟生产队’了。再说，书读得多又有什么用？城里那些知青不都是读了一肚子书的么，还不是一批一批地往这小山沟里塞！”最主要的是“上级有政策，凡茶场子弟，满十六岁都可以就地安排工作。”其实这些都不是理由，重要的是“文革”时期造反的流毒仍在炽张，打砸抢的流风仍在，读书根本就看不到出路。一批一批的年青人就这样辍学而被抛回社会。有意思的是，恰恰是社会这所学校让无知少年变成了有为青年，开始了真正属于自己的生活。劳仔在农场里结识了知青陈校东，从陈校东那里，劳仔第一次品味到“懊悔”和“后悔”这样学识上的差异，知道了什么是黎族人的特征这样原本根本不注意的问题，也开始触及“爱情”这样在禁欲年代的禁忌话语，开始指向人的本性这样严肃的话题。从马克思《给燕妮》的诗歌里，劳仔开始知道学校教育的内容并不是完全真实的。陈校东成为劳仔生活的导师，劳仔摸索着自己人生的课程。劳仔从陈校东那里，第一次认识了生活的冷暖，第一次品尝到人性的多样，第一次看到了学习的希望。所以，劳仔很快回到学校，认真读书，顺利毕业，到茶场机运队当了拖拉机手。几年后，高考恢复，劳仔上了大学，他热爱文学，“觉得他有很多生活可以写”。对于陈校东的引导，劳仔很感激，也总想写出个真实的陈校东，却最终没有实现。这篇小说在轻松的话题下面是一段沉重的历史，而这段历史因其复杂而无法把握它的真实性，尽管时间已经过了许久，真实性却越发迷糊，由此引发人们的深思。

王海教授的小说创作有着持久性的耐力，有着明确的写作目的。从他上世纪八十年代初开始的“伤痕”、“反思”文学创作以来，并没有随着时代政治风气的变化和文艺思潮的流动而改变，一如既往地坚守着对自我心灵世界的解剖和对社会生活批判。这点，与其他那些追逐市场份额和经济效益的作家们相比，实属难得，更是可贵。王海教授在从事小说创作时，恪守着文学的批评精神，始终如一。2010 年发表在广州军区《战士文艺》1-2 期合刊的中篇小说《我们曾经也年轻》说明了这一点。

《我们曾经也年轻》以 1973 年某茶场组建的一支知青队为背景，展现了在此后一年间知青队的生活。38 名由中学毕业生所组建的知青队，从青年学生完成了向农场职工的身份转变，迈出了走向革命的第一步。

一群文革中毕业的中学生，从走出校门的那一刻起，顿时感到了自身自由的畅快，再也不用按时到校上课，面对教师的面孔，可以自由地安排自己的生活；重要的是，作为农场的职工，第一次领到了属于自己的工资，“腰杆自然粗硬”，展现出属于男子汉的自信心，他们可以花钱了，可以买烟抽；更重要的是，他们觉得自己是大人了，身份提高了，“遇上原先称‘某叔’或‘某伯’的，一律改称‘老某’，”不再受压迫了。作品一开始便向读者讲述了在“造反有理”影响下的青年人的思想特征。

在这种思想影响下，刚刚走出校门的这帮农场职工子弟，进行着他们渴望已久的革命。面对原先的班主任，他们当面称其绰号，并直视其行动，尽情嘲弄。“我们都觉得自己很伟大”。聆听着农场领导的政治训话，“不厌其烦地从国际形势讲到国内形势，又从国内形势讲到我们农场的形势，再从农场的形势讲到知青队建立的伟大战略意义和我们这一代青年所肩负的光荣使命。最后又操着几乎同一腔调要求我们一定要立足农场，放眼全球，在火热的‘三大革命’斗争中把青春献给火红的壮丽的伟大的光荣的正确的无以伦比的共产主义事业”，开始了新的生活，全力展示着全新的自我。

小说从一开始便颠覆了主旋律知青文学的写法，不再是有着伟大理想的革命青年，全然是无所畏惧的“无知”青年；不再是革命团结的战斗集体，而是彼此内讧争斗的乌合之众。即使劳动生产，也不再有“三大革命”实践的伟大意义，“知青队实际上是个打杂队，没有固定的劳动点，也没有固定的工种。我们有时到茶厂扛茶箱，有时到茶园锄草或采茶，有时又到打石场抡大锤，或者到田里插秧、收割。‘打一枪换一个地方’，哪里需要上哪去，所以我们常常自称是‘游击队的干活’。”他们不是打好与当地贫下中农的关系，虚心接受贫下中农的再教育，而是故意和当地农民打闹，搞得当地农民“不敢和我们照面了”。他们讨厌当年在学校课堂上听老师念经的生活，与现在的流汗出力生活相比，“参加工作后便如出笼鸟，都感觉活得十分自在。”如此的生活实际，与“文革”时期对于资产阶级教育统治学校的批判相比，真不知当初的批判究竟是为了什么？批判的结果会是这样！在知青队里，上演着队员与管理干部之间的争吵对立闹剧；队员间的威信是建立在“孔武有力”基础上，物质力量决定身份地位，是一种蛮荒岁月的个人英雄主义。知青们的思想很不统一，没有革命的方向，思想政治工作虽然无处不在，却是生硬的政治打压。“有个别人小资情调很严重。才刚刚参加工作就吃不了苦，对前途悲观失望，说什么生活在知青队是举目无亲。这不对头嘛，报纸广播不是在经常说‘祖国处处有亲人’吗？怎么能说是举目无亲呢？在社会主义大家庭里怎么会举目无亲呢？”尤为在忆苦思甜教育活动中，更是跑调偏题，贫下中农的无产阶级思想立场全无，纯然是政治闹剧。“在旧社会，根本没有我们贫下中农的地位。我们干的是牛马活，吃的是猪狗食。地主阶级无恶不作……我们村里那个地主，一个人就讨了七个爱人。大家想想，我们贫下中农一个才讨一个，他一个人就讨了七个，多不公平呀！”如此神圣的“忆苦思甜”就这样以欢快的气氛而收场。更可笑的是批评浪费，与其把农场食堂的饭倒在水沟里，何不拿回家给自己的兄弟姐妹吃，这样就不浪费了。在知青队里，打破生活的禁忌，劳动之余便是谈论女性的“专题讨论会”。青年男女之间的相思被视为流氓行为，但并没阻挡住，爱情成为调剂生活单调、精神空虚的味素。就这样，一年的知青青工体验结束了，各位青工被分配到其他工种，知青队宿舍又空了出来，等待着新队员的到来。

《我们曾经也年轻》小说以青年人躁动的心理基础，陈说着“文革”时期青年人的“颓废”，丝毫不见当时所谓的“革命性”，解构着主流文学对于这类题材的传统写法。虽然作者以青年人的“年轻”作为托词，“那时大家都年轻，生活位置的每一次变动都会给每个人带来许多天真的遐想和焦躁，每个人都希望能生活得比现状更富情趣和色彩。对现状的不满是一种进取的表现，十八九岁正是躁动的年龄，尽管我们都不能确定自己的真实追求。”但生活的本原面目并不因为这样的托词而被修饰，《我们曾经也年轻》小说中所描绘的生活正是我们当年生活的实际写照，今天读来格外贴心与生动。这样的实际描写，形成对于“文革”时期知青生活以及当时政治生活的新写法，指导思想上依旧是现实主义，是对过去传统的革命文学的颠覆。对此，作者也深刻地认识到这点，“人人都在这种特定的时期感到了克制的必要。这不需要什么人刻意去教我们，我们从一生下来就开始表现了，在长达近二十年的成长岁月中，家庭、社会都不断地以公认的是非标准引导、修正、约束着我们的表现，以致于使我们在懂事之后渐渐地就把这一切转化为一种自觉，于是我们的表现也渐渐地被自我的克制限定在一个统一规范的行为之中了，而这种克制又常常是在标准掩饰下的功利选择。”这才是当时生活的本质。

“做人是很艰难的。人们既要委曲求全，又想保持心理、情绪上的平衡，于是便会在克制之下把一些本属美好的东西扭曲成丑恶。”这句本属生活的哲理如果置于“文革”时期纯洁的“革命”语境中，则是一种反讽了。

三

王海教授的小说属于学院派风格，他从上世纪七十年代末作为一名在校大学生开始自己的小说创作起，就一直在大学学习、工作、生活，没有走出校园的界域，他创作小说的生活基础来自于他的黎族文化熏陶和早年生活的追忆，这也就成为王海教授小说作品中的生活场景和文化背景。相对来说，王海教授的小说作品里生活面较为狭窄，但不乏丰富与深刻，其中，爱情生活的描写是王海教授小说的主要情节。

王海教授小说中的爱情生活描写，并不是常见的泛泛的爱情画面。爱情故事中主人公都是渴望爱情和忠于爱情的青少年，这就赋予爱情故事以纯真的底色与诗画般的意境。然而，王海教授笔下的爱情故事都是以悲剧收场，爱情并没有修成正果，这又赋予这些爱情故事以较为深刻的批判力度和批判精神，而没有沦为一般化的老生常谈的爱情套路。因此，王海教授笔下的爱情故事有着多方面的文化精神。

首先，王海教授的爱情故事有着强烈的民族属性。王海教授是黎族人，他对于黎族的民族认同和文化认同是强烈的，我们在前面已经介绍过王海教授小说的民族性，小说集被冠以具有浓烈的民族风格的名称本身就充分说明了这一点。帕格和那鲁（《帕格和那鲁》）是一起长大的伙伴，帕格内向些，那鲁则外向，当他们到了谈情说爱的年龄时，因为同时爱了同一个女孩，便各自隐藏起自己的情感，不再形影相随，彼此做着各自的爱情打算。爱好文学的帕格开始了自己幼稚的文学创作，那鲁则大咧咧地做事。他们不再同时在“隆闺”中居住，选择了分开，甚至有一段时间“再也没有往来”。直到高考报名的消息传来，心爱的姑娘报名参加高考，虽然他们以自嘲的语态评论这件事，但也触动了自己的思想，发誓要上进，“得认真干出点事情来!”小说没有正面展开所谓的爱情故事，而是写出了初涉爱海的年轻人的微妙心理。爱情心理成为发酵的因子，促进了年轻人思想的转变，开始正视生活和对待生活。《弯弯月光路》中的阿波和阿边也是一对要好的兄弟，同样爱上了同一位姑娘——水妹，爱情嫉妒的火焰将阿边烧昏，想着要与阿波兄弟决斗，抢回自己心爱的姑娘。当然最后是兄弟情谊的理智占了上风，阿边退出了爱情竞争，送上了对阿波的爱情祝福。

在这些充满黎族民族风情的小说中，男主人的性格充满黎族耿直、真挚的特点，情感世界虽然自私却不狭隘、心地单纯却又崇高。对于这些性格特点虽然刻画单薄些，倒也是呼之已出了。

在这些充满黎族风情的小说中，多有场景描写，尤其是黎族青年男女对歌生活的场景，在热烈的歌声中是朦胧的情境，令人向往。

远处，山歌唱起来了，一阵热烈粗犷的歌声隐隐约约飘了过来：

上中流水山外响，

阿哥想妹心跳跳；
有心和妹结对对，
唱个山歌把妹撩。

——《弯弯月光路》

其次，王海教授的爱情小说对人物的情感世界有着较为细腻的描写，对故事情节的推进和人物形象的刻画起到了促进作用。在一个路口，两个年轻的心碰撞了，小伙子身材修长，爱好文艺，虽然性格怯懦些；小姑娘爱慕上进，爱做梦。“他们没有约定”，但“周末的傍晚都会像是约定好似的在那个路口会合，一块慢慢往家走；第二天回场部时又一块从家里慢慢走来，还是在那个路口分手。”然而，由于民族偏见，姑娘家里人不愿让自己的女儿嫁给黎族男孩，致使一段本该结果的爱情戛然中止。几年后，小伙子考上了大学，姑娘违愿嫁给了自己不喜欢的男人，但那段已经消失的爱情并没有沉寂。小伙子写了篇《走过了那个路口》的小说，姑娘看到了，“她轻轻地笑了，两颗泪珠却悄悄落在书页上，慢慢地渗化开来……”（《走过了那个路口》）为了说明那段爱情的纯真和永恒，作品设计了面对心爱的人早已离去的事实，小伙子独自来到当年与姑娘定情的茶园，对着皓月轻轻朗诵普希金诗歌的情节，表白自己对所爱之人深深的思念，着实令人感动与感伤。《他们都在爱》描写一位叫“秀青”的姑娘如何经历一段被人欺骗的“爱情”。虽然在内心里秀青痛恨那个欺骗自己感情的男人，也拒绝其他男性的爱。为了生活，秀青只好再次迎接爱情，但内心却永远不能割舍自己的初恋。时常将回忆中的男人与现实中的男人做对比，刺激人的神经。直到有一天，秀青在探视过那个欺骗过自己感情的男人之后，重新找回了自己的感情，走出了生活的阴影，勇敢地投入了新的生活。《梦的旅程》纠结于一段早已消失的爱情。思皓和冰蕾大学毕业两年后都没有结婚。冰蕾几次催问他，思皓都以生活成本太高推搪，“他说不清自己究竟是一种什么样的感情”。直到回到自己当年的生活之地，紧闭的思绪闸门放开，当年的爱情“一切都已经那么遥远，他甚至已经记不清那是发生在什么时候的事情了。”“他只依稀记得那是个月色暝朦的夜晚，在公路边一片凋零不成形的小茶园里，有一座草棚盖顶的小凉亭，通透的亭子四周各砌有一张水泥条凳，他在水泥条凳上铺上报纸，握着她的手相依而坐。远处不时传来电影里的对话声。天气有些凉，他穿了件毛背心，由此他估计那时可能正值深秋或初冬，至于是七五年还是七六年，他实在想不起来了。当时他对她说：‘别冷着了’。她捏捏他的胳膊，轻轻地说：‘你也穿得很淡薄。’他不明白为什么她会把‘单薄’说成‘淡薄’，唯有这句话给他印象最深。真怪，这本是无关紧要的一句，他却记了那么多年。”他明白，自己回到茶场，就是要了结这段感情的。所以在露天电影放映现场，思皓将多年埋葬的感情借它事释放出来，顿时感到一种畅快的解放，今后“还有很多事情等着他做”，开始了全新的生活。这种对感情世界的描绘，是王海教授小说中爱情故事的亮点。

再次，王海教授的爱情小说不是为了写爱情而去写，单就这些爱情小说本身并不幸福的爱情结局和割舍不断的缠绵的相思之情，就足以证明这些爱情小说的爱情意义不是简单的。爱情是人的心灵世界美丑的最好试金石和反射镜，也是折射社会时尚和政治特点的最好载体。因此，正像我们在前面已经说过的，王海教授的爱情小说有着一种社会批判的力度，从纯真爱情破灭的彩花中，是对社会的批判，这就使得王海教授的爱情小说承载着文化批评精神的追求。

纯真爱情的毁灭，寻根究底，是社会原因所致。《记忆中的小路》里杨野和李丽霞的爱情，对于杨野来说，是他贫瘠的感情世界里一种极其珍贵的收藏，使杨野饱受自卑心理的创伤感觉到轻轻抚慰的平复，也有了生活的希望。然而，当残酷的大学招生推荐制度落在杨野及其他人头上时，李丽霞为了争取被推荐上大学指标，竟然告发了自己心爱的恋人——杨野。这种以出卖自己良心而博取某种指标的做法，正是“文革”时期的真实写照，推荐制度在这里是一无是处且恶果多多。杨野也从中学会了投机取巧的伎俩，为了能够确保留校而对高星雨的求爱追击。在此，手段不重要，重要的是目的；良心不重要，重要的是能够得到好处。小说在不经意的描写中，尖锐地将批判的矛头指向文革，指向“文革”所带来的思想混乱和因为“破旧立新”而造成的社会及人们道德水准的下降及人性的泯灭，看似轻松，结果却不寻常。下面的一段描写颇为生动与传神，同时也着实深刻。

临近毕业，同学们一个个似乎都变得心怀叵测了。在人前，大家都回避着自己的真实想法，私下里却又都禁不住要窥测别人的秘密。每个人的行动似乎也变得诡谲起来，而对别人的一举一动却又格外敏感。

《欺骗》小说则直指人的心灵世界和精神世界。“古彪带着满腔的悲愤，怀着一颗破碎的心离开了安徽老家，离开了和他真诚相爱过的表妹，千里迢迢跑到海南岛投奔哥哥。”古彪放不下表妹，在空寂的时候和自己代课班上的学生李琼燕谈起了恋爱，虽然是李琼燕首先选择了古彪，这是一段畸形病态的师生恋。以后，古彪考上了大学，遇到赵强梅，赵强梅很像表妹，两人在接触过程中谈起恋爱。古彪为了赵强梅，断绝了与李琼燕的关系，满怀幸福感与赵强梅交往。在处理与李琼燕关系的问题上，古彪也有过犹豫，但最终“理智”战胜了良心，“又是道德良心，见鬼去吧！爱是心灵的碰撞，我并不‘爱’她，既然如此，为什么还要去进行那种于她于我都没有丝毫益处的欺骗呢？难道欺骗就是良心？就是道德？难道一步迈错就得步步都错？与其将错就错，不如及早抽身退步，这样双方都是一种解脱！”为自己的做法找到了合理的借口。当然，《欺骗》这篇小说有着朴素的人性情感，把持着基本公理。所以最后的结果是古彪被赵强梅所玩弄，所抛弃。经过事实教育，古彪也清醒了。“他没有再去指责生活的苛刻，也没有再去诅咒生活对他不公平。”一切又回到起点。小说毫无遮拦地直指人性的弱点，彰显生活的公正与公平，显示出在作者心底深处摆正了生活的位置，追寻着生活的阳光。

因此，王海教授的小说世界，爱情固然是作品的主要内容成分，但作者不是为了爱情而去写作爱情生活，更多的是一种文化生活的展示和文化精神的张扬。这正是“学院派”作家理性文化精神的表现。生活的广阔度虽然不足，但生活的深刻性有余，且张扬的正是后者。

王海教授的小说有一种忧郁的风格。作品中的主人公大多都低调行事，虽有着片刻的不安定，但目的是为了引人注意。在《记忆中的小路》小说中，主人公杨野从小自卑的心理阴影时时压迫着他，也就渴望着自己的成功；而一旦当成功到来时则又忘记了自己的自卑，最终还是让位于自我的约束。所以，他的感情世界自然也就不完整，面对高星雨的感情进攻，杨野回避与拒让。即使是在班级诗歌朗诵会上，杨野朗诵的诗歌依旧是封闭的自我世界，朗诵时的语调是沉缓的，表现的是一种退守。

……

并非所有的忘却都真的能够忘却
并非所有的朝暮厮守都是爱的经典
爱不应该是一种纯粹的形式
也可以不是一种必须的负担

也许一切都会过去
也许一切才刚刚开始
如果心与心的障碍注定无法逾越
独守一份思念也能地老天荒

事实上，这种忧郁的风格最具有穿透力，最具有美的感知力。

王海教授的小说有着诗画一般的美好境界。《吞挑峒首》有着对黎族村寨风光的描写："夕阳整个地沉入了西山，暮色笼罩了山谷，重叠起伏的山峦，摇曳的树影，低矮的草房，都只剩下一个灰昏的轮廓。寨子里一片寂静，连狗都钻回了各家的灶房，守候在主人的脚下乞望着碗边的遗漏。"宁静而又祥和。此外，《吞挑峒首》小说集中的多篇作品都讲到了茶园，反复渲染，为它披上了瑰丽的色彩；至于《五指山上有颗红荔枝》小说中对于五指山红荔枝的描写，也是十分传神。为一个古老的传说涂抹上浪漫的色调。

这样富于诗画意境的描写不仅仅是在自然景物上，更是在人们的心灵世界里。《五指山上有颗红荔枝》里的帕丰面对孤独的继母，打破了黎家传统的习俗，自愿奉养米雅婆的百年，让米雅婆感到了温暖，回应了吃了五指山上的红荔枝会得到保佑的传说，将理想变为现实。《轻风，掠过夏日的山坳》里的几位未涉世事的黎家女儿们，在探求外面世界的好奇心理的驱使下，决定走出大山。尽管最后谁也没有做到，依旧回归到原有的黎家儿女既定的传统轨道上，山外的世界不再对她们有吸引力，但这种对于生活追求的意念和曾经幼稚的做法，将黎家儿女坦荡质朴的胸怀毫无保留地奉献出来，无疑是很美的。这种充满诗画的意境为整部作品集低沉的格调送去了清爽的春风，格外引人注目。

记忆中的小路

一

1982 年春节过后，杨野回到了龙头山茶场。

杨野是 1977 年恢复高考后考上大学的。77 级新生是春季入学，杨野离开龙头山茶场的实际时间是 1978 年 3 月。时隔数月，1978 年高考又开始了，大杨野两岁的哥哥头年落榜，这回也考取一所专科学校离开了家。到了 1979 年，杨野父亲的问题终于彻底平反，于是迅速办理了离休手续，与母亲一道带着还没有参加工作的妹妹迁回了海南老家，远远离开了那片满载着他们家庭苦难和耻辱的地方。在大学读书的四年间，杨野没有回过龙头山茶场一次，也没有主动和场里任何人发生过任何联系。这次重返故地，是因为父亲的人事关系还在原单位，他是专程回来替父亲报销一笔医疗费的。这次回来，他事先也没有和什么人打过招呼，一个黑色人造革旅行包，装着几件替换的衣服，轻轻松松地，他踏上了那条记忆中的小路。

天气还未转暖，一轮冬日毫无劲力地挂在天上，寒风轻掠，小路两旁的茶园传出一片窸窸窣窣的微响。路边，一排排光秃秃的树干上还没有冒出新芽，一群头顶翘起一撮白毛的白郎鸟蹦蹦跳跳地聚留在一棵高大的苦楝树上，叽叽喳喳地争啄着苦楝果。杨野掏出手帕抹了把额头，他身上有些发热了。

这小路真不好走，记忆中的小路似乎不像现在这样崎岖，也不如现在这样漫长。一双新买的皮鞋蒙上了一层干冷的泥尘，杨野在路边的草地上使劲跺了跺脚。

是久不走路了吧？两腿有些发沉。从小学到高中，杨野和小伙伴们每天从家里到场部子弟学校上学，往返两趟要走十公里呢，统共走了十年，也没觉得累。杨野读完小学六年级时，恰值落实毛主席“五七指示”压缩学制，原来小学的六年制改成了五年制，初中和高中都由原来的三年制分别改成了两年制，所以中小学杨野整好读了十年。那时杨野还小，尽管家庭出身问题始终让他感觉压抑，在小伙伴们面前低人一等，但他想不到，也根本不会去想，以后的人生道路会那么坎坷，那么艰难，更想不到还会有这苦尽甘来的今天。是啊，如今杨野是踌躇满志了，大学毕业，留校任教。他所希望得到的虽然还没有完全得到，可他已经得到的却是许多人想得而得不到的。他的奋斗有了初步的结果，他需要得到人们的承认！也许他潜意识里就一直希望有朝一日能够以胜利者的姿态重游故地吧！

二

龙头山茶场是个劳改场。杨野的父亲是新中国成立初期第一批参加筹建这个劳改场的老干部，然而，数年之后，他父亲却被关进了自己亲自参加建设的监场里。从小到大，杨野兄妹三个都忍辱负重地生活在同龄人鄙视、轻贱的目光下，他们知道导致他们成为另类的原由是父亲的问题，却不知道父亲具体有什么问题。父亲没有对他们说过，他们也从来没有想过要问父亲这是为什么，从记事起，他们心里就已经如胎记一般地打上了耻辱的烙印。直至 1979 年父亲的问题平反后，他们才真正了解了父亲的历史和命运。父亲 1940 年参加革命，1953 年从连长的职位上转业到公安系统，被派到龙头山参加劳改场的筹建。因为资历老，也因为多少有些居功自傲，他耿直的性格便少了一些遮掩，难免得罪了当时的领导，于是在1957年首当其冲地成为场里的头号右派给揪了出来。父亲始终不服，对抗情绪强烈，把动静闹大了，结果被开除党籍，未经法院审判便就地押入监场劳改了两年。这实际上成了一笔糊涂账，给后来的平反增添了一些麻烦，这是后话了。父亲出监后仍然留在场里看管犯人，但身份却属“就业”。“就业”是劳改场里的一种特有称谓，劳改场对刑满释放人员的安置，通常是遣返原地，但有时也会根据实际情况让少数有一技之长者或有特殊情况者留场安排工作，享受工人待遇。这类人员的身份其实非常尴尬，从理论上说他们服完刑期后已经是具有人身自由的正常社会成员了，但事实上在普通人眼中他们仍然属于另类，是介于正常人与犯人之间的名副其实的“二等公民”。杨野的父亲出监后这种身份与工作性质的错乱，也只有在那个特殊的年代才会发生。

在父亲的阴影下，杨野他们兄妹几个在成长过程中经受了许多曲折与艰难，沉积了许多复杂的感受和体验。许多时候，人们会忘记他们的家庭背景，将他们视为普通人家的孩子，尤其是和小伙伴们在一起玩耍的时候，他们也一样无忧无虑地享受着童年的欢乐。而一旦政治运动到来的时候，父亲总是会像道具一样被推上批斗席，他们的出身就会被人们记起，小伙伴们往往就要和他们划清界限，疏远他们。即使是在非政治运动关头的平时，倘若与小伙伴发生纠纷或者口角，“劳改仔”、“就业仔”这些带有侮辱性的骂词也会成为对方攻击他们的武器。所以，在他们的内心深处，都揣藏着一种自卑和敏感。为了避免自尊受伤害，他们的性格都不大合群。

杨野是1973年高中毕业的。当时全国的中学生毕业后大都要“上山下乡”，或者是直接到各地农村插队当农民，或者是到各地的各类农场当农工，统一的称谓都叫“知青”。杨野他们这个劳改茶场附近就有一个知青茶场，那里集中了一万多名知青。

劳改场条件相对比较好，凡本场子弟，中学毕业后都可就地安排工作。那时场里拖拉机手奇缺，各大队的拖拉机大都由犯人驾驶。因此杨野他们一毕业，所有男生都被分配去开拖拉机。杨野他们是龙头山茶场子弟学校的第一批高中毕业生，全班十二个男生，加上三个初中毕业的男生，一共十五人，在场部机运队集训了一个月后，分别安排到了各个大队。

参加工作那一年，杨野刚好十七周岁。十七岁，本该是个大小伙子了，可他完全还是孩子模样，一米五二的个头，体重不足四十公斤，瘦瘦的身体支撑着大大的脑袋，小号工作服穿在身上袖口和衣摆仍然长出老大一截。

龙头山茶场共有十三个大队，杨野和一个叫作阿满的初中生一块被分到了四大队。队里共有五辆拖拉机，其中两辆轮拖，三辆手扶。两辆轮拖是五十年代建场初期留下来的捷克造“热托 35 型”，手扶全是当时流行的国产“工农 10 型”。队里原有一个名叫陈少平的拖拉机手，年初参军走了。杨野和阿满到来之前，这几辆车都由犯人在开。他们初到队里的时候，阿满接手了一辆“热托”，另一辆本该杨野负责，但“热托”是外国货，是按外国人的身形设计的，而杨野个子太小，坐在驾驶室座上，下巴几乎顶着方向盘，挺直了脚尖也踩不着刹车和离合器。无奈，杨野只好去摆弄手扶了。

平日里，出车由大队统一调度，犯人开的车子限制在本场监区范围内活动，凡有超出监区范围的出车，则由杨野和阿满负责。被安排开车或跟车的犯人，都是刑期较短且表现较好的犯人，不用担心他们在工作中脱逃或者搞什么破坏活动。

给杨野跟车的是一个叫邓大有的犯人。邓大有四十五六岁年纪，原来是开杨野这辆手扶的，杨野来后便让位改做跟车了。邓大有是个刁滑的家伙，或许是因为被杨野占去了开车的美差心怀不满，或许是原本就没把杨野放在眼里，杨野下队以后第一次出车，便被邓大有故意拿了一把。

那天上午在队部里领了任务后，杨野来到车库准备出车。手扶拖拉机需要手摇启动，杨野对邓大有说：“今天去场部供应站给犯人食堂拉米，摇车吧！”

拖拉机手虽然不是管教干部，但出车时负有对跟车犯人的管理和监督职责。通常，犯人时时处处都会抢着讨好拖拉机手，对于摇车这类力气活，别的犯人不用吩咐就会主动去做。而邓大有听见杨野叫他摇车后，仍然懒洋洋地倚在墙边不愿动弹，阴阳怪气地说：“哎呀，小杨队长，摇不动啊，早晨那碗粥早就变尿了，哪有力气呀!”劳改场的习惯，无论是管教干部还是工人，犯人都管他们叫队长。

“好啊，邓大有！你等着瞧!”杨野狠狠说了一句，他知道这犯人是想看他笑话。

杨野将摇把抓在手里，插进车头的杆眼，转动起摇把摇了一会，然后憋足劲猛一用力，不想车子不但没有发动，摇把反而猛弹了回来，差点没把杨野甩倒。杨野重新调好减压器，涨红了脸，又猛力摇了起来。“突——突——突……”，排气管无力地吐出几团黑烟，随即又呼哧呼哧粗喘了几声，停了下来，车子还是没能发动。

“小杨队长，嘻嘻，还是我来吧。”邓大有在一旁看够了热闹，笑嘻嘻地走过来说。

“一边去!”杨野推了邓大有一把，尖声尖气地吼道，不服输地又握紧了摇把。

“突——突——突、突、突突突突……”

车子终于发动了，杨野喘着大气，昂起头瞥了邓大有一眼，狠狠地“哼”了一声。

三

杨野长高了，半年内个头蹿起了十来公分，身材还是那么单薄，胸膛扁扁的，但骨架已经开始撑起，唇上也长出了一层软软的茸毛。他开始被人注意了。走在路上，一些熟悉的叔叔阿姨总会瞪大眼睛表示诧异：“哎呀呀，是小杨仔吧？才几天不见，又长高了，都不敢认了!”过去曾经讥笑过他身高的同学和伙伴也常常不无嫉妒地发出惊叹：“这小子，吃化肥了吧，一下子飙那么高!”他那个身高不足一米五，老怕孩子长不大的妈妈，也逢人便说：“以前都说我家阿野像我，长不高了，你看现在，前两个月才做的新裤子，已经放过一道边了，现在裤脚又得给他接上一截。啧啧，光给他改衣服就改烦了……”对于别人这类赞叹，杨野总是显出谦虚的样子腼腆一笑。以往，出身和成长经历使他形成了一种习惯性的谦逊，这种谦逊背后的实质是与生俱来的自卑。如今在人们惊讶的目光注视下，杨野虽然也表现得很内敛，仍然是一副谦逊的模样，但心里却慢慢滋生着一种从未有过的满足感，因为在这之前十多年的生命记忆中，他感受到的多是鄙夷、嘲笑和怜悯的目光。现在，他终于可以扬眉吐气了。

杨野逐渐感觉到生活给予了他愈来愈多的眷顾，他开始在人们的注视下崭露头角了。

1974 年初，全国都大张旗鼓地开展“批林批孔”运动。为了配合政治形势，场部政治处给各大队下达了一个紧急政治任务，要求各大队赶出一期墙报，届时上面要派人下来检查，要进行全场性评比。时间紧，人手不足，大队内勤干事顾新民一个人忙不过来，提出要增派一个会写毛笔字的同志协助。大队教导员陈海山早前已经知道杨野能写一手好字，就叫他不要出车了，去给顾新民打下手。

顾新民是个刚刚退伍的转业兵，比杨野晚半年来到四大队。因为顾新民是干部，杨野是工人，平时工作上没有直接关系，加上杨野生性不爱主动与人联络，所以尽管两人常常是低头不见抬头见，却并无深交。这一次杨野来协助顾新民出墙报，两人关系发生了很大变化。

那天杨野在白纸上抄完了稿子，按顾新民设计的版式在宣传栏张贴好后，边角上还剩一小片空白，整体看上去有些不协调。杨野便顺手画了一幅漫画作为补白贴了上去。画面上是用线条勾勒出来的一只粗壮的拳头，狠狠砸在呲牙咧嘴的林彪的秃脑袋上。这类漫画当时看得多了，杨野只不过是将前几年流行的刘少奇头像换成了林彪的秃顶。顾新民不知杨野还有这一手，站在一旁看呆了。他瞪大着眼睛，上上下下打量杨野，把他从头到脚看了个遍，那神情不亚于哥伦布发现新大陆。“哎呀呀，看不出你小鬼还有这一手！人才！人才呀！”要不是那时正在批判林彪的“天才论”，顾新民可能就要喊出“天才”了。

顾新民是个容易激动的人，发现杨野会画漫画后，逢人就夸。经顾新民这一咋呼，杨野很快就在四大队里有了一点小小的名气，后来连场部政治处也知道了四大队有个能写会画的拖拉机手。不久，政治处宣传科就专门把杨野抽调到场部，协助搞“批林批孔”宣传工作，整整一个月以后才返回队里。

杨野和顾新民很快成了好朋友。其实，在交往中，杨野是以仰视的姿态面对顾新民的。这与杨野心底深处掩藏着一种与生俱来的自卑有关，但主要的还是顾新民年长他六七岁，人生经验比他丰富，说出来的话很有深度，常常让他有醍醐灌顶的感觉，他在心里实际上是把顾新民当作老师来崇敬的。杨野对顾新民的崇敬还含有一种感恩的因素，他觉得顾新民待人很真诚，丝毫也没有因为他的家庭出身而歧视他，在顾新民那里，他能够享受到一种在他以往的生命体验中少有的人格的平等。

杨野很信任顾新民，很多原先藏在心里的话都愿意和他说。有一次，顾新民邀请杨野到宿舍里聊天，又鼓励杨野，说杨野很有绘画方面的才华，希望他继续努力提高自己，今后一定会很有前途的。于是杨野就告诉顾新民，说他其实更喜欢写作。顾新民一听，喜出望外：“你也喜欢写作？这太好了！这下我们就更有共同语言了！不瞒你说，我也喜欢写作。学习写作，关键的是要多看、多写，熟能生巧嘛。俗话说曲不离口，拳不……笔不离手，要想进步就得多练习。我从读中学的时候就开始练习写作，那么多年下来已经写了不下五十万字了。”顾新民说得兴起，从床底拖出个纸皮箱，翻出厚厚一摞草稿，热情洋溢地向杨野介绍：“你看，这篇叫《山村新事》，中学毕业那年写的；这篇《刺刀对准敌人的胸膛》，这篇《革命青春红似火》，都是当兵的时候写的……这篇《红小兵智擒逃犯》，是最近完成的。还有好多，你自己看吧，看了要多提意见哦。唉，我是怀才不遇呀！怀才不遇知道吧？就是空有才能而得不到别人的赏识重视的意思。当然，路还是要靠自己走的……”顾新民一发而不可收，滔滔不绝地高谈阔论了一通。

光是那摞厚厚的手稿就已经使杨野心生十足的敬意了，那云山雾罩的宏篇大论更是让杨野佩服得五体投地。杨野诚恳地说："我要拜你为师，你就收下我这个学生吧，我太需要指导，太需要帮助了！"

顾新民欣然应诺："行啊，你有什么问题尽管找我。不过，当老师谈不上，咱们相互学习，共同提高吧。"

在参加工作仅仅一年的时间里，杨野遇到的好事接二连三。

一天傍晚，茶厂团支部副书记李丽霞来找杨野。

李丽霞的家也在四大队，本人在茶厂上班。四大队紧挨着茶厂，年轻人又少，就被编入了茶厂团支部。杨野和阿满都不是团员，陈少平参军走后，四大队就没有团员了。李丽霞来找杨野，是和他谈入团的事。

那天阿满恰巧不在。作为团支部副书记，李丽霞显得还不老练，单独和杨野坐在小伙子凌乱的宿舍里，还有几分不自然。其实，他们两个是同班同学，不过中学的时候男女生之间是不说话的。

"杨野，你为什么不写入团申请呢？"李丽霞面对着杨野说话，眼睛却躲避着他，瞅着桌上的暖水瓶。

"我条件还不够呢。"杨野比李丽霞还要腼腆，头都不敢抬。

杨野说的是实话，他确实是觉得自己不够格，家庭出身给他心里蒙上的阴影太浓重了。在别人看来，入团并不是一件多么困难的事，还在读高中的时候，班里十二个男生中过半已经是团员了，而他却连申请也没有写过。临毕业那年，班主任老师也曾与他谈过写入团申请书的事，他也是以同样的话回答老师的。

李丽霞听了杨野说自己还不够条件后，就马上接过他的话急匆匆地说："你太谦虚了！你的情况支部早就了解了，你的表现大家也都看得见的，四大队党支部对你的评价很高，他们说队里来过几批拖拉机手，你的表现是最突出的。陈少平参军走了，他原来工作是最积极的，表现是最好的，现在大家都说你的表现比他还要好……"李丽霞一口气排列了杨野的许多优点，语气非常恳切，仿佛杨野不入团将会是共青团的一大遗憾一大损失。

李丽霞所说都是实情。特殊的家庭背景和个人经历，使杨野自小就学会了夹着尾巴做人，参加工作后他为人小心谨慎，从不张扬，在工作上始终兢兢业业，任劳任怨，这在队里是公认的了。只是他还未想过要在政治上要求进步，他觉得那是一种奢望，他不敢想。

李丽霞这次主动来找他谈话，并表明团组织欢迎他的靠拢，杨野受宠若惊，按捺着内心的激动，认真地听着李丽霞讲解入团的崇高意义，频频点头表示入耳入心。送走了李丽霞后，仍然暗自兴奋了好久。

几天后，杨野向团支部递交了申请书，很快就被通过了。李丽霞是他入团的第一介绍人。

四

两年后，杨野已经完全发育开了，长成了一个堂堂正正的帅小伙子。他的个头已经超过一米七五，而且还在长。他的工作也不断得到单位领导和群众的肯定，连续两年被评为先进生产者。

杨野似乎踏上了生命的坦途，原先自我屏蔽着的心扉逐渐敞开了。他的心里开始生出一些过去不曾有过的秘密了，这些秘密在悄悄地发酵着，连阿满都似乎有所察觉。

有一段时间，阿满常常会以李丽霞为话题开杨野的玩笑。

一天傍晚，杨野刚收工，走进宿舍，阿满猛然从门后跳出，两根手指作手枪状顶紧杨野的腰眼咋呼："杨野，坦白交代！你和李丽霞是什么关系?"

"你发神经呀!"杨野一掌拍开阿满的手骂道，心里有些慌乱，像是真的有什么秘密给窥探了去。

"嘻嘻，你瞧这是什么?"阿满从衣兜掏出一张折成燕尾形的字条，在杨野眼前一晃，逗他。

"难道……"杨野心跳加剧，暗喊一声，霎时想入非非了。

"公开吧?"阿满得意地扬扬手中的字条。

“随你便！”杨野装出漫不经心的样子，而话音才落，却猛然扑向前去将字条抢了过来。

“哈哈……露馅了吧？”阿满击掌大笑。

“开会通知！”杨野泄气地把字条放在桌上。

阿满疑惑地拿起字条念道：

“杨野同志：今晚七点半请到茶厂会议室开支部会议……”

阿满不解地说：“搞什么鬼嘛，刚才她来送字条，扭扭捏捏的样子，还以为……通知开会说一声不就完了，用得着写字条？”阿满以为男女之间互送字条这类事情一定与恋爱有关，读初中的时候他就干过这种事。

阿满嘀咕了几句，忽然又来了精神：“我看你们是很好的一对呢，很般配很合适的！”

“别胡说，这种事开不得玩笑的！”杨野急忙摆摆手，正色地阻止阿满。

“我是说真的，需要的话，我去给你搭个桥。信得过哥们不？”阿满也表情严肃地说。

“去去，不和你说了，没得正经！”他不愿意和阿满谈这些敏感的私人话题。

“好，不说不说！知道了，这事用不着咱！”阿满说完，朝杨野打了个响指，敲着饭盆上食堂去了。

杨野的心乱了。早在那个男女同学互不讲话的中学时代，杨野便已对李丽霞心生好感。他觉得她与一般的女孩子不同，不仅聪明美丽，而且心地善良。他印象很深的是发生在初二时的一件事情。那时他个子小，坐在班里的最前排，她就坐在他后面。他的同桌也是小个子，在爱打爱闹的男生中常常是被人欺负的对象，于是就喜欢欺负更加弱小的他。那一次是正在上课的时候，记不得是为了什么事情，同桌突然向他发威，将他的笔盒扫落地下，笔盒里的钢笔、圆规和三角尺等恰好全都散落在她脚边。动静虽然不是太大，但因为坐在前排，惊动了老师和周围的一些同学。老师向他们投来不满的目光，没有说话。众目之下，他不敢起身捡拾，而她却不避嫌，弯腰帮他把散落的东西一一拾起交给他。一件小小的事情，让他感动了好久，一直都没能忘记。让他不愿意忘记的还有一件事，他的一篇作文被老师在班上宣读并作讲评，给予高度评价。下课后他听到她对别的女同学议论："杨野他写作文怎么会有那么多形容词呢?"语气里流露出明显的羡慕与钦佩。他听了以后脸红心跳，有一种遇上知音的感觉，又暗暗感动了好久。那时大家都还是孩子，不会有什么非分之想。参加工作分配到四大队后的第一年，他与她家一头一尾恰好住在同一幢平房里，虽然平时出出入入的会经常碰面，但由于惯性使然，他们很长时间都没有说过一句话。他为彼此这种刻意表现出来的矜持感到有些别扭。记得一次出车回来，车子刚刚停稳，天色突然大变，豆大的雨点噼噼啪啪地落了下来。他想起露天晾晒在门前的衣服要收，拔腿就往宿舍跑。跑了一半，忽然看见她从自家冲出来，跑到他宿舍门前，帮他把衣服收起，移到走廊晾衣服的铁丝上。他急忙收住脚步，躲到一边去了。他怕和她照面，怕她知道他看见她帮他收衣服。为什么会这样?他说不清楚。记忆中点点滴滴的感动，在他贫瘠的情感世界里成为了一种极其珍贵的收藏。

过去，杨野对李丽霞从来不敢怀有丝毫杂念，自从一年前她主动前来动员他写入团申请书后，她那羞涩的样子，那温柔的声音和真诚的关怀，突然唤醒了他蛰伏心底的爱意。他也知道她并不讨厌他，也许正因为她不讨厌他，他以前从来不敢奢想的入团问题才会那么顺利地得到解决，因为她是副书记，说话有分量。这是他自己的想法。他入团以后，与她的交往渐渐自然了，也渐渐频繁了。他常常在暗地里揣摩她的心思，却一直没有明确的答案。平日里与她单独相处时，他常常能感觉到她的柔情和真诚，显得可亲可近；而在某些场合，尤其是在开会的时候，她却每每会是另外一副面孔，变得格外认真严肃，令人不得不敬而远之。他对她一直琢磨不透。他有时被自己折磨得很苦。

四大队只有杨野一个团员。当晚开完会后，像以往一样，杨野和李丽霞一前一后走出茶厂会议室，一块回四大队。

茶厂离四大队很近，顺着公路只有大约一公里多路程。

“哎！”走到路口，李丽霞轻轻喊住杨野：“我们从茶园绕回去吧，那么好的月光。”

小路比公路要远一大截，听了李丽霞的话，杨野的心跳不由自主地加快了。与李丽霞在一起，杨野总是很容易激动。

皓洁的月光下，茶园里静悄悄的，他们也静悄悄地漫步而行，好一阵子没有说话。

“我知道你在写小说。”

李丽霞站住了，杨野也站住了。相思树下，一片浓荫挡住了月光，掩没了两个年轻人的身影。

“谁说的？”

杨野有些吃惊，也有些慌张。他最近确实是写了一篇小说，但那种小说是不宜示人的，因为他写的是爱情题材，爱情在那个年代是个敏感的禁区。其实他也想过要给她看的，但始终还是不敢。他只给顾新民一个人看过。

“不想承认？”李丽霞盯着杨野，一双明亮的眼睛在黑暗中柔波闪烁。

“一定是顾干事说的。”杨野没有否认，也不想否认了。

“他给我看了，我刚刚看完，比他写的那些好看。”

“他不守信用，我告诉他别给人看的。”其实杨野心里并不真怪顾新民，反而对他有几分感激。

“你不愿意让我看？不相信我，对吧？”

“没有没有，不是的，我……”杨野急了，连连摆手。

“是写你自己吧？”李丽霞笑道。

“不是的，不是的，全是虚构的，编出来的。”杨野没想到李丽霞会这样说，更急了。

“看不出来，你的恋爱经验挺丰富的嘛！”

“我哪来的经验呀，我写着玩的，完全是胡编的。”

“我不信，肯定是写你自己，要不，没有那些经历你怎么就写得出来？像真的一样。”

“完了，和你说不清楚了！我发誓真的是虚构的！”杨野极力辩白。

李丽霞扑哧地笑出了声：“你呀，看把你吓得，逗你呢！写小说就那么勇敢，又是抱又是吻的，让人看了脸都红。其实你胆子比兔子还小。”说完把脸扭过一边，夜色中看不出来，大概她真的脸红了。

杨野张了张嘴，一时不知说什么好，窘迫地嘿嘿干笑了两声。

“你真聪明，读书的时候我就一直羡慕你会写作文。”李丽霞低下头，轻轻地说，语气有些异样。

杨野心头缓缓地涌上一股热流。他不傻，知道姑娘也喜欢自己，但更深一层的心思，杨野还无法探知。

“杨野。”李丽霞忽然抬起头，盯着杨野，声音有些发颤。

杨野明显地感觉到她那丰满的胸脯在黑暗中剧烈地起伏着，心里又难以自持地激动起来。然而，只一瞬间，李丽霞便恢复了常态，平静地说：

“杨野，你那么能写，五一劳动节快到了，你给支部的墙报写篇稿子吧。”

杨野嗯了一声表示答应，没有说话。他心里很复杂，有些失落，有些委屈，也有些因为自作多情而生出的羞恼。

“咱们走吧。”李丽霞说。

两人慢慢地继续往前走。

李丽霞边走边说：“你很有才华，真的，我特别佩服有才华的人。不过，我看你以后还是不要再写那些爱情小说了，这种小说不符合形势要求，不光是发表不了，别人知道了也影响不好，不小心还会影响自己的前途的。”

这话尽管也算是推心置腹了，可杨野却仍然不能让自己从低落的情绪中解脱出来。他礼貌地说了声：“谢谢，我以后不写了。”

他们沿着寂静的小路，踏着月光，默默地穿过茶园，回到了队部路口，默默相视一笑以示道别，然后各自返回住处。

这一晚，杨野失眠了。阿满早已鼾声大作，他却仍然透过窗户久久地望着那轮昏暗的残月发呆。

五

茶园还是那么幽静，没有落尽的茶花星星点点，稀稀地点缀着碧绿的起伏如涛的山坡，垄沟里残落的老叶在风中轻轻滚动，发出一片干硬的窸窣声。几只小巧的地雀无声地掠过路面，箭似的一头扎进了茶园深处。路旁高大浓密的相思树还像过去一样枝叶交错，遮挡住阳光，投下一片阴影，覆盖了印记着两道牛车轮辙的茶山小路，直至两边的尽头……

小路，茶山上走的尽是小路，在杨野的记忆中，这是属于哪一条呢?

重返故地的杨野终于又站在了当年那条小路的岔道口上。

往前直走通往场部，向左转去是四大队，往哪里去呢?

杨野这次回来纯属偶然，事先并没有认真计划。四年没有联系了，阿满和顾新民还在四大队吗？可李丽霞也在四大队，他不想见到她。不，他很矛盾，他这次回来不就是要寻找那消逝了的过去，以证实他的现在吗？只是他心里又有点害怕见到她。往事太难缠了，那纷繁的回忆包藏着太多的恩怨和尴尬。

杨野坐在路边的一截树墩上，吸完了一根烟后，终于决定先到场部招待所住下再说。罗光毅不是在场部开汽车吗？对，就先去找罗光毅！

在从小一块长大的同学中，杨野和罗光毅的关系比较特殊，他们不是那种无话不说的铁哥们，但彼此之间似乎又都有些惺惺相惜。在班里，杨野和罗光毅都是属于成绩比较好的那一类，但杨野认为自己靠的是勤奋，而罗光毅完全是天赋。罗光毅自小聪明，平时也没见他比谁更加用功，可学习成绩永远是班里第一，杨野从心里佩服罗光毅。另外，罗光毅与杨野同属“可以教育好的子女”。罗光毅的父亲新中国成立前在香港当过英国水上警察，每逢运动当头，也与杨野的父亲一样，常常是被批斗的对象。不过罗光毅的性格与杨野不同，杨野心底里深藏着自卑，而罗光毅从骨子里透出的是一种孤傲，这也是杨野佩服罗光毅的原因之一。1977 年恢复高考后，他们两个都同时参加了考试，结果全场百多号参考者中就只有他们两个的分数入围，并且一块去参加了体检。后来入学通知书正式下达时，罗光毅还是落选了，据说是政审没过关。杨野相信这种说法。因为是恢复高考后的第一届，尽管当初的政策已经开始宽松，但政审方面仍有不少关卡。杨野父亲的问题虽然没有彻底解决，但一直属于“人民内部矛盾”，而罗光毅父亲是历史问题，属于“敌我矛盾”作“人民内部矛盾”处理，性质相对严重，所以杨野能过政审关而罗光毅过不了这是有可能的。杨野觉得罗光毅是被埋没了，他一直为罗光毅感到惋惜。

决定先找罗光毅后，杨野起身转向通往场部的公路。

公路两旁，几个做散工的犯人懒懒散散地躲在茶园边的地垅上晒太阳。

“喂，兄弟，探监的吗?”靠近路边的一个面目猥琐的年轻人对着杨野，伸出两根指头在嘴边比划，腆笑着说：“赏根烟抽吧。”

杨野瞥他一眼，随手掏出半包“银球”丢了过去。

那犯人伸手从空中接住香烟，抽取出一支，一副欣喜若狂的模样：“啊哈，带把的……”

旁边几个犯人一哄而上，吵吵嚷嚷扭作一团。

杨野没有理会这帮被监禁生活扭曲了自尊的落魄者，继续向前走着。他心里得到了一种施舍于人的满足，还隐隐约约生发出一种报复感。

哼！不就是半盒烟吗？竟然也成了我的一条罪状！杨野愤愤然在心里嘀咕了一句。

六

“杨野，你知道吗？你被刷下来了！”阿满一进宿舍，把满身油污的工作服往床上一甩，迫不及待地对杨野说。他刚从场部给犯人伙房运大米回来。

“什么？消息可靠吗?”杨野也刚出车回来，正歇着，准备过一会儿到食堂吃晚饭。听了阿满的话，心里像是被猛击了一下，禁不住从椅子上弹起，睁大了眼睛问。

阿满答道：“昨天就公榜了，贴在场部办公楼的宣传栏里，没你的名字。”

杨野颓然跌坐回椅子上，不再言语。尽管早有心理准备，但这样的结果仍然给了他很大打击，他太想上大学了。

果然被罗光毅不幸言中了！杨野在心里苦笑了一声。

罗光毅在一大队开拖拉机，平时杨野和他没有太多联系。半个月前的一天下午，杨野将犯人采下的茶青从茶园工地运送到茶厂，恰好遇上罗光毅也往茶厂运送茶青。那时招生工作刚刚开始，杨野就问罗光毅是否也要报名，罗光毅回答说想那些没有可能的事情干吗？他劝杨野也别抱希望，很肯定地对杨野说，大学校门绝对不是朝着你我这类人开的，不信你等着瞧！当时罗光毅的话像是兜头给他泼了一盆冷水，可他还是抱着一种侥幸心理报了名，希望能有奇迹出现。此刻，仅有的那一点梦幻的火星彻底破灭了，杨野感到万分沮丧。

“上榜的有三个人，林卫东、叶丽敏和章龙辉。”阿满又说。

杨野叹了一口气，没有说话。

自从1966年“文化大革命”开始以后，大学便停止了招生，至1971年才开始逐渐恢复，但已不再以考试的方式录取。大学重新招生以后，按新的规定要求，报名者须有两年以上工龄和初中以上文化基础，并且政治可靠，个人表现突出，此外还需要经过群众推荐，最终由领导审批。杨野最初对自己是信心不足的，他认真审视过自身的条件，他当时正好满两年工龄，并且连续两年被评为先进生产者，说明自己的表现是得到领导和群众认可的，这些应该都不会有太大问题，他最担心的是能否通过政审关，因为政审必定涉及父亲的问题，父亲的问题是否会成为他的障碍，令他心中无底。他很苦闷，去找顾新民倾诉。顾新民对他说不必因为他父亲的问题有太多担忧，党的政策一贯是“出身不由己，道路可以选择”，根据以往的情况看，为了体现这一宽大政策，在每年下达给全省劳改系统的推荐名额中，都会有百分之一的内控指标是专门留给“可以教育好的子女”的，所以杨野父亲的问题对他确实会有一定影响，但关键的还是看个人表现；再说，不管最终能否顺利通过群众推荐和领导审批，这毕竟是一次机会，不试一试又怎么知道行不行？顾新民劝他不要轻易放弃这次机会，杨野就是在顾新民的鼓励下报了名。

推荐工作正式开始以后，杨野经受了一次心灵的煎熬，同时也体验到了人情的冷暖。当生活需要你的时候，你的一切都会被人关注，赞扬也来得容易；而一旦你在生活中对别人有了妨碍，一切又都走向相反了。在推荐大会上，原先不少夸赞过他的人都开始反了调门，不赞成将他列为推荐对象，理由还是他的家庭出身问题。顾新民极力为他辩说，大队教导员兼党支部书记刘海山也力排众议，主持公道，对他做出充分肯定。最后，大队党支部根据群众意见，以仅仅超过半数的选票，将他的名字报上了场部。

推荐程序是三上三下，大队推荐只是第一关，过了这一关，须经场领导讨论批准才能确定为候选人，即使进入候选人名单，接下来还要在全场范围内接受群众评议，然后再由领导根据群众的反馈意见确定名单，最后上报省劳改局审批。

经过大队初选后，尽管名单已经报上场部，但杨野并不抱有太大希望。这次劳改局分配下来三个招生名额，须在全场范围内选出六个候选人，全场共有十三个大队，按每个大队选送两个名单计，加上几个直属单位，少说也有近三十个人参与竞争，杨野觉得自己在大队初选时票数才刚刚过半，不具备任何优势。然而，出乎许多人的意料，候选人名单公布后，杨野居然是榜上有名。杨野没有太多心理准备，一时激动得不知所措。

进入候选人名单，杨野受到极大鼓舞。当晚，他兴奋得辗转反侧，久久不能入眠。这次被列入候选人名单的除了杨野自己，其他五个人分别是叶丽敏、林卫东、施伯民、章龙辉和李丽霞。杨野细细与他们一一进行比较，分析自己最终胜出的可能性。叶丽敏比杨野早一年参加工作，在茶厂烘干车间当工人，是这批候选人中唯一的党员，也是场里的名人，之所以出名是因为她一贯坚持学雷锋做好事，最突出的事迹是几乎每天不间断地利用工余时间冲洗茶厂的公共厕所，有人讲怪话说她的党员身份和各种荣誉称号都是冲厕所冲出来的；可她的文化基础实在太差，读书的时候各科成绩大半都常常在合格线下，初中还没读完就出来工作了。所以要论政治条件和思想、工作表现，叶丽敏似乎无可挑剔，但要上大学恐怕就不合她的强项了。林卫东与杨野是同班同学，在一大队开拖拉机，连团员都不是，他唯一的优势是父亲在场里担任副政委职务，有近水楼台之便，但也因为家庭条件优越的缘故，他自小脾性骄横，参加工作后的表现仍然比较张狂，属典型的纨绔子弟，这是最让群众反感的，估计最终的票数超不过杨野。施伯民是场部机运队司机，二十四岁了，在六个候选人中年纪最大，工龄也最长，但他原先是从广州下放到海南岛农场的知青，调到本场还不到一年，而且一来就分到一个令人眼热的好工作，所以人们一开始就对他产生了诸多猜测，都觉得他很神秘，认为他一定有后台，是“走后门”调到场里来的，这很容易拨动人们敏感的神经，票数应该也不会太多。事实上，候选名单一公布，群众已经议论纷纷了。杨野认为比较有把握的是李丽霞和章龙辉。李丽霞一直是他们这班同学中的佼佼者，一参加工作就担任团支部副书记，最近团委换届又上了个台阶当了书记，并且被选为场团委委员，是党支部建党的重点培养对象，这次推荐应该不会有问题。章龙辉是四大队大队长章世贤的儿子，早杨野两年毕业，在一大队犯人生产中队带班，是为数不多的“以工代干”的本场子弟，也是建党重点培养对象。章龙辉不仅工作积极肯干，深得领导好评，而且脑子灵活，比较会来事，平时无论是在领导面前还是路上遇见普通的老太太，他都会笑脸相对，态度非常热情而且谦逊，人缘极好。正因为这样，他去年就已经被高票推荐为候选人，只是在最后一关因名额有限而未被审批通过，在今年六个候选人中，他应该是把握最大的了。至于杨野自己，如果没有意外，应该可以名列第三。他两年来的工作表现自不必说，连续两年被评为全场先进生产者就是最好的证明，与其他候选人相比，他最大的优势是学习基础好，尤其是擅长写作，上一回被抽调到场部政治处参加批林批孔运动期间，场长最后在全场大会上所作的总结报告，初稿就是由他执笔撰写的，领导们都应该知道他有这方面的专长。这次招生恰好有一个中山大学中文系的名额，照理说这个名额非他莫属。

杨野按照自己的思维逻辑推测了一番之后，心里虽然没有完全的把握，可毕竟看见了一线曙光，那种美梦成真的期待就愈加强烈了。最后的结果出来以后，杨野的挫败感不难想见。

晚上，杨野沮丧地去找顾新民，见面就委屈地抱怨说："你一定早就知道了，为什么不告诉我？"

"你已经知道了？"顾新民拖过一张椅子让杨野坐。"是的，我专门为你去打听过，正发愁怎么对你说呢！"

"凭什么，凭什么把我给刷下了？"两颗泪珠禁不住涌出了杨野的眼眶。

顾新民给杨野倒了杯水，叹了一口气说："名单是前天定的，昨天一早就公榜了，章龙辉、林卫东和叶丽敏今天上午已经去体检了。没有办法，我们都太天真了。你也不要和别人说，我那个在政治处当干事的战友，你认识的，叫刘福成，他私下和我说其实上面早有内定名单，连后面三年的名单都排满了。"

杨野大吃一惊，这种事在他听来不啻天方夜谭。他说："这怎么可能？不是有条件有标准的吗？再说还要经过群众推荐的呀！"

顾新民说："条件和标准都是人定的，符合不符合也是人掌握的，让你上你就符合，不让你上你就不符合。至于群众推荐，只不过是走个形式罢了！你知道吗？人家把你刷下的理由是什么？除了你的家庭问题，还有人揭发你，说你敌我不分，和犯人拉拉扯扯，这正好给了人家一个把你刷下来的借口。我原来也把事情看得太简单了。唉，没希望了，别想那么多吧，想也是白想。"

杨野又吃一惊："说我敌我不分和犯人拉拉扯扯？谁说的？有什么证据？上不上大学是一码事，说我和犯人拉拉扯扯这可不是能够乱说的！"

顾新民说："你别问我是谁说的，问我我也不知道。有人写了揭发信，时间地点都清清楚楚，说是亲眼看见你给了犯人一包烟。"

杨野愣了，一时无言以对。给犯人烟抽这种事肯定是有的，许多干部工人与犯人打交道，都会在不经意间随手给犯人递根烟，这本不算什么，平时也没人把它当回事，可如果认真计较起来却可以上纲上线，涉及政治立场问题，至少是思想政治觉悟不高的表现。

“振作一点吧！你还年轻，来日方长，上大学这条路走不通了，可以自学嘛。趁着年轻多学些真本事，对自己总是会有好处的。你看我吧，业余创作搞了那么多年，虽然还没有出什么大成绩，可毕竟是练了笔，起码我干起现在的工作还是得心应手的。当然，人还是要有点大志有点雄心的。你不是喜欢创作吗？社会就是最好的课堂，许多大作家不都是没有上过大学靠自学成才的吗？最典型的像高尔基，才读过两年书，最后成了伟大的无产阶级革命作家。你上一回给我看过的你写的那篇《新春秋意》，内容虽然不合潮流，文字也幼稚了一些，但可以看出你的基础是不错的，只要持之以恒，一定是会成功的……”

顾新民滔滔不绝地说着宽心话，安慰了杨野好久。

自学？谈何容易！顾新民本身就是个不懈追求的自学者，那么多年过来了，一个字也没有发表过，都奔三十岁的人了！

杨野理解顾新民的苦心，从心底感激他的好意，但满腹的委屈和沮丧仍然无法排解。

七

从1973年高中毕业参加工作到1977年恢复高考，短短四年时间，杨野经历了太多的起落。在最终顺利考上大学之后，他仿佛一夜之间忽然长大了，成熟了，也仿佛是在这一夜之间把一切都看透了。他的自信开始膨胀，世界在他的面前忽然变得极其渺小。他感觉到，在人生的过程中，对于命运的把握很多时候取决于自身的主动，要想使自己立于不败之地，必须保持一种精神上的绝对优势，使人们时时处处忘不了你的存在，不得不承认你的价值。

很快，杨野抓住一次显露自我的机会。那是入学后正式上课的第一周，班里五十个同学相互间都还没来得及熟悉。

杨野就读的是一所名不见经传，几乎是全省排名最末的普通综合性本科院校里的中文系。这所学院“文革”中曾经停办，1976 年才复办，杨野他们是复办之后的第二届学生，在他们之前学院还招了最后一批工农兵学员。学院停办期间，原先的教师大多被遣散，一时还未能重新聚齐，师资奇缺。

那天上的是写作课，任课者叫章成礼，是刚从一所中学调进来的语文教师，据说毕业于某名牌大学，是“文革”开始前考入的最后一批大学生。第一次在讲台上与学生见面，章成礼的自我感觉极好，一开口就端起了名牌架势。他先是趾高气扬地作了一番自我介绍，接着以一种目空一切的表情和口吻说：

“在座的各位是高考制度恢复后的第一批大学生，也算是考进来的吧。不过，上顶尖名牌大学的是考，上末流学校的也是考，同是一考，其间仍然还是有优劣高低之别嘛！不服气的话，在座各位也考上个名牌看看，那你我现在就不是师生之交了，说不定还可以以校友相称呢！既然是考进来的，照理说基础一定都不错，据说你们中间有些人入学前还发表过作品的，是这样吧？很遗憾，你们的实际基础实际水平如何我还没有领教过，那我们今天就来次摸底测验，当堂写一篇作文，两个钟头交卷！”

说完，顿了一顿，缓缓扫了全班一眼，又说：

“发表过作品又怎样？‘四人帮’时期的那些东西能算是作品吗？那时流行的很多东西，诸如‘三突出’、‘主题先行’什么的，那些‘假大空’、‘帮八股’的东西恰恰是我们现在要彻底批判彻底清除的。现在就是要拨乱反正，要正本清源！……写文章最忌的是什么？最忌的是没有真情实感，最忌的是无病呻吟，最忌的是强不知以为知！古人云‘知之为知之，不知为不知，是知也’。知道这是什么意思吗？……有些同学基础差一些，怎么办？古人又说‘临渊羡鱼，不如归而结网’，意思是……那么，写文章最要紧的又是什么？”

他转身，用力在黑板上写下了歪歪扭扭的一行：“去粉饰、存真意、勿卖弄！”写完，转回身，大声念了一遍。说：“这就是我个人多年从事文字工作的体会和总结！”

他让大家勿卖弄，自己却在台上牛头不对马嘴地卖弄了足足有十五分钟。底下的同学早已憋了一肚子气，都坐不住了，纷纷交头接耳，课堂里嗡声一片。

这时杨野忽然站立起来，大声说道：“报告老师，我有问题想请教！可以吗？”

课堂霎时静了下来，全班的目光都投聚在杨野身上。

章成礼也微微一愣，然后傲慢地昂起头：“你说。”

杨野说：“您刚才说的‘去粉饰、存真意、勿卖弄’是您多年从事文字工作的体会和总结，可我记得鲁迅先生的《作文秘诀》也说过类似的话，原文好像是：‘白描却没有秘诀。如果要说有，也不过是和障眼法反一调：有真意、去粉饰，少做作，勿卖弄而已。’我想知道，究竟是您与鲁迅先生不期而遇，还是先生借鉴了您？”

课堂里又是一阵喧嚣，同学们都纷纷为杨野鼓掌叫好。

章成礼狼狈不堪，他努力克制着心中的恼怒，冷冷地对杨野说：“这个问题以后另找时间讨论，现在开始测验！”说完，转身擦去黑板上的那一行字，狠狠写下一道作文题：

爱 花 的 人

“写吧！”章成礼悻悻地拍拍手上的粉笔末，走出课室门口，胸膛起伏地点燃了一根香烟，大口吞吐起来。

77级是个特殊的群体，作为高考制度恢复后的第一批大学生，在当时特定的社会背景下，他们都是备受瞩目的天之骄子，一个个自视甚高，自我感觉奇好，况且杨野他们这个班里“老三届”成员为数不少，这批人的高考分数大多已上重点线，只因年龄偏大而无缘名牌院校，实际情形并非如章成礼所言。所以，面对章成礼的奚落和贬低，同学们心里都憋了一口恶气。

熬过两个小时，同学们骂骂咧咧地走出课室。

“什么玩意嘛！充其量就是个红卫兵大学生，一入学就打打杀杀地造反，正经上过多少天课？人模狗样的！”待章成礼收齐作文本离开教室后，班长就首先喊道。班长名叫林安信，是个退伍兵，五大三粗，满脸硬胡茬，年近三十了。看样子他这次作文没能考好。

“嘿嘿，爱花的人，这本身不就是一种肤浅的卖弄吗？”戴着厚厚两片眼镜的何国林慢条斯理地说。他原来是省农垦机关的秘书，发表过不少通讯报道，是农垦系统的名人。

“这个章老师不会是有什么毛病吧？怎么会说出这样没水平的话？不理解不理解！”

……

同时，同学们对杨野刮目相看，给了他不少赞誉之词。杨野一概轻轻笑对，心里感觉很好。

作文簿发下来了。都在意料之中，全班同学的分数大都很低，还有五六个不及格。杨野没有拿到作文本，别人没有注意，他自己却知道是什么回事，也不急。班长林安信出人意料地得了85的高分，他变谦虚了，也没了忿气，听到有人议论章成礼，还会一脸严肃地出面替他圆场。

第二周写作课，章成礼没来，以后也再没有来上他们的课。

那天是班长林安信主持课堂秩序。林安信说：“按照章老师布置，这一周的作文课是修改作文。老师说了，上一次的作文普遍写得不理想，要求大家修改，在原稿基础上把《爱花的人》修改一遍，照老师的批语改。在修改作文之前，我们要先解决一个问题。”说罢扫了同学们一眼，特别重重看来杨野一眼。

“《爱花的人》，主题是很清楚的嘛。学生好比是园圃里的花，老师就是园丁，爱花的人当然指的是园丁了，说明白一点指的就是老师，这是连小学生都能够领会的意思……”林安信把自己的作文当成了范文，啰啰嗦嗦把自己文章的立意和构思说了一遍。接着，话锋一转：“可是，我们有个别同学却对老师格外不尊重。大家看看，这里有篇作文，写了些什么呀，太过分了！我念几段给大家听听吧。”

林安信翻开手中的一本作文簿，抽章断节地念起来：

“各位，从今天起，你们本学期的写作课就由我来给你们上了。先作个自我介绍吧！我，姓姜，名盛力，姜盛力！”他转身在黑板上写下“姜盛力”三个大字，又面向大家，用食指顶了顶鼻梁上的眼镜，镜片后一双小眼左右巡扫了一遍。不知那副眼镜有几度？眼镜我也喜欢戴，当知青开拖拉机的时候，平光的，那种感觉挺好的，自认为很有风度。

老师舔舐了一下两片薄薄的嘴唇，两根细柴一样的手臂往讲台两角一按，极力保持着老师的威严：“各位是高考制度恢复后的第一批大学生，据说基础都不错，可是非常遗憾，各位的大作我还没有拜读过……”

确实遗憾，老师的个子太小，两手叉着讲台，曲起的两肘几乎高过肩膀，那样子很难与“威严”二字发生什么关联。

……

“写文章最要紧的又是什么？我认为，这就是：去粉饰、存真意、勿卖弄！这是我个人多年从事文字工作的体会和总结！”

从一开始，同学们便一直在下面吃吃窃笑，林安信念到这里，大家都再也忍不住了，猛然间哄堂大笑起来。

这时，杨野忽然从课室后排站了起来，走上讲台对林安信说：“我的文章还是由我自己来念吧，看你磕磕巴巴挺吃力的！”

霎时，全班同学的目光都齐刷刷地注视着杨野，课室里鸦雀无声。

杨野抢过作文簿，把目瞪口呆的林安信晾在一边，自顾抑扬顿挫地念起来：

爱花的人？如此爱花！我不禁想起了那难忘的往事。那时我也不乏人爱，然而这竟是一场欺骗，别人欺骗了我，我也欺骗了我……

一文念毕，课堂里掌声雷动。杨野出名了，同学们又一次对他刮目相看，连外系的同学也知道了他的大名。

一段时间里，杨野沉浸在一种莫大的满足之中。他也明白，那些由哗众取宠而换取的称赞也许是廉价的，但他毕竟是以和往常不同的方式引起了人们的关注，他需要得到别人承认的欲望太强烈了！

八

曾几何时，杨野也在人前露过脸，然而那种滋味却迥然不同。那时，他刚刚有意识地开始命运的抗争，但他缺少人生的经验，还不懂得抗争的策略，结果是再一次给自己的经历增加了一段挫折。

1976年初，在反击右倾翻案风运动中，杨野的父亲又被当做反面典型在全场各大队巡回接受批斗。杨野的父亲在七大队副业中队带班，他的罪名是只抓生产不讲革命，忠实推行邓小平的唯生产力论。这是撞在枪口上的事，运动当头，总得有个挨枪的靶子，杨野的父亲当惯了这种靶子，感觉早已麻木。

杨野的父亲要到四大队接受批斗的前一天，大队长章世贤找杨野谈话，希望杨野能够与父亲划清界限，上台作批判发言。章世贤与杨野的父亲是当年同期参加劳改场筹建工作的老同事，杨野不了解他们之间有何历史纠结，但平时就能够感觉到彼此关系的微妙，猜想他们一定有着很深的过节。

在当时的年代里，为了表明革命立场，做子女的与父母划清界限是见怪不怪的事情，可杨野对章世贤动员他批斗自己父亲的话却极其反感。经过不久前推荐上大学的挫折后，他心里就一直怀有一种被人愚弄的愤怒，现在又将被人利用，他当时就恨不得一口唾沫啐到章世贤脸上。但他忍住了，出乎意料地答应了章世贤。

大队教导员陈海山知道杨野准备上台批斗自己的父亲后，私下里也找过杨野，忧心忡忡地问："你真的要上台批判你的老爸爸？"

“是的，我一定要上台发言的！”杨野态度坚定地说。

“你好好想想！”陈海山叹了一口气，明显流露出失望和不满。他不再说什么，把烟头往地上一丢，转身走了。

杨野心中蓦然生出一丝感动。生活中并不是全都充满丑恶，在他最压抑最痛苦的时候，杨野也都还是能够隐约看到善良人的那种真挚的情感流露。

在批判大会上，杨野看见自己满头白发的父亲被推上批斗台时，心里一阵紧揪，他强力克制着不让泪水涌出眼眶。

批斗会由章世贤主持，他首先一条条地列举了杨野父亲的罪状后，接着便是各中队和部门的代表发言。尽管类似的场面在当时已经司空见惯，大家心里都明白是一种形式和过场，但每一个人又都表现得像是真的一样。发言者轮番上台，一个个同仇敌忾，慷慨陈词，仿佛不将杨野的父亲批倒批臭，整个社会主义中国就会在顷刻之间改变颜色。那个时候，人们都是很善于上纲上线，很善于把纸老虎当真老虎打的。

其间，章世贤频频用眼神向杨野示意，催他上台发言，见他迟迟没有动静，便站起来大声说道：“毛主席教导我们，千万不要忘记阶级斗争！阶级斗争必须年年讲、月月讲、天天讲！杨连书一贯反党反社会主义，他人还在心不死，一有机会就要跳出来与党和人民为敌，邓小平重新上台后他以为时机到了，又一次紧密配合邓小平的右倾翻案风，企图为右倾翻案风推波助澜！革命群众的眼睛是雪亮的，现在，邓小平在我场的代理人杨连书，这个紧跟邓小平右倾翻案风的黑干将终于被揪了出来，全场革命群众都拍手称快！就连他的亲儿子杨野同志也要和他划清界限了！可见右倾翻案风是多么的不得人心！现在，我们就请杨野同志上台对杨连书进行彻底的批判！”

会场上霎时一片安静。人们的目光在搜索着，有诧异，也有不易觉察的鄙夷。杨野的父亲垂首站立在批斗席上，没有抬头，身子禁不住微微抖动了一下。杨野只觉脸上一阵发热，愤怒、羞辱同时涌上心头。

杨野狠狠瞪了章世贤一眼，走上台去，满脸通红，声音颤抖地说：

“我有这样一个父亲，我感到痛心！他辛辛苦苦革命几十年，到头却落得今天这个下场！我很不明白，非常不明白！从刚才大家的批判发言中，我感觉到我父亲杨连书之所以成为右倾翻案风的黑干将，就是因为他所负责的副业中队生产工作成绩特别突出！只是，我还是不明白，他的所作所为如何就与右倾翻案风联系得上？怎么就和邓小平挂上钩了？把生产搞好了也有罪？毛主席说的是要‘抓革命促生产’，没有说抓了革命就不要生产，没有说革命和生产就一定是对立的关系！抓革命的目的不就是为了把生产促上去吗？不然的话，我们每天上班为的是啥？不如大家天天光是高喊革命口号，什么事都不要干了！……”

杨野滔滔不绝地宣泄着自己的激愤，人们一时都似乎反应不过来，连章世贤也愣住了，忘了及时出面制止。倒是杨野的父亲急了，怒喝了一声：“给我住口！”顾新民如梦初醒，急忙上前扯着杨野，强行将他拉出了会场。

批斗会过后回到家里，父亲曾狠狠地给了他一顿臭骂。之后又苦口婆心地以自己为鉴，告诫杨野一定要珍惜自己的前程，要学会保护自己，要夹着尾巴做人，凡事决不能由着自己的性子来。生活已经把杨野的父亲从一个顶天立地敢作敢为的血性汉子，磨造成一个树叶落下来也怕砸破头的懦弱老人。杨野很为父亲觉得悲哀，也为自己感到绝望。

杨野成了破坏运动的典型。在以后的日子里，杨野和父亲一块被推上了批斗席。大会斗小会批，杨野的罪状层层加码，原先在推荐上大学过程中被人揭发的“敌我不分，与犯人拉拉扯扯”、“写黄色小说”、“对现实不满”等等，也成了他公开的罪名。新账旧账一起算，杨野受到了留团察看的处分。

处分决定是由李丽霞在支部会上宣读的。李丽霞在宣读决定时始终不敢正视杨野，也只有杨野能够体察出她微妙的尴尬心理。杨野的心情极其复杂，大半年来，他内心积攒着的所有愤懑，他行为表现中的所有反叛，他在父亲批斗会上的过激表现，都与李丽霞有着直接关系。她给他带来的打击实在太大，令他无法承受，可他对她却恨不起来。在以后的好多年中，他都难以从这种复杂的情感纠结中解脱出来。

邓大有也不知从哪里知道了情况，小心翼翼地问：“小杨队长，听说你犯了错误?”

杨野火了：“你说什么！你要明白自己的身份，队长的事是你管的吗?”

邓大有笑笑，推心置腹地说：“我确实不该过问这些事，我也知道自己的身份，但我没有别的意思。正因为我是犯人，生活教训更多，更值得年轻人借鉴，所以才想和你说一说。唉，小杨队长，说实话，一个人呀脾气不能太硬、太倔，遇事缺少冷静总是要吃亏的。我是过来人，我这一辈子就是吃了脾气太硬的亏。在部队当兵的时候我顶撞首长被关过禁闭，打战士挨过处分，五七年当了右派，‘文化大革命’开始后又……算了，不说了，现在明白也太晚了。总之啊，人呀干什么事都不能凭冲动。吃亏是福，人活在这个世上是不可能不受委屈的，巴掌再大也撑不起天，可那么大个天又压死过谁？真正的强者是从委屈之中练就出来的……”

听了邓大有一番话，杨野没有说话。

是的，要驾驭自己的命运之舟，必须讲求方法，蛮干的结果往往只能是失败。静静思考之后，杨野似有所悟。

九

“哎，这不是小杨吗？是杨野吧?”

在岔路口上，有人喊了杨野一声。杨野循声望去，哈，冤家路窄，原来是章世贤！

章世贤骑着一辆单车从岔道上拐进公路，眼愣愣地盯着杨野，一不留神，车头歪了一下，差点冲进路边的沟里。

“哎呀呀，真是小杨啊！”章世贤急忙下了车，把车子往路边一架，几步跑到杨野跟前，拉起杨野的手使劲摇：“你看你看，几年不见，都差点认不出了！毕业了吗？分配到哪了？怎么一个人回来呢？怎么不把女朋友带上？我一定没有说错，一定有女朋友了，对吧？哈哈……”

仿佛像是多年不见的老朋友，章世贤一个劲地发问，显得格外热情。不等杨野回答，又接着说："我从小就看你有出息，这不，上大学读大书了，我真没有看错……"

杨野觉得好笑，他抽出被握得水腻腻的手，打断章世贤的喋喋不休："章大队长在忙些什么呢?"

"捉几只兔子到镇上卖。"章世贤指指单车后架说。

杨野这才发现章世贤的单车后架上捆着一笼兔子。他一时没有反应过来，疑惑地说："卖兔子?"

"自家养的，太多，处理不过来。来，抽根烟。"章世贤递过一支烟，边替杨野点火边解释说。

"嗬！共产党的大队长竟然搞起资本主义来了!"杨野吃惊不小，急忙喷出一口烟，嘲讽道。早些年农民在集市上出售自己生产的农副产品都要受到严格限制，现在堂堂国家干部公然做起小买卖，这简直是不敢想象的事情。

章世贤表情有些尴尬，嘿嘿地笑着解嘲道："不是了，现在不是大队长了，离休了，去年就离休了！现在是真正的平头小百姓了。在家里闲着没事，养了几窝兔子。不稀罕那几个钱，人家卖一块六一斤，我卖一块钱，玩玩而已，要不真把人闷死了。再说现在的政策也允许。"

"你就不怕同志们开你的批斗会?"杨野揶揄道。

"不会了，不会有那种事了。"章世贤认真地摇着头，不知是真的没有听出杨野话中有刺，还是故意装傻。

"哼哼，还是小心点吧，到时我可是要动员你儿子上台批斗你的哟!"杨野继续报复道。

"你还记得那码子事……"章世贤窘住了，他长长叹了一口气，不说话了。

杨野幸灾乐祸地笑了："章大队长那时的革命干劲可是比谁都大呀!"

"小杨。"章世贤哀求似的看着杨野，讪讪地说道，"说真的，你老章叔早就悔过了。那些年你斗我我整你的，把人都搞迷糊了。现在离休了，细细想起那些事……唉，原谅你老章叔吧，见到你爸，代我向他道个歉。"

章世贤皱纹密布的马脸上表情诚恳，一副可怜巴巴的模样。杨野就像一个气冲牛斗的斗士，刚刚跨进角斗场，还未待举起手中的利剑，敌手便自行扑倒在自己的脚下。他感觉索然无味，不愿再继续纠缠下去了。

“阿满还在四大队吧？”杨野岔转了话题。

“阿满？你还不知道？”

章世贤一脸诧异，正要说什么，一辆拖拉机开了过来，停在路边。

“章叔叔，又到河角卖兔子呀？来，我捎你一脚！”一个年轻的拖拉机手朝章世贤喊。

“哦，好好！谢谢了！”章世贤急忙把抽了半截子的香烟掐灭，夹在耳朵上，忙不迭地应着。

两个跟车的犯人早已跳下车，帮着把单车连兔笼扛上了拖卡。

“回头到我家来，咱们好好聊聊，说说阿满的事。”章世贤匆匆朝杨野说了一句，爬上了拖拉机。

拖拉机开走了。杨野心里充满了狐疑，难道阿满出事了？

十

杨野和阿满一块在四大队开了四年的拖拉机。当初参加工作的时候，阿满还不满十六周岁，是他们这一拨拖拉机手中间年纪最小的一个。阿满性格活泼，为人真诚，很讲义气，只是因为年纪小，常常会表现出一些带有孩子气的顽皮，令杨野啼笑皆非。不过，阿满最怕的就是别人说他小，把他当孩子看，平时就总要刻意装出一副少年老成的样子，由此也闹出过一些笑话。

记得刚刚参加工作半年多，一次队里召开“批林批孔”群众大会，会前照例要唱一阵子革命歌曲。内勤干事顾新民点将要杨野和阿满上来教唱新歌，说：“你们两个小秀才，哪个上来教一教歌呀？”平时这类事情都属于顾新民的分内工作，他也事先做好了准备，早已将新歌的词谱用毛笔抄在大白纸上，挂在办公室的墙前，说让杨野和阿满教歌只是想活跃一下气氛，并非十分认真。杨野自然不会出这个头，就推让阿满上去。阿满客气了两句，也就当仁不让了：“我来就我来嘛，这有啥！”阿满平时就喜欢唱歌，不管何时何地，高兴起来总爱放开那五音不全的尖嗓子乱喊乱叫，特别是在洗澡的时候，更如同是在举行个人独唱专场。他自称是“男低音”，在他看来“高音”难度大，而“低音”是一种谦虚的说法。

那是时下喇叭里热播的一首新歌，大家虽然大都还不会唱，但对这首歌的旋律已经很有印象了。阿满大步走上台去，煞有介事地把曲谱轻声哼过一遍，自信有把握了，就说：“我先给大家唱一遍，然后再一句一句教。”

事隔多年之后，杨野仍然还记得那首歌的歌词是：

狠狠地批，深入地批！
林彪和孔老二都是坏东西！
嘴上讲仁义，
肚里藏诡计；
鼓吹克己复礼，
一心想复辟；
革命群众齐上阵
大家都来狠狠批！

而阿满开口就唱道：

狼狼地批，深入地批！
林彪和孔老二都是坏东西！
……

顿时，台下一阵哄堂大笑。阿满无法继续再唱下去了，却不明白个中原由，莫名其妙地张着大嘴发愣。多可怜呀，一个初中生，竟然连“狠”字和

“狼”字都分不清！杨野在下面替他羞得头都不敢抬。

阿满年纪不大，却已是一个资深烟民，有了好几年的烟龄。还在读书的时候，下课铃一响，他便会与班里几个同好避开老师，直奔教室后面的防空洞，躲在里面吞云吐雾。参加工作之后，偶尔遇上过去的老师，他竟然可以大大方方地向老师递上烟盒，或者大大方方地向老师讨烟抽了。杨野后来抽了几十年的烟，一直无法戒除，最初就是在阿满的唆使下学会的。

阿满的烟瘾大得令人难以置信，每天早晨醒来之后的第一件事就是先点燃一根烟，躺着吸完之后才起床。起床后很快又会再吸一根，有时甚至是一边刷牙一边吸烟。杨野当笑话对别人说起，始终没人相信这是真事。一次给基建工地拉瓦，车在路上跑着，阿满的烟瘾上来了，他没停车，居然双手离开方向盘卷起烟丝来。一不留神，车子冲下了路边的沟坎里。还好，人和车都没事，可一拖卡刚出窑的瓦片却震碎了小半车。事后，挨了章大队长一顿好尅不说，阿满自己也久久不能从当时的恐惧中解脱出来。回想起来，事情发生的那一瞬间确实是让他经历了一场难以言说的惊心动魄，他心里充满了后怕。事情是上午发生的，中午收工回来与杨野述说事情经过的时候，他的双腿仍然是战栗的。他当着杨野的面掏出那个漂亮的铝制烟盒往桌上一拍：“男子汉大丈夫说话算数，从今以后我再也不抽这鸟烟了！”说完取出大扳手走出门口，在走廊的砖地上三两下将烟盒砸成一团，然后狠狠掷向屋旁的草丛里。

到了晚上，阿满却忍耐不住了，嬉皮笑脸地伸手向杨野讨烟抽。杨野有意为难他：“不给！男子汉大丈夫说话算数，说不给就是不给！”说完，捂紧衣袋跑开了。

“好啊！山水有相逢，你小子也有求我的时候，等着瞧！”阿满气得直跺脚。

天黑了，大队供应站早已关门，买不到烟。无奈，阿满只好从当烟灰缸用的广口罐头瓶里拣出自己抽过的烟头，剥出剩下的烟丝，撕了张报纸卷起一支大“喇叭筒”，美美地过了一回瘾。第二天，他从草丛中寻回被丢弃的烟盒，用小铁锤细致地轻轻敲打，将砸瘪了的烟盒复原了。

队里条件差，没有什么活动设施和场所，仅有的一个篮球场，水泥地面坑坑洼洼，篮架坍了一边，半年也没人来修。那时电视也还没普及，人们白天忙碌了一天，晚上的时光就显得格外漫长了。杨野喜欢清静，晚上有了闲暇便看看书，或者埋头写他的小说，需要放松的时候就找顾新民聊天，接受顾新民的教诲。阿满生性好动，晚饭过后就基本上不在宿舍里待了，他另有自己的爱好，不是找人打扑克、吹牛皮，就是带领一帮与他年龄差不多的中学生四处夜游，掏鸟窝、摸西瓜、偷甘蔗，样样都有他的份，俨然成了四大队的孩子王。批林批孔运动期间，政治学习是头等大事，队里每周都要安排两个晚上听文件读报纸，阿满却常常不见踪影。章大队长批评他，他根本不在乎，一根香烟递过去，拍拍肩膀竟然与比他大一辈的老头子称兄道弟："哥们，包涵包涵，确实有事，没来得及请假，我现在向你补个假可以吧？再说了，林彪孔老二不是早就死了吗？批不批他们都没办法翻天的了。"弄得章大队长哭笑不得。

杨野和阿满一个宿舍里住了三年多，平时各行其是，互不干扰，但这不影响他们的友谊。阿满很佩服杨野，很讲义气，他见杨野喜欢看书，便在一个月黑风高的夜晚，率领他的两个小兄弟悄悄撬开了大队封存已久的图书室的窗户，偷回了一大麻袋的书。尽管阿满不知取舍，书目拉拉杂杂，但其中有不少是当时难以看到的文学名著。这把杨野给乐坏了，他一本一本地翻看着：《安娜·卡列尼娜》、《复活》、《高老头》、《简爱》、《钢铁是怎样炼成的》、《苦菜花》、《迎春花》、《青春之歌》、《创业史》、《山乡巨变》、《三里湾》、《红楼梦》、《水浒传》……边看边禁不住击掌叫好。看见杨野那么高兴，阿满心里得到了极大的满足，他是一个很乐意为朋友效力的人。

杨野也曾劝过阿满闲时看看书，多增长一些知识，并把读书的乐趣告诉他。阿满却一笑拒之："不看不看，我一看书脑子就迷糊，就打瞌睡。看书真的像你讲的那么有意思话，那你就把我那一份也一起看了吧！"有什么办法呢？人各有志，强求不得。

只是谁也想不到，无忧无虑的阿满在以后的日子里终于也有了自己的烦恼，并由此引发出一系列令他备感挫折和备受打击的故事。

十一

也不知道是什么回事，有一段时间，阿满忽然变老实了，晚上再也不外出游荡了。杨野有两本不同版本的《钢笔行书字帖》，阿满每天吃过晚饭之后就取过来，像“三好学生”一样伏在书桌上认真练字。开始他还回避杨野，每当杨野靠近身边的时候就双手掩住纸面，皱着眉头驱赶道：“一边去！一边去！看什么看，有什么好看的！”隔了几天，大概是自信增强了，就主动邀请杨野评价。他拿出两页写满字的稿纸，征询杨野的意见：“怎么样？我是按照两本不同的字帖练的，你评一评，是这种字体好看还是这种好看？”阿满的字很幼稚，两页纸上全都是伸胳膊踢腿而且东倒西歪的，杨野看不出有何区别，就说：“两种字都好看，都很有特点。”阿满听了很高兴，问：“真的吗？有什么特点？”杨野说：“你写的这些字最大的特点就是异常勇猛，像是在打群架。你看，这页纸上的字像在摔跤，这页纸像拼刺刀。”阿满受到打击，愤怒地夺回纸张：“你讽刺我！”接着又沮丧地说：“这字就怎么那样难练？”杨野安慰他：“你才练了几天呀？冰冻三尺非一日之寒，慢慢来，肯定会有进步的，其实你已经写得比原来好多了。”听杨野这么说了，阿满才又有了笑脸。

杨野问阿满：“你怎么忽然想起要练字了？”

阿满说：“字是一个人的脸面啊，谁不想做个头脸光鲜的人呀！”

杨野有些惊讶：“你这话有点水平嘛，有点革命觉悟嘛！”

阿满得意地说：“人是会进步的！”

阿满藏不住话，又不好意思主动诉说，心里憋得难受。有一天吃过晚饭之后，就邀杨野到茶园散步。杨野有些不解，不明白阿满怎么突然会有这样的雅兴，疑惑地跟着他走出了宿舍。两人静静地走了好远一段路，阿满却仍然一言不发。

"你今天怎么了？好怪哦!"杨野忍不住说。

"我怎么怪了?"阿满说。

"变斯文了，一点都不像你了。是不是遇上什么事了?"杨野问。

"能有什么事？你别瞎猜!"阿满忸怩地支吾一句，接着像是鼓足了好大勇气似的，又说："你说，如果有个女孩看上你了，你会怎么办?"

杨野感觉有些奇怪，望了阿满一眼："那要看你是不是喜欢她了。"说完，忽然明白过来："哈哈，你小子就直说了吧，是不是有哪个女孩在追你呀?"

"嘿嘿，还说不上是追吧，不过好像是有那么点意思。"

"是哪一个?"

"我说了，你可得替我保密，不许和别人说。"

"放心!"

"唐丽娟。"

唐丽娟，不就是上回阿满在教唱"狼狼地批"时，笑声最响的那个小姑娘吗？那是个挺水灵的女孩子，细细的腰身，圆圆的脸蛋，轻轻一笑俩酒窝，可她现在还在念高一呢！杨野听罢吃了一惊，心想这可能吗？就问："你们什么时候好上的?"

"我也说不清具体是哪一天开始好的，我感觉她以前对我一直就不错。比较特别的是前不久吧，有一次她放学时一个人在路上走，我半路上遇到她，就停下来让她上车，她就坐在我旁边，然后就一路看着我笑，搞得我心神不定，差点要把车开到路边的沟里去了。"说开了，阿满就不再难为情了，语气反倒得意起来。

"就没有说话?"

"你傻呀？怎么可能没说话呢，当然说了！开始我没大理她，只是自己在哼着歌，她就一直笑个不停。"

"哈哈，肯定是在唱那首'狼狼地批'吧?"杨野忍俊不禁，打趣道。

"去你的!"阿满推了杨野一把。

"接着呢?"杨野又问。

"反正我们说了很多话，她可高兴了，边说边笑，一路都在笑。"阿满满脸认真地说。

"你们都说些什么？"

"胡乱吹牛呗，哪里记得那么多。"

"你们后来有过比较深入的谈话吗？比如说你爱我我爱你之类的。"

"哎呀，谁好意思说这些呀！"

"那你怎么能确定人家真的就对你有那种意思？"

"她特别喜欢和我说话，在我面前特别爱笑。"

杨野禁不住哈哈大笑起来，泼他冷水："人家对你笑一笑就是对你有意思啦？这也太简单了一点吧！"

阿满急了："不，你不懂！她肯定是对我有意思的，她每次看见我都和别人不一样，她的笑也和别人不一样，有一种说不清的感觉。我敢肯定，她不可能对我没有那方面的意思。女人和男人不一样，总是不会轻易暴露自己的，反正你不懂。那我问你吧，她为什么就不对你笑？"

杨野忍住笑，故意一本正经地说："那你有什么打算？"

阿满高兴地说："这事主要在我，只要我先开口，她肯定会答应的。我先不说，等她开口。嘻嘻，她心里一定很急。"

杨野继续逗他："你是男的，这种事应该是男的主动才对呀，你刚才还说女的不会轻易暴露自己的。"

"不！我得让她先开口，这才有意思呢！"阿满完全陷入自己设定的迷局中无法自拔了。

玩笑不能再开下去了，杨野见阿满幼稚得可怜，不得不认真劝告他："事情不会是那么简单的，再说你现在还不满十八岁呢，别胡思乱想了！"

"有什么不简单的！不满十八岁又怎么了？也是你说的，马克思就是十八岁谈恋爱的！我向伟大导师学习！"阿满理直气壮地反驳杨野。

杨野笑了，摇摇头，没有说话，他还能说什么呢？

果然，阿满碰钉子了，唐丽娟拒绝了阿满。

那是杨野受到处分以后发生的事情。杨野受了处分以后，就没在四大队了，被调到了最偏远的九大队，和阿满再也没有来往了。

据说阿满先是悄悄给唐丽娟写了一封求爱信，唐丽娟开始还挺顾及阿满的面子，不动声色地找了个适当的机会悄悄把信塞还给了阿满，事情本来可以就这样不显山不露水地掀过这一页，谁都不会觉得难堪。可是，阿满太痴情太执着，他无法接受被唐丽娟拒绝的事实，而且无论如何也不相信唐丽娟的拒绝是出自于内心，他认为唐丽娟之所以把信退还给他一定是因为害羞和胆怯。阿满按照自己的思维方式去判断形势，于是不仅没有止步，反而更加狂热地向唐丽娟发起攻势。那一段时间，阿满几乎是每天都给唐丽娟写信，因为唐丽娟刻意回避了他，不方便直接把信交到唐丽娟手里，他便将信投到邮箱里，通过邮局帮忙传递。他想以这样的方式表达自己的真诚，相信只要心诚就一定能够感动唐丽娟。他没想到的是他的做法让唐丽娟烦不胜烦。唐丽娟那时还是个十来岁的小女孩，应对不了在她那个年龄看来还是太过复杂的局面，于是就把问题上交到了父母那里。在那个年代，年轻人谈恋爱是一个极其敏感的话题，在人们的意识中有时甚至与“耍流氓”差不多。有一回在“五四青年节”大会上，场党委书记就公开宣布二十五岁以下的青年不准谈恋爱，违者不能入团不能转干不能推荐上大学不能报名参军……唐丽娟的父母当然不允许自己的女儿小小年纪就陷入到浑水之中，不愿意让女儿的前途受到影响。唐丽娟的父母如临大敌，表现出高度的紧张和极大的愤慨，他们不仅当面警告阿满，不许阿满再去骚扰他们的女儿，还找到了教导员陈海山，狠狠告了阿满一状，并且四处声讨阿满。尤其是唐丽娟的母亲，见人就痛说阿满是如何骚扰自己女儿的，控诉阿满的品质是如何恶劣，把阿满描绘得与强奸犯相差无几。陈海山找阿满谈过心，没说什么重话，只是给他讲了些大道理，和风细雨地劝导开解了他一番。然而，事情已经闹得满城风雨，阿满不可能安之若素。他受到的打击太大了，整日失魂落魄的，干什么都颠三倒四。差错多了，人们自然就更不把他当回事了，甚至把他当傻子逗，有些老阿姨赶上搭他的车到茶厂上班，一路上就总喜欢在他耳边灌些捉弄的话，连一些小学生也敢当面喊他“傻子满”。阿满在人前再也抬不起头了。

倒霉的人却偏偏遇上倒霉事，一次出车路过附近农村的村口，由于精神恍惚，把一个老太太的腿给撞折了。村里人将他团团围住痛加拳脚，将他打了个半死，之后赔了一大笔医药费不说，还在大队里大会小会连番作了几次检讨，好几个月没让他开车。这时，唐丽娟他们家调到别的农场了。虽然遭受那么大的打击，阿满对唐丽娟的痴心却仍然未改。唐丽娟他们家搬家的那天，他悲哀极了，人家全家人到车站搭车，他悄悄地远远跟在后面，默默地给唐丽娟送行。火车开了，他一个人站在铁路边哭了半天。

杨野和阿满最后一次见面，是杨野接到大学录取通知书后。在临行的前一天傍晚，阿满专程到九大队来找杨野。

他一身油腻肮脏的工作服显然多日未洗，散发着丝丝怪味，上衣扣子脱落得只剩两个，脚下穿着一双破旧的解放鞋，右脚的鞋尖裂开一个口子，露出两只脚趾。他神色颓然，原先常见的那种天真无邪的笑容没有了，过分的沮丧和悲哀笼罩着他那与之不相称的年轻的脸。

杨野递了一根“丰收”给他，他咽了口口水说：“不了，不抽了，戒了。”怕杨野不信，又加了一句：“我下了最大的决心，坚决不抽了！”

“什么时候戒的？”杨野好奇地问。

“昨天。”阿满很严肃地说。

杨野没再勉强，自己点燃了一根。他不知道该对阿满说些什么。

他们一块吃了晚饭，聊了很多，主要都是阿满在说。阿满压抑得太久了，他需要倾吐。

临告别的时候，阿满又说：“你走了以后，在四大队我有话也没人说，憋得难受极了。今天见了你，说了那么多，心里舒坦多了。我真佩服你，真羡慕你，刘教导员也常常和我说，要我向你学习。刘教导员是个好人，是个好领导，在我最难受最孤独的时候，只有他是真的关心我，爱护我。可是我能干什么呢？啥本事也没有，谁都看不起我，唉，这辈子算是完了……”

“别这么说，你还年轻，来日方长，别理睬那些无聊的人，走自己的路，有志者事竟成，不用那么悲观的。”杨野见他如此沮丧，心里很不是滋味，却又无法给他提供什么实际性的帮助，只能说些空洞的话安慰他。

“你真的认为我还有希望?”阿满听了杨野的话，眼睛却发亮了。

“人的一生那么长，哪能永远是一帆风顺的?哪能不经受一些打击和挫折?跌倒了就再爬起来，路在脚下，是靠自己走出来的！一个人要改变自己的命运，必须要有自己的目标，要有自己的实际行动。你最好从现在开始就给自己定个方向，掌握一种专长，有了一技之长，别人就不能不承认你，就不敢小看你。有可能的话，我觉得你应该换个环境了，人挪活树挪死，换个环境可能会好些。”杨野动了感情，诚恳地说。

“好，我听你的，你等着瞧吧！我会把一切都改变过来的，就是死我也要死出个人样来!”阿满紧紧握着杨野的手，狠狠地说。

一颗沉眠的心复苏了，而杨野却很快就让这珍重的道别淡出了自己的记忆。

十二

杨野在场部招待所住下后，临近傍晚，就去机运队找罗光毅。

杨野找上门时，罗光毅恰好下班回来。罗光毅看见杨野，很意外，也很高兴。他热情地将杨野迎进宿舍，一番寒暄过后，就急忙张罗派人去通知在场部的几个同学一个钟头后到附近的一家小餐馆集合，给杨野接风。

时间还早，杨野和罗光毅便在宿舍里交流这几年各自的情况。

短短四年，罗光毅的个人境况有些出乎杨野预料。他父亲的问题早已得到平反，他个人不仅入了党，转了干，而且还在一个月前被提拔为机运队队长。

罗光毅还是那么傲气，当杨野对他的进步表示祝贺的时候，他心里不无得意，语气里表现出的却是一种不屑：“小小一个机运队长算个啥?这不是我的目标！你现在就让我当场长，我也绝不会干得比他们差。”

罗光毅生性聪明，读书的时候，常常是老师在台上讲得口干舌燥，而他却在下面看他的课外书。老师感觉尊严受到挑战，心里恼火，就不时会突然袭击地提问他，每逢遇到这种情况，他便不慌不忙地站起来，滴水不漏地把问题回答得清清楚楚无懈可击。老师挑不出他的毛病，拿他毫无办法。正因为如此，他给人的印象是对什么事情都表现得毫不在乎，而样样事情又都似乎难不倒他。这样一来，他历来的学期鉴定总是少不了一条“骄傲自大”的评语。

“七八年没有再参加高考吗?”杨野问。

“没有，七七年被刷下来后，我一怒之下把那些课本全烧了，那时我实在是太气愤了。”罗光毅笑道。

“头一年高考的录取工作还有不少左的做法，七八年的氛围就已经很宽松了，假若你再考，肯定能上个名牌大学。”杨野替他惋惜。

“那是！七七年那一次我报的志愿也全是名牌，我从不怀疑自己的能力。”罗光毅说。

“可惜了，你本来是能够干出一番大事业的。”杨野喟叹道。

“哈哈哈……”罗光毅大笑起来，笑毕，不客气地说，“你的自我感觉也太好了吧，你以为像你这样才是干事业呀？你是不是觉得你上了大学我没上大学你我的差距就拉大了？说到底上不上大学在我看来就是一张文凭的事，文凭我也有啊，省政法学院大专班的，虽然是函授的，看起来没有你正规，牌子没你响，可并不能说明你杨野就比我强去哪里了！文凭是什么？一张纸而已！当今社会没这张纸不方便，有了这张纸也就是取得某种入场券而已，有必要看得那么重吗？我有我的打算，我就是要在企图埋没我的地方奋发崛起，这样不是更能显示出一个人的价值吗？十年，十年之后你再看看吧，我绝不会再是今天的我，绝不会混得比你差!”

罗光毅侃侃而谈，让杨野感觉很不自在，他那种成功者的优越感受到了毫不留情的挫伤。

罗光毅所说不无道理。人生的价值确实不仅仅是靠那些表面的“成绩”

来显现的，更重要的还是要具有一种精神。自己虽说是上了大学，发表了十来篇作品，这又能说明什么呢？这真的就值得炫耀吗？罗光毅那种咄咄逼人的气势令杨野有些自惭形秽了。

“对了，阿满究竟怎么了?”过了一会，杨野忽然想起章世贤那半截子话，便急切地问道。

“怎么，你不知道阿满的事?”罗光毅惊讶地看着杨野。

“读书这几年我一直没有和场里任何人联系，阿满到底怎么了?”杨野心里愈加不安了。

“报纸也没看？阿满的事还上过报纸呢!”罗光毅似乎有些不满。

“你说嘛，阿满出了什么事?”杨野真急了，喊道。

罗光毅表情凝重，缓缓说道：“阿满牺牲了，在那场中越战争中牺牲了。”

“啊!”杨野极其震惊。

罗光毅说：“他是在你上大学的那一年参军走的。人不可貌相，海水不可斗量呀！当初我们这些人有谁会把阿满当一回事？有谁会把阿满放在眼里？又有谁能够想得到他会成为英雄呢？我们都自我感觉太好了，都太高估自己了，结果恰恰是那些平时并不起眼的人在我们毫无心理准备的情况下震惊了我们的灵魂!”说到这里，罗光毅显然是动了真感情，这对高傲的罗光毅来说是少见的事情。

罗光毅从书架上翻出一张旧报纸递给杨野：“阿满的事迹都登在上面呢，你自己看吧。”

这是一张 1979 年的省报，其中有一整版的篇幅是对越自卫反击战英雄事迹的专题报道，在罗光毅用红笔勾画过的一大段文字里，杨野了解到了阿满那可歌可泣的生命的最后轨迹。

对越自卫反击战打响的时候，阿满所在团是主攻团，而阿满是团里尖刀班的班长。主攻团的任务是攻击并占领目标阵地，收复被越军侵占的我国领土，而尖刀班的主要任务是沿连队的攻击线路为全连开辟道路。在目标阵地前方，越军为了阻止我军进攻，在其阵地前沿埋设了宽正面、大纵深的防步兵雷场。雷场内布设的是两种类型的雷，一种是压发雷，一种是绊发雷。压发雷埋藏在地下，只要受到一定压力就会爆炸；绊发雷是用头发丝粗细的铁丝将地雷单个或串联起来，隐秘地挂在树枝上、草丛，或人行小道两侧，只要有人绊住铁丝，马上就会引起连锁爆炸。在发起全面进攻之前，阿满带领尖刀班战士悄悄潜入一个无名高地前沿秘密排雷。由于雾大天黑，加上为了不惊动敌人，排雷时不可发出任何声响。所以，效率相当低，一小时过去了，阿满他们只前进了 20 米。离大部队发起攻击的时间只有 25 分钟了，如果不能按时扫清障碍开通道路，将会大大增加即将发起冲锋的连队战友的伤亡。阿满深知贻误战机将会产生的严重后果，于是将全班战士召集在一起，坚决而果断地宣布："时间已经来不及了，现在我命令，全班编成四个小组，组与组之间距离 15 米，用人体依次开辟道路。"阿满身先士卒，他一手挥舞着砍刀劈开拦挡在前面的杂草灌木，一手握着一根竹竿四处拍打探测，带领第一小组走在最前面。当他们在雷区前进不到 10 米的时候，阿满便踏响了一颗地雷，他左小腿被炸飞，右脚掌被炸掉，头部和胸部同时负伤，倒在血泊中。随后上来的战友为他作了简单包扎后，他命令："第二组继续向前，分秒不可耽误！"接着，命令身后一位战士说："背上我，跟上第二组。"战士背着他走出不到 5 米，第二组的三个战士就牵动了绊发雷，在连环的爆炸声中全部伤亡，背着阿满的那个战士也被炸断了腿，阿满被甩到了两米多远的草丛里。他挣扎着把后面两个小组的战士叫到跟前，说："现在我们离越军第一道战壕大约还有 50 米，地雷肯定是越来越多。听我命令，我先在前面爬，如果我牺牲了，你们再分别一个接一个上，我们要不惜代价，必须在 10 分钟内破除障碍，为后续部队打开通道！"说完，拖着血肉模糊的双腿，利用胳膊的支撑力，向前爬行、滚动……然而，仅仅前进了五六米，又一颗地雷引爆，阿满的右手被炸飞，头部和胸部再次负伤，昏了过去……就这样，战士们前赴后继，炸倒一个，再上一个，炸倒一个，再上一个，硬是在总攻发起之前一分钟，用他们的血肉之躯在雷区蹚开了一条长近百米的胜利通路。当班里最后一名全身血迹的战士爬到阿满身边时，他已经流尽了最后一滴血，两眼望着前方，左手五指伸张，指向主峰方向。

了解了阿满的英雄事迹，杨野心情极为复杂。晚上与几位老同学相聚的时候，久别重逢的喜悦暂时让他忘却了阿满的牺牲给他带来的抑郁。可当大家尽欢而散之后，杨野回到了招待所，躺在了床上，却久久无法入睡。他的脑子里不停地闪现着阿满的音容笑貌，他想起来与阿满相处时许许多多往事，想起了与阿满临别时的最后一幕……

阿满的牺牲给杨野的心灵带来了前所未有的震撼。过去，他没有想到，在他的生活圈子里，尤其是在曾经与他相濡以沫的朋友当中，还会有如此出人意料的发现，还会有如此令他惊心动魄的冲击！在杨野心目中，阿满虽然是自己的好朋友，但他从来都是把这个好朋友视为需要帮助和影响的弱者，潜意识里对这个朋友从来就是居高临下的。现在想起来，自己在朋友面前那种一贯的心理优势是非常浅薄非常可笑的。杨野流泪了，为了朋友的离去，也为了自己过去对朋友认识上的错误。

杨野辗转反侧，反思着自己：我是否过于注重自己了呢？是否过高地估计了自己？是否又把以往的那些坎坷和灾难过于夸张了？人，也许应该豁达一些，应该宽容一些……

他开了灯，翻身下床，从提包里翻出那本刊载着他的处女作《记忆中的小路》的文学期刊，又躺倒在床上胡乱地翻了起来。

十三

在入学之初的那一场作文风波中，杨野可谓是大出风头了，但真正让同学们对他刮目相看的是在第二学期以后。第一学期结束后，他没有回家，留在了学校里，利用暑假时间埋头创作，写出那篇一万多字的《记忆中的小路》，投到学校所在城市的一家地区文联主办的文学期刊，待到开学不久，小说发在了头版头条，还加了编者按，并专门配发了一篇评论。这篇小说基本上是杨野自身经历的真实写照，里面记载了他命运的坎坷与挣扎，记载着他人生的喜怒与悲欢。当时，“伤痕文学”正契合着拨乱反正的社会思潮而盛行于文坛，他这篇小说发表之后，立刻在校园里引起了很大的反响。他收到过数十封校内外读者来信，其中多为青年女读者，有些女读者在信中除了谈小说，还或明或暗地向他做出某种情感表达。在校内，他成了引人瞩目的才子，走到哪里都会引来一片钦羡的目光，一些原先不熟悉的外系或者外班的女生常常会借故主动与他搭讪，特别是78级刚刚入学的一批小女生，更是把他当做偶像崇拜。对此，他一概佯装不知，以一副不失礼貌却又极其严肃的样子为自己筑起一道屏障，阻隔了那些热切目光的追逐。在女孩子心目中，他是一个骄傲的王子。于是，抨击诋毁的声音也随之而来了，其中有女生也有男生，特别是男生。一些人开始对他百般挑剔，说不就是发表了一篇小说吗？还是在地区刊物发表的，真有本事在省刊上发呀！他以为自己真的就是一个大作家了？摆出个架子比大作家还大！对于这些议论，他多多少少也听到了，他不以为意，不加理会，心里反而得到了一种莫大的满足。他认为所有这些都是出于妒忌，是狐狸吃不到葡萄的心理，这恰恰是说明了他杨野的成功和胜利。他对自己说，走自己的路，让别人说去吧！果然，杨野很快就继续以实力去证实着自己。他的第二篇小说很快又在这家刊物发表了，更令那些不屑者不得不噤声的是，省刊转载了他的《记忆中的小路》，这连他自己也感到极其意外。

一段时间，杨野沉浸在新的小说构思之中，晚饭后便喜欢独自到学校附近的东郊公园散步，想在清静中整理自己的思路。而在公园的林荫小道上，他常常会与同班女生高星雨不期而遇。

高星雨美丽聪明，天真活泼，是当年应届高中毕业后参加高考的，在班里属年纪最小的一拨。

第一次交谈，自然是以杨野的小说作为话题开始的。

高星雨由衷地说：“《记忆中的小路》写得真好，真的，真佩服你！”

“我希望能听到批评意见。”

杨野出来散步本来是想躲清静的，不喜欢别人干扰，可起码的礼貌又不得不讲，况且他也有虚荣心，也和常人一样爱听好话。所以，当高星雨提到他的作品时候，他半是得意半是虚应地说。

“意见倒是有，只是你不一定会接受的。”高星雨歪起头望着杨野，甜甜地笑道。

“哦，请讲！”杨野一脸持重。

高星雨侃侃而谈：“我认为小说主人公何新建写得很成功，很感人，他的遭遇令人同情，他的抗争和奋起更让人敬佩。作为一个文学形象，他命运的起伏，揭示了一段社会历史的变迁；他在逆境中的执著追求，反映了一代人对美好理想的坚守，很有典型意义。但是，小说中的女主人公乔丽娅却是一个失败的人物，你对她的描写太过分了，不真实。”

“何以见得？”杨野心里有些讶异。

“你看啊，乔丽娅原本是个好姑娘，从前半部分的描写可以看出她对何新建的感情是非常真挚的，可是后来为了达到上大学的目的，竟然在背后使坏，向领导打小报告揭发何新建，这太不符合人物的感情逻辑了。倘若一个女孩子真正爱上了一个人，她是会不惜为自己所爱的人献出一切的，而乔丽娅却正好相反；倘若乔丽娅本来就是一个心术不正的人，并不是真心爱着何新建，你小说的前后描写就自相矛盾了……”高星雨又滔滔不绝地讲了一通。

“呵呵，你还太年轻，经历的少，很多事情不是你这个年龄的人所能够理解的。”杨野苦笑了两声，没有兴趣深谈下去了。

“哟，装什么老呀，你才大人家多少嘛！”高星雨轻轻捶了杨野一拳，娇嗔道。

杨野皱了皱眉头，没有接腔，他对女孩的举止有些反感。

高星雨很敏感，自尊心受到刺激，脸刷的红了起来。

一阵尴尬的沉默之后，高星雨说了一句：“我还有点事，先回了。”说完悻悻地转身离去。

杨野听着高星雨渐渐远去的脚步声，心里松下一口气，默念道：“别怨我态度生硬，谁让你是个女孩，谁又让你长得那么漂亮呢？”

小女孩情绪来得快去得也快，接下来的日子，杨野仍然会在散步时遇上高星雨，高星雨仍然还是像原来那样叽叽喳喳在他耳边说些他不愿意提及或不感兴趣的话题。杨野烦恼不已，干脆终止了散步，不再到公园去了。

杨野并不讨厌高星雨，也不是没有体察出她的那种微妙的情感意向，相反的，正是因为感觉到了，他才要刻意躲避。

他受过伤害，心里的阴影太浓重了。

十四

1976 年的那一次大学招生推荐工作结束后，李丽霞和杨野一样，都名落孙山。同病相怜，杨野很想找个机会和李丽霞好好聊聊，排遣一下心里的郁闷。可不知为什么，自从结果公布以后，杨野就很难见着李丽霞了，偶尔见着了却又往往是在一些公众场合，不方便说话。杨野的心情愈加烦躁了。

李丽霞在茶厂上班，路途不远，往常下班后都是回家吃住的，最近却搬到了茶厂集体宿舍，星期天休息也很少回家，即使回家也不愿意出门。杨野很纳闷，又不敢贸然到她家里找她。在那个年代，在他们的那个年纪，又是在那样的一个小地方，男女青年之间的交往是很敏感的。他若要主动上门找她，须有个掩饰得过的借口，他一时找不到借口。开始他还以己度人，以为李丽霞是因为落选心情不好，不愿意见人。可后来杨野渐渐有所感觉，李丽霞似乎是在故意躲他。

杨野实在是憋不住了，一天晚饭之后，他鼓足勇气专程去了一趟茶厂，在她的宿舍里找到了她。同宿舍的人上班去了，宿舍里只有她一个人。

“是你？……”见杨野主动找来，李丽霞一脸错愕，坐在床沿没有动弹，眼盯盯地望着杨野。好一会醒过神来后，就急忙起身招呼：“坐，你坐吧……”

“呵呵，现在是星期天都见不着你了，你可真是个大忙人啊！”杨野以玩笑的口吻表达自己的不满。

“忙，是啊，最近工作是很忙……”李丽霞仍然站立着，一脸慌乱。

杨野觉察出她的反常，心里很是疑惑：“你也坐啊!”

“不了，不了……我，我还要上夜班呢，我马上得走了……”李丽霞语无伦次地说。

李丽霞显然是在撒谎，杨野大惑不解。

事实上杨野决定登门之前，已经从旁打听清楚，这一阵与李丽霞同宿舍的几个工友全都是上晚班，唯独李丽霞是上白班。也正是知道了这种情况，杨野才敢上门来找她的。

杨野很尴尬，涨红了脸说道：“嘿嘿，我来的不是时候，那我走了。”边就转身出了宿舍门。

李丽霞也随后跟出，边锁门边对杨野说：“不好意思了，你慢走……”然后匆匆朝厂区方向疾步而去。

李丽霞明显的是在躲避他！杨野的心受到了沉重打击。为什么呢？为什么会这样呢？杨野实在想不通，头脑乱成了一团麻。

回到队里，杨野径直去找了顾新民。

下到四大队两年多，杨野和顾新民成了知交。杨野佩服顾新民，心里很敬重他，有事总爱向他讨主意。只是，杨野对李丽霞的那一段心事始终没有向顾新民袒露过。他不是不信任顾新民，而是在禁锢年代中人们普遍存在的一种隐蔽心理以及情窦初开的年轻人所固有的羞涩使然。再说，杨野和李丽霞之间的关系还处于微妙阶段，他们似乎都在相互揣度和试探着对方，从来也没有直接涉及情感方面的话题，杨野还不能判断自己是不是在单相思。这时，杨野再也忍不住了，原原本本地把自己对李丽霞的感情以及两人交往的前前后后全都告诉了顾新民。

听了杨野的诉说，顾新民没有表现出惊讶，他说：“其实你和李丽霞的事我早就看出来了。你呀，太年轻了，喜欢将自己的想象误认作现实。生活是复杂的，人心也是复杂的，有些事情你还被蒙在鼓里呢……”

顾新民盯着杨野，欲言又止。

“什么事？”杨野焦急地追问。

“告诉你也好，长痛不如短痛，你知道了对你实际上没有坏处。只是，你听了千万不要吃惊。”顾新民递了一根烟给杨野，给杨野点上火，自己也点了一根。

“你说吧！”

“那我就说了，这事你自己知道就行了，也别外传。”

“你就快说吧！我绝不外传，你放心！”

“你说李丽霞无缘无故的为什么会躲你？而且偏偏是在这个时候？”

杨野摇摇头，焦急的心吊到了嗓子眼上。

“那是她自己知道对不起你，心里有鬼，不敢见你！”

杨野瞪大了眼睛，一时反应不过来。

顾新民慢慢吐出一口烟，接着说：“她到政治处反映过你的情况，主要有两点，一是说你思想不健康，写黄色小说，散布封资修毒素；二是说你敌我不分，和犯人拉拉扯扯，送烟给犯人抽。”

杨野震惊地望着顾新民：“这是真的？”

“是政治处刘干事告诉我的，他是我战友，不会有假，李丽霞还一再要求组织上为她保密呢。”

杨野的心像是被狠狠地扎了一刀，疼痛难禁。好半天，才叹出一口气：“难怪！”

是了，写小说的事杨野一直是偷偷摸摸秘不宣人的，除了顾新民和阿满，就只有李丽霞看过他的小说。至于给犯人烟抽，这在平常也算不了什么事，有时在特定场合里，管教干部抽烟的时候也会随手抛根烟给身边的犯人，但如若要上纲上线，放到阶级斗争的高度来看的话，这就不是小问题了。杨野想起来了，有一回到茶厂送茶青，停车以后，杨野掏出烟盒抽烟，邓大有涎着脸向他讨烟抽，杨野随手就将还剩小半盒的烟整盒抛给了他：“拿去吧，全给你了！”当时，李丽霞刚好就在现场。

“这事也怪我，当初是我把你的小说拿给她看的，没想到事情会成这样。”

顾新民内疚地说。

“不怪你，怪不了你的……”杨野的声音有些哽咽。

顾新民开导他：“事情过去了，想开点。人生的道路不可能永远是平坦的，一个人如果事事都一帆风顺的话，那倒有可能是一种不幸呢。譬如……”顾新民想举个例子，一时又想不起来。他挠了挠头，又说：“事已至此，不必再想那么多了，吃一堑长一智，把握好以后才是重要的。”

杨野哭了，没再说话。

推荐上大学的事受到挫折，这对杨野是个打击，但他毕竟不是完全没有心理准备，他还能承受。只是他万万没有想到，在他最困难最需要帮助的时候，给他暗里使绊的竟然是自己深爱着的人。他的心被伤透了！

回到宿舍，杨野彻底崩溃了，伏在床上嚎啕大哭。

一通宣泄之后，杨野情绪渐渐平息了下来。在阿满一再追问下，杨野便不再隐藏地把一切都告诉阿满。

“妈的，这也太缺德，太不要脸了！”阿满很替杨野打抱不平，大骂起来。他也想不到李丽霞居然会干出这样事来。

阿满对朋友很有侠义心肠，可又不知如何才能替杨野出了这口恶气。好男不跟女斗，直接报复李丽霞显然不合适。对，就找邓大有算账！阿满心里做出了决定。

第二天早上出工的时候，阿满一到车库就直奔邓大有，狠狠地揪住了他的衣襟，二话不说地给了他两个耳光。

邓大有被打懵了，怒道：“你要干什么！”

“干什么？我还要问你干什么呢！”阿满松开邓大有，指着他鼻子斥道，“你他妈的知不知道自己是什么身份？平时不老老实实改造，还要陷害队长！你说你有什么资格抽队长的烟？你知不知道，因为给你烟抽，害得杨队长为你背罪名，连上大学也让人家给搞掉了！你这不是存心拉人下水吗！”

在劳改场里，有些管教干部或工人遇上不高兴的事以后，总爱把气撒在犯人身上，所以犯人挨打是见怪不怪的事情。一般情况下，犯人无端挨了打往往敢怒不敢言，自认倒霉了事。可邓大有却是个不愿轻易服软的死硬分子，这在犯人中是少见的。有一回跟车到茶厂送茶青，茶厂机修班一个工人诬指邓大有偷了他的一把扳手，邓大有为自己辩解说他根本没有进过车间，也没见过他的扳手。那工人不容分说，当胸给了邓大有一拳。邓大有没有招架，他知道劳改犯命贱如狗，有理也无处去说，他只能忍耐着，退让着。终于被逼到了墙角时，又挨了第二拳。邓大有再也忍无可忍，脚一伸，从地上勾起一块耐火砖，用手接着，同时大喝一声："别动!"说完把砖头平放在左手上，轻蔑地看了那工人一眼，然后"嘿"的一声，右掌一挥，朝砖头用力砍去，砖头霎时断成了两截。那工人见状，吓得转身便跑。

起先，邓大有平白无故挨了阿满两个耳光，心头不由一阵火起，后来听阿满说出那番话，便愣住了。他一句话也没说，抱着脑袋蹲在地上，久久没有动弹。

事后，邓大有愧疚地对杨野说："想不到一包烟断送了你的前程，我真不该啊！是我害了你……"

杨野奇怪地望了他一眼，心想他是怎么知道这事的？杨野不便说什么，他不知道阿满曾经为他打抱不平而报复过邓大有。

邓大有又接着说："我的大孩子也和你差不多年纪，都是我害了他们呀！别的我都能看得开，耽误了孩子一辈子心都不安啊！还有，我二十多年的党龄也丢了……"

杨野心情不好，也不愿意和犯人谈论这些，就没好气地顶了一句："自作自受，鬼叫你犯罪!"

邓大有无可奈何地摇摇头，苦笑着走开了。

当时，杨野还无法理解邓大有说那番话时心里是怎样的一种滋味。

十五

吃过早餐，罗光毅开车把杨野送到四大队。

昨晚同学聚会时，杨野向罗光毅打听了顾新民的情况。罗光毅说顾新民还在四大队，两年前就提拔了，在中队当指导员。罗光毅还告诉杨野，说顾新民结婚了，他老婆是场里人，杨野认识。杨野追问是谁，罗光毅卖关子，说你见了就知道了。杨野也就不再多问。杨野还想打听李丽霞的情况，却开不了口，同学聚会，人多嘴杂，不是方便说话的场合。心里就暗道：明天吧，见了顾新民就什么都清楚了。

出发之前罗光毅就给顾新民打了电话，告知杨野要去看他。顾新民又惊又喜，早早就在办公室里等候了。杨野他们的车子一到，顾新民就兴冲冲地跑出办公室迎接。他拉着杨野的手使劲摇晃："小杨，哈，真是小杨呢！你还记得来看我！"罗光毅说："老顾，杨野交给你了，我先走了。杨野，要回场部时给机运队值班室打个电话，我开车来接你。"说完上了车，朝杨野和顾新民摆摆手，启动车子回去了。

"咱哥俩得好好叙叙！先到办公室坐坐，待会再领你家里去，今天别的事全部停下，全天候陪你！"顾新民拉着杨野往办公室走，边走边抱怨道："你这家伙也太不够意思了，一走四年，信也不来一封！"

进了办公室，顾新民又敬烟又泡茶的忙乎了一阵才坐定下来，接着又继续抱怨："别怪我一见面就那么不客气，不管你高兴不高兴，我还是得郑重地批评你，四年了，一封信也不给我写，是不是太不应该了？你我是什么关系呀？想当初，哈，你忘了？上不了大学你还跑到我这哭鼻子呢。"

杨野连连给顾新民道歉，之后向顾新民贺喜："我是先祝贺你的大婚呢还是先祝贺你的荣升？"

"呵呵，你都知道了？"顾新民有些不好意思地笑道。

"也是刚知道，昨晚罗光毅召集几个同学聚了聚，好多事情也是昨晚才听说的。"杨野说。

"罗光毅不错，是个人才！"听杨野提起罗光毅，顾新民禁不住夸道，"小伙子工作能力很强，机运队不好弄，年轻人多，一个个都是刺头，可罗光毅一上任就把他们调理得服服帖帖的。不简单，年纪轻轻的，要技术有技术，要手腕有手腕，敢说敢干，工作非常出色，大家都服他。这人有进取心，有自己的想法。你说吧，论学习基础他不差，第一年高考上了线没被录取是运气不好，没过政审关，后来他父亲平反了，没有这方面的障碍了，要考个大学根本不是问题，可他的想法就是和别人不一样，偏偏就不再去考了，很多人都不理解，我能理解。他聪明着呢，现在讲究文凭了，没有文凭很难发展，为了这张文凭，一般人都是通过正规渠道去参加高考，毕业后虽然有了一个比较高的发展起点，但一切也还是要在这个新起点上从头开始的；而他读函授，在职学习，不需要任何过渡，文凭到手了，职务也升上去了，两不耽误。相比之下，他走的是捷径。听说劳改局也看好他呢，有意把他作为副场长的后备人选来培养呢。他告诉你没有？他已经考取省政法学院专升本进修班了，是限额报考，上级分配指标的，全日制脱产学习一年，整个劳改系统只有二十来个名额，分到我们场里就一个，三月份去报到，一年以后回来就是本科学历了。”

杨野说：“在我们中学同学里面，他确实是出类拔萃，只是表现太傲了一些，好像什么人什么事情都不在他眼里。”

顾新民说：“是啊是啊，他是有这个毛病，不过现在好多了，自从当了机运队长以后就收敛多了，上对领导，下对群众都很懂得做，表现得很得体，很到位。”

杨野又说：“不过，话说回来，傲一点也许并不是缺点，谦虚在很多时候实际上是缺乏自信的代名词，多少人之所以一事无成，缺的恰恰就是那一份傲气呀！”

“说的是！”顾新民连连点头赞同，“就拿我来说，干什么都信心不足，到头来还是两手空空。”

“不能这样说，你可是我的启蒙老师，是我人生的榜样呢！当初我学习写作没少得到你的指导。”

顾新民连连摆手：“哪里哪里，你这样说羞死我了！我早就不写了，写不出来了。这几年我也想明白了一件事，对自己适合干什么不适合干什么，一定要有个正确的认识，要有个准确的定位，我不是搞文学创作的那块料，还是踏踏实实地做好本职工作吧。”顾新民转了话题：“还是说说你吧，看到你有今天，不容易，不简单，非常欣慰！我读过你的大作了，《记忆中的小路》，对吧？你这家伙，不应该，很不应该，走了以后信都不来一封，这也罢了，至少是作品发表了要寄一份回来呀！”说到这里，顾新民忍不住又抱怨道。

杨野有些不好意思：“对不起，是我不对。那篇东西是我的处女作，还不成熟。”

“写得不错，不错的！只是情调低沉了一些，让人感觉比较压抑，丽霞看了都哭了。嘿嘿，当然了，里面有她的影子，她看了不可能不受触动……嘿嘿，过去的事，不提了。”

杨野听顾新民提到李丽霞，心里微微一动，忍不住打听：“李丽霞现在怎样了？”

顾新民笑道：“还好还好，按部就班吧，只是孩子小，放在茶厂托儿所，每天上班送去下班接回，够她辛苦的了。”

杨野大吃一惊：“她结婚了？”

顾新民也大吃一惊：“你，你还不知道？”接着满脸尴尬，讷讷地说：“我以为他们告诉你了，我和她是前年春节结婚的，孩子一岁多了……”

空气霎时凝固了，两人都觉得很难堪。

杨野不由在心里骂起了罗光毅：“这小子太可恶，怎么就不早说，存心让我狼狈！”

为了掩饰窘迫，杨野给顾新民递了根烟：“嘿嘿，恭喜你！”

顾新民接过烟，划了根火柴先给杨野点着，再给自己点上，然后才有些不安地说：“小杨，别记恨她，事情已经过去了，其实她心里一直很后悔。也是命运的安排吧，我原来也没有想到会和她结婚的。”

顾新民沉默了一会，又接着说：“她真的很后悔。你上大学走的那一天，她哭了整整一宿。后来，她专门跑到场部找了领导，要求辞去团支部书记的职务，态度非常坚决。从此，就再也不愿意和别人来往，整天失魂落魄，无精打采的，人也瘦得不成样子。她心里有愧，又无法向别人诉说，她没有脸说。就这样恍恍惚惚的，在一次搬运茶箱的时候被升降机碰伤了手。我见她可怜，便上她家探望她。她知道我和你的关系好，忍不住把心事全都向我倒了出来。她哭得很伤心，她说她那时是鬼迷心窍，自己都不知道为什么会做出那么可耻那么卑鄙的事情。她说她很对不起你，一直不敢再见到你，特别是你考上大学以后，更是触痛了她的伤口，她觉得自己在良心上是背上了一笔永远无法偿还的债了。原以为时间会慢慢抹平以往的一切，可就在她的心情开始渐渐趋于平静的时候，她读了你的那篇《记忆中的小路》，读了你的小说，她又哭了半宿，她说她那时简直就想去死了，第二天上班就出了那桩事故。我见她说得很真诚，相信了她，很同情她。我觉得年轻人难免总会犯一些错误的，既然她已经知错，就不应该过分苛求她了，真心悔过，其实就是对自己的一种严厉惩罚。我安慰了她，开导她，给她说了很多人生的道理。慢慢的，她以后有什么事都喜欢找我说了，我们的交往也就多了起来，于是我们相爱了……"

听了顾新民一席话，杨野受到很大触动，心情很复杂。他似乎开始原谅李丽霞了，同时心里还隐隐约约的有些发痛。爱与恨原本就是一对孪生姐妹，事实上，他并不否认，在那些长恨悠悠的日子里，自己内心深处也曾经埋藏着许多美好往事的记忆，也曾经有过一丝连自己也不易觉察的对李丽霞的怀念……

十六

课室里，天花板上悬挂着一条条摆布成放射形的剪纸飘带，在明亮的灯光映照下五彩斑斓，熠熠生辉。讲台两侧，分别整齐地摆放着一排散发着阵阵馨香的盆栽鲜花，黑板上是一行用彩色粉笔描画的醒目的美术字——“中文系 77 级创作诗歌朗诵会”。全班五十个同学济济一堂，群情高涨，热气腾腾的喧笑声使课室变得狭窄了。

担任晚会主持的是文娱委员高星雨。

高星雨这天打扮得格外漂亮，一头柔和的秀发用手绢扎成马尾状垂在脑后，一袭白色的长裙流畅地衬出线条优美的身材，举手投足都透现出一股逼人的青春的气息。她亭亭玉立地站在讲台上，两眼顾盼生辉，挥动着两臂大声说道：

“大家安静了。”

喧嚣声很快止息。

高星雨悦耳的声音宛如莺啭，朗朗而道：

“同学们，同志们，兄弟姐妹们，中文系77级的青年才俊们！今天，是我们中文系77级举办的创作诗歌朗诵会，所谓创作诗歌朗诵会，即每个朗诵者所朗诵的诗歌都必须是自己个人创作的作品，之前我们已经作过说明，同学们都已经清楚了。为了这个晚会，班委筹备了很长时间，许多同学也做好了充分的准备。先贤斗酒诗百篇，后生才情胜李白！希望各位踊跃登台，一展自己的才华！好，现在我宣布：中文系77级创作诗歌朗诵会正式开始！”

在热烈的掌声中，高星雨大声宣布：

“现在我们特别邀请我们的老班长林安信林班长带头登台朗诵，他朗诵的作品题目是《我们相信》。有请老班长！”

林安信是退伍兵，军人本色不变，凡事总喜欢身先士卒。他显然是做好了准备，早已摩拳擦掌。高星雨话音刚落，他便噔噔噔地大步冲向讲台，一个规范的转身，两腿一磕，挺直身板，举手朝大家行了个标准的军礼。霎时，台下响起一阵热烈的掌声和笑声，夹杂着几声尖利的唿哨。

待喧声平息，林安信瞪大着双眼，满脸严肃，又吵架般地大声给自己报了一次幕：“大家好！我朗诵的题目是《我们相信》！”林安信是客家人，他那浓重的乡音配上滑稽的表情，再一次惹得台下东倒西歪地笑成了一片。

林安信抬起双臂，做了个向下压的手势摆了两摆，示意大家停止。见止不住，有些恼羞成怒，索性打雷般地再吼了一遍：“我朗诵的题目是《我们相信》！”这才勉强止住了众人的笑声。

林安信抓紧时机，重整旗鼓：“下面我就正式开始朗诵！”说完，继续瞪起双眼，大声吼起来：

当阴霾散去的时候，
我们迎来的是一个火红的年代。
火红的年代里，
我们都有一颗火红的心！
每一颗火红的心，
都装着一个宏伟蓝图——
四个现代化！

征途坎坷，
我们无所畏惧！
任重道远，
我们勇往直前！
啊，我们是天之骄子！
啊，我们是祖国的栋梁！
啊，我们的豪情壮志凌云！
啊，为了心中远大的理想，
我们勇敢地把时代的重任来承担：
努力学习不言苦，
刻苦攻关不怕难！

我们相信，
我们绝对相信，
四个现代化的宏伟蓝图，
将要在我们的手中辉煌地实现！

我们相信，

我们绝对相信，

四个现代化的宏伟蓝图，

一定会在我们的手中辉煌地实现！

林安信朗诵完毕，心潮仍然澎湃难禁，他昂首挺胸，满脸通红地在掌声的呼拥下回到座位。

“天哪！这也是诗吗？我还以为是电影《英雄儿女》里的王成在呼喊‘向我开炮’呢！”有人嘀咕了一句，惹起周围一阵喷发式的笑声，牵引了大家的目光纷纷往这边看来。林安信不知就里，得意地朝笑声方向挥挥手，作出了一个“谢谢鼓励”的示意。

第二个被高星雨请上台的是何国林。

何国林对自己的形象显然是经过了一番精心的设计，他身着一套笔挺的浅灰色西装，颈脖上别出心裁地披着一条蓝白相间的方格长围巾，一头油亮的掩耳长发整齐地梳向脑后。数年之后，看到香港歌星张明敏在中央电视台春节联欢晚会上引吭高歌那首后来家喻户晓的《我的中国心》的时候，不少同学都对这位歌星与何国林着装的巧合大为惊叹，这是后话了。当时何国林风度翩翩地在讲台上一站，立刻引发了全场一阵雷动的掌声和一片近乎疯狂的尖叫。何国林朝台下深深地鞠了个九十度大躬，之后面带微笑，静静地享受着大家激情的喧腾。待大家安静下来，才朗声宣布：“我今天朗诵的题目：《世界》！”接着，习惯性地扶了一下眼镜，酝酿了一会感情，才声情并茂地朗诵起来：

突如其来的山崩地裂，

静悄悄地发生在梦幻的午夜。

无声无息的震荡，

摧毁了铺满鲜花的世界。

忍看雄风残剩，
默默地作别废墟的惨烈。

收拢起希望的碎片，
去修整世界的残缺。
守护着心中的美丽，
将命运的风帆重新连缀拼接。
生命的阳光，
在新的航程中永远不再失灭！
……

何国林朗诵完毕，又是一个九十度大躬，从容不迫地在掌声中走下讲台，回到自己的座位。何国林出足了风头，不仅仅是因为诗歌，更多的是他与众不同的出场姿态和风度。他非常得意。

按照既定的安排，又有几位同学轮流上台朗诵了自己的作品之后，高星雨突然说："我们班里还有一个不光是我们大家熟悉，而且是全校闻名的大才子，他不上台表现一下实在是我们今天这个诗歌朗诵会的一大缺憾，现在是不是应该欢迎他给我们露一手呀？"

高星雨话音一落，许多同学便不约而同地喊出了杨野的名字。

杨野有些意外。他平时不大喜欢在公众场合抛头露面，内心所有的自负和骄傲都掩藏在淡漠和清高的外表之下。这一次班里举办诗歌朗诵会，高星雨在筹备阶段就动员他参加，但他似乎兴致不高，婉言谢绝了。朗诵会开始以后，他渐渐被场上的气氛所感染，所以当高星雨突然袭击式的提议得到众人的附和后，他便不再推辞，在掌声中矜持地走上讲台：

"诸位，说起来不好意思，我喜欢创作，但主要是写小说，诗歌嘛虽然有时也胡诌几句，那是给自己看的，见不得人，不敢见人。今天既然大家要我献丑，恭敬不如从命，我就只好献丑了。列夫·托尔斯泰老人曾在他的名著

《安娜·卡列尼娜》开头说过：幸福的家庭总是相似的，不幸的家庭却各有各的不幸。套用他这句名言，我们是否也可以这样说：被别人所爱是幸福的，去爱别人则各有各的感受。……这样，我给大家念一首《梦中的青草地》吧！请别见笑！”

言毕，用一种沉缓的声调轻轻朗诵道：

生命的小路
像一条蠕动的蛇
在夜色中缓缓蜿蜒
悄悄地通向
那一片梦幻中的青草地

草叶上的一颗露珠
闪烁着短暂的晶莹
静静地见证心的轨迹
然后在日出之前消失

黑暗中
追寻一缕曾经的阳光
心灵的深处
刻写着生命的真意

并非所有的忘却都真的能够忘却
并非所有的朝暮厮守都是爱的经典
爱不应该是一种纯粹的形式
也可以不是一种必须的负担

也许一切都会过去

也许一切才刚刚开始

如果心与心的障碍注定无法逾越

独守一份思念也能地老天荒

大家都被杨野的朗诵深深吸引了，杨野在静默中谢过幕，掌声才猛然响起。他摆摆手，笑道："见笑了，见笑了！"边说边欲走下台去。

高星雨款款走上前去拦住杨野："啊，太美了，那一片梦幻中的青草地！太感人了，独守一份思念也能地老天荒！同学们，杨野大作家给我们提供了那么美丽的享受，就这样让他下去是不是太浪费他的才华了？大家说，他要不要再给我们朗诵一首呀？"

同学们被煽动起来了，纷纷起哄，不让杨野下台。

杨野的兴致被激起来了，说："好，我就再念一首吧，叫《沧海孤舟》。这是上大学之前写的，非常幼稚，不能算作诗歌，只是一种排列成行的纪念文字而已，真的别笑话我啊！"

然后，继续用他那好听的沉缓的嗓音朗诵起来：

我划着小舟飘荡在茫茫大海，

她离开了我何日再来？

海面已卷起无情的风浪，

要把我和小舟一块葬埋。

啊！

不要可怜我也别把她来怪，

这全是命运的安排。

既然她已经走了，

一切都应该由我担待；

虽然她早已将我忘怀，
我却怎能忘记那些曾经的爱。

我划着小舟飘荡在茫茫大海，
她离开了我千万不要再来！
海面已卷起无情的风浪，
要把我和小舟一块葬埋……

杨野的表现成了晚会上最大的亮点，散场之后不少同学仍然议论纷纷。

何国林也是文学创作狂热分子，他喜欢写诗，也是班里为数不多在刊物上发表过作品而较多受到人们瞩目的公认的才子之一。所以，他的自我感觉非常好，每每谈到诗歌创作，总是会在不自觉中流露出一种权威的口吻。诗歌朗诵会上，他以自己不俗的表现赢得了众人的喝彩，这是他预料中的也是他所需要的效果，他一直挺得意。可后来杨野的风头明显盖过了他，他心里不无嫉妒，很不服气。更让他心里不舒服的是高星雨对杨野的那种态度，她看他的眼神，她对他说话的口气，她极力要将他隆重推出的那种急切的热情，在何国林看了简直就是一种赤裸裸的示爱，他吃醋了。听到大家都在称赞杨野，他便忍不住说道：

"我发现你们都有种盲目崇拜的心理，他的那两首诗就真的像你们夸的那么好吗？简直都要超过北岛顾城了！事实上，要说写小说，杨野发表的那几篇东西还马马虎虎吧，至少还勉强能够让人读完。但说到诗歌，他刚才朗诵的那两首所谓的诗，也就是像他自己说的那样，充其量是一种分行排列的文字而已，特别是第二首，那是诗吗？直白、浅显，有多少艺术含金量？我说一点含金量也没有！"

何国林的话刚说完，林安信马上接口说道："是啊，说的对！他那两首诗不光是有没有艺术性的问题，更重要的是思想倾向有问题，完全是小资产阶级的那一套！说他在放毒都不过分！"

何国林对林安信的附和很不屑，没搭理他。

旁边有人接口说道：“班长在这里和我们做同学实在是太屈才了，你不应该读中文系的！”

林安信不解：“什么意思？我怎么就不应该读中文系？”

“你应该进党校！”

大家听罢哈哈大笑，林安信却听不出话中之意：“奇怪了，我怎么就该进党校？莫名其妙！”

十七

诗歌朗诵会散场后，杨野忽然心里沉沉的感觉有些郁闷。他看了看表，不到十点，觉得时间还早，就想独自走走，散散心。于是，出了校门，慢慢朝东郊公园方向走去。

东郊公园与学校只隔着一条马路。公园还处于筹建阶段，实际上只是用围墙圈起了一大片荒地，连大门都还没修建起来，平时也没人管理，游人可以自由出入，这为学校里的学生提供了一个极好的去处，即使是到了夜晚，仍然吸引着不少人在此流连忘返。

在洒满月光的林荫下漫步，杨野不由忆起了熟悉的茶山景色。在月色的映照下，那条记忆中的茶山小路上铺洒着一层斑驳而朦胧的光影，一圈一圈的，淡淡的，轻轻的，一脚踏去，好似随时都会弹跳起来。茶山上的风很凉爽，好闻的茶青味夹杂着野花的芬芳时时扑面而来，多么惬意，多么醉人……

那时，他常常与李丽霞结伴往返于茶厂和四大队之间。他和她同在一个团支部，支部活动又常常安排在晚上，他们结伴而行的理由堂而皇之，无须心存任何顾虑。心照不宣，每逢支部活动结束后，他们不走大路，偏偏喜欢择那小路来走。他们有时海阔天空无所不谈，一路说笑不停。有时却一言不发，各自望着自己的脚尖默默前行。每当沉默下来的时候，两人的心理就都变得很微妙，变得很敏感，只是彼此都紧紧抓住裹在情感外表那层伪装不放，许多也许是可能通往幸福的机会就都在静默中错失了。不，也不对……即使那个时候双方表白了，难道就真的与幸福结缘，就不会出现后来的事情了吗？唉，要是能够永远保持沉默那该多好，如果真是那样，世界必将会比现在纯洁得多，完美得多了！可谁能想得到后来，后来，那令人心碎的后来……

“嗨！”高星雨轻唤一声，打断了杨野的沉思。晚会散场之后，她就一直关注着杨野，见杨野往公园里去了，便悄悄跟了上来。

“哦，是你？也出来散步？”杨野从迷蒙中被拉了回来，礼貌地对高星雨笑笑。

“专门来陪你的。”高星雨大胆地说。

“嘿嘿，你这小姑娘，就喜欢开玩笑。”杨野下意识地躲避着，他其实内心里喜欢女孩子的这种天真活泼的性格。

“跟你说了多少回了，别叫我小姑娘，很不喜欢你这种口气！”高星雨委屈地说。

“呵呵，你是小嘛。”杨野有些尴尬。

“不说这些了，反正以后不许你再喊我小姑娘。”

“好啊好啊，尊敬的高星雨同学，这可以了吧？”杨野心情渐渐开朗起来，逗趣地说道。

“哼！老是那么正儿八经的，就不能叫得再亲切一点？”高星雨撒娇。

“你今晚的主持表现太棒了。”杨野转了话题，称赞高星雨。

“是吗？”高星雨很开心。

“风度翩翩，光彩照人；大方得体，左右逢源；伶牙俐齿，游刃有余！”

“呵呵，真的吗？”

“你当然知道我说的是真的，我不相信你会不清楚自己的表现。”

“我清楚啊，我知道自己表现好，可你是从不夸人的呀，你让我受宠若惊了。”

“实话实说嘛。”

“还是比不上你呀，你是我们学校的大明星！”

“我们两个就相互吹捧吧！”

两人开心地哈哈笑了起来。

高星雨说：“以前只知道你写小说，没想到你诗歌也写得那么好。”

“什么呀！”杨野听高星雨夸他诗歌写得好，连忙摆摆手，“我其实不懂诗歌，我兴趣不在那方面，胡乱写的，应景罢了。”

“胡乱写都写得那么好，要是认真起来那还得了？你叫我们这些平庸之辈怎么活呀！”

“呵呵，你又说笑了。”

高星雨今晚的心情格外舒畅。两年多了，杨野帅气的外表和超凡的才华一直在吸引着她。然而，尽管同在一个班里，朝夕相见，她与杨野也没少打交道，可是总觉得很难走近他的内心。他对她，包括对所有的女生都是彬彬有礼的，而礼貌的外表所包裹着的似乎是一种拒人于千里之外的冷漠，像今晚这样轻松融洽的交谈，在高星雨的感觉中似乎是第一次。

高星雨：“你知道吗？你很傲气。”

杨野：“没有呀，我哪里傲了，我有什么好傲的，自卑还来不及呢！”

高星雨：“你好像很讨厌和女生交往？”

杨野：“怎么会呢？没有的事，我没有理由讨厌你们的。”

高星雨：“你知道吗？不少女生都喜欢你呢，尤其是78、79级的那些低年级女生，只是大家都说你太严肃，不爱搭理人，我也觉得你傲。”

杨野：“那是你们误解我了。”

高星雨：“因为你从来就拒绝别人了解你！”

杨野故意开玩笑说：“冤啊！你看我今天就一直在回答你的问题，一直在敞开胸怀让你了解呀！”

高星雨也笑道：“真的啊，你说的啊！我就问了啊，不许不回答，要说真话！”

杨野嘿嘿笑着，没有应答。

“你的经历似乎很复杂，感觉你好像在感情上……”高星雨谨慎地选择着措辞，“这样说吧，《记忆中的小路》里何新建和乔丽娅的故事是写你自己的经历吧?”

杨野心里一沉，掩饰道：“别瞎猜，那是小说。”

高星雨说：“小说也是源于生活的呀，不然的话怎么就写得跟真的一样，特别是一些感情方面的细节，那是能够凭空编造出来的吗?”

杨野有些不耐烦了：“你是中文系学生喔，你不至于认为阿Q就是鲁迅，卡西莫多就是雨果，葛朗台就是巴尔扎克吧?”

高星雨感觉到杨野不愿涉及这个话题，忙说：“好了好了，不问你这个了，就知道你不愿意说，不愿意承认。”

杨野仍然为自己掩饰道：“嘿嘿，本来就不是那么回事嘛，不存在承不承认的问题。”

高星雨又说：“再问你个问题，可以吗?”

杨野警惕地看了她一眼，装作随意的样子说：“问呗!”

高星雨说：“问了，不许不高兴，不许板着脸!”

杨野放松表情，以玩笑的口吻说：“有话就说，你好啰嗦哦!”

高星雨娇媚地看着他：“你自己是不知道，你平时好严肃的，好怕你。”

杨野笑了：“真拿你没办法，我是那么凶恶的人吗?”

“好，我问了。”高星雨说，“你一定收到过不少情书，对吧?”

杨野故作讶异，装傻道：“情书？没有吧?”

高星雨嘟起嘴，说：“什么叫作没有吧？有没有自己不知道?”

杨野反守为攻：“收情书一般都是女孩子的专利，你一定收到过不少吧?”

高星雨翻了杨野一个白眼：“我当然收到过情书了，只是给我写情书的都不是我喜欢的人，而我喜欢的却又总是不愿意理睬我。”

杨野见高星雨要把话题引向他一直刻意回避的敏感区，便打岔说：“你那么漂亮，那么优秀，敢给你写信的一定都是帅小伙子吧？我认识吗？不保密的话，能不能告诉我是谁?”

高星雨没接杨野的话，问：“在给你写情书的那些女孩中，有你喜欢的吗？”

杨野说：“我们还是不谈这个吧。”

高星雨说：“不，要谈！讲好的，要说真话！有没有你喜欢的？”

杨野无奈，说：“这就要看对喜欢的含义是怎样理解的了。”

高星雨说：“就是带有爱情性质的那种。”

杨野急忙说：“那是绝对没有的！”说完，恍然大悟似的叫了起来：“哈，中你圈套了！事实上我从来就没有收到过什么情书，一般意义上的读者来信倒有几封，纯粹是谈作品的。”

高星雨说：“那肯定也是女读者。”

杨野有些招架不住了：“不说这个了，说点别的吧！”

高星雨笑了：“好，不说你的女读者。”顿了一下，高星雨又问：“在你认识的女孩里，有没有哪个是你比较喜欢的？”

杨野王顾左右而言他：“哎，我忽然想到，今晚的诗歌朗诵会上，你们女同学怎么只有三个人上场朗诵呢？你这个文娱委员工作没做好啊！”

高星雨打断他：“别回避我的话，我问你呢，在你心目中有没有你喜欢的女孩？”

杨野不得不正面回应，他犹豫了片刻，笑道：“嘿嘿，我还真没考虑过这个问题呢。”

高星雨语气里流露出明显的不满：“喜欢不喜欢是一种感觉，这需要考虑的吗？”

杨野很尴尬：“嘿嘿，这个问题确实不好回答。”

高星雨话已说到这一步，也顾不得害羞了，说：“如果有一个女孩说她喜欢你，喜欢你很久了，你知道我说的是什么意思，你会断然拒绝她吗？”

杨野已无退路，只能一咬牙，硬起心肠说道：“会的，我会拒绝，我的心思不在这个方面，不想勉强自己也不愿意伤害别人。”

高星雨眼睛蒙上了一层泪光，委屈地说：“你已经在伤害别人了！”

杨野别开脸，他看不得女孩子那副委屈的模样，但仍然语气坚定地说："我尊重别人，但尊重别人首先得尊重自己，悖逆自己的感觉去勉强迎合那才是最大的伤害。"

"你真狠心！"高星雨声音哽咽地说。

"是好心！"杨野说。

高星雨没有说话，两人一起陷入了沉默。

过了一会，高星雨再也按捺不住自己的情绪了，突然爆发起来："杨野！你是大混蛋！"她冲着杨野大吼了一声之后，迅速转身哭着狂奔而去。

"高星雨……"杨野猝不及防，喊了一声。

杨野没有追赶，目送着高星雨伤心的身影在黑暗中消失之后，心里五味杂陈。

杨野并不是一个断绝了七情六欲的人，他从一开始就非常明白高星雨的心思，非常清楚高星雨对他的那一份感情，面对着这个美丽可人的女孩，他内心里也常常会产生强烈冲动，有时甚至像燃烧着一团火似的被烤得难以忍受，每当和她单独在一起的时候，他都必须尽最大的努力克制自己，不让自己的感情有丝毫的流露。高星雨是个好姑娘，很有魅力，她的美丽和纯真常常让他着迷，她的执著和那种大胆的表达方式常常使他心中最后的一道防线面临崩溃。也许就是因为她对他太具有诱惑力了，他才不敢向前多走一步。以往的经验告诉过他，越是具有诱惑力的东西就越是具有欺骗性，潜在的危险也越大，他不愿意让自己心目中那美好的东西再次被毁破。况且，生活教会了他一个真理，人生如同战场，要生存必得奋斗，要奋斗必得谨慎取舍，甚至做出牺牲，感情用事是实现目标的大敌。他有他的生活目标，这个目标很远大，尽管这个远大的目标还不是十分的清晰和具体，但一定是要出人头地的。他现在所要做的一切，都是为了将来能够出人头地而铺垫基础，有了牢固的基础，诸如爱情、家庭等，才会具有实实在在的依据，否则一切都是虚幻的。他有过教训，不敢再轻举妄动。虽然他现在才刚刚进入大三，但他已经考虑到毕业分配问题。毕业分配对于在校大学生来说是人生之路的一大转折点，在将来的去向没有确定之前就与某一位女生建立恋爱关系，他认为不是明智之举。大学毕业后是国家统一分配工作，个人没有太多的选择权，学院不鼓励在校生谈恋爱，不会因为两人有恋爱关系，在分配时就特别给予关照而将两人分在一起。即使学院愿意开恩，那也往往会将两人一同分配到一些条件比较差大家都不愿意去的地区或者单位。这样的情况，在刚刚毕业的76级学生中就已经有先例了，中文系里有两对恋人恰好就是两种结局，其中一对是男的分在省城，女的分到了下面的一个县里，考虑到将来调动的困难，只能哭哭啼啼地分手了；另一对是男的原先准备留校当辅导员，女的被分到一个偏远的山区中学任教，他们不愿意分开，经多方争取，学院最终还是同意将他们分配在一起，只是男生已不可能留校，和女生一道去了那所山区中学。在现实面前，杨野采取的是现实的态度，在不能预测自己命运的最后结果的情况下，他不愿意背负着情感包袱去参加人生的竞争。所以，他明知拒绝一个姑娘的初恋是一件极其残酷的事情，但他并不后悔。

十八

上大学之后，杨野的变化之大，有时连他自己也会感到惊讶，他常常也很难准确评价自己。生活教会了杨野使用心计，他认为一个人要想获得成功，必须事事争取主动，样样出人一头。他在入学之初引发的那一次“作文风波”，原属无心之举，之所以要与写作老师章成礼对抗，是因为年轻气盛，与其他同学一样无法忍受章成礼的傲慢，当然潜意识里也有一种连他自己也不愿意正视的表现欲。然而，正是这件事让他在班里大出了风头，使他的虚荣心得到了莫大的满足，这更坚定了他时时处处要努力在人群中占据核心地位，争取成为焦点的认识和决心。后来，他不仅接连发表了一批小说作品，以自己的实力向周围的人证明了自己，而且还不失时机巧妙地在同学们当中制造出一系列近乎于爆炸性的反响，令大家不得不对他刮目相看。不过，他并没有被这些表面上的风光迷惑。进入大三之后，在许多同学对未来的去向都还没有丝毫紧迫感的时候，他就已经在考虑毕业分配问题了。他认为自己最好的选择是能够留校任教。留校任教，首先是可以留在省城，这是许多像他一样从乡野考上来的同学所梦寐以求的；其次是他喜欢大学里的环境，他的理想是做个学者型的作家，大学里各方面条件都比较优越，利于将来事业的发展。他知道天上从来不会掉馅饼，要实现自己的目标必须主动出击。所以，自从确定了争取留校的目标以后，他便不动声色地开始进行方方面面努力。

杨野他们是恢复高考后入学的第一届学生，而他们学院复办不久，专职教师青黄不接，所以学院对他们这一届学生非常重视，院长在全校大会上也曾经说过要在他们中间选择一批品学兼优的学生留校任教，鼓励同学们要努力学习，把握好机会。杨野很清醒地分析过形势，也很清醒地分析过自己。杨野学习成绩不错，而且发表过不少作品，是学院里的知名人士，甚至在社会上也都小有影响，从综合条件看，优势明显。但是杨野心里也有不踏实的地方，如果学院纯粹以各门课程考试成绩的排名先后作为留校的标准的话，杨野的分数在班里排名虽然可入前十，却并不是最好的，这是杨野最为担心的事情。

杨野的这种担心来源于高星雨无意中传递给他的一个信息。高星雨对杨野说学院党委书记对杨野印象挺好，说书记每逢到外面开会，兄弟院校的领导见了书记都常常会提起杨野，说知道他们学院有一个叫杨野的学生小说写得不错，这让书记觉得脸上很有光彩，认为杨野是难得的人才。但章成礼听了书记的话却不以为然，反驳说杨野如果也算人才的话充其量也只是偏才，大学中文系的培养目标不是作家，而是理论基础全面、扎实的学者或者通用人才，好学生的定义应该是以各科成绩的优异与否来确认的。杨野知道党委书记与章成礼的私交不错，他们既是校友又是同乡，这是章成礼自己在课堂上吹嘘炫耀过的，所以杨野相信他们之间是有这种对话的可能性的。但是高星雨又是怎么知道他们的对话的？杨野追问高星雨，高星雨只说是在一个非常偶然的场合听到的，其余的再也问不出什么来了。

事实上，除了入学之初那一场令章成礼大失颜面的师生交锋以外，杨野平时还是很尊敬老师的。中文系那时只有不到二十位老师，杨野不是个个都很熟悉，但上过他们课的老师大多对杨野的印象都比较好，其中关系比较密切的是他们的班主任马宏康。马宏康是系里的青年教师，上他们的中国当代文学课，也喜欢文学创作，发表过不少小说及散文作品，杨野的处女作《记忆中的小路》还是他推荐到刊物上发表的。中国当代文学课是系里新开设的一门课程，任课教师就只有马宏康一个人，马宏康私下里对杨野说过，希望杨野毕业后能够留校和他做同事，届时他会努力为杨野争取，这正合杨野之意。不过杨野也早有预感，想要留校并不是一件顺利的事情，因为中国当代文学与中国现代文学同属一个教研室，而章成礼已经由教写作课转教中国现代文学课，并且在本学期刚被任命为中国现当代文学教研室主任，得不到章成礼的认可，毕业后不仅是留在现当代文学教研室的可能性几乎为零，即使是想要留在别的教研室，阻碍也是可以想见的。毕业分配时确定留校人员名单肯定是要经过全系老师讨论的，章成礼的反对意见显而易见是不利因素。听了高星雨传递的信息之后，杨野的担忧又多了一重。他原先想的仅仅是要如何设法突破系里这一关的障碍，高星雨的话又提醒了他，章成礼与学院党委书记的特殊关系还有可能使他面临一个更大的危机。他愈来愈感觉到问题的严重性，好长一段时间都心事重重的。

解铃还须系铃人，杨野决定主动登门与章成礼冰释前嫌。

傍晚时分，杨野背着一个挎包，手里拿着一本英语课本来到教工生活区。他装作默诵英语单词的样子，举棋不定地在章成礼门前的小树林里徘徊了好久。终于，他还是举起了两根屈辱的手指，敲响了那一扇他极不情愿敲响的房门。

章成礼的妻子围着围裙，甩着一双湿手给杨野开了门，听杨野道明来意后，转头朝屋里喊了一句："成礼，学生找。"让杨野进了门后，便进了侧边的厨房继续洗碗去了。

章成礼正坐在客厅的一张木沙发上剔牙，显然是刚刚吃过晚饭。

杨野朝章成礼微微弓了弓身子，恭敬地喊了一声："章老师，您好！"

“是你?”章成礼见是杨野，似乎一时回不过神来，一脸惊讶的神色，但转瞬间就迅速调整好了表情，将牙签丢进茶几上的烟灰缸里，板着脸问：“什么事?”

杨野脸上火辣辣的一阵发烫，尴尬地堆起笑脸：“没事没事，专门来拜望老师。”

章成礼呵呵一笑，口气里透出明显的嘲讽：“拜望老师？你不觉得这很滑稽吗?”说完，不再理睬杨野，拿起一张报纸很响地翻看起来。

一时间，杨野觉得自尊被扭曲得发痛，真想转身就走。但他忍住了，愣愣地站着发窘。

杨野进门的时候，章成礼的孩子正坐在客厅里的地板上翻看一本小人书，那是个大约四五岁的小男孩，属“人来疯”型，见杨野进门后一直没有理会他，早已按捺不住了，这时忽然抬起头来望着杨野大声喊道：“你是谁？你到我们家干什么?”

杨野顺势找了个台阶，走过去蹲下身子，抚摸着孩子的头夸赞道：“这孩子长得真漂亮，章老师，是您的孩子吗?”杨野在说话的时候，觉得脸上又是一阵发烫，因为在那孩子身上无论如何也找不出与“漂亮”二字沾边的地方，一张扁平的小脸几乎毫无起伏，疏眉细目，两个鼻孔朝天长。

那孩子不买杨野的账，抬起胳膊拨开杨野的手，又尖叫了一句：“你到我们家干什么?”

杨野腆着脸嘻嘻笑道：“来给你送糖果吃呀!”边说边从挎包里掏出一包事先准备好的水果糖塞给孩子。

孩子目的达到了，接过糖果，喜笑颜开，用袖口擦了把鼻涕，起身蹦蹦跳跳地跑出门外了。

章成礼仍然翘着二郎腿，继续翻看报纸，没有理睬杨野。

杨野鼓足勇气，立在章成礼面前，毕恭毕敬地说：“章老师，我今天是负荆请罪来了。”言毕，深深地给章成礼鞠了个躬。

章成礼挪了挪屁股，抬头看着杨野，夹带着一丝揶揄的口气说：“不必了吧，过去的事我都没往心里去。”说完翘翘下巴，示意杨野坐下。

杨野在章成礼侧面的沙发上坐下，表情凝重，声音低沉地说：“章老师，我过去不知天高地厚，冒犯了老师，现在非常非常后悔。最近我无意中看到一本叫作《南疆风采录》的散文集，里面收录了老师的两篇大作，拜读之后才发现老师的才思和文笔堪称绝妙。我这人一贯狂妄，没有真才实学的人是很难让我从内心里敬佩的。我没想到老师平时锋芒不露，实际上肚里藏龙卧虎，一想起当初自己对老师的无礼，我就无地自容！我太幼稚，太无知，太浅薄，太可笑！自己当初的所作所为简直就是小鬼戏大神！我恳切请求老师原谅我。”

章成礼对杨野的造访和刚刚的这番表白，仍然感到有些突兀，仍然心存疑惑，但脸色已经完全和缓下来了。他摆摆手：“行了，事情已经过去，就让它过了吧！不和你计较了，其实我以前也从来没有和你计较过！不过，道理你还是要明白的。听说过没有？有句俗话是这样说的，‘先学三年，天下无敌；再学三年，寸步难行’！明白其中的意思吗？骄傲是学习的大敌，要知道，天不是仅仅就像井口那么大！我就不明白，你不就一个小小的学生吗？你有什么好骄傲的，有什么值得骄傲的！”章成礼说着说着又激动起来了，他不客气地接着说道：“我不好说走过的桥比你走过的路多，吃过的盐比你吃过的米多，但毕竟比你年长好多岁！你发表过几篇文章又怎样？实话和你说，我读中学的时候就在《南方日报》发表作品了！……”

章成礼滔滔不绝地把杨野教训了一番的同时，也大大地自我炫耀了一番。其实杨野心里充满了不屑，他刚才提到的《南疆风采录》，是早些年章成礼在当中学教师时期的一本由县文联主编的非正式出版的作品集，里面收录的那些所谓的作品，在杨野看来充其量也就是中学生作文的水平，根本不值一提！不过，在章成礼趾高气扬的训诫之下，杨野还是做出一副唯唯诺诺的样子，不停地点头，显得十分诚恳。

首次登门，杨野见好就收，待章成礼训诫完毕，便恭恭敬敬地告辞了。

出得门来，杨野长长地吐出一口恶气，心里直喊晦气！这种以自尊去做交易的行为令他感到憋屈，转而一想大丈夫能屈能伸，心里又觉坦然了。

杨野成了章成礼家里的常客。

那一阵，杨野发现自己无师自通，不知何时学会了一套拉近乎的本领。

“章老师，您是哪里人?”第二次登门的时候，杨野明知故问，其实他事先已经知道章成礼的家乡与他原来所在茶场是同一个县。当章成礼说出自己家乡的县份时，杨野故作惊讶地喊了起来：“章老师，太巧了，真是太巧了！章老师，我们是老乡呢！”章成礼疑惑地说：“你原籍不是在海南吗?”杨野脑子转得快，马上用章成礼的家乡话接道：“哦，是这样的，我父亲是海南人，我母亲是当地人，我从小是在外婆家长大的。”杨野是在撒谎，他父母都是海南人，只是他自小在茶场生活，能讲一口流利的当地话。

这样，杨野和章成礼就又多了一层老乡关系。章成礼的老母亲跟随他生活，给他带孩子，杨野每回登门时都用章成礼的家乡话和老人打招呼、聊天，还不忘带上一包老人爱吃的小点心，很得老人欢心，以至于杨野隔久不来，口里便会念叨。以后，杨野上章成礼的门也就更自然更随便了。后来，杨野还忍痛拿出自己的一个短篇小说初稿，以向老师请教的名义主动提出要与章成礼合作，结果几乎一字未改，将章成礼的名字署在前头，发表在省外的一家小有影响的刊物上。

四年级上，章成礼当了中文系77级的班主任。杨野暗自庆幸，要知道，毕业班的班主任，在某种意义上说，对毕业生的分配是操有生杀大权的呀！庆幸之余，杨野也很为自己有先见之明而得意，他对自己说：呵呵，机会一定是光顾有准备的人的！

十九

临毕业的最后一个学期已经过半，课程也全部结束了，同学们大都在忙于毕业论文的最后修订。负责学生工作的总支副书记和政治辅导员，也开始在有关的会上提前给大家敲边鼓，一有机会就不忘强调：我们是新时代的革命青年，是“文革”结束后的第一批大学生，我们很快将面临毕业分配，在这个关键时刻，我们一定要胸怀“为共产主义壮丽事业奋斗终身”的远大目标，坚定“为实现四个现代化添砖加瓦”的决心，要“一颗红心两种准备”，以实际行动做到“党的安排就是我的志愿”，“祖国的需要就是我的选择”！八十年代初期的77级大学生们早已不是以前的驯服工具了，没有人会把这种冠冕堂皇的宣传真当一回事。可事关自己的个人前程，没必要得罪领导，而且都想给领导留下好印象，所以大家都变乖了，每逢领导讲话，一个个便装成如同刚刚入学的小学生一样纯真，眼睛盯紧着领导嘴巴的张合，幅度很大地频频颔首，表示自己在认真地聆听教导。

平日里，大家表面上仍然平静，实际上每一个人的心头都被一种无形的紧张气氛所笼罩。上头虽然三令五申不准拉关系走后门干扰毕业分配工作，可是条子、电话还是不断地从外面传进来，原先安静冷清的学校大门也渐渐热闹起来，来来往往的各式各样的小轿车时常可见。活泛一些的同学整日悄悄地上蹿下跳，千方百计打探消息，寻找门路，老实一些拉不上关系的就只能听天由命，惴惴不安地等待命运的裁决。大家的心情可以理解，考上大学是人生的一次重大转折，而毕业分配则又是一次至关重要的更大的转折，它将直接影响一个人下半生的命运呀！

章成礼已私下给杨野透露，系里这次可能会有四个留校指标，这太让杨野兴奋了。院方已明确宣布，今年的分配范围只限于省内，而且是面向老少边穷地区，在他们这届毕业生里，绝大多数人将要分派到海南岛及粤北基层单位。他们学院是普通大学，且复办不久，名不见经传，与其他重点大学甚至与一般的院校相比还不具有竞争优势，社会认可度较低，高教厅作全省毕业生分配统筹规划时自然会低看一眼，不会给他们学院太多留城指标。所以，对杨野而言，除了争取留校，能分在省城的机会非常渺茫。杨野不愿从山里来又再到山里去，他摆脱了原先闭塞艰苦的环境一直走到今天实属不易，他四年的寒窗苦拼绝不仅仅是为了换取一张毕业文凭，他还有更高的人生追求，而这个追求只有留在繁华美丽的省城才能实现。可是，他没有一个位尊权重的父亲，没有一个能够替他主宰命运的靠山，尽管他自认为他的成绩他的表现他各方面的条件都不输于别人。在这个世风混沌的社会里，他已经不相信正直会有善良的回报，他不认为真才实学完完全全是立足于生活的资本。他做好了拼搏的准备，窥伺着时机，随时孤注一掷。他做足了工作，全系老师的家他几乎都坐遍了，还绞尽脑汁寻找借口想与院长和党委书记搭上关系，却苦于无门。杨野几次向章成礼提出，让他引荐自己和学院党委书记见个面，可章成礼却说没有必要，大包大揽地告诉杨野，说党委书记这一关有他，绝对没有问题，让杨野放心。章成礼虽然打了保票，但事情还没有成为现实之前，杨野心里还是不踏实。杨野一方面希望能有贵人相助，另一方面也把希望寄托在自己平时的表现以及四年来的学习成绩和发表的十几篇作品上，一有机会便在相关的领导和老师面前把这些巧妙地显露出来，以求加深印象引起关注。他煞费苦心地去做着这些明显是劳而无功的事情，他也明知这样的做法很幼稚很笨拙，很不得要领，心里并不踏实，但如果不这样做他心里更不踏实。

临近毕业，同学们一个个似乎都变得心怀叵测了。在人前，大家都回避着自己的真实想法，私下里却又都禁不住要窥测别人的秘密。每个人的行动似乎也变得诡谲起来，而对别人的一举一动却又格外敏感。

杨野他们宿舍是个疯狂的宿舍，宿舍里住了八个人，过去，每天晚上11点统一熄灯后，大家都会天南地北的乱聊一番才会各自安心睡去，有时兴奋起来，还会集体扯开喉咙，高唱毛主席语录歌，唱样板戏，唱“文革”期间的那些老歌，扰得其他宿舍高声叫骂，甚至打上门来兴师问罪，他们这才嘻嘻哈哈地渐渐安静下来。可现在大家各有各的心事，已经没有那份闹腾的心情了，该睡的时候都静静地去睡，不再瞎吹胡侃。可是，这一天大家终于还是憋不住了，又像过去一样七嘴八舌地聊了起来。

“哎，你们注意到没有？何国林这阵子总是神出鬼没的，深更半夜也不见人影！”不知是谁先提起的话头。

“拍拖了呗！”另一人接口说道。

“是吗？和谁呀？”好几个人异口同声地问，这种事是很容易激发大家好奇心的。

“还能是谁，想都能想到的呀！”信息发布者有意卖关子。

于是大家就纷纷去猜，没有太大悬念，大家很快便把焦点集中在了高星雨身上，近一段时间何国林与高星雨常常出双入对的，这已经不是秘密了。不过，这一信息对杨野来说仍然令他诧异。杨野知道，那一次在东郊公园里自己是彻底伤害了高星雨的一颗痴心了，自此之后，虽然同在一个班里，低头不见抬头见的，可他再也没有与高星雨单独联络过，高星雨见了他也总是没有好脸色，他的心情有些复杂，却也没有太大的不安。然而，这天晚上当他知道了高星雨和何国林好了以后，心里则极不是滋味，他发现自己是在吃醋了。

“何国林算是攀上高枝了，这一回留校笃定是他了！”有人不无嫉妒地又说。

“哦，这话怎么讲？”杨野听了大吃一惊，抢着问道，他的心提到了嗓子眼上。

“你不知道？学院院长李书平是高星雨的亲舅舅！”

“这是真的？”杨野大感震撼，禁不住喊了起来。

“你的反应也太强烈了吧，你和高星雨不是也很熟吗？她没告诉过你？”

“哎呀，学得好不如生的好呀！谁让我们没有个好爹好妈呢！”

“生得不好也没关系呀，像何国林学习，找个有背景有靠山的女朋友也一样啊！”

“……”

宿舍里顿时热闹起来了，大家七嘴八舌地从毕业分配谈到党风、世风，从某某人有什么背景有什么能量，谈到自己是如何的弱小如何的无奈，担忧地想象着将来的前程将来的生活，失落地感叹只能是听天由命了，最后又都众口一词地对现实中的种种不公和丑恶现象表现出强烈的不满，进行了狠狠的批判。

杨野没有参与这场“批判会”。他的心被高星雨和何国林拍拖的消息给搅乱了。他的第一个反应是自己失算了！他懊悔，他嫉妒，他感到自己在面临着一个巨大的威胁。

杨野开始留意何国林与高星雨的行踪了。

果然，杨野看见何国林和高星雨一起在图书馆查找资料，在课室里一起促膝商讨毕业论文的修改，一起在校园里并肩散步，一起到电影院看电影，连在食堂里排队买饭都形影相随。杨野的心里像是钻进了一条小虫子，小虫不停地用尖利的牙齿在撕咬着啃噬着他的心瓣，一抽一抽的疼得厉害。他再也忍受不下去了，终于选择了一个傍晚，候在东郊公园的入口处，等待高星雨的出现，希望能够演出一场浪漫的“不期而遇”。可是杨野傻傻地等了三个多小时，高星雨始终没有出现，直到九点多以后，杨野才意识到这种守株待兔的把戏实在是太幼稚太可笑了。杨野快快而回，决定要主动出击，当面去约高星雨一回，好好和她谈谈，挽回局势。

第二天，杨野想约高星雨，可是总也寻找不到机会。所有课程都全部结束了，不用上课，大家都属于自由状态，不像过去一样天天都在课室里相聚，杨野要想自然而然地见着高星雨也不是很容易了。食堂开饭时间是最好的机会，可高星雨和何国林形影不离，排队打饭也黏在一起，不方便。直接到女生宿舍去找，她肯定在，可杨野心里还有障碍，觉得那样张扬了一些，杨野缺乏勇气。杨野性格中的一个弱点就是遇事容易心虚，优柔寡断。这可能和他的成长经历有关系，以往的生活给了他太多的挫折和打击，磨蚀了他的自信，他平时给人那种高傲的让人感觉不易接近的印象，其实是以一种貌似强大的假象掩饰着内心的虚弱，掩饰着内心的自卑。大学的四年中，他的这种假象阻止了不少对他心怀好感的女孩子想要向他靠拢的脚步。强烈的自尊和极端的自卑混合于他一身，有时连他自己也无法对自己作出判断。因为缺乏自信，他常常给自己制造出许多烦恼，让自己身陷于莫名的焦躁之中。譬如按照他自身的条件，留校应该是顺理成章的事情，老师和同学们都看好他，班主任章成礼也明确跟他说过让他不必担心，他留校的事情基本上已成定局，名单的最后讨论和公布只是一个时间和程序的问题，可他仍然无法抑制自己的躁动，在最后的结果没有出来之前他心里是永远也不会踏实的，而且还常常会被自己凭空冒出来的许多不祥的假想困扰。

就在杨野苦于无法见着高星雨而感到沮丧的时候，高星雨出现了。那是吃过晚饭以后，杨野已经不再抱有侥幸遇上高星雨的希望了，他打算明天再另寻机会。因心情不好，就在校园里胡乱溜达。校园太小，人来人往像是跻身集市，在操场上转了两圈，总是遇上熟人，总要不停地点头打招呼，清静不下来，感觉有些烦，就准备到东郊公园去。走到校门口，看见高星雨静静地立在大门一侧的石狮子旁，像是在等人。杨野喜出望外，急忙走到高星雨身边，笑意盎然地和她打了个招呼。高星雨其实早已看见杨野，装没看见。听到杨野主动喊她，便不再回避，转身朝杨野点点头，似乎很礼貌很客气，脸上却是冷冷的，没有半点热度。

杨野有些尴尬，嘿嘿傻笑了两声说："最近好吗？"

高星雨淡淡地说："挺好的。"

杨野又说："我正想找你呢，不忙吧？"

高星雨仍然面无表情："忙呀，怎么会不忙呢？挺忙的。"

话不投机，杨野只能故作潇洒状，以玩笑的口吻说："哦，都忙些什么呢？是不是都废寝忘食了呀？"说完这话，杨野感觉到脸上一阵发热，他自己也觉得他说的话一点也不幽默不好笑。

高星雨盯着他，一副认真的表情："废寝忘食还不至于，但忙得挺充实挺有价值的。你真想知道的话我也不保密，我在忙恋爱的事，现在正准备去赴约呢！"

杨野被噎住了，一时好像反应不过来，愣愣地望着高星雨。

高星雨说："找我有事？"

杨野支吾道："哦，也没什么事……"

"那我得走了，约会迟到不好！"高星雨说完扬长而去。

杨野看着高星雨穿过马路，朝着公园大门走去，心里像是堵着一团猪毛，刺扎难忍且说不出是什么滋味。

不一会，杨野眼睁睁地看见何国林也出了大门，也穿过马路，也朝公园方向而去。

杨野几近崩溃，几乎要绝望了！

二十

顾新民一再挽留，杨野仍然执意要走。李丽霞很快要下班了，杨野害怕见到她。

顾新民见杨野态度坚决，也理解他的顾虑，便不勉强，准备给罗光毅挂电话，让罗光毅来车接杨野。

这时，杨野看见邓大有出现在办公室门口。狐疑间，邓大有已经认出杨野，急步迈入办公室里："这不是小杨吗？哈哈，真是小杨啊！什么时候回来的？"边说边就握住了杨野的手使劲晃，脸上神情激动。

杨野一时反应不过来。心想，邓大有不是犯人吗？怎么大摇大摆地闯进办公室里来了？居然还大大咧咧地喊他"小杨"！在劳改场，无论是对管教干部还是对普通工人，犯人是言必称"队长"的。

顾新民觉出了杨野的疑惑，忙解释说："老邓现在是三中队的中队长了！"

杨野更加错愕了，怎么阴差阳错的尽出怪事，邓大有跟杨野的车跟了三年多，现在却成了中队长！

"哈哈，想不到吧？我也没有想到会有今天！今晚别走了，队里有招待所，咱们难得一见，一起喝两杯，顾指导员也来，大家好好聊聊！"邓大有仍然拉着杨野的手不放。

"对，今晚就别走了，难得回来一次，多住几天，咱们还有好多话没说完呢！再说你还是应该和丽霞见见面的。"顾新民也极力挽留，态度很诚恳。

老熟人重逢，盛情难却，加上好奇心的驱使，杨野答应留下。于是顾新民给罗光毅打去电话，让他不用来接了。

在过去跟车的几个犯人中，邓大有是不易驯服同时又是比较能干的一个。他技术好，因为技术好，就常常要吊起来卖，有事没事总喜欢出些小难题，故意刁难杨野和阿满。车子出了故障的时候，他会幸灾乐祸地袖手旁观，不时说些风凉话。待到杨野和阿满忙得满头大汗，最后束手无策的时候，他又会不声不响地拿起扳手，三两下就把车子修好了。在邓大有眼里，杨野和阿满不过是乳臭未干的小毛孩，平时虽然不得已要像别的犯人一样喊杨野和阿满“队长”，却总要特意在“队长”前面加上一个“小”字。这令杨野感觉很不舒服，却也拿他没办法。

邓大有在犯人中很有威信，别的犯人都有点怕他，也服他。有一回准备出车，杨野刚刚走近车库，就听见邓大有不知因为什么在煞有介事地大声训斥一个青年犯人：“你有什么资格和我说这种话？你入监才几天？你判了几年？告诉你，我判了十年！十年，你懂吗？这碗劳改饭我已经吃了五年了！”

当劳改也可以摆资格，刑期也是炫耀的资本，杨野忍俊不禁，使了好大劲才强压住了要喷发而出的笑声。杨野没有惊动他们，悄悄躲在一旁继续偷听。

邓大有振振有辞：“你们看看自己，算是什么玩意嘛？年纪轻轻的不学好，打架、偷窃、拦路抢劫、强奸妇女，不干人事！为这些坐监，值得吗？这样做人有什么价值？有什么意义？”

“老邓大哥，讲来讲去我们都属于乌龟王八蛋，我们是劳改犯，你也是劳改犯，有什么两样？”那个被邓大有训斥的犯人说话了。

“什么？我和你们一样？”邓大有受到极大侮辱，咆哮道，“我怎么可能和你们一样！我为新中国的建立打过仗，我为人民的解放事业流过血！我入过党！我当过干部！我是政治犯！知道什么是政治犯吗？哼！说了你们也不懂！政治问题，哼，政治问题是说不清的！”邓大有理直气壮地为自己分辨。

杨野在刚下四大队的时候就已大致了解过邓大有的案情，邓大有的经历与杨野的父亲有点相似，他新中国成立前夕参军，赶上了解放战争的尾巴，接着参加抗美援朝，停战后部队开拔到北大荒，集体整编为生产建设兵团。

在兵团，邓大有接受了培训，成为垦荒队的一名拖拉机手，他自称是新中国第一代拖拉机手。后来他回到了广东老家，在县属农场里一个农机站当站长，1957 年因为有反党言论被划成右派，“文化大革命”开始后，又因反革命报复罪被判了十年徒刑。

邓大有能说善侃，嘴巴很少有闲着的时候，只要身边有人，不管你爱听不爱听，他都会喋喋不休地和你说话。当然，他选择的听众主要是犯人，管教干部和杨野他们这类“队长”一般是不会买他的账，有时还会不客气地当众指斥他在吹牛，那样会让他感到很没面子，所以邓大有只在同犯们面前满足他的演说欲。邓大有最喜欢向同犯炫耀的是他那段革命战斗史，每每说起总是不厌其烦，而且常常是不同版本。譬如他说他和敌人拼过刺刀，有时说是和国民党兵，有时说是和美国兵，甚至说是和日本兵，说和日本兵拼刺刀显然就是谎话了，他是临解放的时候参军的，抗日战争期间他年纪还小，还在农村老家放牛呢。他说：“拼刺刀呀，嘿，那可不是闹着玩的！和敌人面对面，眼瞪眼，稍不留神小命就玩完了，真正的你死我活啊！好在我武艺高强，一连干倒了五个！”被他刺杀的人数在他口中是不确定的，有时是五个，有时是三个或者四个。“那一回实在是太惊险了，围着我的几个敌人一个个被我放倒了，忽然又从旁边蹿出一个，哎呦，毫无防备呀！只见一道明晃晃的刀光在我眼前一闪，我来不及招架，心想这下完蛋了，要见马克思了！也是平时训练有素吧，我本能地一侧身，那是非常敏捷的，一般人是反应不过来的，刺刀擦着我的肋骨划了过去，我回手就把他干掉了！算我命大，又一次从死人堆里钻了出来。你们瞧，这里！不假吧？”每一回说完这段故事，他都要撩开衣服向人展示。确实，右肋下斜贯着一条紫红色的伤疤，像一条形状狰狞的大蜈蚣，半尺来长。

在北大荒的垦荒经历也常常是邓大有吹嘘和演绎的题材，他很为自己的这段经历而自豪。有一回，杨野听到邓大有又在那几个跟车的犯人面前演说：

“新中国第一代拖拉机手，你们算算，全国能有多少个呀？嘿嘿，我就是其中一个！这是载入史册的呀！牛吧？……那个时候，我们在北大荒，开着清一色苏联产的‘德特 54’，在那样一个地方犁地、收割，那叫一个爽，那地是又宽又平，望不到边，不像我们南方山区，抬眼望去远近都是山，这就叫作一望无际，没到过那里你根本不能真正理解‘一望无际’这个词的含义！你根本不用费神费力，随便怎么开都不成问题。说真的，我那时经常是边开车边睡觉的，就好像当年打仗时边行军边睡觉一样，绝对没有什么行车安全方面的担忧！不过呢，在这没遮没拦的田地里也是有不方便的时候的，比如说屎憋尿急的时候就比较麻烦。那时我带的是一个女徒弟，那是一个年轻的东北姑娘，哇，那叫一个漂亮，高高的个子，苗条的身材，胸前饱满得像两座小山，关键的还是那肤色，粉嫩红白的，这和我们这边的女孩是不能比的！我们这边的女孩一个个矮小干巴，面黄肌瘦的，两个奶子就像两个鸡蛋一样大，差远了！……我们在田里工作的时候，都是我在前面驾驶室里开车，女徒弟坐在后面的挂犁上操作。有一次尿急，实在憋不住了，我就边开车边掏出家伙，对准操纵杆的隙缝撒了一泡长尿。哈哈，我徒弟在后面发现情况不对，就在后面大喊大叫：‘师傅师傅，不好了，水箱漏水了！’我没办法，只好大声回答：‘不是水箱漏水，车子开久了，水箱发热，水滚了就会冒水，这是正常现象！没关系的！’……”

听到这里，犯人们就哄笑起来，这类与性相涉的话题对于被常年监囚的犯人来说是格外刺激的。有人就问：“你那个漂亮女徒弟如果也要方便怎么办呀？那不是全给你赚了？”邓大有说：“嘿嘿，赚不赚的，嘿嘿，我也不想白赚呀，但没遮没拦的，那也是没办法的事呀！不过咱们是有思想觉悟的正派人，很自觉的，猜到人家有需要的时候，就会主动提出休息一会，背对着人家躺倒在稻田里抽烟，给人家提供方便。”邓大有开始还一本正经地解释，说着说着便按捺不住了：“嗐，有时候也是他妈的难受，明知旁边有个漂亮的女孩在窸窸窣窣地撒尿，却偏偏要装作什么都不知道，看是不敢去看的，但能够听到的呀，你说难不难受？很多时候搞得我要起身开工了，都得弯着腰走路，不敢挺直身子。”有人不解，问道：“怎么要弯腰走路？”邓大有笑骂：“笨蛋，那里都小钢炮一样顶起来了，站直了不就露陷了吗？”话音一落，又是一阵猥琐的哄笑。

每逢聊起这类话题，邓大有与其他的犯人就完全没有两样了，甚至表现得更加粗俗。

邓大有聊得兴起，便又给同犯们讲了个据说是真实的故事，邓大有凡要进行叙述，总喜欢强调这是真事，即使是那些在民间流传广泛，几乎是人尽皆知的故事，到了他那里也会和他自己或者他的某个熟人挂上钩，成为“真实的故事”。他说：“我在原单位时，邻居是一对新婚夫妇，正是干柴烈火的季节，每天晚上都要做那事。一天晚上，他们正在全神贯注地做事的时候，来了两个小偷。小偷在外面用根小棍子悄悄从门缝拨开门闩，溜进屋来。可是刚刚跨入门槛，就听见里屋传来一句女人的喊叫：‘啊，啊……进来了！……啊……’小偷以为被发现了，急忙退出门外。这时又听见喊：‘喔，出去了……’小偷吓坏了，猫在墙边不敢动弹。可里屋的人并没有追赶出来，小偷留意里面的动静，里面传出的是男女主人的嬉笑声，他们便断定自己并没有被发现，只是虚惊了一场。于是再次进入房间，恰恰又是在他们跨进门槛的那一刻，女的又喊了起来：‘啊，又进来了！……啊……’小偷马上止步蹲下，静静观察，没有急着退出。‘噢，噢，……你射击吧！射吧！哎呦，射准准的！噢……你不是神枪手吗？快快，快点！’女人忽然急促地高声大喊。两个小偷简直被吓破了胆，不约而同地一跃而起夺门逃窜。小偷逃跑后，总觉得事情太蹊跷，屋主明明在里屋没有出来，怎么就对他们的一举一动了若神明？他们不服气，也很好奇，就商量着去探个究竟，看看这如此了得的屋主是何方神圣！于是第二天就担了两筐李子，装扮成卖李子的候在那家人门口大声吆喝。屋主夫妇果然出来了，见有卖李子的便一同走了过来。女的随手抓了两个李子把玩起来，先是看了两个小偷一眼，然后神色暧昧又意味深长地对老公说：‘像不像？这，不就是昨天晚上那两个吗？’那两个小偷一听，吓得两筐李子也不要了，屁滚尿流地拔腿就跑……”

邓大有的讲述不停地被笑声打断，讲完了，几个跟车的犯人早已笑得前仰后合。杨野躲在一旁，也笑得两个肩膀一抽一抽的。

邓大有讲述的“革命经历”引不起杨野的兴趣，劳改场里的老干部多，杨野和他的同学们的父辈大都是从枪林弹雨中闯过来的，这类故事听多了，没有新鲜感了。对邓大有津津乐道的那些带色的甚至是极其露骨的荤故事，杨野也是见怪不怪了。劳改犯嘛，本来就是臭鱼烂虾凑在了一起，谈谈女人说说黄段子，既符合他们这类人的本色，也是一种必要的宣泄。其实，杨野自己也喜欢听，只是不好在犯人面前公开表示自己的真实想法而已。那是个人性禁锢的年代，杨野最早的性启蒙教育，实际上就是来源于犯人们平时讲述的那些露骨的荤故事。杨野不解的是邓大有善于苦中作乐，身上似乎有着一种天生的乐观精神。杨野从小生长在劳改场，对犯人那种身体上担负着繁重劳动，精神上遭受着人格压抑的生活，时时会有一种出于本能的同情和恐惧。他设想过，假若有朝一日自己不幸成为他们中间的一员，他是一天也承受不了，是宁可去自杀的！

杨野后来与邓大有聊天时问过他，说你当劳改怎么还天天说笑，无忧无虑的？邓大有苦笑道：“人啊，哭有时并不是因为痛苦，而笑也不一定都是代表欢乐。再说，我是经过战火的人，刀枪之下我都已经死过几次了，能活到今天是不幸中的万幸了！人生一世，不可能是万事如意的，人既然活着，就得凡事想开一点，整天愁眉苦脸也解决不了问题嘛。嘿嘿，你还年轻，你不懂的。”

杨野确实不懂，他觉得邓大有是个怪人，一个无法理解的怪人。

这次故地重游遇上平反昭雪恢复了身份的邓大有，杨野在与他的交谈中了解到他的情感挫折和家庭变故之后，心里大大地被震惊了。联系起自己的个人经历，一股悲观之情油然而生，杨野默默地在心里发问：这个世界真的会有生死不渝的爱情吗？是李丽霞？是高星雨？还是你杨野自己？

二十一

那一天傍晚，眼见着高星雨和何国林前后脚往东郊公园去了以后，杨野遭受了极大的挫败，感觉到整个人被紧紧裹压在山一样巨大的失落和绝望之下喘不过气来。受一种阴暗心理的驱动，他下意识想要悄悄尾随而去。最后，费了好大劲才控制住自己强烈的窥探欲，没有做出让他自己认为是属于小人所为的下作之举。

杨野晕晕乎乎折回校园，躲进操场边上一棵大树的浓荫下，靠着树头，在一张水泥条凳上坐下，一根接一根地拼命抽烟。

不知过了多久，高星雨从背后悄悄绕了过来，静静地站在杨野跟前。

杨野很诧异，差点以为自己是在做梦："你……你不是去约会了吗？"

高星雨负气地说："去了，约会结束了，又回来了，不可以吗？"

杨野仍然没有完全从迷糊中走出来，抬手看看表，还不到一个小时，就愣愣地问："怎么那么快？"

高星雨冷笑，反问："那你希望是多久？"

"嘿嘿……我希望你的每一分钟都不在别人的时间之内。"杨野终于回过神来了，极力掩饰着内心的欣喜，边殷勤地向旁挪了挪，边开着玩笑说，"坐吧，坐下说！"

高星雨在水泥条凳的另一端和杨野并肩坐下，也不看杨野，冷冷地说："你不是有事找我吗？"

"是啊，这几天一直想找个机会和你聊聊呢！"

"要和我聊？你还会想和我聊？你我还有什么好聊的？"

杨野心情好转，调侃道："至少得给我个当面向你道喜的机会啊！"

"好笑！"高星雨撇嘴。

"能告诉我吗？你身边的那位骑士真的是何国林？"

"是又如何？不是又如何？"

"这对我很重要！"杨野的语气变得严肃起来。

"你什么意思？"高星雨有些惊讶。

"你知道我什么意思！"

"哼，不知道！"

“那你想知道吗？”

“想又如何？不想又如何？”

“想知道的话我就说，不想知道的话我说了也白说。”

“你爱说不说！”高星雨起身要走。

“哎哎！”杨野急忙扯住她的衣袖，陪着笑脸道，“你怎么这样？大小姐脾气说来就来，女孩子家要温柔一点嘛。”

高星雨甩开杨野的手：“喔，嫌我不温柔！嫌我不温柔就别来惹我呀！”

“也罢！”杨野松了手，重重地叹了口气，“想不到天下女子都那么善变，都那么薄情寡义！”

高星雨连珠炮似的嚷道：“你说谁善变了？你说谁薄情寡义了？你把我当成什么了？招招手就叫我来！挥挥手就让我走！你以为你是谁啊！……”说着说着就哭了起来。

杨野慌了，站起来，扶着她的肩膀把她按回石凳上，劝道：“别，你别这样！啊！都让人家听到了，人家还以为我怎么欺负你了呢！”

高星雨重新坐下，一边抽泣着，一边满腔委屈地说：“你……你还没欺负我呀，从小到大……从小到大我还没有被人这样欺负过呢！……”

杨野也挨着高星雨坐下，掏出一包纸巾，碰碰高星雨的胳膊，高星雨接过纸巾，抽出一张，擦拭着眼睛。

两人默不做声地坐了一会，高星雨缓过情绪，小声问道：“你找我有什么事？”

杨野说：“听说你和何国林好了，我想当面证实是不是真的。”

高星雨说：“你很在意我和他好吗？”

杨野：“在意，特别在意！”

高星雨：“为什么？”

杨野：“因为我爱你！”

高星雨瞪大了眼睛看着杨野，脸上充满了疑惑，好一会才说：“你，撒谎吧？”

杨野苦笑了两声，低下了头，语气沉重地说：“快四年了，从第一眼看见你开始，我心里就一直装着你，从来没有放下来过。”

高星雨摇摇头，不信任地说：“你过去所做的和你现在所说的，好像不是一个人。”

杨野又苦笑了两声，道：“我太傻！我一直在欺骗自己！一方面，你能猜想到的，我过去在感情上受过伤害，所谓‘一朝被蛇咬十年怕井绳’，心理阴影很难短时间消除，以至于在遇到了自己真爱的时候不敢去正视；另一方面，我自从入学以后，一门心思就是要专攻学业，不想分心，我喜欢你，但又不想过早确定关系，怕影响学习，希望等到毕业以后再说。我以为……以为你不会那么快就和别人好的，以为你会等我。唉，花开堪折直须折，莫待无花空折枝啊！”

“你说的是真的？”高星雨声音有些发颤。

“全是真的！我一直以为我的生活中还会有奇迹出现，我一直在期待着这个奇迹的出现，可是……”杨野的眼睛潮湿了。

高星雨再也自持不住了，伏在杨野肩上，两只小手不停地在他身上捶打，泪水又禁不住汩汩直流：“你知道你害得人家多苦，恨死你了，恨死你了！……”

“不要这样。”杨野心头一阵狂喜，却假意轻轻推开高星雨，显出一副后悔莫及的样子说，“事到如今，我只能怪自己，是我错过了你，错过了也只能错过了……”

高星雨破涕为笑，娇嗔道：“你真傻！我们没有错过，我们再也不会错过了！”

“何国林……”杨野忧虑地望着高星雨那双美丽的眼睛。

高星雨急忙表白：“没有的事！他对我很好，向我表示过，我一直没有答应他，今晚约他就是明确告诉他我跟他不合适，我已经拒绝他了。”

“啊！”杨野如释重负，一把将高星雨揽在怀里，“高星雨！我的小星星，我的小雨点，我的宝贝！我们永远也不分离，好吗？我太激动了！我太幸福了！你知道你是多么迷人……”

黑暗中，两颗紧贴在一起的心狂烈地跳动着。除了儿时在母亲怀抱里的记忆，杨野是第一次与成熟女性亲密接触，在热唇相吻的一刹那，杨野心里产生了一种如同天崩地裂般的震撼。他感觉自己酥软了，迷乱了，天地不复存在了……

这一晚，他们一直相拥着坐到深夜，彼此倾诉，聊了很多很多。

到了不得不告别的时候，杨野恋恋不舍地把高星雨送到了女生宿舍楼下，恋恋不舍地看着她上楼，然后才返回自己宿舍。

走到男生宿舍楼道边，冷不防看见何国林幽灵般地站在一棵小树旁，杨野被吓了一跳。杨野驻足和他对视了几秒钟，想和他打个招呼，见他怒气冲冲，两眼喷火，便没吭声，与他擦肩而过。

杨野刚刚拐进楼梯口，何国林忽然在后面发出一声狼一样凄厉恐怖的嚎叫，杨野又被吓了一跳。杨野没有停留，暗骂了一句“神经病!”，上了楼梯。杨野忽然明白，何国林刚才肯定是一直盯着他和高星雨的梢了，于是心里就生出一种莫名的快意，同时也有几分鄙夷。

从此，杨野和何国林成了一对冤家。同在一个班里，又同在一个宿舍，低头不见抬头见，两人的交锋在所难免。不过，彼此那种剑拔弩张的关系只有他们自己知道，他们始终是在心里较劲，旁人不易察觉。这种关系一直持续到他们毕业后的好多年。

时间过得很快，朝夕相处了四年的同学即将各奔东西。

不知是杨野的良苦用心收到了成效，还是院方确实择优录用，杨野被批准留校了。不过，杨野从高星雨那里得知，院长李书平并不是她舅舅，院长也并不认识她。中文系的留校名额确实是四个，杨野和何国林都在其中，他们分在中文系任教，由同学关系转换为同事关系了。此外，班长林安信和一个叫作莫士宽的同学也在留校名单之列。林安信分在政治系当辅导员，莫士宽分在学院党委宣传部。高星雨也有一个比较理想的安排，分到了一所省属中专的团委。杨野学习成绩和各方面的表现都很出色，高星雨是那个年代不多见的独生女，父母都在省城，按政策也是应该照顾的，所以别人对他们的分配结果是无可厚非的。

四年寒窗熬出头了！花好月圆，杨野总算是如愿以偿了。

二十二

安排杨野在招待所开好房后，顾新民和邓大有带着杨野往队部附近的一家小餐馆走去。正是下班的时间，路遇不少熟人，杨野不停地与人握手寒暄，应接不暇。

走到公路边时，顾新民说："你们先去，我回家给老婆留个字条，告诉她我不回家吃饭了。"邓大有不明就里，说："让她一块来嘛，都是熟人，难得一聚。"顾新民看了杨野一眼，推托道："算了吧，男人相聚，女人就别凑热闹了。"

正说着，接送茶厂女工的交通车在旁边停了下来，一群女工吵吵嚷嚷地下车了。邓大有大声朝抱着孩子的李丽霞喊道："小李小李，你过来！"邓大有这一喊，许多女工就都往这边看，都看见了杨野，其中的一些熟人又纷纷惊喜地围上来和杨野打招呼。杨野忙笑脸相迎，又是一番应接不暇的应答、寒暄。

李丽霞抱着孩子站在边上，表情既惊讶又有些尴尬。杨野也看见了李丽霞，朝她点了点头，待大家渐渐散了，才有些不自然地对李丽霞说："李丽霞，你好！"李丽霞也不自然地说了一句："你回来了？"顾新民接口说道："正准备告诉你呢，今晚我和老邓、小杨聚一聚，不回家吃饭了。"邓大有忙说："小李也一块来！"李丽霞犹豫地说："不了吧，不方便的，我就不参加了。"邓大有说："嗐，有什么不方便的！都是熟人，老顾也在，客气个啥！你说是吧，小杨？"杨野只好附和道："是啊，大家难得一见，一起吧。"顾新民见杨野开了口，也说："行了，就这样吧，我们先去饭馆，你把孩子送到爸妈家去，待会过来。"李丽霞不好再推托，就说："那好吧，我待会过来。"说完朝杨野和邓大有笑笑，抱着孩子走了。

李丽霞安顿好孩子来到饭馆的时候，邓大有和顾新民已经点好菜。见李丽霞来了，杨野仍然感觉有些尴尬，朝她点点头，她也点头回应，彼此很客气的样子，算是打过招呼。李丽霞在顾新民身边落座后，邓大有便吩咐老板上菜。

很快，菜就陆续上桌，有红烧山猪肉、蘑菇炖山鸡、干煎山坑鱼等，还有一砂锅干焖箭猪肉，多是些大都市里难得一见的野味和山货。

龙头山茶场地处山区，各种野生动物时常出没，直至六十年代初期，半夜执勤的哨兵还在监仓围墙的岗楼上，远远地用探照灯吓跑过窜到养猪场偷猪的老虎。杨野他们小时候在放学回家的路上，常常会钻进路边的小树林里掏鸟窝，或者到小溪里摸鱼，总有收获。有一回，他们在放学路过山边的时候，隐约听见一阵小动物凄厉的叫声，一个叫作大头的同学循声攀到半山，在一个山洞里捡了一窝出生不久的小山狗，整整五只。大家就猜测母狗可能是外出觅食时被猎人打死了，留下了这一窝狗孤儿。大头腾空自己的书包，把课本和作业本塞给别人托带，兜起几只小山狗带回家去饲养，可惜山狗太小，大头没有经验，没几天就都死光了。那时的人们没有什么环保意识，觉得猎食野生动物是天经地义的，根本不曾听过有保护一说。杨野刚到四大队开拖拉机的时候，也曾和阿满一起在冬天的夜晚外出打鸟，他们拿着气枪到茶山上的灌木丛或竹林里，用五节电池的加长手电筒往枝叶茂密处照射，那些密密挤挤栖息在枝头上的小鸟便会在强光下一动不动地坐以待毙，那是一种近距离的猎击，收获往往十分丰硕。不过，在杨野上大学前便感觉到山里的野物明显见少，在外求学的几年里观念也渐渐有所改变，所以见到满桌的野味时，心里多多少少也觉得有些不妥，这种感觉也就是一闪而过，很快就消散了。

邓大有吩咐老板上了一支“玉冰烧”白酒，边给大家斟上边向杨野介绍：“这酒不错，本地产的，用猪肉酿制的，听说过没有？口感不差过茅台，只是外面知道的人不多。”

杨野听了，有些好奇，道：“用猪肉酿酒？还真没听说过。”

邓大有解释说：“是呀，‘肉’和‘玉’粤语是同音吧，酿酒用的是肥肉，肥肉浸泡在酒里时间长了就变透明了，像白玉一样，冰清玉洁嘛，所以叫玉冰烧。”

都斟上酒后，邓大有举杯道：“来，今天高兴，一定要喝个痛快！这第一杯是给小杨接风的，干了！”

顾新民忙接口道：“给小杨接风，一定要喝！不过，丽霞不会喝酒，意思一下吧！”

邓大有说：“那不行，第一杯是一定要喝的！”

顾新民说：“那我替她吧！”

杨野也附和说：“李丽霞就不一定干完了，随意吧。”

邓大有不答应：“哪能随意！也不能替！老顾你要照顾老婆回家照顾，在这里你是你她是她！小杨那么久才回来一次，今天这杯接风酒小李不干是说不过去的！”

李丽霞说：“我真不会喝酒，待会还要照顾孩子。这样吧，这杯我干了，但就只一杯！”

见李丽霞这样说，邓大有就不再坚持，说：“那就干了这一杯，接着你随意。”

于是大家一起举杯互碰，干了第一杯酒。

吃了几口菜，杨野说：“很高兴和各位相聚，今天借花献佛，有两杯酒是必须敬的。”说着，给邓大有和顾新民的空杯斟满酒，又转向李丽霞：“也给你倒上，你不必喝，做个样子吧。”然后举杯对邓大有说：“在座的老邓年纪最大，我先敬老邓！”

邓大有忙说：“别说敬，别说敬，难得一聚，高兴！为了高兴，干！”

两人碰杯，干了。

杨野又给自己斟满，对顾新民和李丽霞举杯说：“这第二杯敬你们夫妇！没能在你们的大婚上表示祝福，现在要郑重补上。李丽霞意思一下，老顾代喝了！来，我在这里衷心祝愿你们永远幸福美满！”

顾新民连声说好，三个人就碰了杯。李丽霞没有说话，也和杨野、顾新民一样一饮而尽。

“好样的！小李你能喝的嘛！”邓大有说。

顾新民有些担心地看看李丽霞，李丽霞满脸绯红，回看顾新民，笑笑：“到顶了，再喝就真醉了。但这一杯酒是要喝的，是吧？”

杯觥交错，大家天南地北，交换各自的情况。边吃边聊，杨野和李丽霞都已渐渐放松，不再感觉拘谨。得知杨野已有女朋友，大家又一次郑重举杯表示祝贺，不过这一次李丽霞只是举杯沾唇略作表示，然后让顾新民代喝了。

李丽霞惦记着孩子，提前告辞。杨野起身相送，道声“慢走”，李丽霞摆摆手，说句“保重”，就此别过。

李丽霞走后，杨野又再次举杯说：“我和老顾单独再喝一杯，这一杯酒的意义不言自明，再次衷心祝福你和李丽霞幸福美满，百年好合！”

顾新民心照不宣，拍拍杨野肩膀：“谢谢！”与杨野碰杯，两人一饮而尽。

喝完这杯酒，杨野终于彻底释怀，心里的这一页总算是翻过去了。

渐渐地，三个人都显得有些喝高了。也是因为喝高了，邓大有的话显得特别多，于是杨野对他的个人遭遇就有了更多的了解。

二十三

邓大有在县农机站当站长的时候，与他搭档的副站长叫刘昌年，是县委组织部长的小舅子。刘昌年仗着他姐夫的权势有恃无恐，平时在站里独断专横，飞扬跋扈，单位里的一般员工对他每每是敢怒不敢言。邓大有内心里虽然对他极为鄙夷，但多少也还是有些顾忌，只要不是原则性问题便会做出一些忍让。刘昌年还有一个毛病，喜欢拈花惹草，三天两头总要闹出一些沾荤带腥的事端来，邓大有曾为此找他谈过，劝他收敛一些，要注意影响，他却不以为然。该说的说了，他不听，邓大有也无奈，他是自己的副手，和自己一样也是单位领导，他自己的事自己负责，所以平时对他的那些花花事，只要不是太出格，邓大有也就睁只眼闭只眼了。只是邓大有万万没有想到，这狗杂种后来居然打起了他老婆的主意！

邓大有的老婆是他当年在北大荒垦荒时带的徒弟，身材高挑，长相秀美，是当时垦荒队里许多未婚小伙子追逐的对象。邓大有近水楼台，独占花魁，最终将她带回了广东。刘昌年对邓大有老婆的美色暗中垂涎已久，平时见面总要开些语义暧昧的玩笑，却也还不敢过分造次。邓大有老婆对刘昌年很反感，但顾及他的面子，装傻充愣不接他的话茬也就罢了。邓大有老婆和邓大有提起过，邓大有心里虽然生气，但他了解刘昌年的德行，谅他也只有过过嘴瘾的胆量而已，心里就没与他认真计较。

一天傍晚，正准备吃饭的时候，刘昌年不请自来，提着酒瓶主动上门要与邓大有对酌。邓大有不好抹他的面子，便吩咐老婆去加炒几个下酒菜，与刘昌年喝开了。几杯下肚，刘昌年借酒遮脸，开始放肆起来，嚷着要敬邓大有老婆酒，邓大有老婆客气地笑道："你们喝，我给你们做菜。"邓大有也说："男人喝酒女人就别掺和了。"刘昌年不依，乘邓大有老婆上菜的时候，一把拉住她的手，硬要她落座。邓大有老婆火烫着般地要挣脱他的手，说："不不，你们喝，我还要给你们做菜！"刘昌年却仍然紧抓着她的手不放，大着舌头继续纠缠："不行，菜够了，不要做了！你是嫂子，得给我面子，必须陪我喝一杯！"邓大有皱起眉头，按捺着心中的不快，没有做声。邓大有老婆有些生气了，看了邓大有一眼，用力一抽，狠狠甩开刘昌年的手，说："好，我喝，就这一杯！喝完不许再耍酒疯！"说完，端起邓大有跟前的酒杯一饮而尽，然后欲转身而去。"哎哎，先别走呀！"刘昌年急忙站起来去拽邓大有老婆，趁势双手半搂着邓大有老婆的肩膀，边拉扯边说："好事成双，一杯怎么就能算了呢！"邓大有老婆边挣扎边尖声怒叫："你这是干啥呀！喝酒就喝酒，拉拉扯扯的算什么呀！你松手！"刘昌年涎脸涎皮地说："你必须再喝一杯，不然我绝不松手！"刘昌年忘乎所以，反而将邓大有老婆的肩膀搂得更紧了。这简直已经无视邓大有的存在了，是个男人都忍受不了旁人当面对自己老婆的这种轻薄！邓大有终于看不下去了，板起脸怒喝道："刘昌年！你小子他妈的闹够了吧！”刘昌年猛被镇住了，松开了手，回过神后，装傻地给自己找台阶：“站长你怎么了？我做错什么了吗？没有呀！我敬重你，敬重嫂子，只是想敬嫂子一杯酒而已！”邓大有指着门口：“狗操的杂种！给我滚出去！”刘昌年被邓大有的神色吓住了，嘟嘟囔囔地退缩到门口，然后一溜烟地跑了。

第二天上班见面，刘昌年像任何事也没有发生过一样，照常热情地与邓大有打招呼，一本正经地谈工作，绝口不提昨晚的尴尬事。邓大有心想，这世上还真有这么厚颜无耻的人！不过，既然刘昌年能够装出这种姿态，邓大有也就强将厌恶压在内心，以公事公办的态度面对这个搭档。

不久，反右斗争开始了。刘昌年在大会上公开站出来揭发邓大有，言之凿凿地说某一天在某一地点两人一起喝酒时，邓大有说过一番极其露骨的反党反社会主义的言论。刘昌年红口白牙当面造谣，没把邓大有气个半死，他恨不得冲上台去将这家伙的脖子拧断！他站起来破口大骂，怒斥刘昌年是栽赃陷害，指天发誓地为自己辩解，说他绝对没有讲过任何反党反社会主义的话，半句也没有！本来这是发生在两个人之间死无对证的事情，但是一来刘昌年有当县委组织部长的姐夫撑腰，并且信誓旦旦以党性以人格以良心以公职担保他的揭发没有一字假话，邓大有的反党言论是铁板钉钉的事实；二来当时划右派是有指标的，为了完成指标，各单位就像当今评先进一样去评选右派，闹得人人自危，在评选会上连厕所都不敢上——就有人因为尿急憋不住上了一回厕所，别人就乘他不在场的几分钟里一致把他给评成了右派。邓大有被刘昌年揭发出来后，恰好契合了不少人的自保心理，墙倒众人推，容不得邓大有申辩，他顺理成章地成了右派。

邓大有被贬到了县里最偏僻的一个公社农机所里劳动改造。那时他们还没有孩子，他不忍心拖累老婆，提出离婚，老婆不同意，表示生生世世都要和他在一起。邓大有在患难之际遇着这样一个生死不渝的痴心女子，感动得一塌糊涂。邓大有下放后，老婆还留在农机站上班，两人分多聚少，十天半月才能够相聚一次。老婆要求调到邓大有那里，已经升任站长的刘昌年故意刁难，没有批准。他们都知道那家伙没安好心，却无可奈何。邓大有老婆在艰难的处境中防狼一样熬过了几年，最终仍然没能躲过小人算计。

“文革”开始后，邓大有又被揪了出来，与一批被称为“牛鬼蛇神”的“走资派”及“地富反坏右”分子一起集中关进了“牛栏”，一面强迫接受劳动改造，一面随时接受革命群众的批斗。而刘昌年摇身一变成了造反派头头，被结合进了县革委会。在与妻儿分别了半年之后，邓大有终于得到解脱，离开“牛栏”回到了原来的公社农机所继续接受劳动改造。邓大有被关进“牛栏”的时候，大儿子才刚满四岁，而小女儿还不足两岁。他思家心切，在被放出“牛栏”回到农机所报到后的当天，便迫不及待地连夜往家里赶。当他打开房门走进卧室的时候，所看见的是永生无法抹灭的耻辱的一幕！他脑子里霎时一阵空白，接着醒过梦来，一个箭步冲到床边，将手忙脚乱正在往身上乱套衣裤的刘昌年一拳打翻下床。刘昌年一跃而起，夺门逃窜，邓大有一脚踹向他屁股，刘昌年踉跄地向前跌撞了几步，鬼哭狼嚎般地撒腿继续奔逃。邓大有紧追不舍，足足追赶了有二里地，把刘昌年撵到一条小河边上。刘昌年无路可逃，双膝跪地，气喘吁吁地对着邓大有磕头作揖，连声求饶。邓大有二话不说当胸狠踹一脚，刘昌年仰面八叉躺在地上。不待刘昌年爬起来，邓大有紧逼两步，再朝他小腿上猛然一跺，胫骨咔嚓地被折断了。刘昌年发出一声杀猪般凄厉的惨叫，顿时昏死过去。

从此，刘昌年成了瘸子，邓大有也因反革命报复罪而被判了十年徒刑。

三年前，邓大有的问题彻底平反。因为原单位的建制已经在“文革”后期撤销，邓大有也不愿意再回到原先那个伤心地接受县里的重新安排，便提出留在劳改场工作，组织上根据他的实际情况，同意了他的要求，恢复了他原先的行政级别，安排他担任了中队长职务。

听了邓大有的讲述，杨野十分震惊，他没想到邓大有的经历是这样的坎坷。

杨野举杯道：“老邓，你可真不容易呀！大难不死必有后福！来来来，再敬你一杯！”

三人又净了杯中酒。

顾新民说："现在好了，老邓也算是苦尽甘来了。"

杨野又问："家属都好吧？也调来场里了？"

"家属？"邓大有苦笑，"很不错了，孩子都大了，也争气。大儿子当兵去了，表现不错，准备报考军校呢。女儿去年高中毕业考上省政法学校，呵呵，第一年上学就连过年也不愿多陪老爹几天，年初三就出门玩去了，说是要和同学结伴到东北看雪，丢下我老头子一个人在家。"说到孩子，邓大有口里埋怨，语气里却透着疼惜和自豪。

杨野有些疑惑："你一个人在家？夫人……"

邓大有一摆手："走了！不回来了！在我平反的当年就和我离了，出国了，到泰国和父母团聚去了！"

杨野又一次震惊了："啊！怎么会这样？那么多年那么艰难都熬过了，到头怎么就分手了呢？"

顾新民插道："老邓太不容易了！"

邓大有摇摇头，叹口气说："都不容易！她有她的难处，她为我吃了太多的苦，不光是日子过得苦，心里更苦啊！再说，她全家人都在国外，她父母就她一个女儿，唉，那么多年，是我拖累她了……"

杨野说："她是父母的女儿，可她也是子女的母亲呀！"

邓大有说："她难啊！是她把孩子拉扯大的，她尽责了。我不怨她，一点也不怨她！"

杨野感慨道："你心肠太好了！"

"人无完人，我们每一个人都需要别人的宽恕，而只有善于宽恕别人，才会容易得到别人的宽恕。"

"人有善恶，事有对错，不是所有的人所有的事都能够宽恕的。"

"但是这个世界还是好人居多呀。"

"可你遭受那二十多年冤屈的时候，好人都躲到哪里去了？墙倒众人推，有人替你说过一句公道话吗？"

“话不能说得那么绝对。我的冤屈有小人作怪，也有历史原因，三两句话说不清楚。但是在我落难的时候，还是得到许多好人相助的。比如这次能够顺利平反，比如平反以后我要求留场工作，如果不是有关领导的关心，不是许多热心同志的帮助，包括老顾，对吧？那时陈海山教导员和老顾都是跑前跑后，忙上忙下积极替我奔走的，没有他们为我出力，我的事情也是不可能顺利办成的。还有你小杨，在我跟车的那些日子里，你也给过我不少帮助嘛，你那时就没有歧视我嘛。”

杨野脸上有些发热，他记得自己那时一直是把邓大有当普通犯人看待的，并没有给过他什么实质性的帮助，甚至心底深处还是存有鄙视的。

邓大有接着又说：“其实，很多事情我也是经历过以后再回头细想，才慢慢想通，慢慢明白的。现在一切都好了，老是耿耿于怀，老是纠缠过去那些事情，没什么意义！”

“对对！向前看，要向前看！”顾新民举杯说道：“不说那些沉重的话题了，喝酒！”

这场聚会持续到午夜，三个人喝干了两瓶“玉冰烧”。然后邓大有和顾新民一起将杨野送回到招待所，泡了一壶茶，继续聊了好一会，这才散了。

二十四

杨野要回去了，罗光毅原准备开车送他到火车站，他谢绝了。火车站离龙头山不是太远，从场部出发，翻过一座小茶山，再走大约半个小时的路程有个渡口，乘渡船过北江就到了。北江站是过路站，每天有好多班次的火车经过，杨野不赶时间，想慢慢走着去，好好领略欣赏故地的风光景色，重新认识那条记忆中的小路。罗光毅见他态度坚定，又只带了一个挎包，没有行李负担，就不勉强，说了句：“知识分子臭毛病，酸啊！那你就一路慢慢酸着去吧，我们也不送了。”杨野呵呵一笑：“各位，到省城记得和我联系！”挥挥手与前来送行的几位同学就此别过。

踏上来时的小路，杨野思绪万千。此次故地重游，他似乎没有达到预期的目的，却意外地有了许多触动。他原先是想以胜利者的姿态重新出现在这片熟悉的土地的，然而，他感觉到在岁月的见证下，真正的胜利者并不是自己。

有什么值得炫耀的呢？因为自己上了大学？因为自己留校当了大学教师？因为自己发表了几篇自得其乐的小说？这就是实现了自己所谓的人生价值了？什么是人生的价值？怎么样的人生才有价值？杨野不断地问自己。

怎么说呢，人生价值的显现不关乎地位身份，不关乎金钱财富，而只取决于人的内心。各人的生活道路不同，目标也不一样，只要活得自在，活得舒心，活得真诚，活得能让亲人宽慰，活得能让朋友信赖，活得无愧于自己的良心，人生也就有了实实在在的价值了！邓大有、阿满、罗光毅、顾新民、李丽霞……他们不都是在不断地调整着自己的内心，在平平常常的生活中默默地显示着他们的人生价值吗？

反思之下，杨野感到了自己的渺小。

以往，他过于夸大了自己的坎坷和灾难，只因为人生中某些小小的不顺利，便把整个世界颠倒来看，不再相信生活中还有真诚，认为人与人之间所充斥的全是虚伪、狡诈和不择手段，于是任由自己的私心不断膨胀，任由自己的灵魂渐渐扭曲……

杨野心中不由地生出了一丝愧意。

在印记着杨野青春足迹的老茶山上，又到了那个岔道口，再拐个弯就是北江渡口了。杨野伫立回望，口里默念：

别了，我青春的茶园！别了，我生命中的小路！别了，我亲爱的朋友们！

之后，转身上了公路朝江边走去。

身后那条记忆中的小路，又增加了一段新的记忆……

1984 年 4 月 23 日初稿，

1984 年 5 月 26 日二稿

2012 年 1 月 6 日修订

我们曾经也年轻

一

一九七三年八月十三日，我们刚刚离开学校一个多月，便又齐齐聚在了场部知青队。

知青队是农场专门为安置我们这些本场子弟而成立的，队员总共三十八人，男的十七女的二十一，除三男一女四名初中毕业生外，全是我们农场子弟学校原高中班的同学。

离开了学校，走出了家门，我们摆脱了老师的操纵和父母的掌控，我们独立了，我们自由了，我们都很自豪。到知青队报到的第一天，我们有生以来第一次领到了工资，整个月的，一共二十二元。按规定，当月十五日以前报到，可领满一个月的工资；十五日以后报到，则只能领半个月的工资。领导关照，把我们的报到日期定在了十三日，并且还让我们一天活都没干就提前预支了当月的工资。我们都非常感激领导。

兜里第一次有了那么多支配权属于自己的钱，腰杆自然粗硬。十七个还未完全成形的半大男子汉浩浩荡荡齐齐涌向场部供应站，闹哄哄地挤在柜台前，一个个财大气粗的样子，各买了一包“丰收”牌香烟。那时农村大队干部普遍抽一角六分钱的“大钟”，我们买“丰收”，二角八分钱，够气派了。我们买了烟，出了供应站见人就发。遇上原先称“某叔”或“某伯”的，一律改称“老某”。最神气的是咪改，他有一只从家里偷出来的打火机，轮番喀哒喀哒地给大家点火，还给不会抽烟的同伴作示范：“这样，大力吸，吸到肚里停一阵，然后再吐出来，又不浪费，又有味道。”咪改是个小烟鬼，上学时就经常抽烟，很有权威。就有人学他，好几个被呛得猛咳，咪改就快活地哈哈大笑。

咪改本名不叫咪改，叫黄启辉，是四名初中生中的一个，初一才将户口从农村迁来，初来时乡音难改，常把“什么”说成海南方言“咪改”，于是大家都喊他咪改。

咪改正得意，冷不防撞上他爸从路边蹿出，一巴掌拍掉他夹在指间的香烟，也不说话，伸手便从他兜里掏去了剩余的二十一元七角二分钱和那包刚刚启封的“丰收”。咪改如老鼠见猫，立在一旁打颤。

大家面面相觑，谁也没有吭声。

古金平不认识咪改他爸，猛喝一声跳将出来，伸直双臂，拦住咪改他爸的去路。

“你要做什么！”咪改他爸怒目圆睁。

古金平嘿嘿冷笑两声，边就收拳于腰间两侧，半蹲下身子，拉开一个据说叫作“扎马”的架势，虎视眈眈地望定咪改他爸：“识相的，就老老实实把钱和烟交出来，否则别怪我手狠！”

古金平逢人便说去年暑假曾回河南老家跟外公学过少林武功，会打八套拳，大家一直半信半疑。

咪改他爸不吃这一套，当胸一掌把古金平推了个仰面巴叉，大声骂道：“我管我崽关你鸟事！”又指着咪改更加大声地吼：“回家再收拾你！”

咪改他爸一走，大家就哈哈大笑。笑咪改，也笑古金平。咪改任别人去笑，哭丧着脸不吭声。古金平面子上过不去，悻悻然解释说：“这老东西是趁我不备，我还没来得及运好气。”大家听罢又是一阵大笑。古金平被笑得一肚子火，冷不防瞅准全队最矮小的另一名初中生李明辉横绊一脚。李明辉一个前扑跌倒在路上，爬起来狠狠瞪了古金平一眼，敢怒不敢言，泪水汪汪地拍打着身上的尘土。

大家对古金平恃强凌弱表示不满，都不说话了，纷纷侧目而视。

古金平知是惹了众怒，便讨好地给大家散烟。大家都冷冷地说自己有了，没人接他的。古金平又笑嘻嘻地搂着李明辉的肩头关切地问："疼吗？我是和你开玩笑。"李明辉挣脱他的纠缠，走到公路另一边，不搭理他。

古金平一脸尴尬。

"唉，钱全被没收了，我的饭票还没买呢。"咪改忧心忡忡，自言自语。

"我先借给你！"古金平马上凑近咪改，很豪爽地说。

"真的啊？"咪改欣喜地喊起来，现出了笑脸。

"那当然！"古金平扫了大家一眼，大声说，"姓古的什么时候说话不算数？大家可以作证！"

"看呀！"忽然，有人扭头大喊。

大家齐齐向后看去，发现了我们原先的班主任。

班主任是1966年下来的知青，原在茶厂当电工，两年前学校缺机电课教师，他就被抽调到学校来了。那时的学生普遍不惧老师，因为班主任平时说话有些结巴，大家就常常当面学他说话。又因为他的名字叫林火胜，大家就给他起了个绰号叫他"火鸡"。

班主任骑着车子，后架上带着一个人。我们看不见那人的全貌，只见班主任身后露出一截花裙子和两根脚上套着凉鞋的结实的小腿，我们猜是他的女朋友，情绪又高涨起来了。大家很自觉地分开两拨，夹道而立，神情激动地盯紧了渐渐行近的班主任。班主任远远就认出了我们，早早准备好了一脸笑容，像是要和我们打招呼。近了，觉出我们并无礼见之意，赶紧把脸一绷，低下头，吃力地加快了脚下的动作，从我们中间一溜而过。

我们终于看清楚了班主任单车后架确实驮着个年轻女人。那女人脸蛋长得还算清秀，但身坯感觉比较大块，估计分量不会太轻。

前面是个很长的斜坡。我们听到后面那个女的轻声说了声"下车吧"，班主任却不答腔，一鼓作气蹬着车子直驱而上，把辆破车踏得嘎嘎响。

大家挤眉弄眼，嘻嘻窃笑。

突然，咪改恶作剧地大喊一声：“火鸡!”

大家马上格外默契地齐声呼应：“加油!”

“火鸡!”

“加油!”

班主任不敢回头，低骂了一句“他妈的”，很快就冲上了坡顶拐进了茶园公路。

大家很开心，又是一阵放肆的大笑。

参加工作第一天，就敢当面作弄不久以前还是趾高气扬的班主任，我们都觉得自己很伟大。

二

到知青队报到聚齐后，头三天不用出工，进行工前教育。

第一天开大会，听头头们给我们训话。先是农场党委书记讲，接着是场长讲，两个场头讲了整整一个上午。下午，场部的政工科长和我们新上任的知青队队长又轮番地讲。领导们一个个不厌其烦地从国际形势讲到国内形势，又从国内形势讲到我们农场的形势，再从农场形势讲到知青队建立的伟大战略意义和我们这一代青年所肩负的光荣使命。最后又操着几乎同一腔调要求我们一定要立足农场，放眼全球，在火热的“三大革命”斗争中把青春献给火红的壮丽的伟大的光荣的正确的无以伦比的共产主义事业。大家听得昏昏欲睡，又不得不强打精神作专心聆听状。尽管场领导不可能对我们个个都认识，但我们又个个都想给领导们留下一个较好的第一印象。

第二天一整天的安排是分组讨论领导讲话，畅谈个人感想。一宣布分组讨论，大家就松下一口气，渐渐地就显出平日的那种松散和躁动来。我们男女各被分成两个小组，我被指定当了其中一个小组的临时小组长。我们八九条半大汉子围在宿舍门前的一棵大苦楝树下坐定，嘻嘻哈哈，相互打闹。我没有组织经验，也抹不开面子在伙伴们面前装出应有的严肃，所以没人带头正经发言。

古金平喜欢抛头露面，天生就有领袖欲，这次没能当上临时小组长，心里自然有情绪，便故意把矛头指向我，不停地拾起地上的苦楝果向我发起攻击。我一边躲闪，一边装出笑脸央他别闹。他不听，学着电影《英雄儿女》里王成的口气高喊："为了胜利，向——我——开——炮——！"边喊边更加猛烈地向我投掷苦楝果。我躲闪不及，鼻尖挨了一击，疼得差点流出眼泪。我很恼火，又不便发作。古金平见状仰天大笑。李明辉乘机捡起一颗苦楝果投入古金平口中，古金平一下子收不住气，卡在喉咙里，咳了半天才吐出来。大家一个个笑得前仰后合。古金平揪住李明辉又是一番大闹。

队长巡到我们这一组，大家马上安静下来，正襟危坐，恭敬地等待着他的训斥。可队长仿佛没有看见我们打闹似的，做出一副亲切而风趣的样子说："大家畅所欲言嘛，有什么说什么，不要怕丑的，又没有女孩子看你们。"队长是个三十来岁的转业兵，海南口音很重，这话到了他口中就成了"大家上所义演嘛，有什么说什么，不要怕叟的，又没有女孩几汗你们"。

古金平喜欢表现，又加上没有当上临时小组长心里不痛快，于是故意捣乱。他有意学着队长的腔调说："瓦（我）们不发（怕）女孩几（子）汗（看），就是不机（不知）怎么说。"古金平学得惟妙惟肖，大家想笑又不敢笑，一个个憋得表情怪怪的。

队长脸色有些难看，很快又隐忍下来，显出并不在意的样子继续说："怕（发）演（言）吧，大家水（随）便怕（发）演（言）。"

我急忙附和："谁先发言？带个头，抓紧时间。"

古金平马上接口说："谁发炎？谁发炎了？我帮他到医务室拿药吃。"

队长这回真火了，仍以浓重的海南口音指着古金平厉声说："古金平！你别来这一套！你什么玩意！别以为我不知道你在学校的表现，这里不是学校！"

在学校时，古金平是有名的捣蛋大王，曾因一次大闹考场而闻名全校。

那是高二第一学期期末的一次英语考试。考试那天任课老师因故未到考场，是女校长“大河马”亲自监考。那时我们都无心向学，临到考试也不着急，翻书照抄就是了。老师们大都对我们这套熟视无睹，我们也从来心安理得。老师清楚，我们也清楚，彼此都在应付差事。最受我们拥戴的是教数学课的丁老师，把试卷发下来后便一本正经地对我们说：“学校规定考试不得作弊，但你们要作弊我也管不了，无法管。我要告诉你们的是，你们如果要抄的话，最好别个个都把答案全抄对了，否则全班都是一百分谁都不好交代，搞不好校方要求重考大家都麻烦。”可是“大河马”就没那么开通，竟然真的不让我们作弊。于是就有了古金平大闹考场的壮举。

说起“大河马”还有个趣事。“大河马”本名叫李玉秀，但其身坯高大嘴巴也大，模样一点也不“玉秀”，于是被同学们背地里封了个形象的绰号“大河马”。咪改刚转学来到我们学校时不明就里，见大家私底下都喊她“大河马”，就以为她是姓何，有一回在校道上相遇，竟然傻乎乎地当面喊了一声“何校长好”。“大河马”并不知道她的学生在背后给她取了这样的绰号，见咪改挺懂礼貌地向她问好，就和颜悦色地说：“这位同学是新来的吧？我不姓何，我姓李，木子李，你要叫我李校长。”说完还笑了起来。之后“大河马”又多了个绰号“何校长”。

这一回“大河马”亲自上阵监考就一点都不和颜悦色了。她一刻不停地在课室里来回穿梭，双眼如探照灯似的在班上扫视着，并不时发出一两声威严的喉音或鼻音敲山震虎。可是同学们的习惯已经养成，并未因此就有了明显的收敛意识，只是不如平时那么明目张胆而已。而古金平却是个例外，旁若无人地把课本摆开在桌面上照抄不误。见控制不了局面，“大河马”便杀一儆百，拿古金平开刀，撕了他的试卷。古金平爱面子，不愿在全班人面前丢脸，横眉竖眼地和“大河马”吵了起来。“大河马”气得浑身直抖，朝门口一指：“出去！我取消你的考试资格！”古金平脖子一挺，暴出条条青筋，也喊：“出去就出去，你以为我怕？要不是看你是个婆娘，我打扁你的鼻子！”

说完猛挥一拳，砸碎了一扇玻璃窗，握着一只带血的拳头，挎上书包，雄赳赳气昂昂地走出了考场。事后古金平虽然差点没叫学校除名，却也因此成了许多同学心目中的英雄。

此刻，知青队毕竟不是学校了，队长也不是“大河马”，古金平被队长镇住了，头低低地再也不敢吭声。

散会后我叫古金平，他不理我，莫名其妙地恨上我了。我心想，有什么了不起的！发誓以后再也不先和他打招呼了。

到了第三天，安排大会表决心，每个人都要上台发言。上午给大家个人准备，下午正式开会。黎小满标新立异，皱着眉头翻了半天词典，写了一首“七律”，先给我看。我接过来一看，他这样写：

铁旗高舞展东风，
斗志昂扬新农工。
主席挥手指方向，
青年人民朝前冲。
虚心接受再教育，
思想改造不放松。
继承先烈革命志，
誓叫山河一片红。

我看过之后，说了句不错，交还给他。

“不行。”他不接，很认真很诚恳地说，“你一定要提意见的。”

我不懂诗，辨不出好坏，觉得能把一些流行的文字排列成行，看上去大体整齐顺口就不错了。见他这样坚持，于是就一方面强调自己确实不懂，一方面又拣了几句好听的话来说。可是他无论如何不允许我谦虚，一定要我别尽说好话。他说他写东西从不忌讳批评意见，要不就不会有今天的进步了。我无法推托，又认真看了一遍，就说：

“我的意见不一定对，供你参考。你看‘青年人民朝前冲’是否改为‘革命人民朝前冲’比较好?”

黎小满急忙解释：“我也觉得‘青年人民’不如‘革命人民’听起来顺口。不过格律诗是很有讲究的，我下面已经有了一句‘继承先烈革命志’，如果再用‘革命人民’的话，两句都用‘革命’，在词语上就有重复了。”

“那干脆就改成‘青年紧跟朝前冲’，你看怎样?”我忽然来了灵感，兴奋地说。

他听后一愣，猛然拍了一下脑袋：“对呀，我怎么就没想到?你看你看，你还说你不懂。”

他很激动，我也有点激动了，心想，写诗看来也不太难嘛，或者可以找个时间试试。

黎小满把诗抄正，拉我到办公室去找队长。他把诗稿交给队长的时候，尽量装出很平静的样子说：“队长，你看我这决心书这样写行不行?”队长接过诗稿，随便扫了一眼便还给他，不客气地说：“不行，又不是出墙报，谁让你写诗了?再说也不深刻，看不出你实际上有什么决心。”黎小满被兜头泼了一盆凉水，扫兴极了。

走出办公室，黎小满忿忿地说：“真没水平，有谁规定表决心是不能用诗来表的?我怀疑他是没看懂，怕丢面子。”

我安慰他：“人人都能看懂，还算什么好诗?”

黎小满又激动了：“你说得对，写诗是要有知音的。”接着他就给讲伯牙弹琴遇上钟子期的故事，以显示他的博学。其实这个故事在上高一时已听语文老师讲过，我心里有点好笑。

讲完伯牙和钟子期的故事，黎小满郑重其事地宣布：“你是我的知音，唯一的知音。”他胸膛起伏地望着我，还抓起我的手用力握了一握。

他大概以为我是会受感动的，其实我心里很不以为然，也许是因为他对自己太以为然了。

三

知青队实际上是个打杂队，没有固定的劳动点，也没有固定的工种，我们有时到茶厂扛茶箱，有时到茶园锄草或采茶，有时又到打石场抡大锤，或者到田里插秧、收割，“打一枪换一个地方”，哪里需要上哪去，所以我们常常自称是“游击队的干活”。

知青队实行的是半军事化管理，我们每天出工、收工都得集合，排队去排队回。路上，大家常常放开粗粗细细的嗓门喊似地唱歌，只要一个人起了头，大家就跟着唱。我们唱《游击队歌》，唱《打靶归来》，唱《我是一个兵》、《浑身是胆雄赳赳》，或者学着《沙家浜》里胡传魁的腔调唱“想当初，老子的队伍才开张，统共只有十几个人七八条枪”……学《红灯记》里鸠山的腔调唱“只要你忠心为帝国卖力气，飞黄腾达有时机”……学《智取威虎山》里坐山雕的腔调唱：“联络图，联络图，你在哪里？我为你，朝思暮想……”最有意思的是有一回路过一个村庄，我们齐声唱起了《打靶歌》：“走向打靶场，高唱打靶歌，豪情壮志震山河……”不知怎的就惹怒了一个正在树下乘凉的老太婆。她忽地站起来瞪着我们指手画脚，高声叫骂。我们很奇怪，就驻足听她骂。老太婆的骂辞很粗，很烂，也很生动。我们就开心地笑。女孩子脸皮薄，想听又不好意思听下去，便纷纷装着很正经的样子快步赶到前面去，于是我们的队伍被老太婆骂散了。走过好远，她还在骂。

后来咪改告诉我们，当地农村人都忌讳“打靶”二字，相骂时“打靶鬼”是最恶毒的咒辞。咪改脱离农村不久，语言又与当地人相通，不会是凭空乱说。老太婆显然是闹误会了。

我们觉得挺好玩，于是以后凡一经过那个村子，就故意高声开唱《打靶歌》，惹得那个老太婆总是一次又一次地跳出来高声叫骂，我们照例是一次又一次地开怀大笑。队长开始还阻止我们，后来见阻而不止，也忍不住和我们一块笑了。队长的笑声很特别，低沉而粗哑，收尾时还常常带上一截呼哨似的气声。我们在笑老太婆的同时，也常常笑队长的笑声。再后来，那老太婆一见我们的队伍过来，便早早躲开，不敢和我们照面了。

我们是在学校的课室里被关大的，参加工作后便如出笼鸟，都感觉活得十分自在。我们虽然每天都要出力出汗，但都一致认为再苦再累也强似在课堂上听老师念经。黎小满将大家的这种共同的感受写进了一首“五绝”诗里：

苦经寒冬冷，
方知春天暖；
今到知青队，
个个一脸欢。

因为心情舒畅，大家的工作热情就格外高涨，各项劳动任务都完成得很出色。场长为此在全场大会上表扬了知青队，同时特别表扬了队长，说他领导有方，还希望他再接再厉，争取更大光荣。队长受了表扬，心里高兴，于是就常常很善良地把受表扬的机会尽量平均分配给全队每一个人。大半个月下来，我们大都至少被表扬过一次，有的还被表扬过几次，唯有古金平从未受过表扬，反而被不点名地批评过两次。凭良心说，古金平干活并不偷懒，有些重活粗活他也是抢着去干的。只是他嘴巴太大，爱讲怪话，爱发牢骚，事情干完了总是留下把柄让人抓。其实我们都知道是队长认准了他，想给他点颜色瞧瞧。

古金平好一阵闷闷不乐，整日垂头丧气的。后来他干脆看破了，不再希图得表扬，人就懒散下来了。有一天采茶，我们有人最多的一天采了六十来斤，最少的也有三十来斤，而古金平整个上午才采了六两，下午更少，只有四两，加起来刚好一斤。在收工小结的时候，队长自然又批评他了，这次是点名批评。他不服，和队长展开了反批评。队长说他磨洋工，不是一个革命青年应有的劳动态度。队长还扳着指头在全队人面前算了一笔账：一斤茶青的价值是二角多钱，而一个知青战士每个月的工资是二十二元整，平均每天就是七角多。队长痛心疾首地说：

“七角多呀，同志！你想想，你一天才做两角钱的工作，国家还要倒贴你五角钱。你这样对得起党对得起人民对得起国家对得起你自己吗？”

古金平理直气壮地当众顶撞队长：“我当然对得起党对得起人民对得起国家也对得起我自己！伟大领袖毛主席教导我们，没有调查研究就没有发言权。你队长没有调查研究就不应该随便批评人。你知道吗？我今天胃疼了一整天，是带病坚持劳动。所以我不是要国家倒贴了五角钱，而是为国家多做了两角钱的贡献。像我这样一个好同志，你当队长的不但不表扬，反而还要批评，你这样做是不是过分了？希望你好好想想。”

队长很有经验：“你胃疼？我怎么见你午饭吃了满满一大碗？”

古金平强词夺理：“我这病比较怪，吃饱了不疼饿了疼。”

队长又问：“现在呢？还疼吗？”

古金平说：“本来好一些了，被你批评一顿又疼起来了，比原来更疼了。”

队长说：“那你今晚好好休息吧，不然又说我当队长的不关心你。”

“谢谢了。”

“不用谢，也别后悔。”

队长说完，便向大家宣布了一个振奋人心的大好消息——今晚省军区毛泽东思想文艺宣传队下到附近的五七干校慰问演出，节目是革命现代芭蕾舞剧《红色娘子军》，地点在干校大操场，到时场里有专车接送，大家早点吃饭，做好出发准备。

大家听了这一消息欢呼雀跃。在那个文化生活极其贫乏的年代，尤其是在我们那样一个偏远的小山沟里，能够看上一场如此高档的专业文艺演出简直是做梦，可是就偏偏让我们遇上了这种机会。古金平吃了哑巴亏，有苦难言。

古金平对队长恨得要死，他知道来明的斗不过队长，就改变了策略，暗里悄悄和队长较劲。

古金平平时爱运动，进入高中后就每天坚持举杠铃打沙袋，练出了一身的疙瘩肉。他自认为队里除了大头，再没有人能够和他较力的了。大头是队里天生的头号巨人，还不满十九岁，个头就已经超出了一米八二，体重是一百六十九斤，胳膊比我大腿还粗。有一次我们到粮仓扛包，二百斤一包的大米我们要两个人合抬一包，古金平为了显示他的力量一个人扛了一包来回小跑，跑了几次之后也气喘吁吁了。而大头则自始至终两腋各夹一包，玩似的干得极其轻松。古金平表面上从未对人有过示弱的表现，但心里对大头也是不敢不服的。不过，这并不妨碍他在其他人面前进行力量的炫耀。

一天散工后，时间还早，大家也没有像平常那样急急拿着饭盒往食堂里奔。古金平声音大大地咋呼着，有意招徕大家看他做单杠表演。李明辉和古金平打赌，说如果古金平能做一百个引体向上，愿输他一包“大前门”。古金平就说：“小意思!”然后两手握杠一口气拉了一百零三次。拉完，气喘吁吁地跳出沙池。大家就恭维他，他不做声，尽量把气喘匀一些，很得意地把手掌伸到李明辉跟前。李明辉耍赖，撒腿便跑。他也不追，笑骂了一句：“回头再他妈找你算账!”

队长一直站在边上冷眼相看。古金平忽然想要出出队长的洋相，就故意热情地紧搂住队长的肩头硬要他也露一手给大家见识见识。

队长不肯，使劲摇头：“不行不行，我最多只能拉几下。”

古金平更加认定队长是胆怯了，便不由分说地把队长拉进沙池：“别谦虚，你肯定不止拉几下的。”

队长无可奈何，笑笑：“没有办法。”又说：“大家看好了啊。”说完轻轻跳起，单手紧握横杠，一用力，很迅速就做了六个漂亮的单手引体向上。做完，跳出沙池，脸不红，气不喘，拍拍古金平肩膀，笑笑：“我说过的，就几下。”

大家都很惊愕，谁也看不出身条瘦瘦的队长竟然有如此臂力。

古金平很尴尬，觉得丢了面子。他心里不服，待队长转身，便怪模怪样地伸出拳头在队长脑后比划了两下。大家刚要发笑，队长脑后却像是长了眼睛似的，他迅速反手一捞，猛一转身，古金平的手臂不知怎的就被扭到脊背上了。古金平一声“哎哟”还未出口，队长手脚并举，变戏法似的就把古金平摔倒在沙池里了。

古金平啃了一嘴沙，狼狈不堪地爬起来，一边吐着沙粒一边言不由衷地解嘲说：“队长你是真人不露相呀。”

队长淡淡地说：“这算什么，我在部队是干侦察兵的。”

于是大家肃然起敬，轻易不敢小瞧他了。

古金平变乖了，很认真地在队长面前充分表现自己。他的劳动热情和干劲空前高涨，不再发牢骚，常常一本正经地在人前说些一般人不好意思说的进步话，而且身边还多了个军用挎包，里面装着《毛泽东选集》四卷，走到哪挎到哪，只不知那四本书他是否真的翻过。有人就学着党委书记的口吻开他玩笑了：“小古近来表现不错呀，场党委研究了，准备培养你入党了。”古金平听了却不恼，很严肃地说：“入党不急，我要先争取入团。”他果然写了一份篇幅很长的入团申请书，交给了队长。

队长很满意，终于开始频频表扬古金平了，还要我们向他学习。过了一段时间，要正式任命小组长了。队长事先找我谈话，先肯定了我的许多优点，然后拐弯抹角地说我是共青团员，团员的责任是要在青年中起模范带头作用，而这带头作用不一定是非得当组长才能起的，如果组长由非团员来当，就能充分调动起他的积极性，这样有利于集体工作也有利于他个人的进步。我表示赞同队长的意见，队长这才说打算由古金平来接替我的组长职务。我很爽快地答应了。队长又表扬我，说我有觉悟，是个好团员。其实，我知道自己没有当组长的才能，一个多月的实践证明了这一点。我无意去争那份光荣，太苦太难了。队长宣布新组长就职后，古金平很激动很严肃同时又流露出一点歉意地接替了我的工作。

我觉得队长很会用人，也很有一套用人的方法。

四

批林批孔运动开始了，场里从知青队临时抽调两名能写会画的队员参加大批判小组。黎小满原以为自己会被选上，结果却没能进入领导视线。他很沮丧，整日郁郁寡欢，大有怀才不遇之感。当着人前他不好说自己如何了得，一有机会却一定要把那两名抽调上去的队员狠狠贬低一番。我说他是狐狸吃不到葡萄说葡萄酸，他就生我的气，好半天没和我说话。

一天傍晚，我和黎小满、古金平、李明辉四个人出去散步。在茶园里逛了一圈，又登上附近一座小石山，我们说说笑笑，兴致很高，唯有黎小满满腹心事，一言不发。

“干吗不说话?”李明辉发现了黎小满的沉默，就问。

“唉，”黎小满两手抱胸，很认真地叹了口气，眼睛直直地望着远方，满脸忧郁地说：“说什么呢?又有什么可说的呢?我们现在是远离故土，举目无亲了，哪里还有说笑的心思!”

我们哄然大笑。我们原以为他是在逗笑，见他一脸的严肃，就更笑得一发而不可收拾了。实际上黎小满的家就在四大队，离知青队不过四公里路程，昨天他妈还专门给他送来过一瓶辣酱。

第二天晚上政治学习。学习之前，队长先小结了一天的劳动情况，又表扬了几个人。接着，不点名地批评了黎小满：

“有个别人小资情调很严重，才刚刚参加工作就吃不了苦了，对前途悲观失望，说什么生活在知青队是举目无亲。这不对头嘛，报纸广播不是经常在报经常在播‘祖国处处有亲人’吗?怎么能说是举目无亲呢?在社会主义大家庭里怎么会举目无亲呢?简直是无病呻令（吟）嘛!乱弹琴!说严重点就是思想政治问题了……”

大家听后又开心地笑了一回，并没把队长的小题大作当一回事。大家明白队长每逢开会不找些类似的话题便无话可说了，队长也有队长的难处。而黎小满却因此背上了思想包袱，第二天整个上午都没精打采的，中午也没有休息好，一个人躲在办公室写了好久，不知写些什么。

晚饭后，黎小满单独拉我去散步。

他说：“我发现队长好像对我有成见。”

我没做声。

他又说："其实我就和你一个人讲过一次，说他不懂看诗。"

我一听火了："你的意思是我向队长打你的小报告了？"

"不是不是，我没这个意思。"他连忙否认，"我知道这种事只有古金平才能做得出来！他妈的，这小子就会舔队长屁眼，我看见他星期天到队长家劈柴了。"

我没好气地说："你也可以去劈呀。"

他说："我才不干这种事呢，我还有自尊。"接着又忧心忡忡地说："你说我怎么办？才走上工作岗位一个多月，就给领导留下一个坏印象，以后的道路还这样漫长，唉……"

他见我不吭声，又说："喂，你帮我出出主意嘛，我应该怎么办？"他那样子好像要哭似的。

我乘机报复他，故意怪声怪气地念道：

听君一席话，
无力把话答；
小舟掉沧海，
何能帮你划？

这是黎小满自己的"杰作"。高中毕业前的一次语文考试，因他坐我前排，我曾要求他届时"拉兄弟一把"，他有意卖弄，递过一张纸条，送了我上面这四句诗。

"你别幸灾乐祸好不好？"黎小满生气了，"说归说，做归做，后来我还是帮了你的。"

我看他一副可怜相，不逗他了："你也太小家子气了，婆娘一样，屁事一桩也值得往心里去？"

"你不知的。"他很有自己的一套想法，认真地说，"万事开头难，在人生的道路上我们才刚刚起步，领导的第一印象往往是可以决定一个人一辈子的命运的。”他顿了一下，又说：“人生的道路是漫长的，但要紧处常常只有几步，特别是当人年轻的时候。”

我听出了他是在背诵一本叫作《创业史》的旧书里面的一段话，这本书我刚刚偷看过不久，我也曾把它抄在笔记本上。

“那你说怎么办？”我反问。

“我写了份检讨书，你陪我走一趟，交给队长。”

我说：“你自己去得了，何必拉我？”

黎小满可怜巴巴地说：“我不敢，真的，求你了，给我壮壮胆。”

我心软了：“好吧，陪你去。”

黎小满高兴了，搅着我的肩膀一个劲地说我够朋友，还说以后有什么地方用得着他的，决无二话。我乘机敲他竹杠，说是口渴了，想喝汽水，可是身上没带钱。他犹豫了，偷偷摸了一下口袋，又一咬牙：“走！”便引我到了小卖铺。他掏出一张两角钱，买了一瓶一角七分钱的沙士汽水给我，剩下的三分钱买了三颗水果糖揣进衣兜。我接过汽水：“你不喝？”他不自然地说：“我不习惯那种味道。”我心里好笑，不客气地喝完汽水，又笑他吝啬。他又羞又恼，大声说：“你知不知道，我身上就这两角钱了！”于是我马上又夸他毫不利己专门利人，学习雷锋见行动，是个难得的好同志。他这才又显出很可爱的样子羞羞地笑了。

队长家住场部，离知青队只有半里路，他平时吃住都在家里。

我们到了队长家的时候，他们家刚刚吃过晚饭。队长的老婆在收拾碗筷，一个三四岁的小男孩嘴角粘着饭粒坐在木沙发上翻小人书。队长见我们来了，打着饱嗝请我们坐。屋子很窄，很凌乱。我们小心翼翼地避免踩着地上的饭粒和菜渣，走到墙边的一张条凳并排坐下。我们都很局促。队长老婆很热情，收拾打扫完毕便给我们泡了茶，又问我们家住几队，父母是谁，我们一一作答。然后她就说认识我们的母亲，都是茶厂的工友，还说和黎小满母亲是同一个县的老乡。队长听了很感兴趣，他问黎小满父母是否都是家乡人？黎小满说是。队长改用海南话问黎小满会不会讲家乡话？黎小满有点不好意思地用普通话回答，说他从小随父母生长在农场，只会听不会讲。队长就有点遗憾。他教导黎小满，说家乡人一定要学会讲家乡话，不然就变种了。黎小满鸡啄米似的不停点头。

闲聊了一会，队长问："你们找我有事？"

我推推黎小满："是他要找你。"

黎小满就很不好意思地掏出检讨书，脸红红地说："这是我的检讨书。"

"什么检讨书？"队长莫名其妙。

"我不该乱说在知青队举目无亲的话。"黎小满偷偷看了队长一眼，低下头。

队长恍然大悟，哈哈大笑："算了算了，写什么检讨呀，没什么大不了的，下次注意点行了。"队长把检讨书还给黎小满，又说："我们是老乡，你一定要好好干，我对老乡的要求一贯是比别人更严格的。"

黎小满很感动很诚恳地说："我以后一定会做好的，队长放心。"

我们告辞了，队长热情地说希望我们常来，我们说一定。

出了队长家门，黎小满心潮未平，他很认真地说："我原先真不知道队长是个这样平易近人的好领导。"还说以后一定得加倍努力工作，希望我能够时时督促他。

我不以为然，因为我不是队长的老乡。

忽然，黎小满一拍脑袋，从衣兜里摸出三颗水果糖，顿足道："你看你看，忘了给他孩子了。"黎小满为此遗憾了好久。

五

那时的物资供应比较紧缺，副食品类的大都凭票配给。我们在场部食堂开伙，票证也就没有发到个人。食堂里每个星期才杀一头猪，大家都感到肚里油水不足，加上我们正处于身体发育时期，干的又是体力活，饭量普遍很大。在家时我们的粮食定额是每人每月二十六斤，到了知青队便按“工人阶级”的标准配给，每月增加到四十斤。于是大家就放开肚皮吃。我饭量算小的，每餐也能吃下半斤。黎小满样子斯文，吃起来却常常吓人一跳。他特意买了个小脸盆般大小的饭盆，每餐至少要吃七八两，而且每次开饭前必先抢奔免费汤桶前，认真打捞一番，灌下半肚菜叶和汤水，然后才去排队打饭。据说这样吃了还不太饱。他家兄弟姐妹多，不敢吃得太猛。最能吃又最敢吃的就是大头了，他家是全场闻名的粮食超支户，那时场里规定一斤粮票可兑买七斤番薯，在家时他几乎天天吃的都是番薯饭，这样还不够吃。他说他这副身块，这身力气就是吃番薯吃出来的。到了知青队，他最惊人的表现是一次患了感冒想吃病号饭，炊事员给他下面条，问他要吃多少，他说：“胃口不好，少点吧，一斤够了。”炊事员听了大惊小怪，嚷得几乎全场都知道了。

男孩子能吃不奇怪，在知青队里也时常能听到一些某个女孩子饭量破纪录的传闻。有一次到打石场劳动，搬石块抡大锤，一天下来大家都实在是累了。开晚饭时有人看见一个叫蓝素花的女孩子先后三次进入饭堂，并清清楚楚地记得她第一次打了四两饭，第二次打了三两，第三次打了二两，加起来总共是九两。于是大家表示了一番惊讶之后，背地里就给她起了个绰号叫“九两饭”。蓝素花脾气好，听说了这绰号也不生气，只是逢人就解释那天她是帮别人加的饭，她说她的饭量最多不超过半斤。一个女孩子一餐能吃半斤饭也够水平了，况且大家都不相信她的解释，背地里仍然叫她“九两饭”。

因为普遍能吃，饭量小一点的男孩子便会被人讥笑，拿他和蓝素花比，说是不像男子汉。于是能吃的更能吃，不能吃的也尽量撑着吃，吃得那些粮食超支的家庭里的妈妈们一聚在茶厂上班就相互叫苦连天。吃饱了喊饿，似乎是一种时髦。其中喊得最勤，声音最大的是咪改。在饭量方面，咪改属“后起之秀”。刚到知青队的时候，咪改的饭量也只平平，而不到一个月便突然“崛起”了，仅早餐就天天不下七八个包子。咪改每天在人们的议论声中出入食堂，而每次打了饭，他就端着饭盆先在食堂里转上一圈，声音大大的和别人打招呼，问别人吃几两，待别人回答后他就告诉别人说他不敢吃太多，

“只打了一斤二”，或者“只打了一斤”。然后就边吃边走出食堂，他说他不习惯在人多的地方吃饭。大家虽然从小都是生长在山沟沟里，却处处要表现出对农村子弟的歧视，咪改脱离农村不久，在其他方面没有什么优越感，常遭人捉弄，这回在吃的方面争回了一口气，很是得意了一段时间。可是，终于有人发现，原来他每次打回饭来只有一半是进肚子的，剩下的一半全都悄悄泼进了阴沟里，早餐的包子也只是啃完陷后就随手丢了。这事不仅让队长狠克了一顿，还惊动了场党委书记。书记在一次大会上特别指出了发生在知青队里的这一重大“忘本”事件，并指示知青队要开个“忆苦思甜”大会，进行思想整顿。

于是，队里专门请来了咪改的父亲作“忆苦思甜”报告。

开会那天，咪改的父亲端端正正坐在前台，两手平放讲台上，一脸的严肃，像个认真规矩的小学生。我们见他这副模样，想起到知青队报到的第一天集体去供应站买烟时遇上他的那段小插曲，心里都觉得好笑，于是纷纷向咪改挤眉弄眼，咪改一直低着头不加理会。

队长宣布开会后，大家就纷纷坐正了身子，调整好表情，静静地等候接受咪改父亲的教育。

咪改的父亲听到队长正式宣布开会请他说话时，脸上的表情马上开始发生显著变化。他先是嘴角一瘪一瘪地抽搐了几下，然后就呜呜地放声哭了起来。大家都有些意外，觉得还没说话就先哭了，似乎没有多少道理，也不符合我们已经习惯了的程序，心里忍不住又想笑。

咪改的父亲哭了一阵，终于挂着满脸泪水极其沉重地开口说话了：

“你们这些后生崽后生女呀，都是生在新社会长在红旗下，在甜水里泡大的，没有受过旧社会的苦哇！……我十一岁那年，爸爸就被土匪打死了，妈妈带着我和三个弟弟妹妹过着非人非鬼的生活。有一天，我到地主家门口要饭，地主不但不给，还放狗出来咬我。我很气愤，阶级仇民族恨一下子涌上心头，那时那条狗已经冲到了我的脚边，我举起打狗棍，使尽全身的力气向那条恶狗打去。谁知地主的狗也和地主一样狡猾，棍子还没落下它就跑开了，我用力过猛，一下子收不住，不小心棍子就打在了自己的脚杆上了，痛得我半天爬不起来……”

听到这里，大家想笑又不敢笑，一个个憋得十分难受。

古金平马上不失时机地站起来振臂高呼：

“不忘阶级苦，牢记血泪仇！”

于是大家跟着喊了一遍。

黎小满不甘落后，也站起来喊：

“打倒万恶的旧社会！”

大家又跟着喊了一遍。

咪改的父亲刚要接着往下讲，李明辉突然也跳了出来高喊：

“千万不要忘记阶级斗争！”

接着，大头、田冠龙和其他三四个男队员，都像串通似的一个接着一个轮番领喊口号，大家一次又一次跟着喊，都觉得挺好玩的。

咪改的父亲有点不耐烦了：“好了，好了，我还要接着讲的。”

大家平静后，他接着说：

“在旧社会，根本没有我们贫下中农的地位。我们干的是牛马活，吃的是猪狗食，地主阶级无恶不作……我们村里那个地主，一个人就讨了七个老婆。大家想想，我们贫下中农一个人才讨一个，他一个人就讨了七个！多不公平呀！”

霎时，会场上笑声雷动，大家都实在是憋不住了，一个个前仰后合，乱成了一团。队长急忙站起来制止，制止不住，最后自己也忍不住背转身去笑得两肩直抖。

“你们不相信？”咪改的父亲没回过神来，一脸诧异，接着有点火了，他提高了声音，“所以说你们不懂得阶级苦民族恨嘛！特别是我的那个衰崽黄启辉，明明吃不了那么多饭偏要打那么多，如果是一时打多了吃不完，可以让弟弟带回家喂鸡呀，弟弟就在场部读书，顺路就可以带回来了，倒掉多浪费啊！我这个崽呀，平时是一点事也不懂，家里弟弟妹妹一大堆，他妈又常年有病，他发了工资也不拿回家，还要伸手向我讨。钱挣不多，小小年纪还学人家抽烟。养这样的崽有什么用？我们家经济很困难的，粮食月月超支，月月都要去买黑市粮，天天做饭都要加番薯才够吃，家里大人小孩哪天屙出的不是番薯屎？这些他也不是不知道……”咪改的父亲数落起儿子来一发而不可收拾，从咪改在家里与弟妹打架、与妈妈顶嘴，一直说到咪改周末回到家里不做家务，像少爷一样坐着等吃……咪改的父亲越说越气，扬言回家后非得好好揍咪改一顿，并指示咪改要自备一根鞭子带回家。

队长见咪改的父亲越扯越远，不得已上前附耳对他说了几句什么，他才歉然一笑，停止了唠叨。

开完“忆苦思甜”大会，大家又多了许多耍逗咪改的话题，咪改好长时间见人不敢抬头。

六

原先在学校读书的时候，我们男女之间是不来往不说话的，到了知青队以后，我们都认为自己长大了，渐渐地不再忌讳彼此之间那种正常的交往。平日里，女孩子们尽量利用她们的娇弱，矫揉造作地引起男孩子的注意，她们一个个变得喜欢大惊小怪了，常常因为一件小得不能再小的事情，而像是半夜醒来猛见一持刀蒙面大汉立于床前般的尖声厉叫。男孩子则个个表现得格外强大，不仅学会了怜花惜玉，凡能效劳处绝不吝啬力气；而且还懂得了在女孩子面前调节气氛、争取好感，赛着比幽默比风度，一个比一个能说会道，一个比一个豪爽侠义，一个又比一个彬彬有礼。总之，男男女女都在一种微妙心理的驱使下使劲夸张地表现自己，以显示自己与众不同的存在。

着意的表现是一种很苦很累的事。女孩子们的情况如何无法探知，而男孩子们为解除这种苦和累，以求得心理平衡的方法，是在背地里加倍努力地对女孩子进行品头论足。

大家议论最多的是闻淑兰。

闻淑兰是个样子文静又有点高傲的姑娘，进知青队三个多月了，似乎还没有人见过她主动和哪位男孩子说话打招呼。所以大家都一致认为她是摆臭架子，没什么了不起的。其实大家口里在极力贬她，心里却没有一个不承认她是全队最漂亮的姑娘。她不仅脸模子长得好看，身材也很匀称，而且能写一手具有男人风格的好字。她还会唱歌，会弹琴。她的歌声很甜美，但平时不怎么唱，只有队里开会时队长喊她，她才出来教一教歌。她不爱热闹，每天傍晚别人出去散步，她就独自坐在门前的树头下弹琴。她的琴弹得很好，特别是弹起那首阿尔巴尼亚故事片《宁死不屈》里面的插曲，大家听了都会被撩得心动动的。我们常常情不自禁地跟着她的琴声哼着：

> 赶快上山吧勇士们，
> 我们在春天参加了游击队，
> 敌人的末日就要来临，
> 我们的祖国就要获得自由解放。
> ……

我们每到晚上睡觉的时候，常常会自发地展开一些有关女孩子们的“专题讨论会”。知青队男女宿舍不在同一幢房子，我们不必担心被人听去而可以肆无忌惮地高声说话。

我和黎小满、大头、田冠龙、李明辉、咪改等八个人同一间宿舍。

一天晚上，大家都已经上床，话头是黎小满先挑起来的。他说：“闻淑兰其实并不漂亮，她脖子左边有一块小胎记。”

大头马上接腔：“除了你，没有人说过她漂亮呀。”

李明辉也附和说：“就是嘛，连人家脖子也观察得那么清楚。”

于是大家七嘴八舌地对黎小满发起了围攻：

“你的眼睛真厉害，看得那么仔细——脖子左边！”

“脖子下面呢？是不是也有胎记？”

“还有什么隐秘给你看见了?”

“哈哈……”

黎小满有点招架不住了，恼羞成怒地说:“得了，都别他妈的猫不吃鱼假斯文了，平时你们哪个不是像狼一样似的眼盯盯地猴着人家?我不相信那么明显的一块胎记长在脖子上你们会视而不见!”

“算了!”田冠龙平时不大说话，这时忍不住拖长声音嘲讽道，“议论本身就是关心的表现。你们谁也别说谁了，自己的心思自己清楚。但我真为你们遗憾，你们实实在在是一群大傻瓜，人家早就名花有主了。”

宿舍里顿时鸦雀无声。

过了一会，黎小满首先耐不住寂寞:“你怎么知道?”

“你管我怎么知道的。”

“那人是谁?”

“反正不是你。”

田冠龙性格有些高傲，一般情况下不屑参与这类议论，这大概是一种成熟的表现吧，加上他人很聪明，读书时是班上男生中唯一考试不作弊而成绩却始终名列前茅的一个，我们都服他。

大家一种莫名其妙的情绪受到了干扰，集体沉默了好多天，没再议论女孩子。

终于有人打听出来了，闻淑兰这朵“名花”之“主”原来是三大队的一名拖拉机手，名叫梅建军，是个广州来的知青，今年刚刚被推荐上了大学。

又过了几天，黎小满神色凝重地拿了一首诗给我，让我无论如何要“雅正雅正”。我接过一看，是一首注明是“七绝”的《无题》:

回首往事笑荒唐，
青春岂为红颜枉?
热血甘酬男儿志，
来日方长看远方。

看完，我把诗还给他，笑道：“那还是先解释一下这‘往事’是如何之‘荒唐’吧。”

“难以提起，”黎小满咬文嚼字，“‘荒唐’之处就在于那是根本没有往事可谈的‘往事’。”说完，苦笑一声，又拿出另一张诗稿递给我：“这是以前写的，你别笑话我。”

我接过手，再看，又是一首《无题》“七绝”：

爱山深间景色美，
闻歌沿路岭中行；
淑女处处留芳迹，
兰香飘来阵阵清。

我说：“这是一首藏头诗。”

“什么藏头诗？”他装傻，脸红红的。

“你真的那么爱她！”我问。

“爱谁？你说什么呀，莫名其妙。”他仍在装傻。

“把每一句的头一个字连起来读。”我对着他笑。

他的脸更红了：“我不明白你说什么。”

想要博得同情获得安慰，却又躲躲闪闪不敢敞开胸怀，我理解他的心情，便转了话题：“谈谈你的男儿志吧，”

“我要当一名伟大的诗人。”黎小满挺起胸膛，咬牙切齿地说。

“很好，你有基础，会成功的。”我真心实意鼓励他。

“更重要的是我有动力。”他像是在揭示一个颠扑不破的真理，煞有介事地说：“好多大作家大诗人都是在经历过失恋的打击后才一鸣惊人的。”

“你承认了？”我笑。

他不好意思地跟着我笑。又说，“今天跟你说的这些，我没跟任何人说过。”

我说："你放心，我不会和别人说。"

"就是，我相信你才跟你说的。"他放心了。又说："知青队里就咱们两个最要好，咱们一起志同道合地努力吧。"

"努力什么?"我一时没有明白过来，问。

"学写诗呀。"

"不行，我不是那块料。"我摇头。

"不要紧，我帮你。"

见他仿佛已经就是一个伟大诗人的样子，我忍不住笑起来了，边笑边说："不行的，我知道自己，再说我也没那个雄心壮志。"

黎小满就显出有些遗憾的样子，不再说什么了。

七

咪改突然郑重其事地宣布要戒烟了。大家当然不相信他，于是起哄，笑他。他就拿出大半包抽剩的"丰收"散发给大家，很严肃地说："男子汉大丈夫，说戒就戒，你们看着吧!"有人就边抽着他的烟边问他："你怎么突然心血来潮想到要戒烟了?"咪改脱口而出："抽烟嘴臭。"马上就有人接腔："是不是和哪个妹崽亲嘴给人家嫌了?"于是纷纷逼问他，逗他。他就有些窘迫，支吾道："主要是抽烟对身体没有什么好处。"

果然，不出三天，咪改顶不住了。那天晚饭后，他实在按捺不住烟瘾了，急忙往供应站跑，供应站关门了。他伸手向别人要，别人故意不给，他就显出一副极其难受极其尴尬的样子尽量给别人说好话。好容易讨到一支，便显得很幸福很陶醉的样子，狠狠吸了一口，眯上眼睛，好久才吐出来。接着，又郑重宣布："男子汉大丈夫说话算数，从今天开始不戒烟了!"惹的大家又是一阵大笑。不过我发现他抽完烟后，常常要偷偷地刷一遍牙。

大头很爱捉弄咪改，咪改也很容易被大头捉弄。

逢周末放假，大家通常都散去，回家与亲人团聚，省下一天的伙食费，顺便补充一下肚里的油水，星期天吃完晚饭再从家里返回，第二天不误出工。

这天，天色已晚。咪改从家里返回，刚刚拐出知青队附近的茶园小路快到集体宿舍时，猛然被大头喝住：

“站住！”

咪改见是大头，嘻嘻一笑：“吓我一跳。”

“做贼心虚了吧？”大头神秘兮兮的样子。

“你说什么呀？”咪改莫名其妙。

“我都看见了。”大头虚张声势。

“看见什么了？”

“两个黑影。”

“肯定不是我。”

“是谁？”

“谁知道。”

“来来来。”大头拉住咪改，坐到茶园边上的草地上，“逗你玩的，别怕。咱们谈谈心好吗？”

“嘻嘻，弹心！”咪改伸出指头去弹大头的心窝。

大头拨开咪改的手：“有烟吗？”

“有。”咪改掏出烟盒抽出一支给他。

大头点着烟吸了一口，认真地说：“真的，我喜欢你的为人。你这人老实，讲义气。”

咪改无端受到赞扬，虽然莫名其妙，但还是有点感动了：“做人本来就应该这样的嘛。”

大头胡乱扯了一通之后，正言正色地问：“有女朋友没有？”

“说什么呀！”咪改仿佛被吓了一跳，大喊：“我还不满十八岁呢！”

“操！”大头不已为然，“谁说过十八岁就不准交女朋友了？马克思够伟大了，他就是十八岁谈恋爱的。”

“真是？”

“书上写的嘛，他的女朋友叫燕妮，大他四岁呢，后来他们结婚了，生了一大群孩子。”

大头把他所知道的有关马克思和燕妮的故事讲给咪改听，博得了咪改真心的敬佩。过了一会，咪改有点不好意思启齿似的问大头：“那你有女朋友没有?”

大头不假思索地说：“有了呀。”

“谁?”咪改瞪大了眼睛，他原先只是随口试探，没想到大头会如此坦白。

“你保证不告诉别人?”

“我保证!”

“蓝素花。”

“九两饭呀?”

咪改有点吃惊。蓝素花长相不错，就是举止不够稳重，爱往男孩堆里凑，大家对她的议论不大好听。

“别喊人家外号好不好，人家也是有名有姓的。”大头不高兴了。

咪改歉意地笑笑，又有点为大头感到吃亏似的：“你怎么会和她好?”

大头眼睛一瞪：“怎么了?她有什么不好?你再攻击她我就不客气了!”

“好好，我没说她不好。你们是怎样好上的?”咪改迫不及待地想知道详情。

“你想知道我就告诉你，但你真的要保证不和别人说。”

“我发誓不和别人说!”

“还有烟吗，再来一根。”

“有有，你全拿去吧，我还有一包。”咪改很慷慨地把大半包香烟塞给了大头。

大头点了烟，接着说：

“那是上个月的事了。有一天我刚从球场上下来，浑身臭汗，准备去冲个凉。刚出门，她就拦住我，说要和我说几句话。我说有什么话就说吧，她说不方便，要到茶园去，我就跟她去了。到了茶园，她反而不说话了。我就说，你不说话我就走了，我还要冲凉呢。她怕我走，就说：‘我爱你！’我听她这样说，马上也跟她表了态，我说：‘我更爱你。’事情就那么简单。”

“她没送你什么东西？”咪改很羡慕地问。他认为情人之间的第一次接触，一定是要互赠信物的。

“当然送了，一张照片，半身的，穿短袖衣照的。不过我没要她的。我说咱们同在一个队里，低头不见抬头见，要照片干吗？照片哪有活人真实呀，你想让我看的时候就来找我得了。”

“你很有男子汉的味道。”咪改由衷地说。

“好了，我说完了，该你说了。”

“我没什么可说的。真的，我没有女朋友。”

“心里喜欢的总有一个吧？”

“嘿嘿，就不知道她是怎么想的。”

“她平时对你的态度怎样？”

“我们很少接触，没有单独说过多少次话。不过，她每次见到我，总是要先对我笑的。”

“对你笑就肯定有门了，你要抓紧进攻。”大头很有经验地替咪改分析，“你想想，一个女孩子怎么会无缘无故的就对一个男孩子笑呢？不喜欢人家又对着人家笑的，这个人一定是神经病。她是谁？”

咪改已经觉得大头是完全可以信赖的了，他没有隐瞒，老老实实告诉大头，说他最喜欢的是严冬英，只不知她是否也有和他同样的心思，从表面上看不出来，进一步表示他又不够胆。咪改说完以后，大头就鼓励他勇敢去爱，并给他介绍了不少取悦女孩子的方法。咪改很激动，很感动，不停地点头。

以上这段有关大头和咪改“谈心”活动的内容，是事后的当晚大头在宿舍里公布的。大头很有说故事的技巧，说得绘声绘色，笑破了大家的肚皮。当时咪改又羞又恼，一面矢口否认，一面对着大头破口大骂。但一切都无济于事了，故事很快传遍了整个知青队。

后来大头又说，蓝素花曾打上门来兴师问罪。

蓝素花先是脸上带笑地问：“是你和别人说我主动追求你？”

大头也笑脸回道：“哪有的事，别人胡编的。”

“无风不起浪，别人怎么就编得出来？”

“就是呀，我也纳闷，我明明都不爱你，别人怎么就编得出来？”

蓝素花一听这话，变了脸，声音抖抖地说：“希望你自爱一点，不要随便拿别人的名誉开玩笑。”

大头也马上板起了脸：“我说过我不爱你，难道你要逼着我说我爱你？”

蓝素花泪水横流，哭着跑开了。

大头对我们炫耀说：“我呀，大大伤了一颗姑娘的心了。”

大头这人块头大力气大，有恃无恐，平时大大咧咧的，什么话也敢乱说，什么人也不怕得罪，所以他的话有几分的真实性不得而知，由他说了。不过，大家对大头所讲的多少还是有些怀疑，因为我们看到他和蓝素花碰到一起的时候仍然说说笑笑的，不像是冲突过的样子。

最倒霉的是咪改了，被严冬英当众臭骂了一顿。那是故事传开一个星期以后的事情。那天吃过晚饭，我们正准备出去散步，严冬英堵在了宿舍门口，气势汹汹地高声叫喊：

“咪改，出来！”

严冬英是知青队女孩子中唯一的初中生，和咪改原是同班同学，平时看上去挺温柔的，谁都料不到她会有这样凶狠的面孔，都很吃惊。女人的面孔都是不能轻易相信的，我事后总结。

咪改躲在宿舍，战战兢兢，不敢露面。

“咪改，你出来！你出不出来！”严冬英又喊。

咪改只好硬着头皮站出门口。

严冬英杏眼圆睁，一手叉腰，一手指向咪改：“你这个臭流氓！为什么要在背后议论我！也不拿块镜子照照，你配说这种话吗？你有什么资格说这种话？流氓！死狗！臭不要脸！”

咪改极其狼狈，嘴唇抖抖的半天说不出一句话。大家也面面相觑，不知该如何应对这种场面。我实在看不过眼了，仗义执言地站出来冲着严冬英说：

“你凭什么骂咪改是流氓？就因为他说他喜欢你？你懂不懂这个道理？他喜欢不喜欢你是他的权利，你接受不接受他是你的权利，但你不能侮辱谩骂他。你以为你骂了他就显出了你的高贵了？你知不知道，你这样做其实是一种不自爱的没教养的表现！你好好想想吧。”

我这番话引起了一些围观者的小声议论，大多是对咪改表示同情的，人们习惯同情弱者。

严冬英愕然地望着我，眼眶里霎时充满了泪水。我看得出她平时对我挺有好感的，她绝对没有想到我会在这个场合为咪改说话而使她下不了台。

“走！”我拉起咪改昂头而去。

咪改哭了，他很感动，流着泪对我说：“我知道，除了你，不会有人看得起我了。”

我叹了口气，只得又很诚恳地安慰了他一番。

八

咪改变得沉默寡言了，除了我他不再相信任何人，每天开工收工，进进出出全是独往独来。到了傍晚，他也去散步，有人看见他常常一个人逛到山坡后面对着树林大喊大笑，每每等到大家睡下才从外面回来。有天晚上，有人在他床头发现了一张小纸条，上面歪歪扭扭地抄着两段毛主席语录：

> 人总是要死的，但死的意义有不同。中国古时候有个文学家叫作司马迁的说过：“人固有一死，或重于泰山，或轻于鸿毛。”为人民利益而死，就比泰山还重；替法西斯卖力，替剥削人民和压迫人民的人去死，就比鸿毛还轻。
>
> ……

要奋斗就会有牺牲，死人的事是经常发生的。但是我们想到人民的利益，想到大多数人民的痛苦，我们为人民而死，就是死得其所。不过，我们应当减少那些不必要的牺牲。

大家看了顿时紧张起来，都预感到会发生什么事情，于是一边让人去报告队长，一边自发地分头去找咪改。折腾了半夜，仍然未见咪改踪迹，待大家忐忑不安地回到宿舍时，咪改却早已鼾声大作。大家哭笑不得，都觉得他太过反常，担心他有一天要出事。

后来我问他那天上哪去了，他说他没上哪，就在宿舍门前的大苦楝树上。我问他干吗要上树，他说不干吗，小时候在农村老家常常上树，挺好玩的，现在不过是想回味一下童年的乐趣。我问他是否知道大家四处找他，他说他知道，他全听见全看见了。我就有点生气，问他为啥不吭声。他说他懒得吭声，他也想体验一下捉弄人是什么滋味。我又问他，那两段毛主席语录是不是有意留下的。他说不是，他想练字，买了本字帖，字帖上有这两段语录。他原先并没想要捉弄大家，只是后来见大家兴师动众的，才偶尔触发了他的报复之心。听罢，我也哭笑不得。

咪改与周围的人的对抗情绪很严重。一天晚饭后，咪改又是一个人在溜达，古金平追上去对他表示关心："黄启辉同志，最近同志们对你议论比较多，你是不是有什么思想问题？咱们谈谈好吗？有什么事说出来大家一起帮你解决。"古金平是小组长，新近又刚当上团支委，责任心很强。

咪改一听这话，火了，眼睛一瞪："又谈，又谈！谈你妈个屁！"这时刚好有人路过，把古金平闹得十分尴尬。要是放在过去，照古金平的脾气是肯定忍受不了这种顶撞的，但他没有发作，自从他要求进步以后，似乎完全变成了另一个人，不再炫耀他的力量，不再说他懂八套拳的话了。见咪改发火，便给自己找了个台阶："你今天心情不好，那我们以后再谈吧。"咪改没理他，自顾自走了。

知青队里频频出事，目标大多是对准大头的。先是有一天大头发现他的饭盆不翼而飞，重买了一个，不出几天又不见了。如是几次，他只好将饭盆锁进箱子里，每次开饭得先开锁，吃完饭又得放回锁上，弄得他又气又烦，却无可奈何。后来，他不是发现蚊帐被人用烟头烧出几个小洞，就是洗干净晾晒在外面的衣服被人塞进了臭水沟里。有一次，他还在喝水时喝出了他的行军壶里有股尿臊味。大头每每气得跳脚，次次都有所指地扬言：若知道是谁干的非拧断他的脖子不可！可是没有任何回应。一天，大头实在是忍无可忍了，揪住咪改的衣领，晃着个和咪改脑袋相差无几的大拳头怒问："是不是你？有种的明着来！"咪改却没有半点怯意，直视大头，没有吭声。大家见状纷纷上前劝解。因为大头毕竟没有证据，再继续纠缠就显得无理了，只好骂骂咧咧地罢手。

与此同时，女宿舍那里也不平静。女孩子们晾在走廊上的那些胸罩、内裤常常失盗。开始女孩子们还怕羞，不敢声张，次数多了就受不了了，因为那些小东西也是要花钱买的。于是就报告到队长那里。队长曾组织队里的骨干进行调查，在女宿舍周围悄悄埋伏了几天，没发现情况，只好不了了之。这事在队里闹得好一阵沸沸扬扬。我没有和别人说过，但心里猜想应是咪改所为，别人也大都怀疑是他。后来我私下问过咪改，他笑笑，不置可否。我劝他，倘若真是他干的，以后别干了。他还是笑笑，还是不置可否。不过，这类事情以后倒是没有再发生过。

咪改丝毫也不掩饰他对大头和严冬英的仇视。对于大头，咪改自知在力量上敌不过他，就尽量避免和他发生正面冲突。而对于严冬英，他则从不回避。只要碰面，不管旁边是否有人，他总要久久地死盯着她，两眼冒着火光，腮帮子咬得一鼓一鼓的，像两条蠕动的大虫子。严冬英怕他了，就躲他，躲不开就骂，当然，再不敢大骂，只是翻着白眼小声嘀咕。有一回在食堂吃饭，咪改在众目睽睽之下又盯上了严冬英。

严冬英忍无可忍，凶凶地和他对视："看什么！"

咪改回骂："看狗！"

严冬英气得满脸通红，胸脯一起一伏的，憋了半天，才骂出一句："流氓！"

咪改冷笑道："嘿嘿，流氓，又骂我流氓！我不明白，真的不明白，我又没有强奸你，也没有动过你那块臭肉，怎么就变成流氓了呢?"

严冬英羞愤交加，再也不敢回话，端着饭盆转身便跑。据说回到宿舍后饭也没吃，倒在床上蒙头哭了半天。又据说队长为此找咪改谈过一次话，咪改始终一言不发。

一段时间相安无事后，有一天在茶厂劳动，工间休息时大家男男女女又围坐在一起谈天说笑。咪改照例独坐一角，目光又死死盯上了严冬英。大家面面相觑，都装着没看见，却一时没了话说，场面很有点尴尬。严冬英浑身不自在，坐了一会便借故离开了。

大头早就对咪改憋了一肚子气，早就想找个借口整治他一番了，正值女孩子们都在场，便觉得机会难得，于是大声对咪改说："咪改，人家都走了，还在想呀。别折磨自己了，过来这边坐，咱们再好好谈一谈心。"

大家都很想笑，又不敢笑。

咪改却真的站了起来，他表情淡漠，慢慢朝人堆走来。谁都不知道他想干什么，都有点紧张，目光齐齐地望着他。走近大头身边时，咪改把头一扭，显出一副不愿意理睬的样子，大家就稍微松下了一口气。原先大头见咪改走过来的时候，虽然心里也在嘀咕，但做梦都想不到咪改敢和他动武，所以丝毫也没有警惕。可就在这时，咪改冷不防飞起一脚，用力朝大头当胸踹去，大头糊里糊涂的就被咪改踢了个四脚朝天。

大头怒不可遏，爬起来便扑向咪改。大头身高力大，咪改当然不是大头的对手，很快就被大头压在身下。大头抡起拳头，劈头盖脸对着咪改一顿好揍，大家七手八脚好容易才把他们拉开。

咪改鼻青脸肿，闭着眼咬着牙躺在地上，干瘪的胸板一起一伏，半天才缓缓从地上爬起来。然后捂着口鼻，一声不吭地又蹲回了原先的角落。

我见咪改鼻子在流血，便要带他上医务室。他老老实实地听从我的摆布，让我搀扶着往外走去。在任何人都没有料到还会有事情发生的情况下，咪改突然从我的搀扶中挣脱开来，飞快地操起身边的一截空心铁管，大吼一声：

"我操你妈——!"发疯似的朝大头冲去，大家都还没来得及反应过来，咪改已当头一棒狠命砸向大头。说时迟那时快，坐在大头身边的古金平毕竟身手敏捷，眼疾手快地从旁抓起一张靠背椅斜劈过去，挡开了铁管，只听"砰"的一声巨响，椅子霎时散了架。大家一涌而上，死死抱住咪改，夺下铁管，推推搡搡地把他架走了。

大头失魂落魄，吓出了一身冷汗，半天回不过神来。这一棒果真砸在头上，不死也准得变痴。

咪改和大头都挨了批评。队长在处理这件事情上明显偏向咪改，他只让咪改写了一份检讨书，却让大头在大会上公开检讨后还轮番接受大家的批评帮助。队长是出于对弱者的同情还是惧怕咪改野性再发，不得而知。对此，知青队里颇有议论。有人认为主要是咪改不对，也有人认为责任主要在于大头，还有人认为两个人都有不对，责任应该平分。古金平是赞同第一种意见的，他说再怎么样也不该把人往死里打。黎小满听了就和他争执起来，说是大头平时欺人太甚，咪改这种过激行为是大头长期逼迫的结果。

其实我知道古金平和黎小满的争吵并非完全是因为咪改和大头而起。古金平和黎小满都是队里积极要求上进的代表人物，都很受队长器重，或许是一山难容二虎之故，他们的关系也就变得微妙起来，凡事总爱对着干。就咪改和大头的是非而言，倘若是古金平先说大头不对，我想黎小满一定是会反过来站在大头的立场上抨击咪改了；同样，如果是黎小满先说咪改不对，古金平也会说主要责任应由大头承担的。那时我们都还年轻，尽管在许多方面还有着年轻人所难免的幼稚和肤浅，可是在某些方面却又是早熟的。畸形的年代孕育出畸形的花果，这是不正常中的正常，是可以理解而不应该感到奇怪的。

九

我们在知青队里，可谓是遇上多事之秋了。咪改和大头的事情才刚刚落幕，闻淑兰发疯的消息又在知青队沸沸扬扬地传开了。

闻淑兰发疯，开始大家并未觉察。只是不知什么时候开始，我们每天晚上都更频繁更持久地听到她的歌声和琴声，有时夜深人静了她还在唱还在弹，这种情况持续了好长一段时间。她所弹所唱的，除了那首“赶快上山吧，勇士们，我们在春天参加了游击队”的电影插曲以外，还有《北风吹》、《扎红头绳》、《天大地大不如党的恩情大》、《心中的歌儿献给毛主席》、《大海航行靠舵手》、《金珠玛米亚咕嘟》等许多当时流行的革命歌曲，偶尔也弹唱一些像《花儿为什么这样红》、《在那遥远的地方》、《樱桃好吃树难栽》等当时人们已经不大敢唱的“文革”前的老歌。有一次，我们听到她反复在弹唱一首旋律似曾相识却又叫不出歌名的外国歌曲：

深夜花园里四处静悄悄，
树叶也不再沙沙响；
夜色多么好令我心向往，
在这迷人的晚上。

小河静静流微微泛波浪，
明月照水面闪银光；
依稀听得到有人轻声唱，
多么幽静的晚上。

我的心上人坐在我身旁，
默默看着我不声响；
我想开口讲不知怎样讲，
多少话儿留在心上。

长夜快过去天色蒙蒙亮，

衷心祝福你好姑娘；
但愿从今后你我永不忘，
莫斯科郊外的晚上。

她唱得很动情，很好听。在听第一遍的时候，大家听了都挺受感染的，只是觉得她胆子似乎大了点，居然敢公开弹唱那些我们当时认为是“封资修”的歌曲，而并未意识到这是一种反常。有人还轻轻问：“这是什么歌？挺好听的。”有人就回答：“是苏联歌曲，《莫斯科郊外的晚上》。”于是大家又静静地听她弹唱第二遍、第三遍……见她无休止地弹唱着同一首歌，大家渐渐地就觉得有些奇怪了，但仍然没有往坏处去想。

后来，女孩子中有人传出了有关她种种不正常的表现，我们仔细观察，果然发现了她有了一些不同常人处。最突出的一点，是她变得比过去爱笑了。有人时笑，没人时也笑，笑得很甜，很美，也笑得让人心里发怵、发冷。渐渐地，她已进入一种旁若无人的迷幻之境，说话做事都不为常人所理解也不需常人理解了。大家都不能不在活生生的事实面前认定她确实是疯了。很快，她家里人把她接回去了。

知青队里的夜晚少了一段歌声和琴声，多了一片寂寞和惆怅。

一个水灵灵的姑娘说疯就疯，知青队里无论男的女的，亲的疏的，都为她感到惋惜。很快，大家都知道了闻淑兰的疯病是因失恋所致。一个关于她的爱情悲剧故事也很快在传播中得到整理补充最后趋于完整。

原来闻淑兰还在高一就已经开始偷偷恋爱了，而且是她母亲牵的线。那时闻淑兰才刚满十五岁。闻淑兰的男朋友梅建军和她家同在一个大队，闻母是大队食堂炊事员，梅建军常因出车晚归误了吃饭时间，闻母为人热情友善，每次都给他留下热饭热菜，而且常常在下料和分量上给予照顾。队里就梅建军一个单身汉，遇上节假日食堂不开伙，闻母就常常请他到家里来吃饭，一家人都对他很热情。人家对他热情他当然得投桃报李，闲时就帮闻家劈柴担水，有时出车也顺便帮闻家捎些紧缺而又便宜的物品。闻母见他知情达理，人又厚道，样子也长得不错，就跟他挑明了要把女儿许他。据说梅建军开始还有些勉强，一则是他考虑到自己和闻淑兰在年龄上相差了七八岁，而且闻淑兰眼下还是个发育未全的孩子；二则他认为自己在目前的状况下还不宜考虑婚恋方面的事情，他不安心在这山沟里当一辈子拖拉机手，无论多难，他也要争取回城的。后来他禁不住闻母的开导劝说，也禁不住闻淑兰那如花蕾初绽般的青春的诱惑，就答应了。假若闻淑兰仅仅是出于服从父母之命，或许还不会形成后来的这幕悲剧，问题是她本身就是个多愁善感的女孩子，又正处于开始对男女间那种微妙的感情进行探索的觉醒时期，因而她爱得很真，爱得很痴，以至于难以自拔。三年过后，闻淑兰完全长大了，出脱得更加光彩夺目了，年龄的增长和身体发育的成熟加固了她对感情追求的执著，也正是这个时候，梅建军被推荐上大学离开了她。她太天真，以自己的感情去估计别人的感情，相信别人如同相信自己，所以她无忧无虑，整日沉浸在幸福的回忆与憧憬中。她是在梅建军上大学的第二个学期初被抛弃的，准确地说他们是被闻母拆散的。尽管没有闻母的插手，他们的分手或许也是迟早的事。这当然是我本人的推测，或者结果根本相反也未可知。总之，导火线是闻母，她不该当初把自己的女儿推向梅建军，最后又将她从他怀里硬拽出来。

据说事情的具体经过是这样的。两个多月以前，大学放寒假了，梅建军专程从广州返回农场探望闻淑兰和她的家人。住了几天，梅建军便要返回广州，而闻母却执意要他留下过春节。他不同意，说是和家里人讲好要回去团聚的。闻母不高兴了，心里产生了怀疑，出言便有点咄咄逼人，责问他是否对她女儿变了心。梅建军也是满脸不快，再三解释时语气里就带出了一点不耐烦。闻母不相信他的解释，有些蛮不讲理地说是要他写一份保证书，以证明他不会变卦。梅建军无法忍受，和闻母吵了起来："你这样太过分了，太不尊重我的人格了！你想当杨白劳我还不想当黄世仁呢！"闻母也喊了起来："我女儿不瞎不瘸，不愁嫁不出去！不要以为没有你我女儿就要当一辈子老姑婆！"梅建军当下便说："那好，既然如此，我和你女儿的事就到此为止了！但话必须讲清楚，在这件事情上我不再负任何责任！"说完，提上旅行袋扬长而去。闻母和梅建军撕破脸皮的时候，闻淑兰不在家，当她知道此事而骑着车子赶到车站时，梅建军早已乘着班车远去了。接着，她请了一个星期的病假，再后来就疯了。

闻淑兰疯了，大家都为她感到惋惜，不少人都买上礼物结伴上她家看她。我邀黎小满也抽空一块去一趟，他却说："算了，我不想去。"

我听他这样说，心里很生气，但忍住了。我说："不管怎么说，大家毕竟同学一场，又在知青队里相处了大半年，现在她病了，去看看她也是应该的。队里好多人都去看她了。"

黎小满连连摆手："一个疯子有什么好看的。"

我一听，再也忍不住了，冲着他骂道："你也他妈的太不通人性了！你不是还爱过她吗？你这种人也懂得爱？也配去爱？你滚蛋吧！"

说完，我转身就走。

黎小满愣了一会，急步追上我，有点讨好地说："别生气嘛，好好，我陪你去行了吧。"

我转身望定他："哦，陪我去！原来是陪我去！我根本不值得和你这种小人生气！你滚！"

我从心底鄙视他，我想不到原来他是这样势利这样虚伪的人。

我最后是和田冠龙一块去的，是他主动邀我，他听到了我和黎小满的那番对话。

吃过晚饭，我和田冠龙骑着单车赶到三大队，闻淑兰的父母接待了我们。

田冠龙轻声问："她好些了吗？"

闻母摇摇头，眼泪就掉了出来。她哽咽着说："都是我害了她……"

闻父重重叹了口气，没有说话。

"我原来是想不到事情会变成这样子的。"闻母又说。

唉，现在说这些又有什么用？我心里想。

闻母把我们引进闻淑兰的卧室，柔声说道："淑兰，同学看你来了。"

闻淑兰静静地靠在床头，静静地对着我们笑。我们正不知如何开口，她说话了：

“建军不在家，刚出去，你们坐，稍等一会。”

我们面面相觑。

闻母轻声对我们说：“她就这样，一刻也不忘建军。”说完，悄悄抹了把泪，打开两张折叠椅，再说了一句：“你们坐吧，她是文疯，不会闹的。”

闻母走后，我们面对闻淑兰坐下，四壁打量起来。房子不大，一张单人床一头靠墙摆在中间，占去面积的三分之一。床头两侧分别摆放着一张书桌和一个梳妆柜，房门对面的墙上挂着一盆吊兰、一把琴和几张样板戏人物剧照。整个房间的布置整洁、雅致，丝毫看不出它的主人会是个疯子。

“你近来好些吗？”我望着闻淑兰那双明亮的眼睛，重复了一遍田冠龙刚才对她母亲的问话。我很奇怪，她的眼睛并不像小说里常见的那种对疯子的描写。

闻淑兰没有说话，又是静静一笑，那种笑也完全是正常人的笑。

“你们是建军的朋友？好像常听他提起你们。”闻淑兰望望田冠龙又望望我，突然脸上现出痛苦而急切的表情：“你们知道他去哪了吗？他好久没有回来了。”

闻淑兰哭了，她指着墙上一幅芭蕾舞剧《白毛女》的剧照说：“那个踮起脚尖的女的是我，扶着我的是建军，我是喜儿，建军是大春，他走了，我追不上他了。”

我们感到很压抑，就退了出来，告辞她父母，返回了。

我们推着单车慢慢往回走，谁也没有上车。

“刚才你怎么不说话？”我说。

“说什么呢？她已经听不明白了。”田冠龙答。过一会又说，“原先我以为是我自私，现在看来是她太傻。”接着叹了一口气，“我也傻。”

我莫名其妙。

田冠龙笑道：“很奇怪，是吧？我追求过她，她拒绝了。”

我大吃一惊：“我怎么不知道？”

他又笑了："你怎么会知道？"

接着，他告诉我，在高中临毕业前的一个晚上，他和她在茶园里约会过一次。他说她本来可以失约的，因为她已经有男朋友——当然赴约前他并不知道。可是她太善良，还是践约了。见面时，她说她之所以来，目的是想告诉他自己已经有男朋友了。他自然是很吃惊，很失望，又很不服气。他对她说梅建军和她是不会长久的，他有预感，梅建军迟早会离开她的。她不相信，很固执，很专一。于是他只好对她说："祝你幸福。"她说："谢谢。"临别时，他拥抱了她，她不愿意但没有反抗，只是浑身直抖，说了一句："不要这样，不要这样……"

最后，田冠龙说："其实那时我就应该横刀夺爱的，真是那样，她必然会屈服于我的，如果是那样，她也不会有今天的结局了。对于这个问题，我好像还挺有自信。"

我问："你后悔吗？"

他说："有点。"

我又傻乎乎地冒出一句："你以后打算娶她吗？听说失恋致疯的结了婚就会好了。"

"不会。"他马上肯定地说，"感情这东西不能施舍也不能替代。如果我和她原本就是恋爱关系，我不会因为她发疯就离开她，这里除了感情的因素之外还有个责任问题。现在她已经这个样子，我娶了她，我不过是个替身。我的意思是，她为我而疯，我也许可以和她厮守一辈子；但她是为别人疯的，我没有能力也没有责任去拯救她。这应该不属于自私吧？"

我无言以对，这番话让我思索了好久。当然，毫无结果。

十

闻淑兰出事后，引起了场领导的高度重视。头头们兴师动众，无论是什么议题的大会或小会，全都要加上一项强调晚婚晚恋的内容。对上一辈人，场领导要求他们要管好自己的子女，对年轻人则要求自己管好自己。党委书记还在大会上宣布了一条纪律：凡二十五岁以下的一律不准谈恋爱，这是今后提级、调整工种、参军、上大学思想政治表现的考察标准。因为事情是因知青队而起的，所以场领导对知青队就盯得特别紧。队长很认真地执行上级指示，要求每个人都要写一份保证书。于是我们都写，全当闹着玩。只有古金平最认真最积极，他保证三十岁以前决不谈恋爱，足足比书记的规定推迟了五年。队长又表扬了他。黎小满不以为然，当众问他："你相信你三十岁以后就一定能找到老婆了？找不到怎么办?"古金平很有觉悟，一本正经地说："我依靠组织，听从组织安排。"黎小满就说："看来要建议党委给每个未婚青年发一张老婆分配证了，像发猪肉票一样。"古金平觉得这话有问题，很及时地向队长作了汇报。因为黎小满和队长是老乡，告不进，古金平很沮丧。

男女之间的感情事，很微妙，很敏感，也很复杂，尤其是在那样一种特殊年代和特定的年龄里。越是禁锢，人们越是感到神秘，就越有人铤而走险。一天夜里场长乘小车回场部，路经知青队附近的茶园，拐弯时车灯照到了一对搂成一团的人影。场长马上让司机停车观察，那对人影撒腿便跑，去向正是知青队。场长指示队长调查，要严肃批评。队长照办了，却办不出结果。于是队里就多了一条纪律：夜间十点半以前准时上床，准时熄灯，不得擅自外出，各小组长要负责清点人数。大家都很自觉，没人违反纪律。可是时隔不久，就有人向队长报告，说早上天未亮去跑步锻炼时，发现茶园里又有抱成一团的人影。队长防不胜防，忙得很累很苦，眼睛都瘦大了。其实，在头头们采取防范措施之前，近四十口人的知青队里，在男女间有实质性恋爱关系的不过只是那么一两对，或许禁锢之后又促成了另外一两对也未可知。

队长办事从来认真，一旦发现哪二位有了这方面的苗头，便找他们个别谈话，拐弯抹角地晓之以理，动之以情，苦口婆心地给予提醒。平时就不厌其烦地在大会小会上以闻淑兰为鉴，谆谆教导大家，而且不辞劳苦地早点名晚查铺。他的名言是"没事要当有事抓，小事要当大事抓"，大事要当什么抓他没说。好在也确实没有什么大事发生，或者他自信不会出什么大事，所以没有进一步考虑如何去抓。队长这一套还是行之有效的，“抓”过几次以后，大家渐渐地都变得小心翼翼了，男女之间的交往也开始变得比较敏感而显得局促了。因为我们的下一届很快又将毕业，大家已经听到风声，场里将根据各人的表现给现任知青队员重新安排工作，把宿舍和锻炼的机会腾出来转交给新队员。大家都不想在人生道路的又一个小小的转折关头给自己设置障碍。那时大家都年轻，生活位置的每一次变动都会给每一个人带来许多天真的遐想和焦躁，每一个人都希望能生活得比现状更富情趣和色彩。对现状的不满是一种进取的表现，十八九岁正是躁动的年龄，尽管我们都不能确定自己的真实追求。不管怎么说，人人都在这种特定的时期感到了克制的必要。这不需要什么人刻意地去教我们，我们从一生下来就开始表现了，在近二十年的成长岁月中，家庭、社会都不断地以公认的是非标准引导、修正、约束着我们的表现，以至于使我们在懂事之后渐渐地就把这一切转化为一种自觉，于是我们的表现也渐渐地被自我的克制限定在一个统一规范的行为之中了，而这种克制又常常是在标准掩饰下的功利选择。

做人是很艰难的。人们既要委曲求全，又想保持心理、情绪上的平衡，于是便会在克制之下把一些本属美好的东西扭曲成丑恶。

自从场里实行了“感情戒严令”后，古金平的表现是极其出色的。他除了严格要求自己之外，还主动承担起了监督责任，不时向队长汇报队里男女队员交往的新动向，屡屡受到队长表扬。古金平所汇报的多是一些捕风捉影的传闻，难免得罪无辜，大家就格外讨厌他。汇报的次数多了，队长也有点烦了，就告诫他不要动辄怀疑一大片，没有证据的事以后就别汇报了。古金平的积极性受到挫伤，又沮丧了好多天。黎小满幸灾乐祸地把这段从队长那听来的小插曲当作新闻传开了，大家便纷纷对古金平冷嘲热讽，一些被古金平打过“小报告”的人更是一有机会就向他发起进攻，其中最积极的是李明辉。李明辉个子虽小，却走桃花运，曾经很密切地和队里一位娇小妩媚的女孩子来往过一段时间，直至场里宣布了“戒严令”，他们才中止了表面上的联系，而古金平却三番几次汇报过他们的“地下活动”情况。为此，队长曾分别找过他们谈话，让他们比别人多接受了几次教育。现在李明辉听到别人议论古金平，自然不甘落后，他背地里对人说：“这小子他妈假正经，他每天都在冲凉房里玩自己。”听的人很兴奋，很快又把这事传开了，传的人又夸大其词，说他每回冲凉必要在冲凉房里至少待上一个半钟头。这些话也传到了古金平耳里，他自然是又羞又恼。论打架应该说他的对手是不多的，但不知是心虚还是克制，他没和谁发生正面冲突，而是自以为聪明地采用迂回的办法在“梦”里辟谣。好几次熄灯后不到半个钟头，他就早早说开了“梦话”：“他妈的哪个造老子的谣？说老子在冲凉房里……根本没这回事！再胡说八道老子和他拼了！”有好事者就故意去推他，喊他“醒醒”，他却睡得很死，无论如何都推不醒。事后大家又多了一段笑谈。

古金平被大家群起而攻之，却仍然不思悔改，一有动静照样往队长耳朵吹风。

一天，古金平不知从哪拾到一张字条，上面写着：

晚上在老地方见面，看完失（撕）掉。

古金平理直气壮地亮给大家看，大有证实自己不是无是生非之徒的意思。

大家看了，都觉得好玩，都笑那位被约者守信用，叫他看完“失掉”他果然就将这张字条“失掉”了。大家看过，又猜测是谁的笔迹，猜来猜去，都难以确定，因为写字条的人显然是有意变换了字体。留意每一个人，个个都镇定自若，看不出丝毫破绽。

古金平给大家看过字条，自然又交到队长那里。队长也认真了，在会上敲山震虎，告诫那对不知名的男女赶紧“悬崖勒马”，同时也表扬了古金平。据说古金平受到鼓励，又接二连三地拾到类似的字条，照例交到队长手上。队长提高了警惕，对这些字条的来历产生了怀疑，开始拒收了，同时拐弯抹角地告诫他：作为一个革命青年，最要紧的是“诚实”二字。

这话是否属实，不得而知。不过古金平从此的确老实了，不再见他搬弄是非。

十一

不久，知青队又出事了。

一天，我们按小组分到茶厂各车间加夜班。就在这天夜里，茶厂发生了一起惊动全场的“流氓事件”——有人下夜班后趴上女浴室后墙的窗口偷窥女工洗澡。被窥者恰巧是队长的老婆，而偷窥者则很可能是知青队成员，因为现场遗落了一张两角钱的场部食堂专用菜票。当时队长老婆正在擦身，听到离她很近的地方有阵粗重而急促的喘息声，她循声望去，猛然看见黑暗处紧贴窗格有一双发亮的眼睛，她惊得尖叫一声，便见那半截身影很快一闪，消失在窗墙下，紧接着就是一阵急促的脚步声……

队长气急败坏，当下就召集了全体男队员，命各组检查人数。人数是点不齐的了，因为队里有好几个人的家就住在茶厂或附近的三大队，一下班就回家去了。队长气狠狠地说：“这事一定要查个水落石出！”第二天，场领导也知道了此事，也很重视，专门组织了调查小组。

常言说是做贼心虚，可我们虽未做贼却也心虚，一个个惶惶然地相互寻找证人说明自己的清白，同时也都纷纷在猜测。猜来猜去，就猜到了咪改头上。咪改不合群，常常神出鬼没，加上平素大家对他就有了那方面的印象，而那天晚上恰好他是唯一家不住茶厂附近却又未归队的。猜的人多了，就更认定是他了。可是在调查组紧锣密鼓地开展调查期间，又唯有他是最镇定的一个。他从不参与别人的议论，每天出工收工，吃饭睡觉，仍然是独往独来，天塌了也似乎与他无关的样子。于是就有人背地里说他挺会装的，女孩子更是避瘟似的远远躲着他。而他对这一切都浑然不知，或许是不屑去知。

后来，队长在会上虚张声势地说：“干坏事的那个人，我们已经调查清楚了，就看他老不老实。要想得到组织上的从宽处理，就希望他主动站出来坦白。犯了错误不要紧，只要能改正，还是好同志。”

大家都以为咪改这回要沉不住气了，可他仍然没事人一般，以致有人开始动摇自己的怀疑了："可能不会是他吧?"我也一直很疑惑，便决定私下认真和他谈一次。

那天我们在驻地附近劳动，收了工就直接回队里吃饭休息。午饭后，趁大家午休，我拉咪改陪我到供应站买烟。我是咪改唯一不排斥的人，见我喊他，顺从地跟我去了。

路上，我说："现在大家对你议论纷纷，你好像从来不当一回事?"

咪改笑笑："死猪不怕开水烫，我这人还在乎别人议论?他们嘴巴痒，由他们说去。"

我又说："你如果相信我，就和我说实话，那事是不是你干的?如果不是，你应该为自己澄清；如果是，就要争取主动，及早向组织坦白，不要再隐瞒了。"

咪改却毫不躲闪地对我说："事情我确实干了，我就不相信他们能把我怎么样!"

"果真是你?"我大吃一惊，接着正色地说，"你这就不对了，怎么能去做这种事呢!做人不能自暴自弃。我劝你还是主动坦白的好，这样组织上对你的处分也会轻一些。"

咪改猛地跳了起来："怎么，就这点破事还要处分我?"

"你还认为这是小事?"我更加吃惊了。

他说："还能大到天上去呀?我根本不怕，我这个人已经没有什么好怕的了!不过是半斤茶叶嘛，值几个钱?又不是我一个人拿!"

我被他说糊涂了："你到底说的是哪一件事呀?"

他也有点不解似的望着我："你不是说我上星期在茶厂车间拿茶叶的事吗?我是见别的工人先拿了我才跟着拿的。我知道有人告了我的状，我不怕。"

我更糊涂了："你是真傻还是装傻?"

咪改愣了，接着终于明白过来，脸色突然变得发青，一把抓住我的衣领，声音抖抖地说："原来，原来你们是在……在怀疑我偷看队长老婆冲凉!好啊，怪不得，怪不得你们在背后嘀嘀咕咕的，原来……原来你们是怀疑我!

你们把我看得这样贱！是谁说的？谁说是我干的？告诉我！”

我有些慌了，想解释说：“队长说事情已经查清楚了，很多人都以为指的是你，我怕你被动，所以想了解到底是什么回事，我也是为了你好。”可是他已经近乎疯狂了，我刚一张口说出“队长说”三个字，他就松开了我，大喊一声：“我去找队长！”转身飞跑回去。

我拦他不及，便紧追在后面，边追边喊：“你听我把话说完。”

他根本不听我的解释，一头闯进办公室，指着队长的鼻子吼道：“我操你妈！你把话说清楚！那天晚上是不是你找我谈话？谈完了我说我要回四大队是不是你把我送到路口的？为什么现在反过来污蔑我偷看你老婆冲凉？”

队长一拍桌子：“黄启辉，你太放肆了！我什么时候说过那件事是你干的？嗯？你那天即使有那个动机也没那个机会！调查组下来后，我第一个提出可以排除的就是你。混蛋的东西！”

咪改哭了，哭得好伤心。他抽泣着说：“队长……对不起，你把话说……说清……清楚了，我向你……向你道歉，我错……错怪你了……”

我紧随咪改出了办公室，责怪他不等我把话说完，又陪着他安慰了他好久。他一直没有吭声，牙包又咬得一鼓一鼓的。

此事又一次轰动了知青队。

还未等大家理清头绪，古金平的坦白交代又掀起了一天之内的第二次轰动。

古金平找到了队长，说事情是他干的，以前女宿舍走廊晾的那些胸罩、内裤也是他偷的。但是，这一次他不知道在里面冲凉的是队长老婆。

队长气愤地说：“不管是谁冲凉，偷看就不行！”

因为是主动坦白，领导果然从宽处理，撤了古金平小组长和团支委的职务，给了他一个团内警告处分。古金平从此夹着尾巴做人，再也没了往日的神气。

不过，古金平多少还是感到有点委屈，他悄悄跟人说：“其实我确实不知道是队长老婆，也真的没看清楚……太亏了。”

十二

又一届毕业生加入知青队伍，我们把知青队的宿舍和我们初来时的那种自豪，连同我们的队长留给了他们，我们被分配到全场各个角落。女孩子分得比较集中，除了一名留在场部办公室当打字员，两名被送到卫校进行短期培训然后准备进农场医院当护士，其余的全都到了茶厂，成了她们的妈妈以及我们的妈妈的工友。男的除了我、黎小满、古金平三个，一律分散到各大队开拖拉机。黎小满留下当了知青队的副队长，成了队长的助手。场领导不知看中我什么，让我回到关了我整整十年的农场子弟学校也即我的母校当了一名滥竽充数的教师。古金平被分配到打石场烧石灰，那里原有的几个人大都是有这样那样的问题而被贬去的，古金平的安排显然是带有惩罚性的。

分配方案公布后，大家霎时作鸟兽散，匆匆打点行装报到去了。大家都说在知青队就像被关在牛栏里的牛，早被圈怕了。那天队里举办欢送酒宴，场领导也出席了，但人们大都提前走了，计划中的五桌便拼成了三桌，让我们的队长在场领导面前好没面子。

咪改被分到七大队，临走前送了我一本红色塑料皮套的笔记本，扉页上歪歪扭扭写了几行字：

流水不因石而阻，友谊不因别而疏

敬赠愚友卓比留念

黄启辉

1974 年 8 月 21 日

虽然那“愚友”二字令我啼笑皆非，我还是很为他的真诚而感动，也为他的真诚而内疚。首先，一年来我其实并没有给过他什么实质性的帮助，他把我的怜悯当财富了；其次，收了他的笔记本却来不及回赠他什么，我本来就没有想过要送他什么。

黎小满也送了我一本笔记本，也是红色塑料皮套的，场部供应站就只有一种笔记本。扉页上的赠言自然是一首诗，题名《送战友》：

十年同窗又同队，
一朝离别泪双垂。
愿君征途更加鞭，
育出桃李满天飞。

我看了他的这首送别诗，不再像过去那样违心地去恭维他，说了一句："怎么那么酸。"我讨厌他的虚伪，也应该在他面前尽量不要虚伪。我把笔记本收好，拍拍他的肩膀："其实不用那么客气，又不是生离死别，咱们不都在场部吗？抬头不见低头见的，你白亏了一本笔记本了。"

自从那次探望闻淑兰的事以后，我对他一直耿耿于怀，加上他与古金平的明争暗斗也很让我看不惯，便疏远了他。

他有点尴尬，没话找话地说："你听说没有？闻淑兰结婚了。"

我说："知道，这事没人不知道。"

我心想，亏你还提闻淑兰！我可能狭隘了一点，换上是我，说不准也会和他一样。因为不是我，所以我有理由鄙视他。

闻淑兰是一个星期前结婚的，男方是附近矿山的工人。听说那人很高大，很壮实，相貌也还不错，就是年龄偏大一些，有三十多岁。矿山寡佬多，找个吃国家粮的本地户口的老婆非常困难。都说像闻淑兰这种因失恋而发疯的，结了婚特别是生了孩子，大都会不治而愈。闻淑兰的父母为救女儿脱离苦海，自然是多方求援，希望能早日给女儿完婚。据说闻淑兰与矿工的婚事是闻家一个热心的邻居给牵的线。当时介绍人并没有给矿工言明闻淑兰是疯子。相亲的时候，矿工看见闻淑兰样子文静，笑意长留，又生得如花似玉，早已神魂颠倒，加上闻淑兰的父母和介绍人在一旁横拉竖扯地打掩护，矿工没能和闻淑兰说上几句话，所以没有看出任何破绽。晚饭是在闻家吃的，酒席间他开始觉察出闻淑兰神情似乎有异，因为她不时在笑，笑得没有多少道理，一块疑团就搁在了心里。闻家父母合着介绍人殷勤地轮番给他挟菜劝酒，使他应接不暇，分散了他的注意力，他也就顾不上深究了，不觉中就多喝了几杯。晚上，闻淑兰的父母把矿工和女儿反锁在一间房里，硬使矿工在糊里糊涂中将生米煮成了熟饭。矿工事后虽然懊悔，却已无奈，只好咬紧牙关，肩负起拯救一个迷途少女脱离苦海的艰难而伟大的使命了……

过了半年，咪改参军走了。他是悄悄走的。当欢送的人群敲锣打鼓来到他家门前时，他父母告诉大家，天还未亮他就已经出门往县武装部报到去了。

又过了半年，黎小满被推荐上了大学。成为我们原先知青队里的第一个大学生。他要去的是省里的一所医学院。临走，他不计较我以往对他的冷漠，特意前来向我告别。他说他将从事医学而放弃文学，他很遗憾。他还希望我争取明年能够被推荐上去，他知道我也想读书。

我到底还是没有被推荐上去，我的表现历来平平。正当我万念俱灰的时候，高考制度恢复了，不用别人推荐，我挤进了大学校门，这全得益于我在中学教书的几年里曾迫不得已地把那些中学课本重新啃过一遍，我很幸运。

一晃，从一九七八年春季上大学算起，至今已经三十年了，如今我已是一个有着二十多年教龄的大学教授了。在我离开后的最初几年，我还常常返家探望双亲，后来父母退休回老家定居了，我就再也没有回去过。我最后一次回去是一九九一年暑假，那时原知青队的熟人已经大都寻找机会离开农场各奔前程去了，剩下的熟人越来越少。熟人与熟人相见，自然会谈起另外一些熟人，所以对当年知青队的那批队友的情况多少还是有些了解。譬如田冠龙和李明辉在下面大队开了两年拖拉机后，就被调到了场部机运队开汽车，当时知青队留在场里的男队友后来基本上都调到了机运队。一九八六年，田冠龙和李明辉一起退了职，联手在深圳办起了一家电子元件厂，做起了小老板。据说后来事业做大了，两人就拆股单干，都很见起色。古金平和大头还在场里，并且都已成了家。古金平灰溜溜地在打石场烧了两年石灰后，调到了茶厂锅炉房烧水，过了几年就不声不响地娶了个附近农村的寡妇，那女人给他带来了两个孩子，结婚的时候，最大的孩子已经十岁。不过，他后来也终于翻身了。九十年代初期，他在老婆村子里拉了一批青年到县城组成了一支建筑队，当了包工头，几年下来就发得不清不楚，成了在当地电视台频频露脸的有名的私营企业家。当然，关于他暴富后金屋藏娇的传闻也已经不是什么秘密，这种事对于他这样身份和这样经历的人来说不仅是一种需要，还是一种时髦，人们说起来也见怪不怪了。相比起来，大头的景况就显得比较窘困了，大头在机运队当了队长，他老婆蓝素花仍在茶厂当工人，那时农场的效益已经开始不景气，他们夫妇两个的工资收入加起来还不足千元，蓝素花便在自己家的附近开了个卖杂货的小店铺，让她妈帮着照管，以补贴生活。我最后一次回农场的那一年，闻淑兰的孩子已经快上初中了，她的病情丝毫不见好转，据说她的样子已经很老，满头都是白发，整天还是静静地笑，她丈夫常常打铁似的打她，整个大队都能听见她的哭喊。

目前唯一与我保持经常联系的是黎小满。他大学毕业后被分配到一个偏僻的山区乡镇卫生院，他不甘屈从于命运的安排，发奋考回母校读了几年研究生，然后就留在了母校的一所附属医院，现在已是这所医院的副院长。因为同在一个城市，我们偶尔也会聚一聚，他儿子考大学时分数刚上二本线，我帮他疏通了一些关系，录取在我任教的中文系。他儿子今年已读大三，准备明年报考我的研究生。他说他未竟的文学之梦，要由儿子来实现了。

在所有过去的熟人朋友中，最让人震惊的是咪改了。他参军后改变了自己的环境，环境又改变了他。一九七九年对越自卫反击战打响后，他是第一批奔赴前线的，那时他已是一名老练成熟的侦察连副连长。一次与敌人短兵相接，他手刃了六名越南兵，最后以身殉国。他以他自己的壮举重塑了自己。知道咪改牺牲的消息，我还在大学读书。为了他生命的最后闪光，也为了我和我的全体朋友过去对他认识上的错误，我悄悄哭了一场。

他送我的那本红色塑料皮套的笔记本，我至今仍然珍藏着。

（原载《战士文艺》2010 年第 1-2 期合刊）

吞挑峒首

吞挑峒内有三个寨子，各自坐落在相距不足五百步的三个小小的山头，恰好形成一个等边三角形，分别叫作番板、班什、毛贵。三个寨子的人共一个山坳里耕作，同在一片山林里狩猎，又都齐拜一个祖宗鬼。峒是一种特定地域内氏族部落的一种组织形式，峒的地域范围由氏族部落的大小而定，有的一村一寨为一峒，有的几个甚至十几个村寨合一峒，同住一峒的人大都有着血缘关系。过去，每个峒皆有峒首或称头人，黎语叫作“奥雅”，奥雅的权位是世袭的。如今，时代变了，大队、生产队的组织行政结构早已替代了过去峒和村寨的关系，奥雅不必像过去一样事无巨细都得费心劳神、发号施令，但是奥雅仍然还是奥雅，奥雅的威望是不变的。

帕赶阿公就是吞挑峒的奥雅。

一

帕赶阿公从地里回来，抓起衣摆抹了把脸，粗硬硕大的巴掌重重拍了两下，又用力在身上拂扫几遍，除净尘土，很惬意地“哦呵”两声，便一头钻进黑洞洞的灶房。他从橱架上摸出个椰壳碗舀了满满一碗粥水，脖子一仰，先骨碌骨碌地灌了半肚，然后才操起篾编的饭勺，精心捞起一碗粥米，从灶头一个小坛子里掏出两颗腌山果丢进碗里，走出灶房，然后蹲在门槛吃起来。

山果极酸，帕赶阿公每咬一口，满脸粗粗细细的皱纹都挤歪在一堆，可他一张瘪嘴却咂得啧啧有声。帕赶阿公喜酸，外出干工时便时常顺手采些山果回来腌制配饭。

黎人吃食十分简单，一般是每天做一次饭，喜稀不喜干，大清早起身后，每家每户首先按量煮出一大锅稀饭，米粒刚熟马上端起，然后趁热兑入对半生水，一日三餐便有了着落。如此泡制出来的稀饭，米、水分离，不粘不团，饥时捞粥米，渴了喝米汤，别有风味。至于配饭的菜就更不讲究了，黎人喜欢喝酒，又多在晚饭时才有时间坐下来慢慢喝，而且劳累了一天，也需补充一下体力上的消耗，所以晚饭时相对要多少弄些像样的菜。而早午两餐就十分随便了，一小撮盐末也配得一餐的。

帕赶阿公蹲在门槛不一会，一碗粥便三两口地被扒了个精光。碗底还剩一个完整的山果。他站起来，回身又盛了一碗，蹲下来，又有滋有味地吃起来。

帕赶阿公盛满第三碗粥，往嘴里扒了两口，便见中年汉子帕列掮着木耙，牵着牛，从门前经过。

“帕赶伯爹，比献回了。”帕列喝住牛，驻足说道，很恭敬的样子。

“噢。”帕赶阿公淡淡应了一声。反应过来后，忽然把碗搁在地上，站起身，“哪时回咯，我怎不知？”他觉得突兀。

“刚到，才进家门。”

帕赶阿公心里稍宽，又有点疑惑：“好像还不满期呀？”

“他自家说表现好，减一年期。”

“知了。”帕赶阿公蹲下身，又端起碗，埋头接着吃粥。

“仔走了。”

“去吧！”帕赶阿公挥挥筷子，没抬头。

帕列吆喝一声，赶着牛往山坳那片水田慢慢去了。

一会，后生哥传巨两臂弯夹着一支粉枪贴身横在腰后，吹着口哨，一步一颠地从寨子里走出。

“帕赶阿公，比献回哩。”传巨见着帕赶阿公，急忙恭敬地说。

“唔。”帕赶阿公操着水烟筒，翻了传巨一眼，低头仔细地往烟嘴上填塞烟丝。

“仔走了。”

“唔。”帕赶阿公骨碌骨碌忙着抽烟。

传巨便又摇摇晃晃往山里走去。

“回来！”帕赶阿公喷出一口烟雾，忽然低沉而威严地喝道。

传巨收住脚步，转身怯怯地望定帕赶阿公：“什么事？”

“什么事？看你个样！”帕赶阿公伸出指头朝着传巨指指点点，“小时候你爸你妈没教过你走路？没教过你扛枪？足足像个国民党兵！”

传巨嘻嘻腆笑，站直身子，把枪换在肩上。

“又去打猎？”

“昨晚坡上又来了山猪，包谷杆都被咬断一片。”

“你打得到？”

“仔看过山猪路，是通牛角岭的，那里肯定有窝。”

“有路你也走不到！你说过种山猪药是封建？”

“没说，仔没说”

“哼！后生哥，不种山猪药，你就勾得住山猪魂？连祖规你都想破，你做什么猎手！”

“公啊，仔真的没说过咧，仔哪敢说这种话？仔前几日才又种了三棵哩，一棵栗，一棵卿，一棵花山芋。仔是专去保亭和人换的，仔种时也没让人见。”

黎人认为打猎必须要种“山猪药”，不种“山猪药”者，任你枪法再好也打不着猎物。“山猪药”是能够指引猎手获猎的“魂草”的统称，“栗”、“卿”、“花山芋”等，都是被人们当作“魂草”的不同植物。“栗”是黄猄的“魂草”、“卿”是山鹿的“魂草”、“花山芋”是山猪的“魂草”。每一种特定的“魂草”，都能在不觉中帮助猎手牵引住一批类别相近的野兽的魂。这些“魂草”，从越远的地方移栽过来的就越是灵验，而且种植的地方也不能道与外人知，否则就不灵验。

帕赶阿公不理会传巨的申辩，继续训斥道：“不要以为读了两天书就可以翘起屁股乱放屁，山鬼时时都管着你呢！”

“仔知了。”传巨唯唯诺诺，他想早点摆脱这烦人而又不敢直撞的纠缠。

“去啰！”帕赶阿公心满意足地挥挥手。

“仔走了。”传巨松下一口气，规规矩矩地扛着枪，脚步迈得稳稳地小心离去。

转过一道弯口，传巨见帕赶阿公已望他不着，便走近一棵树头，扯低裤头，憋足一口气撒出一泡长尿。完了，边抽裤子，边就哈哈大笑。随后又拿起枪，照旧横在腰后，照旧一步一颠地上了路，边走边哭似的唱起了一支“闷调”歌：

一间茅屋三石灶，
一条绳子挂家当；
一把钩刀砍大山，
一碗谷种养全家。
唉……
一心只想去远方，
一心只想去外乡。
……

二

教训过传巨，帕赶阿公心里很舒坦。

他转身回屋取出一捆藤条，盘腿坐在屋檐下的阴影里，编起了谷篓。他原打算吃过午饭后到溪边的菜地锄草的，又怕待会比献来了寻他不着。比献是一定会来的，敢不来么！帕赶阿公毕竟是寨子里最有威望的长者。

帕赶阿公的女人早在七年前便过世了，现在身边只有一个与大孙子同龄的小儿子亚通。大儿子亚进原先是大队书记，后来公社改乡时升上去做了乡长。二女儿开兰早年嫁到附近农场当了工人，现在也都儿女成群了。亚通原先也是要出去吃公家饭的，六年前姐姐就在农场为他联系好一个做食堂炊事员的差事，姐夫是农场里的大队长，有点门路，那时亚通的母亲还在世，帕赶阿公却不容商量，硬将亚通留了下来。帕赶阿公说他们从祖宗起就是做农人家，都出去了，连继承祖业的根苗都没有了。帕赶阿公不同意，亚通自然就只能留在家里安心务农。田地分到各家做后，亚通包揽了十几亩水田的农活，不让父亲插手。帕赶阿公就负责起家里那两头水牛牯和大小八头黄牛的饲养工作。两头牛牯是做田的主劳力，待遇高些，平时不下田就圈在栏里，喂以谷米、干草、木薯和番薯等精料，农忙出大力时，还得用调拌生鸡蛋的山兰酒作为滋补。那群黄牛是养来挨刀的，便野牧在山里，任其野食野生，定期上山给它们带些盐巴、配些精料小作改善即可。这是黎乡传统的养牛方式，牛群也爱结伙恋伴，不易走散，况且各家牛群都有自己的记号，即使是窜了群也容易分辨。黎乡民风淳朴，自古不知世间有偷盗之事，故从来不曾有过这方面的防范心理。牛的饲养管理，花不了帕赶阿公多少时间。帕赶阿公是做惯了的，闲不下来，便在寨口的小溪边上整出不大的一块地，种上了蔬菜。种菜可就得做细工了，不像苞谷木薯之类的，一把火烧出一片山地，然后用锄头掘出个浅浅的洞，再往洞里投下种子，时节到了便有收成，其间不用操太多心，火烧过的山地肥哩。帕赶阿公日日起早贪黑，整畦、锄草、间苗、捉虫、浇水、施肥，把个菜园伺弄得很精致。山里黎人本无种菜习惯，平日里配饭主要以野菜为主。山里野菜品种多，俯拾即是，人们都不觉得有专门种菜的必要，可帕赶阿公却喜欢上了种菜。早些年寨子里来过几个汕头菜农，专为附近三线工厂种菜卖钱，那时帕赶阿公的大儿子帕进当大队书记，为他们划出了土地，安排他们搭起安身的草房，他们也就常在帕赶阿公家里走动，与帕赶阿公结成了好友，帕赶阿公从他们那学到了不少种菜的技术。

帕赶阿公日子过得很舒心，很满足，除了小儿子亚通的婚事还常挂心中，眼下似乎觉察不出生活中还有什么缺憾。

三

太阳落西了，渐渐地便把半个圆圆的身子沉入阴暗的山峰后面，整个山坳被夕阳的回光染成一片紫色，远处树林黯淡的轮廓浮现出一条连绵不断的浅亮金边。归栏的牛群窜出了山林，像一堆滚动的黑石，带响了一片“的的笃笃”的牛铃撞击声。牧牛的老人远远地挥舞着竹鞭，大声地与从田里荷锄而归的邻村妇女开着粗野的玩笑，引起了一阵伴着笑声的叫骂。村寨上空开始升起袅袅炊烟，一个忙碌劳顿的白日结束了，一个焕发着活力、充满着期待的黄昏来临了。

帕赶阿公编了整整一个下午的谷篓，憋满了一肚子火。他气鼓鼓地倚在墙根，猛猛地抽着水烟筒。

比献，你个杀人贼种！竟敢在坐完牢后头一天回来不登我门！帕赶阿公觉得自己的权威受到了极大的蔑视。

表现好，减一年期！还不知是不是偷跑回来是呢！哼，初时要不是我带领乡亲们出面说情，他比献哪里就才只坐三年大牢？坡鹿是国家保护的，到处都贴有禁令，你比献明知故犯，偏要去开枪打杀，还误枪打死了人，这是讲得笑的？杀人抵命是自古的法规，祖宗鬼都不保的！你倒好，当初帮你捡回了一条命，你现在连门也不上了！

当年比献伙同本家兄弟洛佬上山偷猎坡鹿，鬼使神差地误将邻寨一个青年当作目标给打死了。出事以后，帕赶阿公不忍见比献无意杀了人再多赔上自己的一条命，便纠合了死者家人和全寨老少，齐齐给那上级来人跪地求情。帕赶阿公一直认为比献之所以最终获得轻判，是这次跪地之功。

帕赶阿公越想越气。

牛群进寨了，赶牛的孤老人哈嘎舞着竹鞭，颠颠跳跳地将牛群往寨尾小树林的栏圈里驱赶。他边赶边吆喝，同时还放开着粗哑的嗓门唱着情歌，暴烈的怒骂和缠绵的歌声乱七八糟地混杂在一起，让人听了格外好笑：

肩碰肩来头搭头，
胸前……
“二鼻！要死了，哪里走！”
胸前偷偷摸一手，
“死骚公！要做也不看地方不看时候！”
哥心想……
“喝，还来！”
哥心想妹妹要知，
眼角转转跟哥走。

哈嘎老人好容易才唱完一段，那牛群也圈好了。于是，转身朝对面山头的班什寨晃晃走去，边走又边学着女声接着唱道：

眼角转转哥叫来，
路口等哥脚都软；
手捻树叶听鸡叫，
叶捻成堆心成灰。

望着哈嘎老人渐渐远去的背影，帕赶阿公狠狠朝地上啐了一口：“老不知老，枉做人公！”

哈嘎老人和帕赶阿公是叔伯兄弟，自三十年前情人在一次山洪暴发时不幸落水身亡后，这哈嘎老人便绝了婚娶之念，长年疯疯癫癫的做不出个人样。后来姘上了班什寨的一个小寡妇，帮人把仔女都养大了，却仍然不肯把人家娶过来，将人家的草房当作长年客店。五十多岁的人了，按理早该有个像样的家了，这又不是什么难事，把人家老小一窝搬来，摆几围酒，请个媒人作公证，走完过场，一切都名正言顺了。鬼知这哈嘎是怎么想的，也不嫌丢人！帕赶阿公很看不起这个同辈。帕赶阿公在同辈的排次上本来就高于哈嘎，而且年岁上还大他一截，帕赶阿公在他面前自然可以理直气壮地表示不屑。黎人是极重辈分的，辈分不够，六十老者称三岁小儿为叔亦不足为奇；同胞兄弟中，其子女之间的称呼也随父辈的长次而定，比如弟弟的孩子比哥哥的孩子年长，弟弟的孩子仍得称哥哥的孩子为兄或姐。正因为是同辈，所以平时帕赶阿公对哈嘎仍然还讲点客气，在人前给他留点面子，这里也有个对晚辈的影响问题。

可眼下正在气头上，帕赶阿公看什么都不顺眼，也顾不得克制了。

邻居寡妇三婶抱着孙子左摇右晃地逗弄着走来了，边走边腾出一只手往孙子口里塞着糖块，嘴里和着摇晃的节奏哼唱着一支改了词的童谣：

侬啊侬乖乖，
爸上岭砍山；
侬啊侬笑笑，
妈去坡守园；
比献哥给糖，
侬吃嘴甜甜。

三婶来到门前，见了帕赶阿公便扯开了大嗓门说道："帕赶爹，比献回了你知不？"

帕赶阿公扭头瞥了三婶一眼，厌恶地哼了一声。三婶却未曾觉察，仍然大声大气地接着说："比献那仔带回好多东西哩，你见过不？才巴掌样大个小盒子，一扭里头就有人唱戏了。还有戴在手上不用看日头做工的钟，好小的，就是你大仔帕进乡长哥戴的那种。他穿的也是汉人那种风一吹就动动的衣服……不是说坐牢咯？怎听他说还有钱发？做得好每月有三四十块钱，不知是真是假。这不比我们一天到晚做农做到死好多了？他还说牢里是一日三餐吃干饭没粥水喝的，还有肉吃……哎，帕赶爹不去看看？”

帕赶阿公忍不住憋在心头的火气炸雷般爆发了：“你眼热就叫你仔也去坐牢！易过跌交！”

三婶被惊得一震，望着帕赶阿公一副横眉怒目的模样，不知什么地方冲撞了他，吓得急忙收了口，头低低的搂紧被惊吓得哇哇大哭的孙子，逃也似的转身离去。

好啊，连你寡婆都低看了我！不说我是你家同宗的长辈，在全个村寨我还是辈分最高年岁最大的老人哩！初时你嫁来吞挑峒，是我领着众人站在寨口那条出峒的路上迎接你；是我亲自点燃了火堆，为你念的平安词，让你从火上跨进寨子的。还有，你男人过世时，也是我亲自操办，给他唱了三天送鬼歌！你现在不光不记我恩，反要我先上门去见一个晚辈，去见一个杀人贼仔！规矩都叫你们这些忘祖的子孙给破完了！我看你肚里的那颗人心是臭在裤裆里了！

帕赶阿公怒气未消，心中又多了一层无以名状的悲哀。

四

夕阳整个的沉入了西山，暮色笼罩了山谷，重叠起伏的山峦，摇曳的树影，低矮的草房，都只剩下一个灰昏的轮廓。寨子里一片寂静。连狗都钻回了各家的灶房，守候在主人的脚下乞望着碗边的遗漏。成群的蚊子嗡嗡飞来，聚在帕赶阿公头顶团团打转，一口浓烟喷出，蚊群霎时飞散，稍停又聚合在原来的位置，重新纠结成团。

亚通回来了，手里提着两瓶酒和一包塑料纸袋。见父亲倚在墙根抽烟，灶房里黑漆漆的不见一颗火星，便随口说道：“这么晚了还坐在门口喂蚊呀，菜做好了？”

帕赶阿公吼道：“生你出，养你大，还做你奴！进门就问吃，你好大身价！”他终于又等到了一个骂人的机会。

亚通熟知父亲的脾性，知他定是又遇上不如意事，便宽厚地笑笑，乖巧地闪进灶房，开灯、生火、涮锅，忙碌开了。

霎时，帕赶阿公心中涌起一股怜爱之情，他不好再骂了。

一会，准备停当，亚通在灶房里探出头招呼："爸，吃酒喽。"

帕赶阿公早在外头闻到了酒肉的香气，勾起了满口馋涎。还是自家的骨肉亲近，时时知道孝敬做老的。他平时就对亚通有着百般的疼爱，此时那满腹的怨忿都被这酒肉的香气和小仔的笑脸驱散了。他有点后悔适才对小仔的无端责骂。

帕赶阿公进了灶房，见了大碟小碗的摆了好几样菜，随口说了一句："不年不节的，做哪样花这么多钱？"接着坐上亚通为他准备的小竹椅上，端起酒碗呷了一口，很惬意地啊了一声。又伸筷从菜碗夹取一截干硬的肉条，举着瞧了一会，放进口里，细细咀嚼。"唔，好香，什么来的？"

"香肠，把猪肉切碎，配好料，灌进肠子里晒干的。"亚通很内行地介绍，其实他也是刚听来的。父亲高兴，他也高兴。

"好多钱一斤？"

"仔也不知，可能要五六块钱吧。"

"你好懂享福！"帕赶阿公不满地白了小仔一眼，有点心疼。随即又说，"你做事也糊涂，东西买回连价也不知。"他以为这是亚通托人在外买回，还未付钱的。

"不是买的，比献送的，还有这两瓶酒。他今日才回，说没什么好东西……"

没等亚通说完，帕赶阿公"啪"的一声把筷子重重搁在饭桌上，厉声道："蠢鬼！你也到他室里乞食？"

亚通惊愕地望着父亲。接着，笑道："爸，呵呵，看你说的多难听，怎么说比献都是和仔一起玩大的兄弟，又是读书时的同学，怎样就说是乞食？黎人哪时又有过锅前分你我的规矩？再说人家比献说你是长辈，专门嘱仔带回敬你咧。"

“他真这样说？”帕赶阿公的气霎时消去大半。

“他说没什么好东西可送的，这点酒肉只是表示晚辈的一点心意。还说以后要收心做人了，叫爸你以后多骂多教哩。”

“他真这样说？”帕赶阿公又问。

“是啰！”

帕赶阿公听着很入耳，心里舒坦了许多，却仍然多少有点带气地说：“他怎么就不上门来？眼里还有老不？”

亚通这才明白父亲发气的原委，忍不住笑了起来。他觉得父亲气量太小，又觉得父亲脾性本就如此，不必认真，便替比献解释：“人家才回半天，好多事情要忙哩。”接着又故意拣了句好听的说：“人家带话给你了，说是过几日要请全寨人吃酒，请你坐上席哩。”

这上席又用得你请？哪次寨子有人请吃酒，我帕赶不在上席谁敢动筷？帕赶阿公心里又生出了一点小小的不快，口里又不好说。不过，他到底还是理顺了原先那股不平之气：还好，比献并不像自己想的那样目中无老。但他放不下架子，还是硬撑着脸面说：“忙？现在的后生哥哪个不说忙？传巨整日扛把破枪围山乱转，屁都不见打到一个，他也说他忙哩！”

“比献是真忙，人家回来气还没喘匀就准备做家过日，好多事情要做的。”

帕赶阿公不言语了，认真喝酒、吃菜。那酒，那菜，好够味道。

“爸，明日仔不下田了。”

“嗯？”

“比献要盖新屋，仔上山帮手割茅。”

“去！盖房造室理应相帮，规矩么，还用说咯。”

喝干了一瓶酒，热劲上了头，又值心情好转，帕赶阿公的话也多了。于是，又提起亚通的婚事：“通啊，你不小了，今年有……”说着扳起指头算了一会，“唔，二十五了，娶亲的事不好拖了。灶无干柴火不旺，室无女人不像家呀。爸像你这样大时，早就娶第二次亲生下你哥了。你姐的亲妈在你姐两岁时生仔难产大小一堆死了，要不你哥上头还有一个哥。……通啊，娶个女人回来会做家过日就行了，挑那么细做哪样？三婶给你说过的几个都不中你意，你自己又不晓得去唱歌搭串，再拖下去，人家妹仔嫌你老就难做了。”

“爸，急的哪样？现时不同过去了，男人三十都不算老。再说，现在手头空空，娶了亲也置不起家业。”亚通寻找理由推托，他有自己的心思，有自己的想法。

帕赶阿公不以为然：“黎人做亲家哪里用那么多讲究？礼数到就行了。嘻嘻，你不知的，你哥你姐平时给我的钱我都存着，都是给你准备的。你猜多少？爸不瞒你了，这个数！”帕赶阿公伸出巴掌，又扳起了指头：“一、二、三、四、五！再加七十五，一共是五百七十五！够啰！家里养的那几头黄牛也大了，聘礼也不用愁了，有三头牛给，女家方面也讲得过去了。”

“爸，真的不急。现在仔还不想，哪日仔想了，也不用爸操心的，仔自己知道做的。”

“你们现在的后生，样样都嫌老的碍手遮眼！”帕赶阿公又有些生气了，随即又叹了口气，“爸知你心思，后生心高，想讨漂亮的。其实三婶上次说的那个，就是她的娘家侄女，样子也不差了，做哪样你就不肯和人家见面？你要见了，不定就成了。话又转回说，漂亮又怎样呢？都是肉做的，会过日子，能生仔就行。女人漂亮又不会多出一个……”

说着，帕赶阿公猛然觉出自己差点在小仔面前把话说过了界，急忙住了嘴，显得有些尴尬。

“眼涩了，睡吧！”帕赶阿公打了个哈欠，给自己找了个台阶。

亚通并未留意到父亲的窘迫，父亲的话他没认真去听，他满脑子想的都是明日到比献家帮忙建房的事。今天在比献家里见到比献妹妹的同学拜曼，拜曼说是明日要带一样东西送他，让他今晚好好猜猜。

收拾了残桌，父子各自上床就寝。

这一夜，帕赶阿公倒头便入梦乡，睡得好酣畅，好沉实。而亚通却翻了好多次身，直至天色将白才朦胧睡去。

（原载《天涯》1988 年总第 44 期）

芭　　英

一

新娘是步行来到吞挑峒的。番板寨的三婶走在前头做“引路娘”，班什寨的六婆做“陪亲娘”并排和新娘的母亲跟在新娘后面，搀着新娘走在送亲队伍中间做“陪娘”的是毛贵寨的未嫁女儿拜香。吞挑峒共有三个寨子，三个寨子都各派了接亲代表。

送亲队伍浩浩荡荡，笑笑闹闹，挤在狭窄的山道上排成了长长一溜。新娘举着草笠半遮脸面，两眼惶惶，脚杆有些发僵。

眼见很快就要进入番板寨了，新娘却仍然一路静静，没一点表示，六婆有些急了，边走边扭头转向新娘小声催促：“女啊，唱啦，唱啦！”

照山里规矩，新娘出嫁离家是要唱哭嫁歌的，否则就要被人指说，认为是思嫁心切不恋父母。听见六婆提示，新娘心里一慌，赶紧抽了一下鼻子，照着老人传授下来歌词拖起哭腔唱开了：

恼气父母贪人财，
不问家门好与坏，
狠心来把女儿嫁，

好像牛崽随处卖。

女儿一路不声不响，新娘的母亲心里也在埋怨着女儿不懂事，却不便提醒，正干着急，听到女儿唱了，终于松了口气，赶紧在前头接着唱道：

女崽生来要出嫁，
男崽生来要当家；
莫怪父母心肠狠，
婚娶都是命定下。
……

母女俩一唱一和，一直唱到番板寨。

寨口站满了迎亲的人群。

寨门正中堆放着一抱干稻草，稻草上铺着一张芭蕉叶，上面放着一只鸡蛋。德高望重的帕赶阿公身穿绿袍，头缠红巾，一手握刀，一手擎着火把，精神抖擞地立于草堆旁，面向送亲的人群念起了“平安词”：

天鬼地鬼恶人鬼，
不得拦路堵寨门；
尖刀砍蛋见大红，
割叶脱锁开寨门；
开枪点火赶邪恶，
婚礼喜事人人乐；
火把照路引亲行，
新官新娘共白头。

念毕，手起刀落，斩破鸡蛋，割开芭蕉叶，然后用火把点燃稻草堆。夹道而立的男人们举枪朝天齐放，惊散了一山的鸟儿。枪声一止，帕赶阿公侧身闪过一边。“引路娘”首先跨过火堆踏入寨口，新娘接着跨过，送亲的人一个个先后跨过。

新房门口，容光焕发的新郎手臂横架门框，定定望着新娘。习惯上，新娘头一回进入夫家，新郎必须迫使新娘从他腋下低头而过，否则便降了夫威，日后在老婆面前直不起腰板。

新娘止步立于门前，也定定望着新郎。

新郎寨子的人见状，马上齐声唱道：

新娘新娘快快钻，
新娘新娘快快钻；
男人生来头顶天，
女人嫁来天下边。

送亲的娘家人也马上回应：

不钻不钻就不钻，
不钻不钻就不钻；
男人生来头顶天，
女人更在天上边。

一对新人四目相对，僵持着。

新娘眼里充满了哀怨。新郎身子一软，渐渐垂下手臂。新娘一步跨上，迈进新房。番板寨的人嘘声大起，送亲者们则齐声欢叫高呼，吵成一片……

这是吞挑峒六年前的一个迎亲场面。新娘叫芭英，新郎叫洛佬。

二

这天，芭英又独自上山砍柴。

山里习惯，男人从不打柴。婆婆腿脚不便，家中又无姑嫂，芭英便包揽了家中厨灶的烧用，每隔十天半月便上山打一次柴。

夏日里的山林，凉气爽人，踏入林地，有如与外头隔开了一个世界。

芭英绑好一捆原先砍倒已经晾干的条柴后，又挥刀砍倒一批，削去枝叶，整齐排开，在旁边的一棵树叉上绑了个藤结，留待下回来取。她并不担心别人会将她整好的这些条柴搬走，山里人自觉，看见树上留有俗称“插星”的藤结，便知这是有主的，不会随便取走。

忙碌完了，芭英走进树林深处。

黑森森的树林里，挺拔的陆均松，高直的大叶桉，粗壮的樟树，纤韧的棕榈，盘曲的古榕，簇拥的母生，以及各种各样高矮参差，粗细相间，横扩直张的热带林木，纷纷撑起繁盛的枝叶，交错盘绕，像是搭起了一座巨大的天棚。林木枝叶间，垂吊着门帘般的榕树气根，牡丹蔓、鸡血藤、金银花、野蔷薇……相缠竞长，难解难分。地面，腐叶和朽木散发着一种山林特有的淡淡的辛辣气味。一股汩汩的山泉从石缝、树根、草丛的底部渗出后汇成细流，然后窝留在一道长满苔藓和蕨草的小石坎后，清澈、平静，形如一面明镜。石壁上爬满了黑黑的石螺，石螺身上也长满着薄薄的柔软的藓毛，水里游动着几尾细如筷头的嘴角带须的小鱼。水边泥地上一片纤柔细嫩的水草被踏歪了几棵，留下几个不深不浅的鹿蹄印。

芭英蹲上石坎，想洗把脸。水中映出了一张略带疲惫的忧郁的面影。蓦然，她发现水中那张姣美的脸庞，被树枝草叶整齐而对称地划出了几道细细浅浅的血印。她“咦”地惊叫一声，随即又笑出了声：“变成阿妈了。”

芭英长得很像母亲，若不是岁月的蚀刻，若不是旧时的文脸习俗，使母亲脸上增添了一些匀称细密的皱纹和斜切于两颊的靛蓝的线痕，芭英和母亲的脸相很难一下子分辨清楚。母亲样子很年轻，不像同辈的婶母伯娘，抵不住岁月的袭扰而早早将青春交付。有时乍然一看，人们常常会将她们母女误认作姐妹。母亲的容貌曾使年轻时的生父在同伴们妒忌的目光和调笑声中得到过莫大的满足，却也因那脸上人为的线痕而使后来当上军官的父亲觉得羞于见人，终于在寻找到一个堂而皇之的借口之后，将母亲遗弃了。

母亲无怨无悔，很快便带着两岁半的小芭英嫁到另一家，又过起了和以往相近的平静的生活。继父待芭英和母亲不错，并不因为母亲是再嫁芭英是非亲生而有丝毫的怠慢。黎族人在婚姻观念上本来就没有很多的约束，早年还有这样的习俗，女子出嫁后，在未生育之前可以不落夫家，仍有在娘家私找情人的自由，直至怀孕或生下孩子后，才定居夫家。之后，就得收心过日子了，家庭的约束也才真正从这时开始。所以，芭英没有理由会在继父家里受到歧视和虐待，没有理由要产生寄人篱下的自卑。可是芭英自小便对母亲怀有一种深深的同情。她怨恨自己的生父，又常常替母亲感到遗憾。

为什么要把一张好好的脸刺扎成这样呢？还在很小的时候，芭英就常常不解地望着母亲那一道道与容貌极不和谐的纹线暗里猜寻。

"你不知，这对女人来说是好大一件事情。不光是脸上，全身都要绣的。女人生时不绣身绣脸，活着没人要娶，死了以后祖宗也不认的。"山里人把文脸文身叫作绣脸绣身，母亲每每讲起，总是显出一种神圣的自豪的表情。

母亲告诉芭英，女子长到十一二岁就要开始文身文脸了。开文前要先选定吉日，还要杀鸡摆酒的。女子在受文的时候，不能在人多的地方，而要在山上的草寮里悄悄进行。男人不能靠近，不能偷看。开文时要举行仪式，主持者为寨子里的女性长辈，先将酒和煮熟的鸡摆出来，向祖宗鬼报出受文者的姓名，求保平安。又用树叶在地上打扫一遍，赶走"凶魂"，再把树叶挂在门口作为标志，不叫外人进来。受文完毕，要用龙眼树叶煮水洗身，还要杀猪摆酒请全村寨的人来吃，最后还得给主持者和帮忙者送米送钱作为答谢。

母亲不止一次地给芭英讲过这样一个故事：很久很久以前，海南岛昌化江下游东岸边上的一个寨子有一户穷人家，生了一个聪明漂亮的女儿，取名亚贝。亚贝长大了，爱上了一个叫作亚贵的青年猎手。西岸边上的寨子有个恶霸叫老夹，老夹对亚贝垂涎已久，早有强占之意。一日，趁亚贵上山打猎，老夹带领家丁把亚贝强抢回家，逼迫成婚。亚贵回到家中闻悉亚贝被抢，便骑上一匹花鹿直奔河西老夹大院，经过一番拼杀，终于救出亚贝。老夹率众家丁紧追于后。亚贝和亚贵逃到昌化江源头，高崖绝壁阻断了他们的去路。亚贵便与追兵展开了一场恶战，亚贵用弓箭和砍刀杀死不少追兵，终因寡不敌众身负重伤。追兵见亚贵倒伏在地，血淌一身，以为亚贵已经死了，便齐齐扑向亚贝。亚贝不甘受辱，毅然扯起一根红藤刺，不顾一切地朝自己的脸上不停地猛扎猛刺……老夹见亚贝容貌已毁，恼羞成怒，命手下人将她推下山崖，然后折道而回。亚贵和亚贝大难不死，养好伤后双双在山里安下身，建起了家园，生儿育女，过上了幸福生活。

……

“亚贵和亚贝就是我们黎人的祖先，女人绣身绣脸就是教人不忘祖先。”母亲最后这样解释。

很小的时候，芭英就曾被这个美丽而又悲壮的故事深深震撼，同时也有过不少好奇。

一次，她问母亲：“现在为什么就不绣脸绣身了呢？”

“解放了嘛。”母亲不假思索地说。

解放后，祖辈沿袭下来的文脸文身习俗在政府的宣传阻止下渐渐禁绝了。母亲无法解释这旧俗规被破除的合理性，又绝不怀疑人民政府的每一次宣传号召的正确性。愚昧和质朴的混合，是整个民族的一种普遍特征。

“解放了就不怕祖宗鬼不认啦？那我们以后死了怎么办？”芭英又问，小姑娘的世界里充满着人生之谜。

“呸呸，烂嘴！小小年纪就说这些不吉利话，还不赶快往地下吐口水！”母亲惊慌地朝地下啐了两口，催着芭英学样照办。

母亲责骂过后，又说：“不管什么时候，女人都要过这一关的。生时不绣脸绣身，死了也要用炭灰在脸上和身上画出线样，然后才能入土去见祖宗的。这规矩就是政府也不敢迫我们改的，政府不会叫我们不认祖。”

芭英似乎有些明白了，她见过未文脸的女人死后葬前受文的情景。

“痛吗？”芭英又问。

母亲说：“傻女，怎会不痛？”母亲细细地讲述起受文过程的痛苦：“先把衣服全部脱光，用灯芯草沾上有色的汁水在身上脸上画出线样，然后用刺枝照着线样摆放准，再用木棍敲打刺枝，刺枝扎进皮肉里面时，那些色水也顺着伤口流进皮肉里去了。等伤口好了，那些线痕就脱不掉色了。我是十一岁那年开始绣身绣脸的，那时是你阿婆和你舅妈一起把我绑住手脚，死死按住我，我每次都是又哭又闹，痛死了。每次绣完以后，伤口好多天都消不了肿。我是分三年才全部绣完身上的线纹的。”

芭英听得毛骨悚然，原先的疑惑、神秘、好奇里，又多了一层恐惧。

“女人是苦鬼投胎，生来就是要到人世受苦的。”母亲常常对着芭英叹气。

渐渐地，待到芭英通晓人事，故事中亚贝那为捍卫爱情而毅然毁容的壮举成了她梦中的憧憬，那血淋淋的面孔常常感动着她；而母亲当初被人紧按四肢，强将刺条往身上脸上扎去时，那徒劳的挣扎，那声声的惨叫，那发肿的伤口……又常常使她从梦中惊醒。当她带着想象中的壮美和恐惧开始了她从少女到妇人的生命历程时，她实实在在地体验出了母亲那句“女人是苦鬼投胎”的感慨。尤其是当她发现母亲在无怨无恨的生活后面，仍然深深地掩藏着对自己前夫——芭英的生父的一段恋情之后，芭英对母亲对命运似乎又有了一种更深的理解。为了摆脱在母亲身上曾经发生过的一切，她挣扎过，可她却是这样无奈，这样无力……

两行清亮的泪珠不觉地冲刷着两颊那一道道浅浅的血痕，滴落在小小的平静的泉潭，砸碎了她的沉想。

三

一只漂亮的狐狸定定站在距泉潭边十来步远的一棵小树旁，赭黄的毛色柔滑鲜亮，像一团燃烧的火焰，一条粗大松弛的尾巴柔软地拖在青青的草地上，两眼圆圆的亮亮地盯着芭英，显得格外镇静，似乎还带有一点儿挑衅。

昨天一只生蛋的母鸡失踪，顺着散落的鸡毛，芭英追到坡后的小溪边，发现了一堆凌乱的鸡毛和残缺的头脚。“一定是这东西做的!”芭英心里骂道，悄悄抓起一块拳大的石头，猛然挥手掷去。

那狐狸十分灵巧，芭英刚一起手，它已闪身一跳，向前窜去十来步，隐入一簇灌木丛中，探着个脑袋，露出截尾巴，又定定望着芭英。

“鬼头!”

芭英又拾起块石头，立身欲追。

蓦然，“砰”的一声枪响，在寂静的山林里显得格外震耳。

芭英浑身一颤，差点惊跌落水。再定神一看，那狐狸已跌出草丛，瘫着四肢，松起一条大尾巴死在地上。

“哈哈哈……”身后一阵粗犷的笑声。

芭英转过身，惊魂未定。见是传巨，愣了好一会，接着啐了一口，声音颤颤地骂道：“死鬼帕拉的狗孙，你吓死我了!”

帕拉是传巨亡公的名字。黎人最忌相骂时点出其死去前辈的名字，这是最不吉利，最带侮辱性的咒辞。

传巨却不生气，神气地以粉枪拄地，叉着两杆粗腿，撮起嘴唇吹去冒出枪口的一缕蓝烟，笑嘻嘻地盯紧芭英，一脸得意。

“你吓到我了，知不!”芭英跳下石坎，跺着脚，气急败坏地尖声大嚷。

“真的?”传巨将粉枪一撩，丢在地上，窜前几步，双臂紧紧箍住了芭英的腰身。“我摸摸你心跳不!”说着，一只手就按在芭英胸前使劲揉捏起来。

“要死了！山林野地里也要占便宜，你是狗?”芭英被弄疼了，用力挣脱开来，一掌打在传巨脸上。

传巨松了手，抚摩着脸颊，悻悻地坐到一棵树头下。“你不是狗？山林野地里又不是头一回，装什么正经!”他嘀咕着，有点恼火，那一掌挨得好重。

见传巨恼了，芭英反向他抛去一个媚眼，嗔道：“你不是好狗，好狗不怕打的。”

传巨不理她，气呼呼地把头扭向一边。

芭英捂着嘴巴，“嘻嘻”笑了起来。

“笑什么!”传巨没好气地白她一眼。

"嘻嘻……"

"你还笑!"

"咯咯咯……"芭英笑得喘作一团。

传巨忍不住也笑了，捡起一截小树枝朝芭英掷去。

芭英躲闪一下，又笑道："你知我笑什么?"

"鬼知你笑什么!"传巨放身躺在草地上。

"要不要我说你听?"

"讲啰。"

"嘻嘻，我笑你白长了那个男人的东西。"

传巨猛然翻身坐起，咧开一张大嘴，格外惊讶的样子："你，你说什么?"

"我听人讲，前几日你去山那边串村，在人家隆闺里打不响火被赶出门来?"芭英故意编出一段野话挑逗他。

在经常接触的许多男人中，传巨是比较能够使芭英在应付中生出些许热情的一个。他英俊强壮，还懂得体恤，在她稍有不愿意的时候，他决不强来，不像别个只图自己痛快而一味胡搅蛮缠的男人，而且传巨是个狩猎能手，芭英在与他的交往中得到过不少实惠，她不想太多的得罪他。

果然，传巨的火性被激起来了："打不响火？你说我打不响火？哈哈，我行不行你不知？再试一次!"

传巨从地上跳起，粗鲁地一把将芭英掀翻，抱在怀里朝前走出几步，然后滚翻在一片平地上。

传巨气喘吁吁，搂着芭英胡乱地抓摸了一阵，便伸手去解她的筒裙。

……

传巨终于翻身坐起，很快整好衣裤，又帮着芭英套好筒裙。然后掏出烟袋，卷起烟来。

芭英仍懒懒地躺在草地上，好久才慢慢地说："上山打猎还要干这种事，山鬼看着你哩，你要走衰运的。"

"管他，我不信这个。"

“人是拗不过命的。”

“哎，你和洛佬离婚吧。”

“真的，人拗不过命。”

“喂，我跟你说，你和洛佬离婚！”

“哼！”

“我要娶你！”

“你敢？”

“怎不敢？我传巨有哪样事不敢的？

“我是麻风。”

“我和你说真的。”

“我们这样不是很好吗？”

“好是好，不长久。”

“你不死，我不死，你愿意，我愿意，就长久了。”

“我不想见你整日和那个糯米洛佬同住一室，更不愿意见你和别的男人来往。”

“你管不了我。”

“我待你是真是假，你心里知。”

“我不爱你。”

“不爱怎又做这种事？”

“公狗和母狗，公猪和母猪，公牛和母牛，连公鸡和母鸡都做这种事。再有，我又不光是和你一人做。”

“你一定是没有忘记他咧！”

芭英心里微微一跳：“你管我！”

“唉……”传巨叹了口气，停了一会又说，“知道吗？他回来了。”

芭英心里又是一跳：“谁？”

“还能是谁，他呗。”

停了一会，芭英又问：“真的？”

“这回有架打了！”

“几时回的？”

“昨天。”

“昨天？”

“这回有架打了。”

“你要打谁？”

“谁碍我，我打谁！”

“怕你打不完哩。”

“别个我不管，你心里从没真的有过他们，我知的。”

“我说过我心里有你？”

传巨猛然站起，回到潭边拾起粉枪，狠狠瞪了芭英一眼，转身愤然而去，很快隐没在幽深的林间小路里。

芭英浑身瘫软，肢首伏地，放声恸哭。

寂静的山林里，一只孤独的死狐散发出一阵难闻的腥臊。

四

芭英在十三岁那年，曾在母亲的首饰盒里发现过生父一张身着戎装的发黄的照片。

一天，芭英放学回到家，母亲正在给她缝补一件旧花衫，缺两颗扣子，母亲打开那个小藤箱，于是芭英就发现了那张父亲的戎装小照。那是一张半身黑白照，照片上的父亲头戴大沿帽，衣服上配着肩章、领章，样子年轻英俊，显得好威武。

“这是谁？”芭英把照片拿在手里仔细端详，好奇地问。

“是你亲生阿爸。”母亲很平静地说。

“我亲生阿爸？我……我亲阿爸是解放军？”芭英毫无思想准备，好半天才回过神来。

“我是在他参军后第三年他回来探家时怀下你的，我们结婚的时候，你已经一岁多了。我们结婚不到三年就离婚了。他后来的那个女人很漂亮，是汉人，他那时做了带领一百几十人的大官了。他是带着那个女人回来结婚的，那女人好白，好嫩，好娇气，天天要刷嘴，弄得满口都是白泡泡。……他结婚的时候，公社书记都来喝喜酒的。”母亲声音甜甜软软地说，好像是在讲述别人的故事。

芭英以前就知道自己除了现在的阿爸外，还有一个亲生阿爸，但母亲从未认真对她说过。她习惯了现在的生活，不懂得也没想过要去寻根问底。所以，那个亲阿爸在她心里是极虚的幻影，像一段飘过的云，像一片散去的雾。在小芭英的心目中，所容下的是家里这个天天看得见亲得着的实实在在的阿爸。可现在，当她面对那好像就活生生站在眼前的亲阿爸的照片时，她幼小的心灵被猛然撞痛了。她不会去想得太多，却有了一种成年人才有的沉重的压抑感。

“为什么我会有两个阿爸呢?”芭英向母亲提出了一个从未认真想过的问题。

母亲无言以对，好一会才眼眶湿湿地苦笑着说：“一个是生你的，一个是养你的，加起来就两个了。”

芭英的继父出田回来了，见母女俩手执照片默默无语，便开口笑道：“又在想念你们的亲人解放军呀。”

继父是个好阿爸，真阿爸，芭英觉得他似乎比对她三个小弟妹更疼她。可现在芭英看见自己的亲阿爸的照片，却觉得他有些陌生了。

母亲慢慢收起照片，继续寻找出两颗扣子，边叹气边说：“女人是男人的酒，男人是女人的梦，男人醉过了就什么都忘得光光的，女人的梦破了要心疼一世的。”

“那是你没福分。人家阿多是军官，你和他站一起不衬他不配他的。”继父操起水烟筒坐在门槛上，咕噜咕噜猛抽一阵，喷出一屋烟雾，又说：“那年也好得我去部队看他，才知他和一个女教师粘得紧紧的，心里脱不得你又脱不得她，他好作难。是我向他作了保证，他才下决心离你娶她的，要不我还不能和你同床共室成一家。”

继父的样子显得有些得意。

“唉，同人不同命呀。”母亲又叹了口气。

“你还不死心？”继父说。

“鬼话，崽女都帮你养出一群了，还有什么想头？”母亲翻了继父一个白眼。

“哈哈哈……那你还叹什么气？”继父起身扳着芭英的肩头问，“芭英，你是亲我还是亲你的那个阿爸？”

芭英静静看着继父，没出声。继父似乎有些扫兴，轻轻拍了一下芭英的肩膀，然后用力伸了个懒腰，也粗重地叹了口气。

母亲仍然是细声细气地接着说：“我是说阿多的那个女人白一点，嫩一点，但脸相和腰身都没我好看。”

“你当然比她好看，但是你绣了脸，人家没绣，人家外面的人是见不得你这一脸花线的。”继父稍微显出了一点不耐烦。

母亲和继父平时当着芭英的面似乎并不忌讳谈论她的生父，有时他们还会以这一话题作为调笑的内容。但芭英偶尔也发现，继父常常会在谈话的兴头上忽然就莫名其妙地显出一些难以觉察的不耐烦来。

终于，在芭英初中毕业那一年，母亲和继父之间发生了一场口角。芭英毕业后，因家境贫困，不能继续升高中，便留在家里帮助作田。那年她已十六岁，已经长成了一个懂得接受小伙子的殷勤的亭亭玉立的大姑娘了。

那天中午，芭英从山里扛回一捆干柴，走进灶房，正想从锅里舀碗粥水解渴，忽然听见只隔一道泥壁的正室里传来母亲和继父的争吵声。

“我知道你就一直忘不了他！哪家男人像我这样？十多年过来了，你还不能把心收到我身上！四个孩子，你不能不承认还有三个是我的骨血吧？芭英不是我亲生的，我待她又哪点不比亲生？”继父在吼，声音很低，却很凶。

母亲细声啜泣着说：“你为什么会这样想？我和你同一个枕头睡了十多

年，你还不知我的心？你还要说我没把心收在你身上……我想叫芭英去认他，也是为了芭英好，为了我们这个家好。芭英要是能出去做公家人，她以后一世都不用像我们这样泥里水里爬滚了，再说亚三他们兄妹三个要读书，哪个不花钱呀？芭英要是能出去也可以时时帮助家里一点。她是你养大的，你还怕她近了亲爸就不认你了？我的女我不知？”

“不行！说到天塌，说到山崩，我都不能让她去认那个阿多！”继父仍然气冲冲地说。

芭英没有再听下去，悄悄退出了灶房，远远躲进了山坡后的一片小树林里，定定地坐在一棵大树头下发愣，直至日头偏西，才懒懒地起身回家。

听了母亲和继父的那半截争吵，芭英明白了母亲是想要她去认她的生父。她是个懂事的姑娘，理解母亲和继父的不同心情。她很矛盾。在与母亲和继父以及弟妹共同生活的那些日子里，虽然清苦，却和美、宁静，但她也向往山外世界的新生活。因为血缘关系以及长期以来对生父怀有的那种神秘感、崇敬感，她也曾有过希望有朝一日能够亲近生父，得到生父承认的飘渺的梦幻。可是，她又觉得应该尊重继父的意愿，相比之下，继父才是她具有实在意义的阿爸。她是个有孝心的姑娘，她觉得继父对她的恩情是无法报答的。

芭英回到家里，饭菜已摆上桌面。母亲在灶房里剁猪菜，继父在门口编竹篓，三个弟妹早已叽叽喳喳闹着要开饭了。

“做什么那么夜才回转？”母亲把剁好的猪菜收进木盆，问道。

芭英朝母亲笑笑，又叫一声“阿爸”，转身洗手、擦脸去了。

“好，吃饭吧。”继父拍了拍手，坐到饭桌边。

芭英给母亲和弟妹盛好饭，给继父斟了一碗酒，便坐下埋头扒饭。

“别老扒饭，吃菜。”继父夹起一块烤鱼片放进芭英碗里。芭英又默默夹到小弟碗里。小弟朝父亲做个鬼脸，香香地吃起来。

“阿英，明早跟阿爸去县城走一趟，好吗？”继父呷了口酒，盯着芭英说。

芭英心里怦然一跳，停了筷，望着继父。

“我也要去！”七岁的小妹嚷道。

“别闹，你明天还要上学。”母亲阻止说。

“阿爸路上再和你说个事。”继父说。

芭英感激地“嗯”了一声，低头继续吃饭。

这天晚上，芭英一夜无眠。天透亮时，她流泪了，不知为什么。

一早，芭英随继父上路了。从此，芭英在无情的现实面前撕碎了自己始于童年的遥远的梦幻，继而又进入了另一个人生之梦。青春的时节是多梦的时节，在这一年，她认识了比献，并与他深深相爱了。

五

比献，那个日思夜想的比献终于回来了！

芭英知道他迟早都是要回来的，她也曾急切地盼望过，可又非常害怕见到他，她心里在挣扎着。

比献是芭英刻骨铭心的至爱，他们的情缘缔结于一次意外的邂逅。

七年前，芭英娘家所在的抱石寨在一场流感中接二连三地病倒了好多人，闹得整个寨子人心惶惶的。于是寨里主事的帕易阿公在众人的恳求下，出面到后山请来一个过去在这一带有名的道公做法驱鬼。道公原本是不肯来的，在那个年头，虽说是山高皇帝远，可革命的风暴依然一定程度上影响着山里人的生活，许多传统习俗和惯制都已被当作“四旧”给扫除了。做法驱鬼当然是一件很冒风险事情，道公不敢贸然答应。后来经不住帕易阿公的再三恳求，也出于救死扶伤的职业道德，道公还是跟着帕易阿公爬山越岭地来到了抱石寨，悄悄主持了一场做鬼仪式。

道公来了以后，帕易阿公命全寨男女齐齐聚在一个晒坪上，杀牲设坛，请道公做法。道公煞有介事地在道场上铺上一名重病者的衣帽，撒上一小把米，然后蹲在地上，手持一根细竹枝，竹枝上用细藤条系挂着一团小土块，悬空在衣帽上方，嘴里念念有词地做起法来。一番复杂的观察鉴定和手舞足蹈之后，道公竟然把芭英当作了目标，指定她是“禁母”。乡亲们如临大敌，轰的一声赶紧散开了去，远远围着她，向她投射着惊恐、仇恨的目光。她被这突如其来的判决吓傻了，孤零零地站在人圈当中浑身颤抖，以求援的眼神缓缓地扫视众人。而除了弟弟那张藏在人群中同样被吓傻了的面孔，她寻找不到丝毫的同情。阿妈病倒在家，继父被派民工到水利工地未归，她求助无援，凄厉地哭倒在地上。

“禁母”是指被一种叫作“禁鬼”的凶魂附身的女性，“禁鬼”常常要借被附者与人接触的机会侵害他人，而被“禁鬼”附身的人自己是不觉察的。旧时对“禁母”的处置方式通常有三种：一是众人群起将“禁母”乱石砸死，让“禁鬼”无所依附；二是请道公将“三黑血”，即黑羊、黑狗和黑鸡三种动物的血搅拌在一块泼向“禁母”身上，赶走“禁鬼”；三是将“禁母”赶到河里洗身，把身穿的衣裙连同“禁鬼”一块让水冲走，然后换上干净的衣裙，回家闭门三日，防止被洗掉的“禁鬼”再度上身。第一种方法即使是在过去也极少采用，在当今社会就更行不通了。道公让芭英自己在后两种方法中自选一种。

芭英在极度惊恐之下，未及多想，疯狂地冲出人圈，直奔山里……

顺着山中一条小溪，芭英跑到一个水潭边上站定，闪着一双惊惶的眸子四周巡扫了一遍，迅速除去身上的衣裙，丢进下游湍急的流水中，看见衣裙远远地漂走了，才摸索着下了水。她赤裸着身体浸泡在清凉的涧水中，从头到脚用力地把自己搓洗了一遍，仿佛要将身上所有的罪孽，所有的羞辱，所有的恐惧……连同那一身细嫩的肌肤全都搓去，直搓得浑身透热，浑身发疼。

爬出水潭后，在一块光滑平坦的大石头上，她倚靠着石壁伸展了身躯，心境渐渐趋于平和，渐渐有了一种脱胎换骨的感觉。

细碎的阳光穿透林木密实的遮挡，朦朦胧胧星星点点地洒落在她那充满青春气息的少女的胴体。几只不知名的小鸟啾啾地欢叫着，追逐嬉耍在茂密的枝叶空隙间。和风缓缓流淌，轻柔地抚摩着她的全身，仿佛给她披盖了一层梦幻的轻纱。一股热感从心头涌起，惬意地传散开去。她感到了肌肤的膨胀，有了种莫名的兴奋。刚刚发生过的恐惧的一幕，已经完全在她意识中消散，她进入了一种忘情的境界。

就是在这个时候，她看见了比献。

比献不知是什么时候从什么地方冒出来的，她发现他的时候，他正站在距水潭十来步远的一棵大树下，拄着一杆粉枪，嘴角露出一撇挑战似的微笑，死死地盯着她。

她凄厉地尖声惊叫起来，第一个本能的反应就是迅速转动着一双惊慌的眼睛寻找她的衣裙。然而，她马上意识到一个残酷的疏失，当她失魂落魄地朝山上狂奔的时候，根本没有想过无人会来给她送衣……

后来，是比献下山给她取来了衣裙，送她回去的。正是这一次意外的邂逅，使他们结下了一段让她生死难忘的因缘。

可是，命运为什么却偏偏要这样作弄人呢！

芭英欲哭无泪。

六

从山里回来，日头还高。虽然家里还有很多事情要做，可芭英却不想再动弹了。丈夫和公公一早就带着干粮进山砍木去了，家里的草房要翻修，得先备好料。婆婆前年上山砍柴跌断了一条腿，落下了残疾，从此不再下田，留在家里包揽了一切细碎杂活。芭英回来的时候，婆婆正坐在门前的树荫下劈篾。芭英和婆婆打了个招呼，粥也没吃，躲进屋里，懒洋洋地放身倒在床上。

比献呀比献，我该怎么办？芭英心头在紧抽着。

过去的一切都已经不可能再重新开始，可以后的日子怎么应对？都在一个峒里生活，从今以后，又得常常同在一条道上碰头了，早不见晚见的，叫我怎样做人？他不会不知道我这几年做猪做狗的臭名，但他又怎知我的委屈我的凄苦……

“女人是苦鬼投胎”，芭英自身的遭遇深深印证了母亲的这句话。她像一只身陷泥潭的小鹿，不甘沉没，却又无力自拔，眼睁睁地在缓缓的沉陷中经受着死亡的恐惧和悲哀的折磨。

怪谁呢？难道真的把这一切完全归咎于命运就能推脱干净了么？假如当初没有洛佬那昧心的骗局，假如当初芭英自己再有多一点的耐心，都不会落下这终生的遗恨，比献也不会去做一个代人受过的傻子了。

她恨死了洛佬，但她更恨自己。

比献和洛佬本是同宗兄弟，又是关系最密切的好朋友。芭英和比献相爱，从来就没有回避过洛佬。然而，他们都没有想到貌似憨厚的洛佬居然会有这样的不义之心。

那天，洛佬从相隔十几里山路的吞挑峒赶到抱石寨，专门来给芭英传话，说是比献被县里招工了，以后不再回山里来了，比献让洛佬告诉芭英不必再等他了，他们是不会有结果的。芭英信以为真，她记起了母亲的遭遇，痛恨比献的无情，肝肠寸断地大哭一场后，答应了洛佬的求婚。三个月后，芭英和洛佬结婚不久，比献却回来了，于是真相大白：原来比献只是被派民工，抽往公社修水利，因为通知来得突然，来不及告诉芭英，便请洛佬专程转告，谁知洛佬竟然做出这种昧心事情，欺了兄弟，骗了芭英！

正当芭英看清了洛佬，悔恨自己的轻信时，比献却因打猎时误枪杀人入了狱。从此，芭英整日泪水洗面，在洛佬面前毫无遮掩地表现出对他的憎恶和对比献的忏悔。比献刚从水利工地回来的时候，洛佬虽然心虚，平日里的表现却还算正常。可自从比献入狱之后，洛佬的精神似乎就彻底崩溃了。他整个人像是掉了魂似的，一张近乎痴呆的脸上阴沉得几乎能拧得出水，问三句也答不出一句，半夜里也常常噩梦缠身，惊醒之后就对着芭英呜呜直哭。洛佬的父母见儿子神魂颠倒，日渐掉形，以为是凶魂附体，便请来了峒里的帕赶阿公偷偷做了一次赶鬼仪式。终于，在又一次噩梦醒来之后，洛佬向芭英道出了真情：

原来洛佬的罪孽不仅是设下圈套骗娶了芭英，而且比献也是代他受过去坐牢的。出事那天，洛佬和比献为追寻一头山猪在山里不期而遇。比献一见洛佬，转身便走。未出三十步，山猪出现了，洛佬定了定神，举枪便打。随着枪响，前方传来的却是一声人的惨叫。比献闻声赶回，拉着吓呆了的洛佬朝前奔去，一看，果然是打死了人。洛佬扑通地跪倒在比献跟前，抱住比献的脚杆大喊救命，谎说芭英已有三个月身孕，救他一人如同救了三人，求比献替他遮掩过去。比献未置一词，一脚将他踢翻。就在这时，死者同寨子的五六个伙伴赶来了，洛佬拔腿便溜，而比献则被他们团团围住……后来，洛佬没有勇气站出来承担责任，而比献也没有道出真相，默默地替他进了大牢。

芭英听罢洛佬的忏悔，一阵腥热涌上喉头，哇的一声喷出一口鲜血，然后便不省人事了。

负罪心理使洛佬丧失了自尊，丧失了男子汉所应具有的权力和能力。他们的生活平静了，各自套着心灵上的沉重的枷锁，在艰难的人生中默默挣扎。在这隐秘的世界中，只有三个真正的知情者。

……

婆婆跛着一条腿，一歪一跳地走近芭英的床前，小心地询问：“不舒服？外面日头毒，怕是中暑了吧？我给你煮碗葫芦茶好不？”

“不用，我没事，就是有点累了。”芭英坐起身，强打精神答道。

婆婆两眼呆呆望了芭英一会，她很敏感，心里有种隐隐的恐慌和不安，却又不敢细问。自从那年在坡后的小树林里捉了媳妇的奸，媳妇当众撕破脸皮，道出洛佬作为一个丈夫的无能而把婆婆羞辱了一番之后，一旁的洛佬却只是抱头蹲在地上任人耻笑指说，完全没有勇气做出个男人的样子，婆婆这才意识到事情的严酷与难缠。从此，婆婆和公公都对媳妇变得小心翼翼了。

“那你睡吧，别起身了。”婆婆叹了口气，转身歪起瘸腿慢慢出了门。走到门口，转过身子，欲言又止，再叹一口气，才又离去。

倏然，芭英在悲怜自己的同时，又对婆婆和公公生出了一些同情。自己的放荡对丈夫洛佬来说是应得的报应，可做人公婆的做到这个份上也实在是有些残忍了。本来，自己完全可以无条件离开洛佬的。山里的离婚规矩很简单，因为是洛佬理亏在先，不管他是否愿意，只要她当着双方父母和公众声明与他脱离夫妻关系，随时可以离开这个家的。可是她没有走，却又不愿意遵守妇道，似乎是在有意地放纵自己。

公婆也不愿意让她走，为了能使她死心留下，两个老人已经形成了一种心照不宣的默契，只要媳妇不提与儿子离婚的事，他们私下决不干涉媳妇的自由。他们已经认命了。谁让自己儿子不争气呢，做不出男人样的男人还是男人么？这是怪不得别人的。他们不仅对媳妇与别的男人明来暗往睁一眼闭一眼，婆婆私下里甚至还暗示过媳妇，希望她能生一个在名分上是属于洛佬家的孩子。然而，媳妇过门都已经六年多了，那肚子却一直平平，从未有过任何变化。婆婆失望了，她知道媳妇是在暗里对抗。她发现过媳妇腰间藏有“红霞”包，那种从深山里捕来的叫作“红霞”的小蝙蝠，晒干后包藏在身上便可以达到避孕目的，这传统的方法，山里妇女人人都知。对此，婆婆毫无办法。不过，媳妇还算是通情达理，公婆对她持以宽松态度，她也还之以做媳妇表面应尽的义务和礼数。田里、灶边，无论是插秧、割稻、耘田、打柴，还是洗衣、担水、喂猪、舂米等，凡家中属于女人份上的大小事情，能插手的她不用等人吩咐。

唉，要是早知道儿子是个男人样糯米身，要是当初不当众去出媳妇的丑，也许一切都是能够偷偷做成的。婆婆也曾愧疚地自省。她以为媳妇闹成现在这种样子，完全是因为儿子生理上的无能。公公婆婆都没有问过自己的儿子，这种事不好开口；媳妇也没有向他们作过解释，也不用解释。婆婆凭经验确信着自己的判断。

室外响起了沉重的卸木声和夹杂着低喘的说话声。公公和丈夫回来了，婆婆一定又在惊慌地神秘地向他们说起了什么。

芭英明知室外这一家人都在紧张密切地关注着她的动静，可她却无动于衷，她不屑去理会这种神秘。

怎么办呢？芭英静静地躺在床上，泪水淌湿了半边枕席。

（原载《民族文学》2007 年第 7 期）

帕格和那鲁

帕格和那鲁叼着烟卷，仰面八叉地枕着茶筐，躺在茶园边的树荫下偷懒。

队里的茶山已分割成片承包到各家各户，他们两家的茶园正好挨在一起。

“喂，该做了，我阿爸知道了要骂的。”帕格翻了个身，小心翼翼地吸完最后一口烟，按熄了烟头，有些不安地说。

“你看谁来了。”那鲁没有理会帕格的话，忽然坐起身来，眼眯眯地望着地垄的那一头。

“哪个?”帕格的心猛然一跳，也慌忙坐起，他以为是阿爸来了。

一个轻盈的身影悄然无声的闪进了另一片茶园，不见了。

帕格松了一口气，脸又蓦地红了。

“做哪样要这么紧张嘛!”那鲁甩掉烟头，又从烟盒里摸出一支夹在指缝，却迟迟没点火，有些古怪地望着帕格笑。

“好大的蚊!”帕格有些慌乱地诅咒着那只根本不存在的蚊子，朝自己小腿上重重拍了一下。

“哈……”那鲁突然大笑起来，两个宽大的肩膀上下直抖，一仰身又躺了下去。

帕格的脸又红了。

他们终于起身了，各自在自家的地里又干了一会活。那鲁在锄杂草，帕格在采荫枝。帕格较那鲁要勤快些，同样面积的茶园，帕格地里茶行中的杂草已锄净了，那鲁还剩一垄半。

“不做了，回吧！”那鲁隔着几道茶行露出半截身子朝帕格喊。

帕格犹豫了一会儿，懒洋洋地和那鲁走出了茶园。

下了山坡，帕格忽然大惊小怪地喊：“啊呀，你先走一步，我的草笠忘在茶园里了。

“丢不了你那破笠，反正下午还来。”那鲁说了一句，帕格却早已远去。

帕格折回山坡，茶园里早已空荡荡不见一个人影。他有些懊丧，拾起草笠扣在头上，悻悻地走出茶园，却见那鲁伴随着一个轻盈的身影，有说有笑地走在坡下那条小路上。他不好意思追赶，只觉得心里堵堵的。

年轻人之间有些事情是很微妙的，帕格和那鲁彼此心里似乎都有所感觉。

黎乡原有“夜游”习俗，汉人称之为“放寮”。过去男女青年过十四五岁便可自由结交情人，每逢傍晚，太阳下了山，姑娘小伙便成群相聚，或双双对对到村边的野地里，通过对唱山歌或吹奏口弦、鼻箫等相互表达情思，若情投意合，当晚便可同床共寝。对此，不会招来社会上的非议，父母亦不加干涉，而且还要为之提供行动上的方便。所以孩子一大都另在村边独盖一间小草房，与父母分室而居，黎人称这种小草房为“隆闺”。当然，这都是过去的事情。“放寮”习俗现今在许多地方都已自然消失，但“隆闺”却还普遍保留着，帕格和那鲁是从小一起玩大的伙伴，而且又一同在公社上的中学，毕业后又一同返乡做农，其亲密程度几乎与兄弟无异，现今他们又同住着一间“隆闺”，真可称得上是形影不离。

这天晚上，那鲁不知神游到哪里去了。帕格静静坐在书桌前，面前摊开一本写有半页字的小学生练习本，皱着眉头，咬着笔杆，一副苦思冥想的样子。

“写情书哪？”那鲁回来了，把一副扑克牌往床上一甩，随口打趣道。

帕格慌忙将手臂往桌面一掩，扭过头羞羞地说了一句：“乱讲！”

那鲁本来是随便问问，见帕格躲躲闪闪的，好奇心倒被勾引了起来。他一下跳到帕格身边，伸手便夺那本子，帕格早把本子塞进抽屉，用胸膛死死抵住了。

那鲁有点扫兴，用手指朝帕格的脑袋敲了一下，然后坐在床上，从枕下摸出一面小圆镜，转向灯光，很认真地照着挤起脸上的青春痘。

过了一会儿，倒是帕格耐不住了，他没头没脑地问了一句："喂，你讲是'一望无际'好呢，还是'一望无边'好？"

"鬼知你说什么！"那鲁漫不经心地应着。

"我想写一篇小说，不知用什么词好。"帕格的样子有些忸怩。

"写小说？"那鲁放下镜子，睁大了眼睛，好不惊讶。

"嗯，刚开了个头，不知好不好。我念给你听！"不等那鲁表态，帕格便迫不及待地念了起来：

"在海南岛黎族山区的一座山坡上，有一片片很美丽的茶园，一望无……无……是'无际'还是'无边'好？以后再说吧！……春风轻轻地吹呀吹，吹得茶山上的茶花奔腾怒放，散发出一阵又一阵芳香的光彩，秀丽景色美不胜收……"

"哎呀，你这个东西，哪里学来这样多形容词！"那鲁果然来了兴趣，忍不住佩服地插了一句。

"不要说话，听我念下去。"帕格很得意，连连摆手，又接着念：

"只见山上有一个妙龄少女，她有一双美丽的、炯炯有神的大眼睛。她的脸也很秀美，还有她的身材也很苗条，丰满的胸部高高耸起，象征着春天的青春。为了实现四个现代化，她在山上采茶。一个小伙子慢慢地走了过去，初步的爱情正在偷偷地进入他的心里……"

帕格满脸通红，期待地望着那鲁："底下还没写好，你看刚才这一段怎样？"他显然自我陶醉了。

那鲁却出乎意料的冷漠，似笑非笑地盯着帕格："是写你自己吧。"

"又乱讲！小说都是虚构……不，是构虚的，再说哪个妹仔会看得起我？"

帕格嘴上否认，心里却极希望听到反驳。

“我知道的咧！”那鲁只是淡淡一笑，转了话题，“你那么能写，为啥不坚持去考大学?”

“考大学？说它做什么！不想它，想也没用！”帕格使劲摇着头，他对这个问题不感兴趣。

高考制度恢复后，帕格和那鲁也曾满怀热情地去考过一回，结果分数离录取线相差老大一截，从此他们再也羞于提起此事，没了再度进入考场的勇气。读了十来年书，到头还是和大字不识一个的父辈们一样跟着牛屁股转，说起来多少是有些冤枉。可这山沟沟虽然是小，却还是能够容纳得下他们，乡亲们的态度仍如往常，父母也未加责怪。人们从未因为他们读过中学就对他们格外看重，故而他们考不上大学未被人们轻视也就是很自然的事了，山里人朴实，还不懂得势利眼。作为他们自己，生活在这小天地里，与外界接触少了，非分的念头也就不易产生。山沟沟有山沟沟的传统，在山沟沟里长大的孩子也和父辈们一样易于满足。

“喂，说真的，给提提意见吧。”帕格还不死心，他从塑料袋里摸出一撮烟丝，卷成一支，凑在油灯上点燃，然后吐出一口烟雾，再将烟袋子递给那鲁，一本正经地说。

那鲁懒懒地接过烟袋，睁一眼眯一眼地瞥了帕格一下，样子怪怪地说：“还是拿给她看吧！”

“哪个?”帕格心里明白，却故意装傻，他很希望那鲁再说下去。

那鲁却未接腔，在床前扎起了马步，“哈！哈哈！”地练起了少林拳。

帕格觉得没趣，便嘲笑道：“哈你个卵，一副蹩脚样！”

“打一架试试?”那鲁半真半假地朝帕格手臂擂了一拳。

“哎哟！”帕格捂着手臂，咧着嘴骂了一句，“你妈的！那么使力！”

见帕格恼了，那鲁脸上也没了笑容。随后，他们都各自上床睡下，谁都没再说话。

以后，那鲁像是缠上了帕格，老爱嘻皮笑脸地问他：“怎么样啊，小说写好了吗?”

开始帕格还忍着，明知是取笑还要装出一副坦然的样子作答。问多了，帕格便真恼了:“写没写好关你屁事!”

偏偏那鲁不肯罢休，不管有人没人，甚至还当着寨里那些年轻妹仔的面，时时藏头露尾地笑他：“慢慢地，初步的……嘻嘻，爱情，就偷偷地进入了……嘻嘻……”

帕格索性不再理他了。

也许是那鲁觉得自己过分了，或许还有别的什么原因，渐渐地那鲁不再开帕格的玩笑了。又不知是什么原因，以往他们总是形影不离的，现在却喜欢独往独来了。帕格背着茶筐上茶园，那鲁便扛着锄头往山兰地里去；那鲁要去茶园时，帕格又借口说水田该要施肥了……他们似乎都有意无意地躲避着对方。因为同住一间“隆闺”，躲是躲不开的，朝朝夕夕总免不了四目相碰，这时两人便都极不自然地笑笑，然后各自把目光移开，各干各的事去了。他们都变得客气了，彼此之间没多少话说了。

这天，吃过早餐，帕格返回“隆闺”取草笠，见那鲁正在给茶筐换背绳，帕格迟疑了一会，便主动搭腔:“上茶山?”

那鲁点点头，目光友好地望着帕格。

“那一块走吧。”帕格有点不自然地说，他原来是打算到后山去围园的。

那鲁马上背起茶筐，很感激地对帕格笑笑，和帕格一道出了门。

走出门前那块晒场，那鲁忽然想起什么似的扭头看了看，显出了一点心神不定的样子，随后又抬头看看天，犹豫地说:“可能要下雨呢。”

“不会吧。”帕格也抬头看了看天。

“不行，还是拿上件雨衣保险。”那鲁说着转身往回走去。刚走了两步，又嘀咕了一句:“算了，可能不会下的。”急忙又折了回来。

这时，一群邻村的年轻妹仔正说笑着路经他们村口，她们也都个个背着茶筐，看样子也准备往茶山上去。

帕格心里冷笑了一声，说：“可能真会下雨呢，你先走吧。”说完，转身钻进了“隆闺”。

过了一会，帕格再从“隆闺”出来，果然见那鲁和那群年轻妹仔走在了一块，其中还有一个轻盈的熟悉的身影。本来，都是邻近村寨一齐长大的伙伴，姑娘与小伙之间的往来是很正常很自然的，可帕格和那鲁却因那微妙的心理而将此看得神秘起来。

帕格最终还是独自上后山围园去了。

帕格和那鲁又不声不响地在同一间“隆闺”里过了好多天。

这天夜已深，帕格辗转反侧，睡不安稳。

“还没睡?”听到帕格翻身的响动，那鲁忽然问了一句。

“你也没睡?”帕格反问。

“睡不着。你呢?”

“我也是。”

停了一会，帕格问：

“你在想什么?”

“没想什么。你呢?”

“我也没想什么。”

他们又不做声了。

“听说别处又有唱山歌的了。”那鲁又先提起了话头。

“这有啥。”帕格不以为然。

过了一会帕格又说：“其实那些山歌也太老了，现在的年轻人大多是读过书的，那种方式……也没太大意思。”

那鲁没说话。停了好久，他忽然吞吞吐吐地问：“你……生我的气了吧?”

“有什么好生气的。”帕格嘿嘿笑了两声。

“我平时开你玩笑过分了。”那鲁终于有了个表示歉意的机会。

帕格又笑了两声，没说话。

“你……你对我说实话，你……你对她是不是有……有那个意思?”那鲁费了好大劲才说出这句话。

“谁?”帕格警惕起来，他佯装不解。

那鲁又不作声了。

“你为什么要问这个?”沉默了一会，帕格忍不住又问。

“随便问问。”

又是一阵沉默。

“唉，不知她是怎样想的。”那鲁好像是自言自语地说了一句。

静静的，帕格没有接腔。

“睡!”帕格忽然烦躁起来了。

“睡……”那鲁也迟疑地应了一声。

不久，那鲁从原来那间“隆闺”搬出来了，说是为了便于料理茶园，在茶山上另搭了一间草房。以后，帕格也将茶园的工作全都交给了哥哥打整，不去茶山了。他和那鲁虽还同在一个寨子生活，却再也没有来往。

两人在一起时，总会没来由地感觉到有点别别扭扭的，可分开后，时间一长又觉得心里空落落的。他们都感到很孤单。

一晃，半年了。

一天傍晚，那鲁突然回到了“隆闺”，帕格有点吃惊。自搬出后，那鲁还是第一次回头登门。

“抽烟。”坐了一会，帕格边说边去摸烟。

“哎，抽我的抽我的。”那鲁也很客气。

那鲁急忙赶在前头把烟递上，先给帕格点上火，然后再给自己点上。

停了一会，那鲁吐出了一口烟:“走走好吗?”

帕格没有说话，站了起来。

他们顺着小路望茶山默默走去。

“今年的天气热得真早。”帕格找话说。

“就是，去年这时还没那么热。”那鲁赶紧附和。

说完又没话了。

“哎，大学又招生了。”那鲁仿佛突然想起什么似的望着帕格。

"每年都是这个时候的。"帕格说。

"她，报名了。"那鲁小声说。

"我知道。"帕格伸手采了两片嫩嫩的茶芽放进嘴里嚼起来。

"听说，全乡原在中学的同学里，就她一个报名了。"那鲁边说边偷眼观察帕格的反应。

"管她!"帕格轻轻踢开路边的一颗小石子，转头望着别处。

"其实，不是那么容易就考得上的。"那鲁试探着说。

"她能考上？笑话!"

"就——是!"那鲁马上接口道，"还不是千方百计想飞出山沟沟！现在这些女的呀，就爱做梦，也不称称自己的斤两，那么容易的吗?"

那鲁觉得他们终于找回了共同语言，声音也大了起来。

"那就等着看啰!"帕格有点阴阳怪气地说。

"就——是！比她强的人多哩，人家都不敢报名，就她敢!"那鲁似乎心有一股不平之气。

"也难说，说不定就真能考上呢。"帕格不知怎的又转换了口气。

"也是，听说第一次落榜后，她就一直憋着劲复习哩，都坚持三年了。"那鲁的口气也马上跟着转了。

"唉，三年！再笨也赶上来了。我们太没用，糊里糊涂又混了三年。"帕格重重叹了一口气。

"干脆，你也报名!"那鲁说。

"不行了，基础太差，又耽误了那么久，大学就不去想它了。"帕格摇摇头，"还是另想出路吧!"

"那你就搞文学，听说搞文学是可以不用上大学的。"那鲁鼓动说。

"我不喜欢文学，我只喜欢小说。"帕格很认真地说。

"管他文学还是小说，反正都是动笔杆。真的，只要你坚持写，肯定行的，你又会那么多形容词。听说写《苦菜花》的那个巴金就没有读过多少书。"那鲁来劲了，眉飞色舞地说。

“乱讲！巴金是外国人！《苦菜花》是中国的赵树理写的，他还写过一个《王二小结婚》。”帕格很有优越感地白了那鲁一眼。

“嘿嘿，反正有这么回事。”那鲁有点不好意思了。

“我想过的，这次我要真下决心了。要不，人活一世，总这样窝窝囊囊的太没意思。我相信我还是可以写小说的，这方面我还不算笨！上次得全国少数民族文学奖的那篇《年饭》，就是一个黎族青年写的，其实那样的文章我也能写得出来。”帕格咬着牙，下巴一翘一翘地说。

“对，你一定要坚持，你一定会成功的！”

“那你呢？”

“我也想过了，我脑子笨，不是读书的料，我想去当兵，到外面闯闯！妈的，这山沟沟太小了，我在这儿活到这么大，连县城都没去过，真没意思！”

“好，你去当兵！你身体好，一定能验上的！”帕格很激动，一掌拍在那鲁肩上。“我们不能老这样混下去了，我们都二十多岁了，是堂堂男子汉了，得认真干出点事情来！”

“对，我们不能这样混下去了！”

（原载《民族文学》1988 年第 1 期）

五指山上有颗红荔枝

米雅婆不知望了多久了。远处，往日常被云雾遮掩的五指山峰朦朦胧胧地显现出它那突兀而坚实的轮廓。未等米雅婆看个够，那段本已飘去的云雾却低转回来，严严实实地缠紧了山峰，不留一点隙缝。一会，云雾又姗姗而去，山峰豁然重现。一眨眼，那段云雾又恋恋不舍地游了回来……

看吧，看吧，这撩人情怀的景色是这样令人留恋，娘家的山更深更远，以后回到娘家就再也看不到这样的景色了！几十年来，米雅婆多少次对着这遥远的五指山峰凝目眺望，那里有着她永远也解不开的奥秘和割不断的向往。平日里，每逢大灾小难，诸如丈夫砍山深夜未归、儿子头痛发烧、小鸡婆生了个双黄蛋……她都要对着那神秘的山峰喃喃祷告。她从小就听人说过，五指山的第二峰顶，有一棵又高又大的荔枝树，每年都会结出一颗又大又甜的红荔枝。这颗红荔枝，年轻人吃了能够增长智慧，老年人吃了能够消灾解难，一世平安。但是，这颗红荔枝非寻常之人能够采摘得到，据说只有在梦中经过五指山大仙指点过的人才能找到它。米雅婆一直等待着，可这个梦始终没有来。

米雅婆是个苦命的女人。她从小没有父母，是兄嫂将她拉扯大的。四十年前在她刚满十六岁时，就被夫家的两头大水牛换到番冲寨当后娘。丈夫是个厚道的小伙子，前妻生孩子得产后风死了。米雅婆进了夫家，孩子帕丰才刚刚学喊“阿妈”。好在家道虽然贫寒，小两口却是你敬我爱，很是和睦。美中不足，米雅婆不会生育。她求神拜鬼虔诚无比，吃过的草药秘方不计其数，仍然还是开不得怀。米雅婆本来就是个心地善良的女子，自己没生孩子，待帕丰就更如掌上明珠了。寨子里的人都说她是菩萨转世，比亲妈还会疼孩子。孩子大了，娶了媳妇，生下了三男两女，米雅婆刚刚享受到一点儿孙满堂的天伦之乐，丈夫却撇下她自个先去了。米雅婆的天塌了半边，一切都变得混沌了。

太阳已经升上半空，阳光照得米雅婆那多皱的额上冒出涔涔的汗珠。她把那当凳子用的小木墩往后挪了挪，躲进屋檐下的荫凉处，又静静地想开了心事。

不知不觉，已近午时。

“阿婆，舅公还没来呀？阿爸说舅公今天要来的，阿妈今早还叫我别开鸡笼，说要杀鸡吃哩。”小孙子阿东刚刚放学，背着书包蹦跳着跑来，搂着阿婆撒欢。

“别闹，别闹，舅公等会就来了，阿妈给你留着鸡腿呢。”米雅婆的愁绪冲散了大半，绽开满脸笑纹，亲昵地摸着阿东的头。

阿东今年整七岁，和哥哥姐姐一样，都是阿婆一手拖大的，他们对阿婆都很有感情。

米雅婆忽然问：“你今天怎么那么早回来？”

“今天老师有事，提前下课了。”说着，阿东从衣袋里掏出一把红嘟嘟的山念子，“阿婆，给你！你看多大呀，路边长得可多啦，我一下子就摘了两口袋。”边说边往阿婆手里塞。

“阿东真乖，阿婆不吃，你自己吃吧。”米雅婆慈爱地把山念子放回阿东口袋。

“不，你吃你吃，就要你吃！”阿东扭着身子撒娇，将山念子塞进阿婆嘴里。

唉，多好的孩子，多好的家！马上就要分散了，再也不能朝夕相处了。

米雅婆禁不住心头一阵酸楚，两滴混浊的老泪沿着脸上弯弯曲曲的皱纹往下淌。

“阿婆，你哭了？”阿东吓了一跳，怯生生地问。

“阿婆老了……”米雅婆喃喃地说，声音颤颤的。

把阿东哄开后，不知过了多久，米雅婆终于扶着拐棍颤巍巍地站起来了。她回厨房提出一篮子衣服，来到门前那口小池塘边，蹲在那块大青石板上，表情木然，默默地洗着衣服。待会娘家兄弟就要来接她回去了，就要离开这生活了四十多年的小村寨了。她又禁不住心头一阵辛酸。虽然粗茶淡饭，日子过得艰辛，但毕竟在这山上山下留下了大半辈子的足迹呀！

丈夫去世至今整整一个月了。按黎家风俗，女人是不能长留夫家的。女人生是夫家的人，死了却得回去做娘家的鬼，不管多远都得抬回去葬埋。女人在世时，男人是女人的天，丈夫活着的时候一切靠丈夫，丈夫死后一切都得听儿子的，假如没有儿子，就必须回娘家去过。这个习惯一直被人们沿袭着。米雅婆没在番冲生下儿子，帕丰虽是她一把屎一把尿拉扯大的，但因为不是亲生，对她就没有赡养至终的义务。米雅婆必须回娘家，这是天经地义，无可指责的。

今天一大早，帕丰就已经提上一小坛子山兰酒，带上几斤糯米糕前往米雅婆的娘家——后山三十里地的番打寨去了。她知道儿子是去请娘家的人来一块当面商议，然后举行告别仪式。这是黎家的传统习惯。自从丈夫死后，米雅婆已经有了回避不了的预兆，她迟早得回娘家了。昨晚躺下之后，她还模模糊糊地听到儿子和儿媳在隔壁商议。儿子说：“妈苦了一辈子……还没开过这个头，不知别人会怎样看……”儿媳声音显得有些不耐烦地说：“跟你说过多少次了，你管人怎么说，这是合情合理的，再说乡亲们也是知道情况的……”

米雅婆好伤心呀。但她不怪儿子儿媳，他们不是亲骨肉，可也已经尽了孝心。人心换人心，米雅婆平日将他们当亲儿女待，他们也把她当亲娘敬。这一家子得到了寨子上上下下的多少夸赞呀！可是如今……米雅婆只能怪自己没生过儿子。

米雅婆停住了手，久久地盯着水上的倒影出神。映在水里的是一张饱经风霜而风蚀残年的老脸：一头蓬乱的头发几乎全白了，黯淡的双眼四周，松弛的眼皮被泪水泡肿了，满脸的皱纹像风干了的芒果，那斜切于双颊的几道淡蓝色的文脸线痕愈发显得清晰，被槟榔汁染得黑红的双唇由于牙齿脱落而深深内瘪。唉，人老珠黄了！当年那个以婉转的歌喉和美丽的容貌而吸引着前山后岭众多后生哥的那个米雅姑娘已经不复存在了，水里这个形象完完全全是个名副其实的米雅婆了！几十年的贫穷没有使米雅婆怨恨岁月的无情，可这水中的倒影却勾起了她对衰老的悲哀。一串老泪滴滴嗒嗒落在水中，砸碎了那无情的回忆。

米雅婆悄悄抹去脸上的泪痕，提起篮子，拄着拐棍，一步一挪，蹒跚地慢慢往家里走去。

说米雅婆命苦，她确实是命苦。十六岁便当后娘，上伺公婆丈夫，下养儿子料理家务，公婆死后又接着拉扯成群的孙儿，挨到儿孙大了，去年她又中风半身不遂，全家人围着她忙了大半年，总算把她救下床来，她可以拄着拐棍下地了，丈夫却又得了暴病一命呜呼，薄薄的家底花完了，米雅婆的心也被拖垮了。

“阿婆，慢些走。”大孙女丹兰跳过来搀扶着米雅婆，接过了她的篮子。

丹兰今年十八岁，出脱得花一样水灵。她继承着黎家姑娘敬老爱幼的传统美德，也顺应着黎家姑娘的生活方式成长，已经懂得在傍晚的时候和寨子里的小姐妹们相约到小河边与别寨的小伙子对唱山歌了。米雅婆从丹兰的身上看到了自己年轻时的影子，时常勾起自己那遥远的回忆。

回到家，丹兰搬出一张小竹椅，扶阿婆在门前坐下。太阳正高高爬上屋前的山顶，光灿灿，暖融融的。儿媳为了迎接米雅婆的娘家兄弟，正忙着杀鸡。她从厨房里走出来，甩了甩沾满鸡毛的双手，在衣摆上擦了擦，拿起墙角的水烟筒，装好烟丝，点上火，递给婆婆，开口说：“妈，你身体不灵便，以后家里的事就别插手了。”

以后？以后想干也不能干了。媳妇是个难得的好媳妇，贤惠孝顺，米雅婆平时对她有说不出的喜爱。可今天媳妇对她越好，她心里就越难受。

水塘边那两棵高高的椰子树婀娜婆娑，粗壮挺直的腰杆上，那一圈圈坚硬的树结像刀砍一样清晰，可以看出它们早已有了一定年轮，却仍然显示出旺盛的生命力。树是不像人那么容易衰老的，瞧那挨挨挤挤的大椰果挂满了树端，它们一茬接一茬地更替，总是那么丰硕。这两棵椰子树，还是当年米雅婆嫁到番冲寨举行婚礼那天，按照风俗，和丈夫一块亲手种下的。树长大了，结果了。儿子也大了，娶了媳妇生了孙，而种树的人却要去了。时间留不住，人总是要老的，米雅婆没什么好抱怨的，也不应该有什么抱怨。

帕丰回来了，带来了米雅婆的叔伯哥哥。米雅婆娘家早已没有别的亲人，只有这个堂哥。堂哥年事已高，只有一个儿子，儿子已经成家，养下一大群孩子；堂嫂双目失明，丧失了劳动力，日子过得很艰难。米雅婆已经有好多年没回娘家了，见了堂哥，问起家中情况，免不了又是一番伤感。

不及多谈，帕丰已请来了寨子里德高望重的开龙爹，然后招呼大家入座了。开龙爹是寨子里的长辈，今年八十二岁了，论起辈分米雅婆得管他叫叔叔，寨子里的人无论大小事务都要请他做公断。开龙爹没有推辞，坐了上席。儿媳妇把热气腾腾的清炖肥鸡、木耳鸡杂汤、鲜笋炒辣椒、生腌酸鱼、干炒花生米……依次摆上铺在地上当作饭桌的长形木板上，分好碗筷，然后摆上一罐陈年山兰酒放在席中。

帕丰先斟满一碗酒，双手递给开龙爹，郑重地对大家说："我阿爸过世整整一个月了，现在商议阿妈的安置，请开龙爹公断！"

开龙爹也不谦让，礼节性地向大家展一下手，接过酒碗一饮而尽。他抹了把胡子说："帕丰都和我说了。米雅娘、舅公、帕丰，你们有什么想法，都统统说出来吧。"

帕丰又给开龙爹把酒斟上。席上出现了一阵短暂的沉默。

开龙爹说："舅公，你先说。"

舅公呷了口酒："帕丰是个好孩子，想得周到，我没什么说了。"

米雅婆开口了："我到番冲四十多年了，乡亲们对我好，家里大小都对我好，我以后死了心也是甜的。帕丰，以后你们要好好过日子，教好孩子……常替我上山看看你爸的墓……我回去以后，你们不用挂念……"米雅婆说不下去了。她舍不得离开这个和睦温暖的家，同时也心感不安，她一个半身不遂的人，回了娘家，往后的日子会给堂哥家带来多少不便多少困难呀！

帕丰端起米雅婆的酒碗，双手举到米雅婆面前，深情地说："妈，我是你养大的，你比亲妈还亲，我也从来没有把你当后妈看，这我心里非常清楚。你辛辛苦苦一辈子，没有过过多少舒心日子，阿爸去了，让你走我良心上过不去。现在好容易日子有了盼头，生活比过去好了，你更应该有个幸福的晚年。舅舅家里困难，舅母又不方便，你回去生活是很难支持的。我们也不能总是守着旧习惯过日子，我和你儿媳妇商量过了，也和开龙爹、舅舅讨教过，决定让你留下……"

米雅婆愣怔了片刻，颤巍巍地接过酒碗，任凭那唰唰的老泪滴落在酒碗里，一句话也说不出来。

这真像是做梦，可又实实在在不是梦！米雅婆明白了，她毫不怀疑，一定是她在那次病中昏睡的日子里，她的梦魂上过五指山，吃过那颗红荔枝……

（原载《鹿鸣》1984年第3期）

弯弯月光路

一

天完全黑了，急着赶去对歌的年轻人三三两两走出寨口，匆乱杂沓的脚步声渐渐远去。喧腾了一整天的黎寨就像抽了灶火的水锅，慢慢平静下来了。空荡荡的茅草房里，阿边一个人守着小酒罐，咬着根小竹管，狠狠吸着闷头酒。

我说水妹最近怎么老不睬我，原来是你阿波这条山猪仔闯进了山兰地！阿边猛地吸了两口酒，愤愤地想着。

你阿波算个什么东西！凭什么就这样轻轻地把个水灵灵的姑娘夺了去！就因为你上过几天中学？就因为你会天天早晨满嘴泡泡地把个臭嘴刷了又刷？阿边越想越气火，越想越委屈。

哼，阿波！一个寨子玩大的，谁不知道你的斤两！小时候一块下水摸螺，看见条蚂蝗你阿波也狗咬裤裆似的吓得哇哇乱叫！上一次，公社电影队下来放映那个什么“爱情的角落”，人家电影里的人都还没开腔哭呢，你阿波的眼泪就像雨天的屋檐，泪珠子一滴一滴地往下淌，也不怕前后左右的人笑话！阿边最看不起这种没有男人相的男人。

月亮升起来了，几线白莹莹的光亮透过门缝钻了进来，照射在黑暗的小草房里显得格外明亮，亮得仿佛要燃烧起来。阿边心也像燃起了一团火，他觉得全身一阵燥热。

远处，山歌唱起来了，一阵热情粗犷的歌声隐隐约约飘了过来：

山中流水山外响，
阿哥想妹心跳跳；
有心和妹结双对，
唱个山歌把妹撩。
……

“撩，撩，撩个屁！”阿边再也憋不住了，他把小竹管朝墙边一甩，一把扯开衣襟，骂开了自己：你阿边就有用？眼睁睁看着自己最看不起的人在眼皮底下把自己最心爱的姑娘夺走，连屁也不敢放一声，灰溜溜躲回家来，还有脸说！

酒冲脑门，阿边脑袋一阵发热，索性抱起小酒罐，脖子一仰，咕碌咕碌灌了起来。

“二鼻！”阿边骂了句粗话。心想，我今天就要当着水妹的面和你阿波见个高低！

酒壮英雄胆，阿边站起身来，把酒罐重重往地下一砸，碎罐片和稀酒糟溅了一地。他猛一跺脚，冲出草房，重新踏上了那条弯弯曲曲的小路。

二

阿边已经好久没和水妹一块到小槟榔树林里对歌了。不是阿边不理水妹，而是水妹躲着阿边。阿边就这样讨人嫌？哪个敢说这种话！论相貌，论身材，阿边也敢和电影里的那些人比，那些情窦初开的姑娘们，哪个见了心不乱？且不说这些，到他家的田地看看吧，山坡上的土翻得有多深，水田里的秧苗长得有多壮！这不用力气？这不算本事？再看看吊在他家屋檐下那一长串各式各样的兽骨，没有一手百步穿杨的好枪法你吊挂得起来？这还是小意思。半年前，阿边赤手空拳把一头一百几十斤的山猪公打死在山兰地里，那才出尽了风头呢。那天引来寨内寨外多少看热闹的人呀！就凭这些，姑娘们对着他唱的那些赤裸裸毫无躲闪的情歌都可以用牛车拉了。但阿边毫不心动，就死死爱着一个水妹。可是，阿边和水妹树林子里钻出钻进多少回，阿边火一样的山歌唱了多少支，蜜一样的话儿说了多少遍，却还是撬不开水妹的金口。

最近这些日子，阿边每每往树林子去总得扑空，水妹连面也不和阿边照了。阿边这样一个血性小伙，如何受得了这种冷落？他心里拿定了主意，再不能老像嘴里含着个橄榄核，吐不得又吞不下了，如果树林子里再碰不上她，就上她家找去！

今天傍晚，牛群还在山边吃草，�哇鸟还在枝上啼叫，阿边就急急出了门，早早跑到了小槟榔树林里。可他定睛一看，天哪！太阳还没落山呢，水妹竟学着电影里的样，和那个瘦小的阿波搂在一块亲嘴！阿边像当头挨了一水烟筒，昏头昏脑地不知怎样退出了小槟榔树林，踉踉跄跄跑回家里……

三

重新踏上了那条弯弯曲曲的小路，阿边爬上了小山坡。他再也走不动了，一屁股坐在小路中间，身子歪靠在路旁的一棵小树上，呼哧呼哧直喘粗气。一股酒气涌上喉头，阿边打了个酒嗝，顿觉胸口一阵发闷，脑袋一胀一胀像要裂开来似的。过了一会，冒了一身虚汗，阿边觉得好受了些。

哼，我就在这等着你！这是下山的必经之路，除非你阿波守着林子不回家！阿边咬牙切齿地想。

月亮像一面光洁的铜锣，远远爬上了那个高高的莺哥岭顶，静静地洒下一片清冷的光，把身下的小路照得更加清楚了。小路弯弯曲曲，下接阿边他们那个古榕挺立的寨子，上连阿边和水妹常常相会的小槟榔树林，穿过树林，再拐下山坡，又牵上了另一个被翠竹青枝掩映的小村落，那便是水妹她们的寨子了。两个寨子相隔不远，早晨牛出寨，日间狗打架都隐约可见。

夜风轻轻吹拂，山野里飘溢着阵阵淡淡的沁人心肺的香茅味。阿边闭上眼睛，深深吸了两口，他的心颤抖了。阿边忘不了，水妹最喜欢用这种香草熏衣裙了。在那片小槟榔树林里，也是这样的夜晚，也是这样的月光，他挨着水妹坐得这样近，水妹身上散发出的香味，直扰得他心里发酥……

“水妹……”

“嗯?”

“水妹……”

“你怎么啦?”

“我……”

阿边再也无法自持了，水妹却像头机警的小鹿，闪身跳过一边，咯咯地笑着嗔了一句：“芒果没熟就想摘!”

没等阿边醒过神来，水妹早已跑出了小树林。

远远的小路上，飘来了一阵婉转动人的歌声：

阿哥有情妹早知，
只恨妹心哥难猜；
妹在溪头看流水，
水清心明哥再来。
……

水妹呀水妹，你太不讲情义了。你让我等，让我猜，可如今水还没清，心还不明，你怎么就……想到这里，阿边痛苦地揪住了自己的头发，心里像刀绞一样难受。唉，事情到了今天，还能怪谁呢？阿波当然可恨，可你阿边也实在不争气，冷了人家姑娘一颗心。

阿边渐渐酒醒了，他细细想起了自己从未认真想过的往事。也许就是从那次开始的吧？那是什么时候了，阿边和水妹又在小槟榔树林里见面了……

“我昨晚又套着一头大黄猄。”

“哼，不是山猪就是黄猄。”

“这槟榔总该收下了吧，你织的那条彩色腰带也该有主了。”

“……”

“你还要我等多久呀。”

“除了槟榔腰带，你脑袋里就没点别的了？”

“你怎么老让我猜谜？”

……

“边哥，还是去上夜课吧，人家阿波都请过你三次了。”

“阿波那套你也信？他懂什么，人家亚南瘸了一条腿还打过几只山鸡呢，你让阿波试试！科学种田，科个鬼！就他阿波假精，咱们以前没有科学过，也不见饿死了谁！你问问寨里的伯爹，谁听说过靠书本种田的？我不去！”

“亏你还是年轻人！你看看人家阿波……”

“阿波阿波，又是阿波！你吃了他的禁药吧！”

“你……”

他们第一次不欢而散了。

后来呢？后来，后来实行了联产责任制，阿边家买了部手扶拖拉机，开不到两个月却一头撞在寨口那棵大榕树上。阿边花了一百多元请来个路边师傅，管吃管住修了好几天，过后不到两天又死了火，最后还是阿波主动帮忙，才把车子修好。水妹见了阿边，嘴巴不知翘得有多高，挖苦的话说了足足两大箩。可阿边说了些什么呀，他说：“早知这红头雷公马这样难弄，我不如赶回我的牛车！”水妹气得都差点要哭了：“怎么你就不懂争点气，学学人家阿波。好了，我不说了。”从此水妹再也没找过阿边。

此刻，阿边越想越伤心，越想越恨自己不争气。当初县农机局办了个农机维修短训班，队里派自己和阿波一块去学习。水妹那时对自己抱着多大希望呀，她一再细细叮咛自己：“边哥，机会难得，可千万好好学……”可自己却根本没把水妹的话往心里去，一个月的学习期，自己逛了差不多半个月大街。现在好了，一跟头跌在了阿波手里，让阿波在水妹面前露了一脸，能怪谁呢？如果当初听了水妹的话，会有今天吗？……

阿边伤心透了，阿边后悔极了。

四

晚风又轻轻吹了过来，路边的小草和树叶轻柔地摇曳着。阿边敞开衣襟，让那凉丝丝的清风拂扫着袒露的胸脯，他第一次觉得自己过去对生活想得太少了。他流泪了，泪珠一滴一滴落在他那宽厚壮实的胸膛，他没有去擦。

一片乌云飘过天空，一阵短暂的黑暗过后，月亮顽强地从云层钻了出来，弯弯曲曲的小路又复现在明净的月光下。一个瘦小的黑影在小槟榔树林边出现了，正一步一步沿着弯弯曲曲的小路向阿边走来。

你到底来了！阿边心头猛然像急急敲响了一面鹿皮鼓，他有些慌乱了。

怎么办？狠狠揍他一顿就夺得回水妹了么？……难道就这样算了？……阿波越走越近，阿边的心也越跳越猛，一刹那间，阿边矛盾得居然想拔腿往回逃了。

不容阿边多想，阿波已经走近跟前。他仿佛还在梦中陶醉，丝毫没有发现歪在路边的阿边，一边走还一边哼着电影《甜蜜的事业》里的插曲："我们的生活我们的生活比呀比蜜甜啰……"

你会唱！你得意！阿边这时肚里又忽地窜起一团火：山猪公我阿边都打得，你阿波我就打不得？他再也按捺不住了，嚯地从地上跃起，一把揪住阿波的胸襟，把个粗大的拳头往上一举："二鼻！我叫你高兴！"突然，阿边的拳头僵住了，他看见了一双经过短暂的惊恐后在黑暗中显得格外清澈而坦然的眼睛。阿边内心一阵虚玄，他松开了手，拳头无力地垂了下来，声音一抖一抖地说："你以后……好好……待水妹……"说完扑向阿波，呜呜地哭了起来。

两个年轻人默默无言，相互搀扶着，踏着皎洁的月光，顺着弯弯曲曲的小路，慢慢地往山下走去……

（原载《广东农垦》1984 年第 8 期）

轻风，掠过夏日的山坳

七月的暑天，太阳像团火。山坳里没有一丝风，田沟边的芦竹沾满了尘土，无精打采地低垂着细长的叶子，一动不动。刚插下的秧苗蔫巴巴的，没有一点儿活力。

“鬼天!”

山女直起腰，手臂往汗涔涔的脸上抹了一把，被日头晒得红红的面庞留下了一片湿湿的泥痕。

“鬼天!”

女人们纷纷直起腰，疲惫地重复着山女的话，不愿多说一个字。

田里全是女人。男人只负责犁、耙、赶牛踩田，插秧和收割是女人的事。做农活，男女之间的分工是有很多规矩的。

“玩水去!”龙梅先喊了一句。

“玩水!”

“玩水!”

山女和春妹随声附和。

姑娘们来了精神，蹚起一路水花拥出田垅，直奔寨口的那条小溪。山女的婶婶和龙梅的嫂子阻拦不及，又惦记着家里没人照管的孩子，便也抽身回寨子去了。分了责任田，她们几家常常结伴出工，互帮互助，这是黎家早年的传统，这传统的恢复使劳动保持了集体生产的气氛，却又少了许多束缚，她们是自由的。

三位姑娘迫不及待地将头巾挂在树枝上，解下衣衫，除去筒裙，一个个赤条条毫无顾忌，笑着闹着跳进潭水，沉闷的山谷霎时回荡着一片青春的声浪。

“山女，听说有人给你家送来槟榔了？”龙梅爬上石坝，用手往身上泼着水，笑问。

“烂嘴！”山女泼了龙梅一脸水，骂了一句。

“嘻嘻，好凉快！”龙梅没有躲闪，抹了一把脸又问：“是不是去年三月三的那个亚波？”

“你急了？”山女朝龙梅大腿上掐了一把，脸红了。

“别说人家山女了，香打寨的那个后生哥上个月不才上门和你对歌来着？”春妹揭了龙梅的底。

“看你胡说！”龙梅反身扑向春妹，两人紧紧扭成了一团。

“谁？”山女蓦然惊叫。

姑娘们齐刷刷往下一蹲，把身子藏进水里，顺着山女的目光朝岸上瞅。

“是我，是我……”岸上一个傻头傻脑的后生哥忙不迭地从树后钻了出来，连声应着。

姑娘们异口同声地“啊”了一声，接着便炒豆子般地高声怒骂起来。

后生哥定睛一看，吓得连忙摆手：“我不知道，我不知道……”边说边提着行李包，慌不择路，转身便逃。

“站住！”龙梅带头怒喝了一声。

后生哥像是着了“禁”，慌忙收住脚步，背向水潭，定定站着。

姑娘们急急穿好衣裙，吵吵嚷嚷围了上去：

“为什么偷看女人洗澡？”

“你懂不懂规矩？”

“挖掉他的眼睛！”

“……”

山里姑娘平日里极温柔，可一旦遇着这类触犯她们尊严的事便又变得野性十足了。

后生哥惊慌失措，语无伦次地分辩着："我……我没……没看清楚……"

姑娘们轰的一声笑了：

"瞪着那么大的牛眼还没看清楚!"

"不害臊!"

"也不怕遭雷劈!"

……

"真的，"后生哥比手划脚，显出了要哭的样子，"我……我是近视眼……"

"什么金鸡眼银鸡眼的，你这是一双最不老实的眼!"龙梅抢着顶上了一句。

姑娘们又是一阵大笑。

"我是下来采风的，我觉得应该入境随俗，这样便于接近群众，好开展工作，所以我才没戴眼镜……"后生哥稍稍松了口气，便急切地用嗑嗑巴巴的海南汉话解释着。说着又掏出一封介绍信，指着下角一颗大红公章说："我在文化局工作，喏，这是公章。"

姑娘们乐了，她们根本不懂什么"文化局"，也不懂什么"采风"，更不懂什么"入境随俗"，她们只觉得他说话挺别扭，那样子十分好笑。不过，她们已经相信他是从城里来的"同志"，因为她们相信那颗大红公章。上面来的"同志"，她们是见过的。但她们还是没有放过他：

"你是同志，为什么还要偷看姑娘洗澡?"

"你就不怕生眼疮?"

"我不知道，真的不知道。我听到有人说话，想过来问个路。"后生哥指着心口，几乎像是在发誓了。

"你没看见树上挂着头巾?"龙梅不信。

"看见了。"后生哥很老实地回答。

“那你为什么还要走近来?”春妹也不信。

“这……”后生哥惊奇地望着姑娘们，忽然醒悟过来，他像犯了过失的小孩似的低下了头，小声说，“我不知道这里的乡俗……”

山里姑娘洗澡是不避人的，过路客看见树枝上挂着头巾便不可造次了，你照直往前走可以，走过以后再回头偷看这就犯了忌，走近前探头探脑就更加不能容忍了。山里有许多奇特的规矩。

“我，我真的不懂……”后生哥又说了一句。

山女见他样子诚恳，不像是在装假，便对龙梅和春妹说：“算了，算了，他是大陆客，不懂规矩，不要难为他了。”

山里姑娘是嫉恶如仇的，但对不知者又是极度宽大为怀的。

后生哥却急了，脸红脖子粗地说：“你们千万别误会，我可不是大陆客，我也是黎，地地道道的黎！我老家就在什龙公社，离这里只翻两座山的路，我刚从那出来。”

姑娘们又笑了：

“嘻嘻，他说他也是黎。”

“地地道道……”

“嘻嘻……”

“哈哈……”

笑过一阵，龙梅学着他那南腔北调逗他：

“不是大陆客为什么连海南话也说不通?”

“你是黎怎么不懂黎家规矩?”春妹也跟着学他那腔调。

“我跟你们说。”后生哥满脸认真，“是这样的，我爸原是琼崖纵队的，解放初期转业到了大陆，我是在大陆生在大陆长的，对家乡的生活自然就不熟悉了。后来我考上大学，毕业后就主动要求回家乡工作了。”

“真的?”山女惊奇地问。

“当然是真的。”

后生哥有些自豪的样子，从挂包取出一本杂志翻开给山女看：“这篇小说是我写的，你对照一下介绍信，是同一个名字吧？喏，这里注明是黎族。”

三个姑娘全不识字，但她们相信他了，同时，心里又生出了十分的敬意。寨里帕班爹的儿子狗仔在乡里小学念四年级，成天就见他捧着本小人书在读上面的字，姑娘们平时多羡慕呀，可眼前这位是写书的，他不比狗仔强得多了么！

“大陆上也有咱黎人当同志的？”山女轻轻问了一句。

“大陆在哪里？”春妹也好奇地问。

“大陆在哪里都不知道，在海口嘛。”龙梅白了春妹一眼，露出几分得意。她哥就在海口当兵，她知道海口有很多的汽车，有很高的楼，还可以天天看电影。她们知道山外的世界很大，却没有更多具体的认识。

“不是的，大陆是在咱们海南以外的地方，隔着一片海呢。”

后生哥恢复了镇静，很耐心地给她们描述着山外的世界中那许多动人的图景。

“大轮船真的有那么大？能住那么多人？”

“那些楼房真的那么高？比不比这棵大榕树高？”

“那些城里人不种田，他们吃什么？”

听罢后生哥的介绍，姑娘们惊讶极了。她们提出了一个又一个十分幼稚，却又大多难以一下子回答得清楚的问题。

后生哥应接不暇，他轻轻地摇摇头，无声地笑了。虽说历史进入了二十世纪八十年代，可同在一个太阳底下的同一个世界，也仍然会有一些阳光未能照耀到的角落。世界是复杂的，山里的世界就更为复杂，后生哥理解这一点，他毕竟有着本民族的血统。

“有空到外面走走吧，你们会知道许多你们想知道的事情。”后生哥给他们留下了姓名地址，又说，“欢迎你们到通什找我。”

后生哥提着行李，沿着出山的小路渐渐远去，终于消失在山边的拐弯处。

山道上远远传来了木轮牛车的嘎吱声和牛铃撞击的笃笃声。

古榕树下，三位姑娘各怀心事，定定望着远远的山边，久久未说一句话。

一阵清风轻轻掠过山坳，拂起了一树的窸窣声。啊，这夏日里难得的凉爽……

“刚走就挂念了？”龙梅捅了山女一下，想开个玩笑，却悄声叹出了一口气。

“你才念呢！”山女拍了她一巴掌，也叹了一口气。

“你们都在念呢，我知道！”春妹一拍巴掌，“要不，干吗都在叹气？”春妹故作轻松，声音却有些变调。

龙梅猛然扑向春妹，一把揪紧了她，咬牙切齿地问：“你老实说，你念不念？”

“别闹了。”山女拉开龙梅，嘻嘻地笑了起来，“有什么好念的，干干瘦瘦，脸皮又那么白，一点都不讨人爱。”

“就是，”龙梅噘着嘴，“这样的身架，能担得起两百斤担么？能打得死山猪公么？他会唱山歌么？”

“就是，穿的衣服那么整齐，那么干净，就跟电影里面的人一祥，他哪里敢下田！”春妹也噘着嘴。

她们都不说话了，又不知各自想开了什么。

“哎，他不是叫咱们有空去找他吗？”春妹瞅着山女手中那张后生哥留下的纸条，声音小小地说。

“你们敢不敢去？……哎哟，一只蚊子！”龙梅慌慌张张地拍了一下手臂。

“长那么大都还没出过山，真可怜……”山女长长叹了一口气。

她们又不说话了。

……

农忙过后，三位姑娘又凑在了一起。

她们悄悄沿着出山的小路翻过了寨口前的那座山，却在另一座大山下的岔道口上作难了。临离寨子时，她们没敢向人打听道路，她们怕人说闲话。

突然，山间响起了一阵苍劲的歌声：

咳啰——冲嗬！
日头快落西啰，
落到树顶边啰，
把它顶上天啰，
再出力砍山啰！
咳啰——冲嗬！
落到屋顶边啰，
再出力砍山啰，
日头快落西啰，
把它顶上天啰！
……

歌声住了，随着一片笃笃的牛铃声，一个精干结实的老人赶着牛群下山了。

龙梅鼓足勇气走上前去向老人打听：“伯爹，去通什走哪条路？”

老人目光炯炯，惊讶地打量着姑娘们：“你们想出山？姑娘也想出山？”

姑娘们面面相觑，不敢做声。

“远着呢。”老人指着其中一条小路，“沿着这条路再翻五座山才到县城，到县城搭班车还得半天。”

“五座山？”

姑娘们愣住了。一座山就翻了大半天，五座山什么时候才能翻得过呀！那个后生哥又是怎么进来的呢？

“回头吧，姑娘们。”老人善意地劝道，“山外面已经开始动工挖路，直通山里，很快就会有汽车进来了。”

“还要等多久呀？”山女问了一句。

“说不清呀，那么长的路，说不清呀。已经动工就不会太久，耐心等着吧，姑娘们！”老人边说边挥着竹鞭去了。

"……太阳要落西啰，把它顶上天啰！……"山间又响起了老人苍劲的歌声。

姑娘们终于回头了。她们闷闷不乐地沿着来时的小路，一步一步地翻回了刚刚爬过的那座大山。不过，她们总算还是没有白跑一遭，她们各自顺路采回了满满一竹篓的木耳，春妹还在草丛中捡到一窝山鸡蛋，整整十五个。

从此，她们再也没有提起出山的事。

一年后，山女出嫁了，男方送了三头大水牛作聘礼。不久，龙梅也出嫁了，她家收到的水牛还比山女家多一头。她们的丈夫都不是自己在三月三唱歌时认识的情人。山里姑娘和小伙子平时结交是自由的，可在婚姻上却常常作不了自己的主。这也是传统。

山女和龙梅出嫁后，春妹很快也订了婚，很快也要出嫁了，男方的情况她也不知道，估计也不会太差，媒人说的，到时男方准备送来四头水牛。

那公路开得怎样了？她们都不知道，也不想知道了。

（原载《天涯》1987 年第 2 期）

被荒草掩没的坟茔

一

劳仔的父亲是参加过1943年海南岛著名的“白沙起义”的老资格黎族干部，在什同茶场当场长。母亲是普通家庭妇女，在茶厂上班。劳仔十五岁了，在茶场子弟学校念高一。

忽然有一天，劳仔决定不去上学了。

那是1973年春，刚过完年不久，临开学前，劳仔郑重其事地向父母宣布不去上学了。父母问他为什么不上学？他的理由是学校现在三天两头“开门办学”，不是到茶园采茶，就是到地里锄草，同学们早有议论，说学校都简直成了茶场的“子弟生产队”了。再说，书读得多又有什么用？城里那些知青不都是读了一肚子书的么，还不是一批一批地往这小山沟里塞！父亲听了他的理由，狠狠骂过他几回，他根本不当回事。为了他不上学的事，老师也来过家里几次，他都躲开了。反正劳仔是不想读书了，他再过一年满十六岁就可以参加工作了。上级有政策，凡茶场子弟，满十六岁都可以就地安排工作。家里就他这么个宝贝儿子，平时被娇宠惯了，很任性。父母劝也劝了，骂也骂了，都无法使他回心转意，最终还是由了他。

劳仔辍学以后，无事可做，又没人玩，在家里没待几天就觉得十分无聊了。于是，就缠着父母给他买了支气枪，每天独自游逛，四处袭击小鸟。

一天上午，劳仔提着枪来到茶园。

“你好!”茶场机运队拖拉机手陈校东笑眯眯地站在茶行边的树头下，很有礼貌地和他打招呼。

陈校东是从海口市下来的知青。劳仔不习惯城里人的这种礼貌，腼腆地朝他笑笑。

“我认识你，你是劳仔。”

“我也认识你。”劳仔说。

“你当然认识我，我经常在场部墙报上发表诗歌，很少人不认识我。”陈校东神态自然，一点不谦虚的感觉也没有。

劳仔没看过他的诗歌，他不懂诗歌，平时也不看墙报。他认识陈校东，是因为别人经常在很多场合把他当怪人来谈论。看见他一副自以为是的样子，劳仔心里觉得好笑，一不小心就笑出声来了。

“笑什么?”陈校东不解。

“不笑什么。”劳仔掩饰说。

“喂，又飞来一群。”陈校东指着前面一棵苦楝树，小声说。

“你来。”劳仔友好地把枪递过去。

“好，我来。”看得出陈校东心里早痒痒的了。他接过枪，又压低嗓子说：“好久没摆弄枪了。我以前是海口市少年体校射击队的，比赛还拿过名次的呢!”

陈校东边说边蹑手蹑脚藏到树干后面，把枪架在树叉上瞄了起来。那是一群头顶上长着一撮白毛的被叫作“白郎”的鸟儿，正唧唧喳喳地在树上争啄苦楝果。这种鸟不大避人，很好打。

“啪!”一声轻响，陈校东击发了。

没有动静，鸟群未被惊扰，还在树上蹦蹦跳跳。

“妈的!”陈校东伸手向劳仔要了发铅弹，装好，压上风，又瞄起来。

“啪!”陈校东又击发了。

“打中了!”陈校东欣喜若狂，一声高喊，惊飞了群鸟。“妈的，没打中要害。”他尴尬地掩饰着说。

劳仔笑笑。

“真的打中了，你没看见?”陈校东见劳仔一副不相信的表情，有点急了，指着天空，一脸认真地说：“瞧，鸟毛!”

“陈校东，叫你送茶，怎么跑到这打鸟来了?”机运队长来了，板着个马脸凶凶地对陈校东说。

陈校东诚惶诚恐：“不是我的枪，我……车还没装好……”

“哼!”队长走了。

“你怕他?”劳仔问。

“怕他？开玩笑!”见队长走了，陈校东“嗤”了一声，很不屑的样子。

劳仔忍不住又笑了。

陈校东脸上有些不自然，忙从烟盒里掏出支烟叼在嘴里，忽然又取下来递给劳仔：“你抽吧?”

劳仔摇摇头。

他便又叼回嘴里，边点火边说：“那我就不让了，剩最后一支了。小孩子不抽烟好，抽烟不是好习惯。”

陈校东深深地吸了口烟，又重重地喷出来后，一本正经地对劳仔说：“你现在是上学的年龄，你应该回学校去上课，不然以后要懊悔的。”

劳仔明白“懊悔”一词的词义，不过劳仔他们平时不这样说话，如果要表达这个意思，就肯定是说更为通俗浅显的“后悔”这两个字。陈校东这人连说话都和别人不一样，劳仔觉得挺好玩挺有意思的。

“看得出你很聪明，很有灵性，不上学可惜了。我们黎族缺的就是有文化的人，你应该为我们黎人争气。”陈校东接着说。

“你也是黎人?”劳仔从小生长在茶场，场里人员来自五湖四海，日常交往并无少数民族和汉族之分，他对自己的黎族身份没有很强烈的意识。不过，听陈校东自称是黎人时，劳仔对他还是产生了一些兴趣。

陈校东道："假得了的吗？地地道道的黎人！黎人的特征你看不出来吗？我告诉你，黎人的相貌都是比较出众的。就说黎族男人吧，最典型的是脸形的轮廓线条很分明，浓眉深目，特别是那双眼睛格外有神。你很少看到黎人里面有那种歪瓜裂枣或者贼眉鼠眼的形象吧？你我都是属于集中了黎人固有优点的那种类型。"

劳仔端详着陈校东那张瘦脸，似乎看不出有多少与众不同处，忍不住笑了。

"嗨，你还是不信？真的，我老家在乐东，你爸知道。好了，有空再聊，我得走了。"

陈校东走后，另一个叫李少伟的拖拉机手喊住了劳仔，很严肃地说："劳仔，你怎么能和他一起玩？"

"为什么不能和他玩？"劳仔有点反感，反问。因为劳仔的父亲是场长，李少伟常到他家毕恭毕敬地和他父亲说话，他不喜欢李少伟。

"他父亲是走资派。"李少伟脱口而出。

劳仔冷笑一声，他知道李少伟的家庭成分是大地主。

李少伟自知失言，又红着脸说："他这人的品质很有问题。"

劳仔没接他的话，吹着口哨转身而去。

二

劳仔和陈校东渐渐混熟了，陈校东就邀请劳仔到他宿舍里玩。

劳仔觉得陈校东这人挺好的，虽然他年长了自己五六岁，却没什么架子，完全把自己当大人待，进了宿舍又是泡茶又是递烟，非常客气。

茶劳仔接了，烟却不想抽。因为身上的烟味，父母骂过他几次了。

"不抽烟？"陈校东一脸惊讶，"男人怎能不抽烟呢？"他把烟硬塞到劳仔手里，又说："我原来的女朋友亲口对我说过，抽烟的男人才有风度，才像男子汉，我就是听了这话才学抽烟的。"

"女朋友？是哪个？"劳仔觉得有趣，问道。

"唉，别提了，你不认识的，早吹了，我们好了好多年呢。"陈校东一副伤心的模样。

"为什么要吹？"

"是我主动和她分手的。"陈校东很像一回事地说。

"又吹牛！"

"真的嘛，我们是同一所中学毕业，又是同一年下乡的。她长得可漂亮了，很多人追她她都不肯，就偏偏喜欢我。后来她回城了，给我来过很多信，我一封也没回。我不想拖累她，我这人很善良的。"陈校东很认真地叹了口气。

"哈哈哈……"劳仔忍不住大笑起来。

"这是人家的伤心事，你还笑！以后有事也不和你说了！"陈校东气愤地说，说完也跟着笑了。

"哎，你有女朋友没有？"陈校东忽然问，很神秘的样子。

"乱讲！"劳仔白他一眼，脸红了。

"这有啥，谈恋爱也不是什么坏事。"陈校东不以为然。

"我还那么小。"劳仔扭捏着说。

"你确实还小。"过一会又说："我背一首诗给你听听。"

接着，就声情并茂地背起来：

燕妮，你笑吧！你会惊奇
为什么在我所有的诗章里
只有一个标题：《给燕妮》！
要知道世界上唯有你，
对我是鼓舞的源泉，
对我是天才的慰藉，
对我是闪烁在灵魂深处的思想光辉。
这一切一切呀，都隐藏在你的名字里！

燕妮，你的名字——每一个字母——都显得神奇！
它发出的每一个音响是多么美妙动听，
它奏出的每一章乐曲都萦绕在我耳际，
仿佛是神话故事中善良美好的精灵，
仿佛是春夜里明月熠熠闪耀的银辉，
仿佛是金色的琴弦弹出的微妙声音。

尽管有数不尽的书页，
我也能让你的名字把千千万万卷书籍填满，
让你的名字在里面燃起思想的火焰，
让战斗意志和事业的喷泉一同迸溅，
让现实生活永恒的持久的真理揭晓，
让整个诗的世界在人类历史上出现，
那时愿旧世纪悲鸣，愿新时代欢欣。
让宇宙啊，亿万斯年永远光芒不息！

燕妮的名字，哪怕刻在沙粒般的骰子里，
我也能够把它念出！
温柔的风送来了燕妮的名字，
好像给我捎来了幸福的讯息，
我将永远讴歌它——让人们知悉，
爱情的化身啊，便是这名字燕妮！

陈校东背完了，劳仔却听呆了。那么长的一首诗，他竟一口气背了下来，一点也不打顿。他可真行！上学的时候，老师要劳仔他们背一首毛主席的《沁园春·雪》，劳仔背了好多天也没能背熟。

“这首诗写得不错吧？”陈校东气喘喘的，脸有些红，可能是激动了。

“我不懂。”劳仔摇摇头，如实说。

“连这也不懂。”陈校东也摇摇头，有点失望。

“反正是资产阶级那一套。”在劳仔印象中，凡涉及爱情二字，必属资产阶级。

“什么——?”陈校东睁大眼睛，一副格外吃惊的样子。接着气愤地说，“你知不知道，没有谁能比得上这首诗的作者更加无产阶级了！这是我们最最伟大的无产阶级革命导师马克思同志写给他的情人燕妮的诗!”

“马克思也写这样的东西?”劳仔似乎比陈校东更加吃惊，这简直不可思议！他有些怀疑。

“我说你不懂嘛！你以为那些名人那些革命者都是没有七情六欲的么？你知道什么是七情六欲吗？不懂吧？让我告诉你吧，七情就是人的喜、怒、哀、乐、爱、恶、欲七种情感，六欲就是指生、死和眼、耳、鼻、口所产生的欲念，七情六欲是泛指人的各种情感和欲望。是人都食人间烟火，都有七情六欲。马克思也是人，是个真实的人！唯其真实，才能称之为伟大。知道吗?”陈校东很神气地教训劳仔。

陈校东说的这些，劳仔都没听说过，他不懂，不敢随便开口，静静地望着陈校东。

陈校东更加得意了：“马克思十八岁就开始他的爱情生活了。燕妮可是个了不起的女性，她出身贵族家庭，长得又非常漂亮，许多人都为她倾倒，可她偏偏就是爱着马克思，而马克思当时只是个市民阶级子弟，比她还小四岁呢，她后来还为马克思生了一大群孩子。不容易呀！唉，看看现在的这些女人……”

陈校东的情绪忽然低落了，不知是怎么回事。

过了一会，陈校东又低声地吟诵起来：

这一朵花失去了香味，
它像你的吻，曾对我呼吸；
那鲜艳的颜色业已消退，

不再闪耀着你，唯一的你！

一个枯萎而僵死的形体，
茫然留在我凄凉的前胸，
它以冰冷而沉默的安息
折磨着这仍旧火热的心。

我哭了，眼泪不能使它复生！
我叹息，没有香气扑向我！
唉，这沉默而无怨的宿命
虽是它的，可对我最适合。

“雪莱，听过没有？这首诗是他的，叫《咏一朵枯萎的紫罗兰》，他是英国人。”陈校东语气沉沉地说。

“你懂得的真多。”劳仔羡慕地说。

陈校东笑了，似乎想说什么，又摇摇头，什么也没说。突然，他大声嚷道：“抽烟，抽烟！”说着抛给劳仔一支烟。

劳仔觉得陈校东性格有些古怪，他不理解。

“你不应该退学，真的。黎族很缺人才，你以后会明白我的话是对的。”陈校东拍拍劳仔的肩膀。

三

大学招生开始了，陈校东报了名。上大学要经群众推荐、领导审批，他自知竞争力不如别人，也没抱太大希望。名单公榜后，他果然名落孙山。最初他并没在意，后来却听说他之所以落选是有人认为他品质不好，不符合推荐要求，机运队领导根本就没把他的名单报送到场部，他是从一开始就被淘汰了，这使他愤怒无比。

“凭什么说我品质不好?”他瞪着大眼，脸红脖子粗地像是在质问劳仔，“上不上大学是另一码事，说我品质不好是侮辱我的人格！妈的，都是那个臭女人，还有那个李少伟！我知道是李少伟背后教唆她的，他一直在巴结她。我太蠢了，当时真不该写那封信。我们黎人总是被人看不起!”

劳仔莫名其妙地听着，见他正在气头上，也不好问他什么。

“哼，品质不好!”陈校东越说越气愤。他拉开抽屉，掏出几本厚厚的日记本用力摔在桌面上：“品质不好的人能写出这样的日记吗？里面全是豪言壮语！我念一段你听听。”

陈校东翻开其中一本，选择了一段，像是吵架般地大声念道：

伟大领袖毛主席教导我们：“看一个青年是不是革命的，拿什么做标准呢？拿什么去辨别他呢？只有一个标准，这就是看他愿意不愿意并且实行不实行和广大的工农群众结合在一块。愿意并且实行和工农结合的，是革命的，否则是不革命的，或者是反革命的。他今天把自己结合于工农群众，他今天是革命的；但是如果他明天不去结合了，或者反过来压迫老百姓，那就是不革命的，或者是反革命的了。”

今天下午，到打石场运石头。停车之后，我主动帮助打石场的工人师傅装车。可是我真不顶用，只干了一会就气喘吁吁，觉得腰酸臂软，手掌还磨出了两个血泡。想歇一会，但是我想起了毛主席的教导：“知识青年到农村去，接受贫下中农的再教育，很有必要。”于是接着和工人师傅一块坚持到把车装完。事后思考：我的手会起血泡，而工人师傅的手为什么就不起血泡呢？工人师傅手上的老茧和我手上的血泡形成了鲜明的对比，这说明我的手、我的思想长期脱离工农，脱离劳动，染上修正主义毒素，必须长期在工农群众中进行磨练。可见世界观的改造是长期的，与工农相结合的道路是长远的。

今后我一定要深刻牢记毛主席的教导，虚心向工人阶级学习，不断斗私批修，为实现我们壮丽的共产主义事业而奋斗终身！

劳仔听了忍不住笑起来。

陈校东不解，问道："你笑什么？"

劳仔壮着胆子说："我听着怎么有点像金训华的日记。"

金训华是一位北方知青，在山洪暴发的危急关头，为了抢救林场的两根木材奋勇跳进水里而光荣献身，当时全国的报刊和广播都在宣传他的事迹，是全国人民都熟悉的知青中的英雄人物。

陈校东听了劳仔的话有些扫兴，说了句："你懂什么，尽胡说！"

过了几天，劳仔见陈校东情绪已经恢复正常，便问他那天说的那个女人和李少伟以及那封信的事情，陈校东矢口否认他说过那些话，之后急忙把话题岔开。劳仔心里就有了个小小的谜。

又过了一段时间，陈校东兴高采烈地告诉劳仔："可靠消息，团支部准备发展一批团员。"

"有你吗？"劳仔猜着了几分。

"还不能肯定，不过团支书今天找我谈话了，我想应该是有希望的。"陈校东抑制着内心的激动，很严肃又很平静似的说了很多平时难得听见的进步话。

过了好久，陈校东却没有再提入团的事，劳仔知道他肯定又是空欢喜了一场，有一天就故意问他："你不是要入团了吗？怎么那么久还没动静？"

陈校东煞有介事地说："团支书原来是有这个意思，后来我主动找他谈了一次话，我说我目前还有不少缺点，离团员的标准还有差距，希望组织上再考验我一段时间，团支书还表扬我思想觉悟高呢。其实我这是借口，我根本就不想入团，入了团事事都要起带头作用，多累呀。我这人自由散漫惯了，不想受太多约束。"

"算了吧，你是狐狸吃不到葡萄就说葡萄是酸的。"劳仔随口开了个玩笑。

陈校东被触到了痛处，瞪了劳仔一眼，发火道："你他妈的和他们是一丘之貉！"说完再也不理劳仔了。

劳仔干坐了一会，觉得没趣，就离开了陈校东的宿舍，心里暗骂他小气，发誓以后再也不和他来往了。

可是第二天见面，彼此都忘了昨天的不快，嘻嘻哈哈的还是好朋友。

四

陈校东平时的主要工作是每天从茶园往茶厂送几趟茶青，劳仔不上学没事可干，便常常坐着他的车来回跑。到了没人的路段，劳仔就偷偷跟着他学开车。

“叭叭——”

这天中午，陈校东又把拖拉机开到劳仔家附近的路口，按响了喇叭。

劳仔正在吃午饭，听见喇叭响，把饭碗往桌面一搁，急往外跑。

“给我回来！”爸爸吼道。

“整天整天往外跑，死在外面算了！”妈妈追出门口，也吼。

劳仔没听见似的，早跑远了。

“嘻嘻，挨骂了？”陈校东吊起一边眉毛，睁着一双怪眼笑道。

“当他没来！”劳仔爬上驾驶室，边嚼着饭边含混地说。

陈校东挂上挡，一松脚踏，车子朝前一冲，开跑了。

转过一道弯，到了一个没人的路段。劳仔说：“让我试试。”陈校东减了速，也不停车，将身子侧过一边，把位子让给劳仔。劳仔手忙脚乱，一下子没把稳方向盘，又错把油门当刹车猛踩了一脚，车子突然大吼一声闯向路边的一棵小树，熄火了。陈校东的前额碰在挡风板上，鼓起了一个好大的青疙瘩。

“怎么那么笨！”陈校东大声骂道，往手心吐了口唾沫，拍在额头上不停地揉。

劳仔很慌，愣愣的不知说什么好。

陈校东下车检查车子，车没撞坏，只是车灯裂了一条缝，于是松了一口气。然后上车，推开仍呆坐在驾驶位上的劳仔，重新启动车子，一手把着方向盘，一手捂着额头，嘟嘟囔囔地把车开到茶厂。

茶厂的收青场上，已经有好几个大队的载满茶青的拖拉机在排队等候卸车了。那些拖拉机手无事可做，就找个角落聚在一起抽烟聊天。陈校东不合群，把车子停稳后，没有下车，坐在驾驶棚里，仍然呲牙咧嘴地保持着一副很难受的样子。过了一会，悄悄对劳仔说：

“帮个忙，疼死我了。”

“帮什么忙?”劳仔望着陈校东，怯怯地问。

“给我弄点人奶来，揉一揉会好的。”陈校东呻吟着说。

“什么?”劳仔一时没反应过来。

“去问那些女工要点奶水来。”

“你说得出，叫我向谁要?”劳仔嘀咕道。

“喏，就问她要。”陈校东眼睛亮亮地朝收青台边的一个名叫冯小珊的女知青努努嘴，小声说道，“瞧她两个奶子多大，里面的奶水肯定很多。”

“你自己去，我开不了口。”劳仔脖子一扭，不答应。

“你这就不够朋友了，要知道我受伤责任在你呀。”陈校东还在揉着额头。

“你为什么就不能自己去?”劳仔还是不肯，他害羞。十五的少年，许多事情都还处于懵懂状态，他并不知道陈校东是在捉弄他。

陈校东叹了口气：“实话和你说了吧，她以前追求过我，追得可紧了，我没答应，伤了她的心，你说我现在又怎么好向她开口呢?你还是做做好事吧，去吧。”陈校东从车上取出个口缸递给劳仔，拍拍他的脊背哄道。

劳仔极不情愿地接过口缸，慢吞吞地朝收青台走去。

“你千万别说是我让你要的。”陈校东在后面小声叮咛了一句。

劳仔头低低地走近收青台，喊了一句：“小姗姐。”

冯小姗正在验茶，听见喊便直起腰：“劳仔，干嘛?”见劳仔手里拿着口缸，便朝墙边一指：“茶水桶在那边，要喝茶自己装。”因为劳仔常跟车来送茶，她和劳仔已经熟悉了。

“不是，我不喝茶。”劳仔赶紧说。

“有事？哦，那你等等。”冯小姗说完，接着继续给送茶青的检验、过磅、登记。忙完了，松下一口气：“啥事？说吧。”

“我……”劳仔欲言又止，扭捏着。

“说呀。”

“我……我……”劳仔又扭捏了一阵，才红着脸说：“我想向你讨点……奶……”

“什么？”冯小姗睁大眼睛，一时没反应过来。

劳仔指着冯小姗那突突翘起的乳房说：“你……你挤点奶水给我好不好？”

周围的人爆发出一阵哄声，一个个笑得前仰后合。

“回家问你妈要去！”冯小姗羞恼交加，漂亮的脸蛋涨得通红，丰满的胸脯一起一伏。

看见冯小姗的窘相，大伙笑得更凶了。

劳仔又慌又急，不知如何是好。忽然，他发现自己上当了，刚要向冯小姗辩解，坐在一旁的李少伟猛然跳起来吼道：“流氓！”把劳仔狠狠吓了一跳。但李少伟并没有对着劳仔，而是朝陈校东冲了过去，一把将陈校东揪下车来，扬手就是一个耳光。

“你干吗打人！”陈校东挺起瘦弱的胸膛，扯直着脖子喊。

“你还敢顶嘴！”李少伟又揪紧了陈校东的衣领，还要动手，被旁边的人及时劝开了。

冯小姗盯着陈校东看了一会，显得有些慌乱，突然转身跑开了。

直到卸了车验完茶，陈校东都没有再吭一声。劳仔本来是一肚子的气，见陈校东挨了打，反倒有点同情他了。

陈校东额头上的青包未消，脸上又多了五道红红的指印。回去的路上，他神色沮丧，一句话也没说。

“其实我是不想还手，不然，哼！”回到宿舍，陈校东抚摩着那张被打肿的瘦脸，气愤地说。

“你干吗不还手？”劳仔知道他是想为自己挽回一点面子，故意激他。

“你一个人知道行了，别跟人家说。我学过功夫的，都是绝招，一出手就会伤人，所以平时轻易不和别人交手。李少伟算个什么？来真格的，一只手就把他干倒！”陈校东露出一副不屑的表情。

“是不是真的呀？”劳仔半信半疑。

“你不信？”陈校东有些生气了，“找一天你碰在我手里看看！”

劳仔有些怕了，就略带讨好地说：“那你耍几路来看看？”

“套路我不学，那都是些花架子，玩给别人看的。我学的是散手，一招一式都是要命的，玩不得的。”陈校东摇着头，不肯露底。

“你就玩几个动作来看看嘛。”劳仔恳求他。

“好，就玩一下，让你也长长见识。”陈校东高兴了，他脱去外衣，走到宿舍中间，移开椅子，腾出一片空间，然后半蹲下身子，挺着干巴的胸脯，瘦瘦的屁股一撅，说：“这叫扎马，懂吗？来，打我一拳，朝胸口打！”

劳仔犹豫着。

“打呀，叫你打你就打嘛！”陈校东一拍胸膛，神气地说。

劳仔一咬牙，“砰”的一声，真的就一拳打了过去。

陈校东躲闪不及，“哎呀”一声，胸膛早已重重挨了一击。他身子向后一歪，两手使劲摆了几下，好容易才保持住平衡，没有跌倒。

“不算，不算！我还没有准备好！”陈校东气急败坏地嚷着，重新摆好架势，“再来一次！”

劳仔笑痛了肚皮，连连摆手，说不出话。

五

劳仔挨骂了。

一回到家，妈妈就劈头盖脸数落道：“你干的好事！全场都传开了！你好人不学，偏偏就整天和那个陈校东混！你知道他是什么人？”

“什么人？又不是反革命！”劳仔拧着脖子顶撞道。

妈妈指着他的鼻子尖声吼道："你还顶嘴！人家避他都避不及哩，就你和他亲近！他整天讲女人，说下流话，你也跟着学，你当我耳聋？当我不知道？总有一天你要陪着他进监仓做劳改犯的！"

"再看见你和他来往，我打断你的腿！"爸爸也吹胡子瞪眼地指着他吼。

劳仔不吭声了。

劳仔照样常常去找陈校东，他一个人也实在太无聊了。他在家里受宠惯了，他知道他父母不敢对他怎么样。

那天，劳仔又到陈校东宿舍。

"怎么搞的呀，没精打采的，想哪个姑娘了？"一见面，陈校东便嬉皮笑脸地打趣。

劳仔没接他的话茬，从他烟盒里取了一根烟，点上火，狠狠吸了一口。

"喂，到底是想哪个？长得漂亮吗？"

"别说了！除了这些，你没别的话了？"劳仔打断他的话，"我爸我妈都不准我和你玩了，说你整天就是谈女人！"

陈校东哑了，半天没有说话。

"别生我的气。"见陈校东这个样子，劳仔有些不安。

"是我不好，我不该……你父母是对的。"陈校东睁着一双失神的眼睛，苦笑了一下。

"不，我没别的意思……"劳仔想要解释。

陈校东摆摆手："没人愿意理我，个个都怕沾上我，我是狗屎？真的那么臭吗？连你父母都……"

"对不起了，我不是故意要说的。"劳仔更加不安了。

陈校东样子怪怪地笑了一声："你肯定不知道，你爸也不会让你知道的，这里的所有人都不会知道。其实，我和你不是一般关系，你爸和我爸更不是一般关系，因为他们的关系不一般，我们的关系才不一般呀，我是靠了你爸才不会活得更惨的。生死之交呀，知道什么是生死之交吗？"

劳仔听这话说得有些语无伦次，感到莫名其妙，担心他脑子是否出了什么问题。

陈校东又笑了："不明白，对吧？你爸和我爸过去是战友，在战场上，你爸救过我爸的命。我爸现在倒霉了，我那个汉族妈妈和他离了婚。本来街道是动员我到农村插队的，我已经做好下去的准备了。后来我到'牛棚'探望我爸时，他让我来找你爸。这里是茶场，拿工资的，比到农村拿工分强多了。你爸挺关照我的，不然我连拖拉机也开不成。嘿嘿，我其实是很幸福的了，该知足了……"

劳仔呆了，继而就有点怨恨自己的爸爸了，他觉得爸爸太缺少人情味。

"我真不明白，为什么周围的人怎么就那么看死我！其实，要是碰上机会，我一定也能够成为英雄，嘿嘿，英雄！"陈校东仿佛是在自说自话，那一脸的阴沉让劳仔感到有些害怕。

"劳仔，你不该退学的，你的前途一定比我好……你走吧，以后别再来找我了。"

劳仔再去找他时，他真的不理睬劳仔了。

半个月后，茶厂一间准备拆除的旧工具房突然着火，陈校东当时正在收青棚里等候卸车。工具房里大件物品基本已被清空，所剩的只是人们认为并不重要的一些零碎，人们吵吵嚷嚷地围着起火的房子手忙脚乱地拼命泼水，而陈校东却奋不顾身独自闯入房中，在人们的惊呼声中抱出一尊毛主席半身石膏塑像，之后又二次冲进房子，拖出一捆着了火的麻袋。人们看到，他的头发被烤焦了，从掌背一直到小臂都被烧灼出一串连成片的燎泡。

事情过后，很是热闹了一番。茶厂领导给场里送去了一张大大的红纸抄正的表扬信，茶场党委书记在全场大会上表扬了他，场部广播站还连续好几天报道了他的事迹，他很快就被批准入了团。

在陈校东最风光的那段日子里，劳仔在路上遇见过他一次，那时劳仔已经好久没和来往了，他主动对劳仔说了一句："怎样？机会终于还是光顾了我一次！"语气里透露出抑制不住的得意。

然而，陈校东的风光来得快去得也快。表扬过了，宣传过了，团也入了，一切又很快重归平静。平静下来之后，人们开始在私下里议论他，有人对他奋不顾身的行为表示不解，常常以一种躲躲闪闪的语气发表猜测。陈校东对这些猜测议论显然也有所听闻，于是他不再和任何人发生联系，每天开车送茶，独往独来，一停车就蹲在一边闷头抽烟，一支接一支地抽。一旦听到有人提及他的名字，不管是说好还是说坏，他一定会把凶狠的目光投射到对方脸上，眼睛眨都不眨一下，那样子好骇人，连李少伟都不敢再招惹他了。

不久，陈校东翻车死了。

车子翻在那段不该翻车的平路边上。路边是个干泥塘，车子是连头带着拖卡侧向一边翻的，陈校东瘦小的身子整个被车头埋在干塘里，被人抬出来的时候，脑袋已经被挤碎变形了。

劳仔哭了。劳仔很内疚，他没来由地隐隐约约感觉到陈校东的死和他有着某种说不清的联系，他很后悔当初把父母的话告诉了陈校东，他看得出他父母的话对陈校东的打击很大。在内疚的同时，他还生出了一点对爸爸的怨恨之情，无论怎么说陈校东也是爸爸战友的儿子呀，爸爸平时对战友的儿子实在是太冷漠了。

六

劳仔复学了，他学得很用功。1974 年夏，劳仔高中毕业了，被分配到机运队当上了拖拉机手，也和陈校东原先一样每天往茶厂送茶青。几年后赶上恢复高考，他连考了两次，终于在 1978 年夏考取了省民族学院。他报考的是中文系，他可以学诗、写诗了，他还想写小说，他觉得他有很多生活可以写。

接到录取通知书后，劳仔独自悄悄来到一座叫作牛头岭的山脚下，那里有一片坟园。坟地里埋有当地的一些老人和十七个男女知青。十七个知青中有十一个是在一次过渡中不慎翻船被淹死的，有四个是在一场台风来临之夜为抢救集体财产被倒塌的房屋砸死的，还有一个是过不惯艰苦生活又无路回城而绝望自杀的，再一个就是陈校东了。由于无人祭扫，这十七座知青坟已被一片杂乱的荒草掩没，几乎难以辨认了。

荒草间，劳仔与李少伟不期而遇。李少伟比劳仔先到。

李少伟在高考恢复后的头一年就考上大学离开了什同茶场，在这荒草丛生的坟山上与他相遇，劳仔有些惊讶。

“一片荒草！荒了，都荒了！”李少伟看了劳仔一眼，神色凝重地说。

“说说你和陈校东的故事。”劳仔直视李少伟。

李少伟很敏感，他仿佛早已预备着有一天要为某件事情作出解释似的轻轻一笑：“我和陈校东都同时爱着冯小姗，他给冯小姗写过一封求爱信，而冯小姗却把信交给了团支书，团支书又转交到你爸手里，你爸把信压了下来。知道这事的人并不多，可是陈校东一直以为这事是他生活道路上的一大障碍，而我则是罪魁祸首。”

劳仔有点吃惊：“难道你从来没有把这封信当作武器对付生活中的敌手吗？”

“我并不高尚，但陈校东还不能成为我的敌手。”

劳仔无言以对，心里仍存疑惑。

李少伟又说：“在时代的悲剧中，我们都充当着悲剧角色，陈校东的悲剧主要在于他心中藏着一个连他自己也无法觉察的魔鬼……”

劳仔还是没有说话，李少伟也没有再说。

静静的，坟山上只有轻轻摇曳的草叶发出一片窸窸窣窣的声响。

劳仔暗下决心，一定要用自己的笔写出一段真实的生活，写出一个真实的陈校东。然而，劳仔终于没有实现这一愿望，他一直无法把握这种真实。

一晃，三十多年过去了，劳仔已经是大学里的一名中国当代文学教授，也是黎族的第一代教授。他发表过许多文学评论，却没有写过诗也没有写过小说。在潜心教学科研之余，他脑子里偶尔也会浮现出记忆中的那片荒草，这时心里就总会有点小小的遗憾。

（原载《昌江文艺》2009 年夏季刊总 33 期）

走过了那个路口

一

他终于来了！她的心里怦怦直跳，就像怀里揣了只小鹿。姑娘的心最敏感，姑娘的感情也最微妙。每逢见到他，她就莫名其妙地脸红。她知道自己爱上了他，他一定也喜欢她，要不，他见了她为什么也会脸红？

姑娘很有心计，今天是星期六，她知道他也回家，早早在路口等着他。

她从路边的茶园中走出来，竭力装着没事的样子，慢慢在路上迈着步子。

沙沙沙的脚步声已经跟在后面，她的心跳得更快了，步子也放得更慢了。“沉住气，别回头！”她对自己说。

“沙——沙——沙——”，后面的脚步声也跟着放慢了。“该死的，还是个男子汉。”她心里嗔了一句，手一松，手帕落在地上。她磨磨蹭蹭地在地上摸索着。

“你……一个人走？”他终于赶上来了，话音极不自然。

“芳芳她们先走了……”她站起来瞟他一眼，心里一阵发慌，又有几分得意。

他们并排慢慢走着，却找不到适当的话说。

好一阵沉默。

她又偷偷瞟他一眼，正巧他也偷偷看她，窘得两人同时另转了头。

夕阳西沉，余晖把路边的茶园映成一片金绿。周末的傍晚，茶山一片寂静，弯弯曲曲的茶山公路上，只有他和她。

"你也是每个星期都回家？"她没话找话。

"嗯。"

又是一阵沉默。

"听说你在写小说？"她不甘心沉默。

"没的事，别听人家乱说。"他脸红了。

"连我也要瞒？"话一出口，她的脸也红了。

"其实……算不上什么小说，胡乱写的……"他的脸更红了，半天才讷讷地说。

"全场都找不到像你那么用功的了。"

"哪里……"

"想上大学？"

"想又有啥用，不如不想。"上大学凭的不是用功，而是群众推荐和领导印象，他哥去年才被推荐上去，全场那么多人，不可能让他一家兄弟俩都上大学，他知道轮不上他。

"那你那么用功为的啥？"

"说不上用功，我自小就喜欢作文，写着玩的。"他说得挺认真。

"小庙装不下大神，你大概迟早要走的。"停了一会，她轻轻叹了一口气。

"走？上哪？"他有些奇怪。

"离开农场呀。"她眨着一双好看的大眼睛，慢慢地说。

"干吗要走？我挺喜欢这里的。"他笑了。

"喜欢这里？"她站住了，勇敢地盯着他。

"这里山好水好，人……也好。"他也站住了，却不敢看她，声音低低地说。

“人……”她又莫名其妙的脸红了。

都是聪明人，何必再往深处说呢。他们继续向前走着，再也没有说话。路不太远，快到家时，天却完全黑了。在离家还有一段路的地方，他们站定相视一笑，默默地分手了。

二

她今年才高中毕业，分在场部知青队当采茶工。他早她两年，在场部机耕队开拖拉机。他俩的家都在四大队，也算是邻居了。他父母是本地黎族，建场时并进来的，是四大队的老户。她家去年才从二大队迁来，那时他已经参加工作。他们都是在本场子弟中学念的书，不同年级，但早已认识，只是接触不多。他的作文写得挺好，读高二那年，老师曾把他的作文拿到她们班来念，那时她读初二。听说参加工作后，他在写小说，有人看过，说是比报刊登出来的那些还好看。因为他写的那些人和事都是能在场里找得到的，都是大家熟悉的。听说里面还有爱情描写，而报刊上的那些小说，里面的人物都非常革命，绝对不会谈恋爱。虽然在流行的观念中，谈恋爱是资产阶级那一套，可年轻人还是喜欢看有爱情描写的小说。她没看过他的小说，也没有向他要来看。他们毕竟没有很深的交往，平时连单独说话的机会也不多。听说他不喜欢给别人看，他写小说是偷偷摸摸的，他怕被领导批评。人家知道他写小说，是因为他的几个朋友偶尔发现后传开的。年轻人喜欢崇拜，尤其是对有才华的异性。也许是感情的因素在起作用，她觉得他很英俊、很帅。他脸皮白白的，眉毛和和眼睛却很黑，修长的身材据说有一米七五——是芳芳告诉她的，芳芳和他是同班同学，参加工作前一块在医院体检，芳芳知道。他的身体说不上健壮，却很匀称，走起路来举步摆手都那么洒脱。不过姑娘们都说他性子太软，不像男子汉。听说机运队队长和副队长有矛盾，有一次副队长派他给基建队拉砖，半路上却被队长拦下派往茶厂送茶，回来后被副队长一顿好克。他代人受过，却涨红着脸，无法为自己辩解一句。可不知怎么搞的，这一切都让她觉得他是那么可爱。姑娘对自己所喜欢的人是格外留心的，她知道不少有关他的细小的事情。

晚上，她失眠了。像今天这样只有两人在一块，走了那么远的路，说了那么多的话，这可是头一回呀。远处的雄鸡啼过三巡，她才朦胧入睡，随后又做了个姑娘们都常做的而且爱做的甜美的梦。

从那以后，他们开始来往，并且日益频繁。他家有好多好看的书。“破四旧”那会，他还在念高中，与几个爱看书的同伴经过精心策划，撬开大队图书室的窗户，偷出了一批被封存的禁书，这是他做过的最大胆的一件事了。因为他家有很多书，她去找他也就有了借口，不管爱看不爱看，每个星期天总要带走一本，下次来再换过一本。久而久之，彼此一日不见，便有三秋之感了。场里有人议论了，说他们在谈恋爱。他知道，她也知道。她又高兴又害怕。他呢？心里怎么想？她还不敢问他。这种事情怎好由姑娘先开口呢？但她坚信他始终会是属于她的，年轻姑娘总是有这种自信。他们没有约定过，但随后几个周末的傍晚都会像是约定好似的在那个路口会合，一块慢慢往家走，第二天回场部时又一块从家里慢慢走来，还是在这个路口分手。当然，他们还是尽量躲避着人们的耳目。

三

这个周末，她与往常一样磨磨蹭蹭地在路口等待。他远远地来了，她松下一口气，心里漾起一片甜蜜的轻波。她今天比往日更急切地想见到他，她有事想和他说。

就在这时，芳芳从旁蹿了出来，大呼小喊地嚷道：“晓玲，你这鬼家伙，最近怎么老是鬼鬼祟祟的，回家也不等我！”

芳芳的突然出现，令她猝不及防，她一时不知如何应对。正尴尬，他已渐行渐近。芳芳仿如发现新大陆，又惊叫起来：“哦，原来是约了人呀！哈哈，我成电灯泡了！”

她满脸绯红，拍了芳芳一掌，跺脚嗔道：“胡说什么呀！”

芳芳是个大大咧咧没心没肺的女孩子，一边躲闪一边继续尖牙利齿地反击道：“我胡说？嘻嘻，我胡说你怎么就脸红了？”说着，转向已经走近身边的他：“李杰，你说晓玲是不是脸红了？哟，怎么你的脸比她还红？哈哈……”

笑闹了一会，三个人一块往回家的路走。一路上，芳芳滔滔不绝，而他和她则很少说话，感觉很不自然。回到队里，即将分手的时候，芳芳一脸坏笑，看看她，又看看他，说：“你们今天怎么都怪怪的。”她推了芳芳一下：“去你的！”他尴尬地笑笑，没说话，朝她和芳芳扬扬手，表示道别。于是三人各自回家。

没有如愿与他单独同行，想说的话没有机会说出，她怀揣着一丝惆怅回到家里。进了家门，和妈妈打过招呼，却发现妈妈看她的眼神有些怪异，她心里慌慌地打起了小鼓。她一边殷勤地帮着妈妈张罗饭菜，一边小心翼翼地等待着妈妈发问，而妈妈什么也没说。直到吃过晚饭，她帮着妈妈洗好碗筷后，妈妈才对她说：

“晓玲你过来，坐下，妈妈和你说话。”

她面对着妈妈坐下，惴惴不安地看着妈妈。

妈妈也看着她，问道：“你是不是有事瞒着妈？”

“啥事呀？妈。”她有些心虚。

“我可是听到闲话了。”

“别听人家乱说，我没做过什么坏事。”她的心怦怦直跳。

“妈把话说在前头，你现在还小，别整天和那些不知斤两的人缠在一起，辛辛苦苦养你那么大，这种事妈还当得你的家！”妈妈不信任地看了她一眼，警告说。

她闷着头，没说话。她是个孝顺女儿，有点怕妈妈。

妈妈喋喋不休，诉说着父亲早逝的不幸，诉说着妈妈拉扯他们姐弟俩的不易，诉说着生活中的种种艰辛；告诫她你是家中长女，一定要懂事，要学会体恤妈妈，要知道为妈妈担忧，要肩担起支撑这个家的责任，凡事不能由着自己性子来，尤其是婚姻恋爱问题更不是小事，必须征得妈妈同意，否则她便对不起妈妈，对不起死去的爸爸，对不起这个家。

说到伤心处，妈妈禁不住潸然泪下，她也在一旁陪着落泪。

她理解妈妈，体谅妈妈的苦心，知道妈妈是为了这个家好，也是为了她好。她不想违悖妈妈的意愿，不想让妈妈不高兴。可是她又无法抑制自己的感情，无法让自己不去想他。

次日上午，她犹豫了一会，还是忍不住想要见他。于是趁着妈妈出门买菜，她悄悄去了他家。

见到她来，他如往常一样兴奋得有些手忙脚乱。他给她让座、斟茶，彬彬有礼。

他与她虽然已经不是第一次单独相处，而且彼此的感情似乎也已经心照不宣，可他总是无法鼓足勇气再向前多迈一步。他知道自己心里爱她，正因为爱她，每每和她在一起时就会有一种无名的紧张，一紧张必然就拘谨，一拘谨就不能不表现出客气，一客气就显得矜持了。

坐了一会，她拿出一封信，噘着嘴对他说："有人给我写信。"这是她昨天就想在回家的路上和他说的，后来芳芳的出现让她失去了机会。

"谁？"他眉毛一跳，抬起头望着她。

"钟大权。"她把信递给他。

"要我当参谋？"他不自然地笑着，没有接信。

"我又不是没有脑袋。"她嘟着好看的小嘴，不高兴了。

他认识钟大权，钟大权是个傻大黑粗的汉子，二十五六岁年纪，浓眉细眼厚嘴唇，一米八几的个头，体重起码在九十公斤上下，在部队当过几年坦克兵，两年前退伍来到场里开汽车，父母都在农村，家里还有七个兄弟姐妹。

"他很壮。"他不知为什么这样说。

她叹了口气，把信揣起，低下头不理他了。他也低着头，静静地抠着指甲，一声不吭。

“木头!”过了一会，她抬起头嗔怪地白了他一眼，狠声嘀咕了一句。

他看了她一眼，又慌忙低下了头。

忽然，他猛然抬头，对着门口站起身来，喊了一声：“伯母。”

她回头一看，她妈不知什么时候已经站在门口。她妈没理他，冲着她说：“家里就待不下你？一个星期回来一次，饭也要我做给你吃？你看看几点了!”说完，看他一眼，转身就走，走出两步，还“哼”了一声。

她跟着她妈走了，他还呆呆站着，站了好久。

四

又是一个周末的傍晚，他久久徘徊在那个他们常常会合的一块回家的路口。他发现近几个星期来，她似乎有意躲避着他。他们已经好久没有一块回家了，她星期天也没有再来过他家。他似乎感觉到了什么，想找机会探究一下她的态度，但他不好意思主动登她家的门，他不想看她妈的冷脸。他是个要强的人，可还是按捺不住自己那颗春意萌动的心，时常偷偷对着她可能出现的地方张望。

果然，她来了，动人的身影，轻盈的步态，远远出现在知青队宿舍门口。可是，同行的还有芳芳和另一个姑娘。

他气馁了。几个星期来，每个周末的傍晚，他都在路口等待，而她又都是与别人结伴而行。显而易见，她确实在躲着他。

“再也不理她了!”他对自己说。

其实，这段时间他不知已经下过多少次决心了，可他又总是控制不了自己。女人真是祸水，搅动了别人的平静又独自走开。他有说不出的惆怅和懊恼。

他转过身，迈开大步，逃一般地走了。

晚上，他百无聊赖地拣出一本书胡乱翻看着。芳芳来到了他家，一进门就大声嚷道：“哟，真不愧是作家，星期六晚上也不出门玩玩，躲在家看书！”

老同学不用讲客套，芳芳自己拖过一张椅子坐在他对面，说：“最近怎么老见你愁眉苦脸的，你们那事究竟怎样了？”芳芳是个美丽活泼的姑娘，嘴巴一贯没有遮拦。

“和谁的什么事？”他脸一红，放下手中的书装傻道。

“算了吧，这是人家还你的。”芳芳把一本旧书往桌面上一放，不客气地说。

他心中猛然一跳，这是他借给她的书——《少年维特的烦恼》。

“她怎么不自己来？”他心中一阵难过。

芳芳嘴角一撇：“你自己问她去！”

“她说什么没有？”他埋头小心地翻着书，指望能看到里面夹带着只言片语。

“只让我帮忙还书，啥也没说。”

他叹了口气，失望地把书合上，不说话。

“哎，我说李杰，你和晓玲到底谈没谈过那事？”芳芳问。

“没有，以前我们常在一起，也很谈得来，可现在她老躲我。”他眼睛有点红了。

“既然没事，犯不着想那么多。天下好女孩多的是！你知道吗？她妈骂她了。”芳芳家和她家是邻居，说话有一定根据。

“为什么？”他睁大了眼睛。

“她妈不准她和你来往，说是女儿再贱也不能找个黎仔当女婿。她呀，只是一味地哭，屁也不敢放一声！哼！黎又怎样？看不起黎，黎还看不起你呢！”芳芳愤愤不平地说。芳芳也是黎族，可她的男朋友却是汉族，前年被推荐上了大学，和李杰的哥哥同在一所学校。

他一听这话，心里凉了半截。愣了一会，狠声说了句：“好嘛！”手中的书嘶啦成了两半。他感觉受到了莫大的伤害。

姑娘的心啊，就像秋天的云，变幻莫测。他默默地咀嚼着痛苦，在痛苦中默默地调理着受伤的自尊。他对她始终无法释怀，而当她再想找他的时候，他却坚决地避开她了。

又是一个星期六，还是在那个路口，她截住了他，眼圈红红地问：“你近来好吗?”

“好啊，再好不过了！天天沐浴在社会主义的阳光下，能不好吗?”他一反常态，乐呵呵地开着玩笑，仿佛他们之间根本未曾有过什么特别的感情关系。

“最近很忙吧?”她很明显地感觉出他的排斥情绪，有点尴尬，便没话找话地问。

“呵呵，干革命一不怕死二不怕苦，忙得很舒心，忙得很幸福!”

“你……变了……”她心里很不好受，苦笑地说。

“是吗？变是好事呀，你不也在变吗?”他仍是一副嬉皮笑脸的样子。

“你不知道，我这一阵心很烦，妈妈嘴巴又碎……”

“你不是有自己的脑袋吗?”

“可是……”

“你很听妈妈的话，真是难得的好女儿!”

“妈妈的话怎能不听，可是……”

“哦，对不起，你先走，我忘了拿一样东西。”他打断她的话，转身就往回走。

“你听我说……”她急忙喊道，眼泪在眼眶里打着转。

唉，何必解释呢!

这时，一辆“日野”牌大卡车风驰电掣地驶了过来，“吱”的一声来个急刹车，卷起一片浓烟，停在路旁。

“晓玲，上车吧，顺路!”钟大权从驾驶室里探出个粗壮的脑袋，笑嘻嘻地向她招呼。

五

农场要从知青队抽调一批队员到茶厂当制茶工，她和芳芳都同时被选中。

到了茶厂以后，她便住在厂里，平时很少回家了。从此，她和他再也没有来往了。

一晃，一年过去了，国家恢复了高考，场里的许多青年无论底子厚薄，纷纷投入到紧张的复习中，准备迎接一场命运的拼搏。他和她都各自默默埋头苦攻。最后一个月，征得领导同意，他每星期脱产两天回家复习。芳芳有空也跑回家复习，常常向他请教一些疑难问题。

一天，解完了题，芳芳对他说："你不想见见晓玲吗？你们有一年多没见面了吧？她可是没有忘记你呀。"

他听后一愣："何以见得？"

芳芳说："我和她同宿舍，好几次半夜醒来，发现她在被窝里哭。"芳芳叹了口气，女人的心肠就是软。

他淡淡一笑："这能说明什么问题？也许人家是伤风鼻塞吧！"

"你们这些男人呀，哪里懂得姑娘的心！"芳芳不满地白了他一眼。

"唉，不是我贬你们，女孩子的眼泪天生就多，多了，就不值钱了。"他一声苦笑，眼圈也红了。

其实，他的心又何尝好受？"无情未必真豪杰"，一年多来，他不也同样经历了许多难眠的夜晚吗？可是，他明白一切都是不现实的，他和她之间无形地横亘着一条难以逾越的世俗的鸿沟。虽说新中国成立已经近三十年了，而民族歧视在一部分人中还表现得相当突出。也不知什么原因，大凡汉族小伙子与黎族姑娘恋爱结婚，不会遭到外界的耻笑和家庭的阻拦，而一个黎族小伙子与汉族姑娘相爱，情况就完全相反了。他一个同学的哥哥经人介绍，和一个什么科长的女儿好上了，第一次登门，女方父母见小伙子仪表堂堂，喜得忙前忙后，唯恐照应不周。可后来知道小伙子是黎族，竟然冷脸加恶语，连门也不让进了。还听说县中学有个黎族青年教师和一个汉族女同事谈了好几年，女方父母一直死命反对，并扬言要是女儿不尊父母之命便打断女儿的腿。这对恋人痛不欲生，双双手牵手往南圣河里跳，幸得被人救起。当然，这类悲剧毕竟是少数，在生活中黎族和汉族缔结良缘的佳话也不乏其例。可是在相爱的恋人中出现了这种由民族成分引起的纠葛，双方都是非常敏感的，尤其是少数民族的一方，心中的那种对抗心理是极其强烈的，结果也就可想而知了。

他很自尊，也很理智。他并不觉得自己是黎族就比别人矮了一头，在传统的习惯势力面前他完全可以抗争，这种抗争理所当然是会受到社会保护的。可他又非常清楚，要想抗争胜利，双方都必须有足够的勇气，否则最终注定是悲剧一幕。他之所以要克制自己的感情去疏远她，除了强烈的民族自尊感，还因为她一开始就表现得不坚决。他不想在他和她之间埋下一颗不幸的种子，他宁愿让爱火将自己烧死，也不愿意拖着她同归于尽。他毕竟太年轻了，想法也未免过于简单。

六

高考公榜了，她和芳芳都名落孙山，全场一百多号应考者就他一个中选。临行前的那个晚上，同学、朋友们都纷纷到他家里给他送别，嬉谈笑论地聚于一堂。她不敢进去，悄悄躲在他家窗后的那棵高高的槟榔树下，静静地望着那熟悉的身影流泪。

“上大学了，眼界高了，到时在大街上见了咱们这群难兄难弟别装着不认识呀!”有人大声开着玩笑说。

“哪能呢，大家还不了解我?”他的声音还是那么腼腆。

“我说李杰，现在可用不着保密了，老实交代，有没有在场里拖上一个妹仔？别上了大学就把人家给甩了哟!”又有人接着打趣寻乐。

听了这话，他心头一阵慌乱，同时也有几分酸楚，急忙调整表情认真表白：“没有没有，绝对没有！至少是现在没有!”

“现在没有？就是说以前曾经有过？快说，是哪个?”

“哈哈，露馅了！快快坦白!”

……

大伙顿时闹开了，七嘴八舌地向他发起围攻。

芳芳见他一脸窘迫，有心替他解围，便故意高声岔开话题："好了好了，李杰脸皮薄，别尽让人家难堪了。李杰明天就要走了，我建议还是让他为我们留下一段美好的歌声吧！大家同不同意?"

果然，芳芳的提议得到大家的附和，屋子里响起了热烈的掌声。

他感激地以眼神谢过芳芳，一反往常的腼腆，朗声说道："大家知道，我不会唱歌，就别让我出这个丑了，我还是给大家念首诗吧。"说完，顿了顿，待大家安静，便满怀感情地轻轻朗诵起来：

她，离开了我；
什么也没说。
带去了一颗心，
留下了思索：
明知爱的道路坎坷，
为何还要将那沉重的脚来移挪?
啊，这是谁的错?
骗了她也骗了我！
……

朗诵完毕，他的眼圈已经红了。不等别人反应过来，他就抢在别人开口之前解释道："诗中的'她'指的是过去的生活，诗的意思是要向过去告别，开始新的奋斗……"他滔滔不绝地讲了一通。

刚听完他的朗诵时，原来以为发现新大陆的一些朋友正要起哄，再听了他的这番解释，便糊涂了。到底是有才气呀，要不全场那么多人怎就他一个考上大学呢！他们似懂非懂，对他更加佩服了。只有芳芳明白这是此地无银三百两，却不愿点破。

窗外，她害怕自己哭出声来，忙将手指放进嘴里使劲咬紧。

“晓玲，晓玲哎——”

就在这时，妈妈紧一声慢一声地唤她了，声音又高又尖，几乎全大队都听得见。她恨死了，也不应妈妈，挂着满脸泪花，疯了似的跑回家去，扑在床上，咬着被头哭得床板直抖。

妈妈回来了，对着她没好气地说：“哭，哭！我就知道你没死心！他上大学又怎么了，你就是哭死了我也不会答应收个黎仔做女婿！”

她恨呀，她从来没有这么恨过！可是她毕竟屈从惯了，不愿冲撞妈妈。她继续哭着，没有答腔。她知道她一旦开口，必会克制不住自己的情绪，必会掀起一场前所未有的风暴。

她恨妈妈，更恨自己，当初为什么就要退缩呢！她心如刀割。

唉，妈妈也是苦命人，爸爸早早过世了，妈妈年纪轻轻就守了寡，妈妈是为了不让她和弟弟受寄人篱下之苦，才没改嫁。妈妈吃尽没有男人持家的苦头，妈妈不愿让人看不起，指望女儿能有个好的归宿，将来嫁个有门面的人家，这样也能沾上女儿半辈子光了。妈妈这种想法又有什么错呢？她同情妈妈，从小听妈妈话，长那么大还没有违背过妈妈的意志。为了妈妈不许她和他来往，她夜里不知泪湿过多少次枕巾，可她还是有意识地疏远他了。她也看出了他的惆怅，看见他常常徘徊在路口的身影，她心里更加难受了。她以为时间长了，一切都会淡漠的，一切都会被忘记的。当她发现这些全都是自欺欺人而想要向他解释时，却已经晚了，他回避她了，就像当初她回避他一样。自己酿下的苦酒自己喝吧！她只好把那复杂的感情更深地埋藏在心底。

他终于走了。沿着那条他们过去经常一块走过的路，她远远地跟在后面，悄悄地送了他大半程。然后，定定地望着他那修长的身影渐渐地消失在他们常常会合的那个路口。

她再也没有得到过他的消息。她从不向别人打听，别人也没有告诉她。她不敢去打听他的情况，她觉得她没有这个权利。她变得沉默了，变得对一切都更加淡漠了。

七

半年了，她每天埋头工作，谁都不搭理。她家离茶厂不近，以往从周一到周五都住在厂里，逢周末才回家。可自从他走了以后，她下了班却常常骑着车子回家，很少在集体宿舍住了。有时，她会悄悄地拐个大弯，来到那个熟悉的路口，找个僻静之处把车子架好，在树头或草地上静静地坐上一会，回味着当初两人结伴而行的情景。然后，再骑上车子回家。回到家，便手脚不停地挑水、劈柴、做饭、洗衣服、拖地……妈妈和她说话，她也是有一句答一句。

“晓玲，李杰有信来吗?”一次下了夜班，在饭堂吃夜宵，芳芳神秘地小声探问。

“李杰？和我有什么关系，为什么要给我写信。”她眼皮也不抬。

“得了吧，谁不知你们以前……”芳芳嘻嘻一笑，以为她在故作姿态。

“说话可得负责任啊！”她像吃了枪药似的，一句话顶了过去，把芳芳噎得转身就走。

这晚，她独自跑到茶园边上哭了大半宿。

第二天回到家，她平静地对妈妈说：“妈，我跟你说个事。”

“啥事你说吧。”见女儿性格变得日益怪僻，妈妈很担心，对她也就格外小心翼翼。

“我想结婚了。”她眼光直直地看着妈妈，语气很低也很平静。

妈妈心里咯噔一下，害怕极了，声音颤颤地小心询问：“晓玲，女儿，你说什么？你怎么啦？你不是哪里不舒服吧？别吓唬妈。”

“我是不舒服，心里不舒服。但你放心，我没病我说的是正经事，没吓唬你。我要和钟大权结婚。”她垂下头，哀伤地说。

妈妈愣了一会，看她不像有什么毛病，才略微放下心。接着又按捺不住心里升起一股火气，提高了说话的声音：“你说什么？钟大权？你怎么也不和我商量，你眼中还有我这个妈没有？”

“你激动什么呀，我自己不是也有脑袋吗？”她抬起头，反倒笑了。

“你找什么人不好？找到他。他一个穷司机，要貌没貌，要才没才，家又在农村，听说……”

妈妈还没说完，她便有些不耐烦地打断了妈妈的话：“找有才有貌的怕你不愿意！”

“你还没忘记那个黎仔……”

“我就是想忘记他才要和钟大权结婚的，钟大权祖祖辈辈可都是正宗的汉族哟，应该是遂你的意才对的呀！”她恢复了情绪，尽量平和地说。

“你气死我了！”妈妈实在忍不住了，气急败坏地喊了起来。

“你别，千万不要这样，好好活着，我和钟大权会养你到老。”她语气平缓，一字一顿地说。

“以后你别再回这个家了！”妈妈吼了起来。

“哈哈哈……”她突然爆发了，“你别再逼我了！我要发疯的！”说完，放声嚎啕大哭。

妈妈吓呆了，一句话也不敢再说。

哭了一阵，心中的积郁终于得到了宣泄。她抹净满脸的泪水，起身冲出门外。

“你要上哪？”妈妈慌忙追出门口。

“找钟大权！”她推起车子，头也不回地去了。

钟大权住在场部车队宿舍。她急匆匆地骑着车子，沿着那条熟悉的公路往场部赶去。路过那个她和李杰过去常常会合的路口，她不禁触景生情，以往的一幕一幕又浮现在她的眼前。她心里一阵绞痛，一不留神，被一块小石头绊歪了车轮，连人带车跌倒在路边。她挽起裤腿一看，膝盖被蹭破了一层皮，伤口处渗出一片鲜红的血珠，火辣辣的疼得钻心。她本想趁此放声大哭一场，也许这样会好受一些。可路上人来人往的容易引起太大关注，事实上已经有人看见她的狼狈相了，指指点点的正朝她这观望。于是，她只好强忍着疼痛爬起来，重新骑上车子，顺着路口前的那个大斜坡逃跑似的一溜而下。

到了车队，恰是中午，钟大权刚刚出车回来。她把单车一架，顾不得人多，在众目睽睽之下拦住钟大权："跟我来，有话和你说。"

钟大权莫名其妙，愣头愣脑地跟着她走到车队附近的茶园边。

钟大权对她的追求很执著，她已经不止一次地当面拒绝过钟大权，明确地说他们是不可能的，让他以后别再给她写信，可钟大权却从不气馁，仍然锲而不舍地给她写信。直至一个月前，她又一次收到了钟大权的来信，她再也无法按捺心头的恼怒，径直来到车队，当着钟大权的工友们的面一字一顿地说："请你以后别再给我写信！求你了！"然后将信交还给钟大权，转身离去。众目睽睽之下，钟大权狼狈万分，之后就再也不敢给她写信。此时，他不知道她为什么又来找他。

"我们结婚吧！"她说。

"你……你说什么?"她一开口，钟大权便惊得头发直竖，两只眯缝眼睁得圆溜溜的。

"我要给你当老婆！"她像吵架一样喊了起来。

"你……你……没……开玩笑吧?"钟大权吓得语不成句，两片肥厚的嘴唇直打哆嗦。

"不和你开玩笑，我说的是真话。你不是一直想和我好想和我结婚吗？我答应你，咱们马上就打报告，下个月结婚。"她缓和了口气，声音哽咽着说。

钟大权暗里使劲掐了一下自己的大腿，感觉告诉他这不是在做梦，只觉得受宠若惊，激动之下，变得更加语无伦次了："现……现在？马上……马上结婚？……一点准备也没有……"

"还需要准备吗？反正都是凑合，还要那么多讲究干嘛?"说完，她已泣不成声，捂着脸呜呜大哭起来。

"嗨……嗨……你，嗨……"钟大权不明白她到底是什么回事，不知如何是好。他惶惑不安地掏出一条散发着汗臭和满是油污的皱巴巴的手绢，想替她擦泪，却又不敢，急得直搓手。

哭了一阵，顺过那口气，她渐渐平静了，强打精神对着钟大权凄楚一笑：“好了，你不用担心，我心中那口气憋得太久，以后一切都会好的。”

八

她和钟大权闪电似的结婚了。妈妈没敢再拦她，怕真的把她逼疯了。妈妈怨恨自己命苦，一边流着泪为女儿张罗婚事，一边不停地唠叨：“早知这样，不如当初答应她和李杰……”

婚后，日子平静地过着。钟大权非常满足，天天都是过年的感觉，每日下班回到家，常常咧开厚嘴唇，露出满口被劣质烟草熏得黑黄的牙齿，憨笑着张开粗壮的手臂，笨拙地把她搂得浑身发痛，以此来表示对妻子的爱。而她总是木然，日子就这样无波无澜地延续着。

一天，钟大权出车归来，兴冲冲地从后兜掏出一本折得皱巴巴的杂志递给她，没心没肺地说：“没想到呀，咱们农场这浅水塘里还真的养出条大金龙了！李杰那小子可算是出息了，写的东西都印在书上了，是芳芳让我带给你的。”

“写的啥？”她心里微微一颤，脸上却是一副漫不经心的表情。

“好像是写一个男的和一个女的相好，后来女的变心了，不要男的，以后男的就很伤心。这有啥好伤心的？这个不行再找一个嘛。看不懂！不过，肯定是写得好人家才给登出来的啦。听说这几页纸还得了好几十块钱稿费哩，真他妈的赚！我跑一趟海口累死累活也不过得十来块钱！”钟大权傻乎乎地一说就没完没了。

“走吧，走吧，水缸早空了，挑两担水去！”她不耐烦地摆摆手。

自从他上了大学，三年多了，他一直没有回过农场，他的消息她早已一无所知。她似乎已经忘了他，然而在许多个沉静的夜晚，她又常常在鼾声大作的丈夫身边莫名其妙地哭醒。她不止一次地梦见过那条熟悉的茶山公路，可是那公路上总是冷冷清清的空无一人……

命运早有注定，她和他早已在那个记忆中的路口无可挽回地错过了。

这是一本她以前熟悉的省级刊物。她轻轻地翻开杂志，先在目录栏里寻找，很快就在小说栏里找到他的名字“李杰”和他的作品篇名《走过了那个路口》。她的手微微颤抖，按照标明的页码细细地翻看起来。

小说描写的是一对情深意笃的青年男女，在皓月当空的夜晚，定情于幽静的茶园，双双海誓山盟，情意绵绵。后来姑娘的父母嫌弃小伙子是黎族，出面干预，迫使姑娘和小伙子断绝了来往。小伙子忍受着心中的痛苦发奋学习，考上了大学，离开了伤心地。数年之后，小伙子旧情未了回到故乡，姑娘却早已和另一个人结了婚。小伙子独自来到当年与姑娘定情的茶园，对着皓月轻轻朗诵起普希金的一首诗：

我曾经爱过你：爱情，也许
在我的心灵里还没有完全消亡；
但愿它不会再打扰你；
我也不想再使你难过悲伤。
我曾经默默无语地、毫无指望地爱过你；
我既忍受着羞怯，又忍受着嫉妒的折磨；
我曾经那样真诚、那样温柔地爱过你，
但愿上帝保佑你，另一个人也会像我爱你一样。
……

看完小说，她轻轻地笑了，两颗泪珠却悄悄落在书页上，慢慢地渗化开来……

“哇——哇——”孩子在床上哭闹起来。该给孩子喂奶了，她急忙抱起孩子，掀开衣襟，把奶头塞进了孩子的小嘴。

（原载《天涯》1983 年第 4 期）

我家门前有条河

我家门前有条河，从高高的五指山上流出，转了不知多少道弯，在我们番什寨旁积成个半圆小水潭，又绕过挡在河道上几块大石头，一个急湍，向那遥远的地方继续逶迤而去，碧绿如洗的山峦紧紧相随，一齐消失在天边那个朦胧的山脚。

孩提时代的生活是最值得怀恋的。那时正是贪玩的年龄，而村边的水潭里则沉淀着我们许多已经远去的欢乐。最惬意的是夏天了，我是寨子里有名的“小猴王”，常常带领小伙伴们在这小小的水潭里打发那无忧无虑的时光。水潭里的水很深却很清，可以见底，水底那大大小小的鹅卵石，有花纹的螺壳，全看得明明白白，水里游鱼来去，更是清清楚楚。我们站在潭边的大石头上冲着水面扎猛子，在潭里顺着石缝摸鱼，兵分两拨打水仗，往往连饭也忘了回家吃，直到家里大人拿着小棍子来赶，我们才慌忙爬上岸，裤子也顾不得穿，提着衣服嘻嘻哈哈往回跑。到了傍晚，吃过晚饭，我在村头一声唿哨，身边马上又围拢一群，跟随着我吵吵嚷嚷直奔河边。暮色初降，村寨和群山都被浸化在一片淡淡的烟霭中了。近处牛群入栏和远处长臂猿归林的叫唤声时起时伏，遥相呼应。这时，潭边早已聚集了许多搓洗衣服的大嫂和大姐，我们可不管那么多，一个个脱得赤条条往高高的大石头上一站，“扑通”一声跳下深潭，水花溅起老高老远，把那些嫂嫂姐姐的身上脸上弄得全是水珠，惹得她们抖着身子一声接一声骂起来。那些年轻的大嫂才不害臊呢，指着我们高声嚷道：“鬼打的猴精，看上来不扯脱你的小鸡鸡……”我们扮着鬼脸，才不怕她们呢，只觉得挺好玩的。长大一点懂得害羞后，我们不敢太放肆了，但还是那么淘气，为了在潭边的大石头上争地盘，我们常跟小河下游番统寨的孩子吵嘴打架……

六年的兵营生活使我和儿时的伙伴音讯隔绝了，小河边上那说不出甜酸苦辣的记忆却常常萦绕在我的心头。六年前，我带着满腔的愤怒和无限的惆怅离开了这条美丽的小河，如今又满怀强烈的思念和深深的忏悔回到了这片生我养我的土地。

啊，六年了，我终于回来了！山还是那么绿，水还是那么清，一切都是梦的复现！站在河边，我终于看见了若隐若现藏在一大片绿荫丛中的寨子。寨子里古榕苍劲，翠竹婆娑，那几排秀媚的槟榔树已经长大，亭亭玉立直伸寨子半空，树端结满成串的果子，就像挂在美人颈项上的珠宝。鸡鸣狗吠相闻，童叟身影闪现，踏上故土，往日的梦思终于有了归宿。我禁不住心头一紧，一股热流涌出了眼眶，模糊了我的视线。

我家就在寨口，一簇芭蕉林遮掩了家门，门前那棵木棉树还是那么挺拔，粗大的枝丫撑起半壁天空，细细密密开满一树红花，如火如焰，似燃非燃。也许年迈的阿爸砍山未归，也许慈祥的阿妈正盘坐在木棉树下编织筒裙。小妹妹已经长大，她在干什么呢？人大心难度，我无法猜寻……

到了家门却不想回家，我把背包行李往河边一撇，爬上潭边那块熟悉的大石头，静静地坐下，痴愣愣地望着下游，心里又涌起一阵无名的愁绪。

啊，阿英，她现在怎样了？还有那该死的牛仔，他的刑期也该满了，也该回来了……

“扑通”，细细的水珠溅了我一脸，我向潭中一望，哟，好大的一条鱼！

是什么时候了？山里山外都在进行轰轰烈烈的“文化大革命”，学校停了课，我和牛仔无所事事，常常到潭里嬉耍。记不得具体是哪一天了，我和牛仔又拿着竹制的弓箭相约来到河边射鱼。

河边，一个约摸十一二岁的小姑娘正在洗衣服。我拉住牛仔，弯腰捡起一块碗大的石头，悄悄走到姑娘背后，恶作剧地把石头往河里使劲一扔，大喊一声："喔，好大的鱼！"小姑娘猝不及防，衣服被溅湿了大半身。牛仔拍着手掌哈哈大笑起来，我得意地倒退两步，作出迎战准备。番统寨的女孩子可不好惹，那次牛仔欺负了那个叫肥妹的小姑娘，肥妹趁牛仔不备，提起牛仔放在河边的半篓小鱼往河里一抛，撒腿就跑，牛仔追了老半天也没追上。

小姑娘站起来了，她身材瘦小，黄黄的头发扎着两根小牛角辫，身上穿着一件明显过大的汉装，衣服上原本的蓝色已经发白，衣摆几乎遮过膝盖。我一看，竟不认识。小姑娘一声不吭，抹了一把脸上的水珠，两眼忽闪闪地瞪着我，像是惊恐，像是委屈，又像是愤怒。那神情就像有一次我和阿爸一块在山上追赶的那头小鹿，小鹿跑到山崖绝路，也是这样定定地站在崖边瞪着我们。

牛仔还在助威，我却无心恋战了，一甩手，悻悻地往潭中一跳，逃出了窘境。小姑娘也默默提起洗衣篮，走到离我们远远的下游，又默默地搓起衣服来。

后来才从大人口里知道，那小姑娘名叫阿英，父亲原是公社书记，因被人揭发他在新中国成立前当过叛徒而畏罪自杀了，她和母亲一道被遣返老家番统寨。

自从那次恶作剧后，我小小的心灵里竟对这陌生的小姑娘产生了一种难以抹去的愧疚。我变老实了，再没干过欺负女孩子的事。

小孩子打架不记仇，我和牛仔、阿英从此成了打不散分不开的小伙伴。我们一块在那风云变幻的年月告别了童年，开始了那缠不清，理还乱的感情纠葛……

啊，小河便是见证！

回到家中，家人上下喜笑颜开。接过阿妈递上的山兰酒呷了一口。呀，几年不喝，这酒竟感觉又酸又苦了，我皱着眉头强咽下去，心里好一阵翻腾。

乡亲们还是那样热情，听说我复员回来，都纷纷提着酒罐登门看我来了。门前的芒果树下，一盏电灯挂在树枝上，大伙围坐在几块木板凑成的“餐桌”前，不分主次，没有客套。菜不好，但酒能醉人，尽情地喝，放声地笑，毫无拘束。自家种出的土烟够味，水烟筒一个转给一个，咕碌咕碌响，一团团辛辣的烟雾弥漫在头顶。阿妈殷勤地斟酒添菜，阿爸还像过去一样不爱说话，满心的欢喜一肚子爱，都挂在饱经风霜的笑脸上。妹妹长大了，擦去了常年挂在嘴上的两筒鼻涕，出脱得花枝一样鲜艳，在我这个久别的哥哥面前，她还有点害羞呢。难为她了，在家里照应两老，让我省了不少担忧，我能知道家乡情况的一鳞半爪，也全靠她那支不大顺畅的笔。

端详着在座的老小，又是一番感慨。小的长大了，不好辨认；大的面目还在，却添了皱纹；老的皱纹更多了，却个个神采焕发。变了，全变了，连家里原来那间大草房不也被今天这三间瓦屋代替了么？也该变了，都解放三十多年了，刀耕火种的历史难道还要写到共产主义？乡亲们的欢声笑语感染了我，那又苦又酸的山兰酒也渐渐喝出味道来了。论古说今，酒席上无所不谈，从小时候光着屁股摸鱼，偷菠萝挨了马蜂蜇，说到修大寨田，又从大寨田说到责任制……凌乱无序，想啥说啥。年轻人难得安静，一会儿抢着传看我的立功证章，一会儿缠着要我讲战斗故事。老辈人轻易不对后生说好话，今天却交口夸我是后辈出英雄。

什么英雄！我苦笑了，比起那些牺牲了的战友，我算得了什么？我只不过是尽了一个战士的职责，没在战场上当孬种，而我在生活中却实实在在是个……也许还真的称得上“英雄”——一个失败了的“英雄”！

哈哈，我的心在颤抖。

六年前，我在小河边将牛仔痛打了一顿，彻底割断了我们儿时的情谊。不久，我参了军，离开了记载着我全部的爱和恨的家乡，那年我刚满二十岁。

离开家乡的那一天，阿爸和乡亲们将我送出寨口，我生硬地拦住他们，不让他们再往前走。我远远看见阿英躲在寨边那棵大榕树旁，哭得全身直抖，我心中那团怒火烧得更旺了。我狠狠地一转头，也不同阿爸和乡亲们告别，登登登地踏上了出山的小路。

“亚丰——”牛仔跌跌撞撞从林子里闯出来，挡在小路中间，两腿一屈，跪倒在我跟前。他嘴角难看地歪着，泪水淌了一脸：“亚丰，我不知道，你从来没讲过……我真的不知道你爱她呀！……”

我怒不可遏，一脚把他蹬翻，头也不回地走了。

紧张的兵营生活陶冶着我的性情，几年来走南闯北，我的胸怀渐渐开阔了，过去的一切在我心里逐渐淡漠。我和家乡几乎断绝了一切联系，偶尔才收到妹妹那词不达意的来信。父母不识字，妹妹文化又不高，从来信中，我只能知道一些有关父母健康状况和家中生活如何的消息，这也是我唯一需要知道的。至于其他，我一概不知，也根本不想知道。

对越自卫反击战打响了，我率领一个排，怀着满腔义愤，第一批杀向越南，打得敌人丢盔卸甲，我们排也只剩下三个人。我负了重伤，被送回了祖国后方医院。

刚从炮火连天的战场上下来，轰轰烈烈的场面没有了，紧张的生命节奏戛然而止，一切都像水一样平静，平静得令人心烦。这几年，甚至于这一生，我的生活都似乎从来没有这样平静过。鲜花失去了色彩，赞词也听得让人发腻，我真真正正感到了寂寞，心里有种难以名状的焦躁。我躲记者，骂医生，连那位多情的小护士悄悄塞在我枕下的厚厚的信，我都没有耐心读完。

那天我也太伤小护士的心了，从医院附近那片小树林里散步归来，我踏着月光下斑驳的碎影慢慢走着，她那娉婷的身影堵住了路口，两眼闪着羞波，脉脉含情地望着我，欲言又止。相持了一阵，我不知哪来的火气，脱口吼了一句：“走开！”甩开大步冲了过去，我听到了后面一阵抑制不住的抽泣。

我和衣躺在病床上，望着窗外那若明若暗的天空出神。两颗晶莹的星星在遥远的天际向我眨着眼，一闪一闪的。啊，我的心窍猛被击开了，全是那双眼睛！她们太相像了！我终于找到了寂寞的原因，终于明白了自己为什么要对护士发火！

不久前，一个一块参军的邻村老乡来看过我，战争结束后他曾回过一趟家乡。他告诉我，牛仔在我走后的第二年因偷盗耕牛和打伤了工作队干部，被判了五年徒刑。阿英她阿爸的问题已经平反，她至今还是单身一人，好几次别人提亲她都没有答应……

老乡带来的消息强烈地撞击着我的心扉，几年来筑起的那道堤坝崩溃了！那淡忘了的过去又清晰地复现在我眼前！我一直在玩弄自己的感情！我一直在欺骗自己！全是我害了她，也害苦了自己！

我对牛仔的恨更加深绝了，如果没有他制造的那一幕，我们不都是幸福的么！不，假如不是我当初那自恃“英雄”的退让，情况不又是另一个样子了吗！

在那无情的一幕拉开后的第二天，阿英曾找到了我，像小河流水般地将心中的委屈向我倾诉，可我的心像结了冰的河水，丝毫也激不起同情的浪花。我走了，一句话也没说，给她留下了一瞥怨恨、轻薄的目光，悻悻地走了，一走就是六年。

我真庸俗！我真浅薄！真正的爱是能够推卸的么？原以为生米煮成了熟饭，阿英已经成了牛仔的人，我一个堂堂男子汉怎能抢夺别人摘下的苦果？我把责任推得一干二净，以无限的恨代替了深深的爱。当阿英最需要我的时候，我却往她受伤的心猛踢了无情的一脚。我无法原谅自己！

“我一定要娶她！”一个朦胧的意念忽然在我心中清晰而坚定起来。我不能再欺骗自己了，不能再充那个连我自己都不承认的英雄了！

平静下来，我才觉得对不起那个被我轻待了的小护士，但我不想去向她解释。一个连自己都无法理解的人还有什么权利去要求别人理解，一个连自己都对不起的人还有什么理由担心对不起别人！

伤愈出院后，一回到部队我便向上级打了复员报告。鉴于我的身体情况，领导也考虑到我不适合留在部队，很快批准了我的要求。

夜深了，乡亲们都各自散去。两老房间的灯火也熄了。忙累了一天，我却丝毫没有睡意。我披着上衣，坐在门前木棉树下那块平滑的大石板上，点上一支招待客人剩下的香烟，望着前面不远处那哗哗流水的小河发呆。

小河还是过去的小河，弯弯曲曲，时缓时急，那半圆形小水潭还是那么平静，一轮圆月倒映在水中，轻轻的水波在水面微微颤抖，抖得那圆月变了形，好像要挣扎着跳出水面。“扑通”，又是一条大鱼跳跃，月亮霎时化为一片碎光，很快又合拢起来。潭面还是一轮变形的月影。

“阿英!”我轻轻喊了一声，思绪又渐渐回到了从前。

初升的太阳暖融融的，我拿着本书仰卧在潭边的大石头上，津津有味地读着。

“扑通”，一块石头落在水里，溅了我一脸水花。

“咯咯咯……”阿英从大石头后钻了出来，“亚丰哥，你看……看得……好入迷哟。”她笑得上气不接下气，两肩膀上下直抖。

“看我不把你丢进河里!”我跳起来挥着拳头吓唬她。

“别，别，好亚丰，咯咯咯……你别……”她又摆手又跺脚，眼睛瞪得大大的，表情有点夸张，却越发显得可爱了。

自从我中学毕业回乡劳动以后，牛仔常被队里派民工外出，我和阿英单独在一起的时间比过去多了。我们从未有过约定，可小河边却成了我们常常相会的地方。我心里明白，我早已深深地爱上这位又可怜又可爱的姑娘了，可我却从来不敢贸然向前多跨一步，我说不清是什么原因，也许还因为有个牛仔?

我伸手把她拉上大石顶，她那纤细的小手被我攥得紧紧的，痛得哇哇直叫。“你坏，老爱欺负我!”她轻轻捶了我一拳，并排坐在我身边。

“阿英，你变得越来越鬼了。”我笑道。

“我是报复你，你忘了?小时候!”她娇嗔地翻了我一眼，又吃吃地笑起来。

“阿英，其实你笑起来很好看的，为什么平时总不爱笑呢?”我很替她遗憾。自从她们家被遣返回乡后，除了在我和牛仔面前，她对别人总是一副诚惶诚恐的模样，连笑也不敢随便笑。

“笑得起来吗？我只是在……”她声音低低的，又恢复了以往那脸苦相。

小河弯弯曲曲，缓缓急急，不停息地哗哗直流。我们都沉默了，静静地倾听着那潺潺的流水声。

“阿英，你忘了没有？那次你摸螺掉进这个水潭里，淹得半死，是牛仔揪着你的头发把你拖上来的。”我有意要冲淡这不愉快的气氛。

“别提牛仔！”阿英的脸腾地涨得通红。

“怎么回事?”我疑惑地问。

阿英委屈地望了我一眼，说：“我很感激你们，一直把你和牛仔当哥哥看，可牛仔常常出外，不跟好人学。”

阿英没有再说，我也不好再问，可心中却掺和了一种困惑。

“哥，别抽那么多烟。”是妹妹的声音，她不知什么时候已站在我的身边。

“你怎么不睡?”我挪开一块空位让她坐。回到家以后，一直忙着照应客人，还没来得及和妹妹多说几句话，冷落她了。

妹妹紧挨着我坐下，把头轻轻靠在我的肩上：“哥，你有心事。”

妹妹长大了，再也不是那个拖着鼻涕，受了委屈便向哥哥撒娇的小姑娘了，她也许已经恋爱，开始探索人生的秘密了，我的神情瞒不过她。

“其实，你不用这样害苦自己的。”妹妹眨着两颗星星般的眼睛，喃喃地说。她仿佛什么都知道。

我的心又是一动，忙把话题岔开：“牛仔为什么去干那种事?”我不知道为什么要在这个时候提他，当初听到他被判刑的消息，我是多么解恨呀。

妹妹看了我一眼，接着说：“说起来牛仔还是好心呢。那次英姐的弟弟得了脑膜炎，因为没有钱，送到医院人家不收，英姐向队里借，要是往常还好，乡里乡亲的，队里不会不管，可是那时刚好下来工作队，说她家是反属，硬是不准。牛仔知道后，从队里偷出了一条耕牛，连夜赶到县城，卖给他过去在水利工地上认识的一个朋友，第二天把钱送到阿英家，救了阿英弟弟的命。后来工作队长发现队里丢了牛，追查阿英的钱是哪来的，牛仔出面承担起来，还和工作队长吵了一顿，不知怎么就打起来了……”

我惊住了，一阵强烈的空虚感向我心中袭来，就像一个义愤填膺的复仇者还未举起手中的刀，对手却已自行倒毙在地。妹妹接着说些什么，我一句也没听清。我说不清是悲是喜，只觉得心头痉挛得发痛。

牛仔是个孤儿，从小跟着叔父过日子。在大队念完小学，我上了县里读中学，而牛仔不愿再读书，家里也缺劳力，就回生产队放牛去了，所以只有假期我回到寨子，我们才有机会聚一聚。我毕业回乡后，牛仔又常常被派民工长年在外，我们见面的机会还是不多。

有一回农忙过后，我专门抽了个空来到八公里外的公社理发店，头上的乱发已经两个多月没理了，该收拾收拾了。

走进店门，一个刚理完发的瘦长条汉族青年满脸不快地走到大镜前左看右瞧，边掏钱边对理发师发火：“你他妈的什么水平，理出个黎头！”

“放你妈的屁！”一个坐在旁边等候理发的五大三粗的年轻大汉霍地跳了起来，一把揪住那青年的衣襟，扬手就是一个响亮的耳光。“你说！什么是黎头，什么是汉头！”那大汉气汹汹地问。

理发师夹在中间，愣了好一阵，才想起劝阻。他陪着笑脸对大汉说：“算了，算了，别和他一般见识。”又转过头对那青年说：“你这人也是，说话注意点影响嘛。”边说边把青年往外推。

“不行！”大汉揪着那青年不放，“你说清楚，黎就随便给人侮辱吗！”

那青年面如土色，结结巴巴地分辩：“我不……不是说你……”

“我就是黎！”大汉怒目圆睁，朝那青年又是狠狠一个耳光。

这不是牛仔么！我冲上前去，一掌推开那倒霉的青年，拉住牛仔喊了一句：“牛仔！”

“亚丰!”牛仔转怒为喜，抓住我的肩头使劲晃，“半年不见了，真想你!”

“见鬼，不定想哪个呢!”我狠狠擂了他一拳。

“有话回去说!”他拉着我就走。

理发店里人太多，我们不愿久等，打打闹闹走了出来，那挨打的家伙早不见了踪影。

“你怎么又跟人动拳。”路上，我责怪他说。

“嘿，人家看不起黎，就因为我们这些黎太老实了！妈的，这种人我打过好几个了!”牛仔一脸得意。

“你就不怕吃亏？有理说理嘛。”

“说理?”牛仔嘴角一撇，晃了晃拳头，“这个就是理！我在外面跟人学了几路，不是吹，三两个也不碍手脚，吃不了亏！回去我教你，以后别再让人欺负!”

晚上，我到河里摸了一大盆石螺，牛仔不知上哪弄回只大母鸡，有两三斤重。

“哪来的?”我有点怀疑。

“放心吧，兔子不吃窝边草，不会有人来找的。”牛仔狡黠地眨着眼说。

“到底哪来的?”我不放心，我知道他叔家的情况，不会有多余的鸡。

“买的，到那边寨子买的。不信？我有钱，花完算!”他刷地从怀里抽出一把票子往桌上一拍，“瞧，全是我的!”

在我独住的那间草房里，只有我们俩，我们边喝边聊，一直喝到深夜。

“这半年来你又干了些啥?”我问。

“干啥？还不是学大寨修水利!”他懒洋洋拿起酒瓶给我斟满，也给自己斟上，一仰脖子，他又干了一杯。他抹了把嘴，接着说：“修水库，修他妈个屁！我他妈的什么没干过！偷东西，打架，玩女人，什么都干！就是没抢过，我从来不抢……看不起黎，他妈的，他们那些汉族女民工更贱，五毛钱就可以搂着睡一晚……跟狗一样!”他已经有几分醉意了。

“别胡说八道!”我大声喝道。

“骗你干嘛，有……有乐不乐才……傻……傻呢……”他舌头发硬，身子摇晃着，手颤颤的又要往杯里斟酒。

我抢过他的酒杯，又惊又气：“你怎么堕落成这样！真给我们黎人丢脸！你对得起祖先吗?”看见他这副玩世不恭的样子，我实在憋不住了：“我问你，你是不是欺负过阿英?”

可牛仔却朝我翻了翻白眼，身子晃了两晃，醉倒在地。

我心里一阵难受，也觉天旋地转起来，一股酒气涌上喉头，一张嘴“哇”的一声，肚里的酒菜全都吐了出来。

小河静静地流淌，月光钻进了云层，潭面一片昏暗，整个夜空显得更加模糊了，河面上那一层紧追一层的水波却仍然依稀可见。妹妹还是静静地伏在我的肩上，天气有点凉了，我把外衣轻轻披在她的身上。

像眼前这条小河流水一样，人的感情也是难以抑止的。我觉得自己那颗炽热的心时时都向阿英靠拢，可又时时被一种无形的东西牵制着。如果牛仔真的欺负了阿英，我可以理直气壮地教训他，甚至可以撕破脸皮。可是如果牛仔也像我一样爱着阿英，我能去阻止吗！我们三人从小情同手足，无所谓亲疏远近。那时的爱是纯真无瑕的。可是为什么人一长大，一切都变得微妙复杂起来了呢?

我仍然沉浸在对往事的回忆中。

上一回理发没理成，我和牛仔找了个圩日重新来到公社。

理完发，走出理发店，路边吵吵嚷嚷地围了一圈人，生性爱凑热闹的牛仔拉着我三推两搡地拨开人群，挤了进去。一个衣衫褴褛、瘦骨伶丁的年轻人在捶首顿足，号嚎大哭：“我阿爸……病在床上……没钱……家里就这两只下蛋……蛋鸡……呜呜……阿爸呀……”一问，原来这青年正在街口卖鸡，碰上了公社“割资本主义尾巴”民兵小分队，把鸡给没收了。

“哭个鬼！你爸还没死呢！真他妈给黎人丢脸！你不会抢回来!”牛仔喝了一声，从兜里抽出一张十元大票往那年轻人脸上一甩，怒冲冲转身走了。牛仔从小就有这种路见不平、急人所难的脾气。

“亚丰哥，牛仔哥，等等我!”阿英背藤篓从人堆里追出来。

“你一个人来赶集?”我问。

牛仔在一旁乜斜着眼睛对着阿英笑，阿英朝牛仔做了个鬼脸。

“赶个鬼集，一条大街空荡荡，阿妈叫我拿几梭芭蕉出来卖，换几斤盐回去，看见这样子谁还敢卖。”阿英边说边从藤篓掏出一梭熟透的芭蕉，拗下一条递给我：“不卖了，我们自己吃。”接着又拗下一条递给牛仔，头一歪，娇嗔道：“给你一条最大的。”

牛仔吃着芭蕉，笑着说：“昨天就约你一块来，你偏不干，现在还是离不开吧?”

阿英一噘嘴：“谁想和你在一块，你最坏。我是看见亚丰哥才来的。”

看见她这撒娇的模样，我和牛仔都开怀大笑起来。可我却觉得自己笑得有几分不自然，我的心胸也许太狭窄了。

“你们先回去吧，我到那边村子找个同学。”我不知为什么会找这个借口。

回到家里，一种无以名状的惆怅笼罩着我的心。爱情确实是自私的，尽管我和牛仔亲如兄弟。我不愿意在我们三人中间出现由这方面的感情所引起的纠葛，可我对阿英的一颦一笑又想独自占有，我太苦恼了。

回家以后，我拿起一本书，懒洋洋地歪身倚靠在床上，过了好久，却一个字也看不进去。我狠狠将书往床上一甩，烦躁地站起来，却猛然发现阿英不知什么时候悄悄站在了门口，静静地望着我。我一看见她，她的脸蓦地红了。

“今晚我在河边等你。”她眼波里闪着羞光，似乎又有几分忧郁。

“什么事?”我心头一跳，感到莫名其妙。

“有话跟你说。”她飞快地瞥了我一眼，对我甜甜一笑，转身跑开了。

年轻人的心是最敏感不过的了，这幸福感来得太突然，我简直怀疑自己是在梦中。我们过去虽然来往密切，可从来没有在夜晚单独约会过，而且她刚才的眼睛分明暴露了心中的一切。我觉得全身的热血在沸腾，心里烧得难受。刚才我还胡思乱想呢，其实我们三人从小不就是那样玩大的么，是我太小心眼了。

傍晚，我正心神不定地等待着天黑，牛仔却无精打采地提着酒瓶闯进我家："亚丰，今晚来个痛快的！"

对于喝酒，我们从来没有推辞的习惯，可我惦记着与阿英的约会，心不在焉地应付着牛仔。我暗想，时间还早，过一会再到河边也误不了事。于是两人又躲进了我的那间小草房，就着一碟中午剩下的花生米，慢慢喝了起来。

我有约在身，无心贪杯，牛仔似乎也不大痛快，只顾埋头一口一口往肚里灌酒。

"我交过那么多女人，还没有哪个比得上阿英的！"牛仔突然开口了，他有点醉了。

"闭你的狗嘴！"我不能容忍他这样谈论阿英，我觉得这是一种亵渎。

"对别的女人，不过是逢场作戏，图一时的欢快，可是对阿英我是一片真心……"牛仔喷着酒气，自顾自地说。"以前她对我不是这样的，你去读中学的时候，她家里有困难，我经常帮助她，她有什么心事都对我说。我去工地修水利后，她对我就变了，今天在路上我对她说了，说我爱她，可她说她不爱我，我不信……不信她讲的是真话，不信她……躲得过我！"

"你想干什么？"我把酒杯狠狠往桌上一顿，指着牛仔喊。

"你懂什么！她爱过我，她一定是我的人，迟早是我的人！"牛仔瞪着一双红眼，也喊了起来。

"你滚！"我实在忍不住了，抓住他的衣襟用力一推，他踉跄几步退出门外，望了我一眼，摇摇晃晃地走了。

我头重脚轻的，感到非常疲乏。牛仔说的是真的？我的脑袋像缠了一团乱麻，理也理不清。

月亮升起来了，天早黑了，我没有忘记阿英的约会。但是去还是不去？

我犹豫了。我爱阿英，可牛仔是我亲如手足的伙伴，假如阿英和牛仔真的有过什么瓜葛，我决不愿意充当拆墙角的小人。

去！和阿英当面把一切都说清楚！经过一番思想斗争，我拿定了主意。

于是，我冲出门外，借着月光，朝着河边急急赶去。

一片乌云从天空飘过，挡住了月光，河边显得更暗了。

蓦然，小潭边传来一阵奇异的响动，还夹杂着压抑的哭声。我心头一惊，快步走向前跑去，地上突然蹦起一个黑影，吓了我一跳。

“亚丰……”那黑影双手抱在腰间，两眼直直地望着我，声音怯怯的。我定神一看，是牛仔！

“啊——”一声尖叫，地上又跳起一个人影。是阿英！

月亮钻出了云层，把河岸照得雪亮。阿英双手掩胸，披头散发，一脸泪迹，眼中朝我射出两道寒光，哭着跑开了。

我明白了！一股热血直冲脑门，我像一头红了眼的水牛，一步步逼近牛仔。牛仔定定地站着，表情木然，两眼不闪地迎着我。我攥紧拳头，狠狠朝他脸上就是一拳，接着又是一拳。他不反抗，也不躲闪，像根木头。

我从牙缝里挤出了几个字：“你，以后，好好待阿英！”然后踉踉跄跄地离开了河边。

“哥，该休息了，你累了一天。”妹妹打了个哈欠，柔声说道，“其实你真的不用这样害苦自己的，都已经是过去的事了。”

“你？”我望着妹妹，难道她真的全都清楚？

妹妹仿佛看出了我的疑惑，接着说：“英姐全都告诉我了，她很爱你，可她说她不值得你爱。你是一个干干净净的，有前途的人，以后会有更好的人爱你的。她要等牛仔，牛仔很快要出来了。她说牛仔是为了她弟弟才坐牢的，牛仔过去虽然对不起她，虽然干过不少坏事，但她说相信牛仔会变好的，牛仔不是生来就坏，他学坏是那时的风气造成的，现在风气好了，他一定会改好的。她说牛仔没有父母兄弟，如果没有人关心他帮助他，他会走回头路的。

她说你们三个人是一块长大的，不能看着哪个落难不管。那次英姐到监狱探他，他觉得对不起阿英姐，一头撞在墙上，把头都撞破了，他说再不重新做人就没脸活了。”

又是一个响雷炸在我的心头！想不到阿英是在苦苦等着牛仔！我自以为经过时间的洗礼，灵魂已经净化，自以为已经冲出了狭隘的世俗圈子，可是生活实在太令人难以捉摸了！难道我又错了？

小河还在哗哗地流，那轮变形的月影依然映在水中，随着水波的摇动，忽闪着捉摸不定的光彩。我强制着心头的激动，又点上一支烟，深深吸了一口。

我需要好好地想想了……

（原载《五指山》1984 年第 3 期）

阿　　龙

阿龙满打满算二十七了，至今还是光棍一条。他不缺不残，仪表堂堂，方脸膛，高鼻梁，浓浓的眉毛，亮亮的眼睛，两个嘴角翘翘的总是带着微笑。他膀大腰圆，臂壮腿粗，差一公分一米八的个头，是黎族青年中少有的大个子。可这么个帅小伙子为何找不着对象呢？说起来有几个原因：一是茶厂的姑娘虽多，可大半是汉族，而阿龙对汉族姑娘历来怀有成见，因为照传统观念她们是不屑与黎人为侣的；二是阿龙的工作太使人丧气，堂堂男子汉竟干了个伙头军，在姑娘们眼里，他便成了弃之可惜、拾之又无用的角色了。不过，最主要的还是他的脾气太倔，嘴巴太损，厂里的姑娘都几乎给他得罪完了。

茶厂有百十号人上班，在饭堂开伙的却只有集体宿舍那群花枝招展的姑娘，所以饭堂里的工作人员不多，只有阿龙和另一位叫林嫂的汉族女工拍档。在这女儿国里，阿龙一日三餐都得和她们打交道，而且他那个头目标又大，自然不会不被姑娘们各色各样的眼光所注视了。他虽然老眼光看问题，对汉族姑娘不抱幻想，可都是年轻人，打个饭，递个菜，少不了言来语去，说笑嬉闹，所以关系倒还融洽。

一年前，有位被誉为“茶厂一枝花”的揉捻车间的女孩盯上了阿龙，有事没事总爱往他宿舍钻。青春妙龄中的帅男靓女，来往多了，双方心里都好像有了那么一种你知我知的微妙的感情。一次，他们谈得正热火，姑娘没注意冒出一句：“你本来是应该带领千军万马的，可惜现在你的手下只有锅勺碗碟。”这本是一句玩笑话，阿龙却认为受了侮辱，脸上霎时挂了霜，硬邦邦地掷去一句：“你本来应该是国宴上的公主，可惜我手下还不能少做你的一份饭！”一句话便堵死了这条本来也许走得通，而且也许还很幸福的路。后来，林嫂想把自己一个在农场工作的老乡介绍给他。牵上线后，他们见面了。那姑娘水灵灵的也是一表人材，可人家只问了一句：“饭堂的奖金好像比不上厂里吧！”他马上陪着笑脸：“比不上，差远了！再说我这人五毒俱全，那几张纸还不够抽烟喝酒呢！”说完撇下人家，自个出门找人打牌去了，闹得人家好不尴尬。更绝的是，前不久一位姑娘邀他看电影，到了电影院，时间还早，他们便在宣传栏看自卫反击战的宣传图片。那姑娘无意中指着一幅越南俘虏兵的照片说：“你看这些越南兵多像黎族人呀。”阿龙一听，怒目圆睁，就差没给那姑娘一个耳光了：“你别胡说八道，黎族人难道是这个熊样的！”说完，气冲冲走了。

姑娘们再不敢沾他了，他也更加狂傲了。女人没有一个不势利的！他心里常常这样想。从此，他和厂里的姑娘，尤其是汉族姑娘，就像结下了十辈子的怨仇，路上相遇，不是翻白眼，就是撇嘴。姑娘们背地里对他咬牙切齿，可又拿他没办法，因为她们还得吃饭呀！

一天中午，分完饭，阿龙端着饭碗正吃饭，林嫂收拾着自己的东西准备回家，忽然她想起什么似地对阿龙眨眨眼说：“喂，听说没有？医务室新来了个叫玉芳的小护士，刚从卫校毕业的，俊着哩。”阿龙不屑一顾地说：“俊？比得上这个俊吗？”他夹起一块瘦肉在林嫂面前晃了一下，塞进口里大嚼起来。

“死鬼，别嘴硬！”林嫂笑着说了一句，回去了。

晚饭时，饭堂里果真来了个陌生女子。阿龙抬头一看，哦，肯定是那个玉芳了，还真是俊哩！圆圆的脸蛋，长长的睫毛，两只杏眼水样清澈，体态娇小匀称，一脸旁若无人的神态。阿龙鼻子一哼：“什么了不起！”一个恶作剧的念头顿生于心。

轮到玉芳了："二两饭，两毛钱菜。"声音小得像蚊子。

阿龙一声不吭，接过饭盒盛好饭菜，出其不意地从罐子里舀了半勺酱油倒入饭盒，笑嘻嘻地说："给你加点料。"

玉芳吃惊地；"这……这……"

阿龙还是笑嘻嘻的样子："她们总是嫌饭堂的菜不够味。"

玉芳无可奈何地接过饭盒，瞪了阿龙一眼，走了。

阿龙胜利地笑了。

一天中午，玉芳打饭又碰上阿龙。阿龙刚接过饭盒，玉芳急忙声明："我不要酱油！"

阿龙态度极其和蔼地说："好的好的，不要酱油，那就给你加点辣的吧。"边说边盛好饭菜，随手就把半勺辣酱倒进饭盒里。

玉芳又急又气："你这人怎么这个样子！"说完接过饭盒，委屈地走到旁边装剩饭的木桶旁，用汤匙扒掉辣酱。

阿龙却在一旁幸灾乐祸地说："不喜欢不早说。唉，我看你平时每餐都吃那么一点点，还不如我家那只小花猫，以为你不开胃，想给你来点刺激的……"

顿时，饭堂内哄堂大笑。

玉芳涨红了脸，头也不抬，急急走了。

以后，玉芳再也不到阿龙工作的那个窗台打饭了。

可是，不幸得很，这天恰好林嫂休班，饭堂里只有阿龙一个人在忙。玉芳无可奈何地交上饭菜票，递过饭盒，满脸正色地说："二两饭，两毛钱菜，肉要瘦一点的。"

阿龙闪动着调皮的目光，嘻皮笑脸地说："我看你够瘦的了，吃肥补肥，还是肥点的好！"不等玉芳分辩，半勺油光闪闪的大肥肉已倒入饭盆。阿龙还不罢休，高门大嗓地喊着："肉多了，肉多了！哈，给你赚了！"气得玉芳尖声大叫起来："你怎么这么欺负人，我不吃了！"说着抢过饭盆，将饭菜全都泼进剩饭桶，哭着跑开了。

阿龙吓了一跳，心里反倒不安了。这算什么本事，堂堂男子汉竟在饭勺上耍手段，无缘无故把个弱女子给气哭了，人家有哪点和你过不去？阿龙不吭声了，懒洋洋地听着别人的指责和议论，一反常态，耷拉着脑袋老老实实地分着饭菜，眼皮也不抬一下。

分完最后一份饭，阿龙犹豫了。他想把饭给玉芳送去，又觉得抹不下这把脸。哼，我又不是去讨好她，自己确实得罪了人家嘛。于是，他用自己的饭菜票打了一份饭，专门选了一碟全是瘦肉的炒菜扣在碗里，亲自给玉芳送去。

路上，阿龙心里又敲开了小鼓。怎样把饭交给她呢？见到她说什么呢？她要不领情怎么办？唉，男子汉大丈夫，多难堪呀！可是，鬼叫你委屈了人家！……想着，想着，阿龙已来到医务室，玉芳就住在隔壁的单人宿舍，里面传来断断续续的抽泣声。她还在伤心呢！阿龙踌躇了一会，伸手敲了敲门，心虚嘴硬地说："得了，得了，别哭了小姐，这点小事都受不了，打起仗来被敌人抓住，那还不得当叛徒呀！"

"砰"的一声门开了，玉芳圆睁着一双泪眼，气得全身发抖，她怒冲冲地说，"你怎么这样不要脸！给我走开！"猛一关门，差点没撞扁阿龙的鼻子。

"我不要脸？"阿龙双颊烧得通红，"我为什么这样不要脸！"他恨不得一头钻进地底下去。像一只受惊的兔子，他狼狈地低着头匆匆往回跑去。

阿龙从此老实了，饭堂里再也听不到他的咋唬声了。每逢姑娘们来打饭，他便低着头，板着脸，盯着手上的工作，甚至在姑娘们"嘻嘻"的公开挑衅声中，他也无动于衷。远远看见玉芳走来，他一定会把手里的工作推给林嫂，借故躲开，等玉芳走后他才出来。

可是，山水有相逢，阿龙终于也碰在玉芳的枪口上了。一天上午，阿龙病了，没精打彩地来到了医务室。医生给他一量体温，三十九度，真倒霉，要打针。玉芳是医务室唯一的护士，阿龙只好硬着头皮，乖乖地听任她的摆布。

“肌肉放松点!”玉芳给他擦着碘酒，命令道。

阿龙更加紧张了，一不留神，玉芳像拼刺刀似的一个“突刺”，将针头扎入阿龙的肌肉，阿龙倒吸一口冷气，把“哎哟”声咽回肚里，差点没跳起来。这不要紧，针头扭弯了。玉芳狠狠拔出针头，气冲冲地说：“真没用！那么大个男子汉也怕打针，打起仗来准得当叛徒!”阿龙打掉牙齿肚里吞，这也是自作自受。

到底是姑娘的心软，玉芳看见阿龙那呲牙咧嘴的样子，不忍再使他为难，麻利地换了针头，熟练地给他打了第二针。阿龙糊里糊涂地结束了这场苦难。

“痛吧?”玉芳得意地问。

“男子汉大——丈夫，怕痛?”阿龙挺着胸脯昂头站起答道，可一出门口，眉毛鼻子凑成一团，嘴巴直“哧溜”着倒吸气，一手捂着臀部一瘸一瘸地拼命逃去，头也不敢回。

玉芳追到门口，威风凛凛地喊道：“记着，下午还有一针!”说完，忍不住笑了，笑得好开心。

一会，林嫂抱着小孩来打针，一进门就咯咯咯地笑个不停：“真有意思，牛高马大的汉子还比不上我家小华，小华打针就从没哭过。”

“说谁呀?”玉芳问。

“阿龙呗!”林嫂又笑了，“我刚才在半路碰上他，见他坐在路边哎哟哎哟叫得好惨。一问，他说刚挨了一针。”说完又笑起来。

“是吗？这……”玉芳心里不安了。

“别理他！这人一贯这样傻里傻气的，一点小事也认真得不得了。”林嫂接着说：“这一针也挨得不冤枉，全是他自找的。说来也好笑，昨天他骑单车到集上去买蛋，回来路上下起大雨，他却脱下衣服盖在蛋筐上。蛋怕淋人倒不怕淋了！这倒好，回来就病了，落得我一个人在饭堂里外忙乎。”

玉芳也跟着笑了：“这人是傻，而且很坏。”

“不，不！他这人嘴巴是损点，可心是好的。”林嫂马上为他辩护道，“我和他拍档了几年，这点我清楚。这人傻就傻在脾气太硬，自尊心太强。你知道他是怎样来饭堂的？那年和他一块分来厂里的是两个人，他们两个原来是同学、好朋友。阿龙被安排到场部车队开汽车，另一个分到饭堂。那个思想不通，找领导大吵大闹。阿龙看不过眼，劝了几句，那个却翻了脸说：‘你少说两句漂亮话，如果我也是少数民族有得照顾，我比你更进步！’阿龙一怒之下和他闹翻了。他找领导说：‘黎族人能开车也能做饭，就是不能受气！’硬是要求到饭堂工作，把个好生生的美差给扔了。虽说他是赌气，可干起工作从不含糊，参加工作几年了，年年都被评上先进。他是个有骨气的人，是个堂堂男子汉哟！”林嫂说完，拍拍玉芳的肩膀，又咯咯地笑了起来。

“哼，什么男子汉，净会欺负女孩子。”玉芳噘着嘴说。

林嫂说：“也怪你们这些姑娘看不起少数民族，老给人家钉子碰。”

玉芳急了：“你可不能冤枉好人，姑娘也不个个都势利的！”连她自己也不知为什么要这样说。

“好，好，你例外！待会我去跟阿龙说说，让他也对你例外一下。”林嫂打趣说。

“死鬼！死鬼！”玉芳捶着林嫂，脸红了。

“说正经的，是你不对了，那天人家给你送饭，要向你赔罪，你把人家赶跑啦？”林嫂问。

“呀，他给我送饭？我不知道呀！我还以为他又来胡搅蛮缠呢。”玉芳脸上红霞未退，羞波又起。

玉芳品味着这前前后后的事，偷偷笑了，不知是笑她还是笑他。

下午，阿龙没来打针。玉芳知道上午那一针已经把他制服了，于是找上门去。

阿龙正躺在床上看书，一见玉芳，慌了：“你，你真的要赶尽杀绝呀！”阿龙边说边往床角躲。

“那是你自找苦吃！”玉芳狠狠瞪了他一眼，见他一副狼狈相，禁不住“扑哧”一笑：“少说废话！”

阿龙往日那股英雄劲不知哪去了，乖乖地听着玉芳的指挥。玉芳把那长长的针头安在注射器上，示威似的在阿龙眼前一晃，阿龙忙把头一偏，闭着眼，咬着牙，时刻准备迎接新的“考验”，好一副大义凛然的样子。玉芳给他擦着碘酒，他只感到痒丝丝的，怪舒服，可老半天不见玉芳下针。

“还怔什么？好了。”玉芳道。

“啊，好……好啦？”阿龙惊诧地抽起裤子，“怎么不痛？”

玉芳“扑哧”又是笑：“你想痛？”

阿龙怔怔地望着玉芳：“我服了。”

“嘴上说！”玉芳别过脸去，随手翻弄着阿龙刚才看着的那本书，她这时才注意到是本《烹调与营养》，笑道：“想当烹调博士？”

“不敢有那么高的追求，”阿龙恢复了那股赖皮劲，朝玉芳狡黠地眨眼说，“我只想研究一下酱油和辣椒的营养和作用。”

“本性难改！”玉芳朝阿龙飞去温柔而热烈，动人而又令人难以猜详的一瞥，轻轻地说。

阿龙却愣住了……

（原载《天涯》1982 年第 1 期）

舐犊情

我母亲早逝，家中只有父亲、哥哥和我。在我的记忆中，父亲最疼的就是我。

小时候，山里贫穷，方圆几十里没有集镇，文化生活出奇贫乏，逢年过节，公社才偶尔放场老掉牙的电影。于是，各山头的男女老幼都点上火把，蜂拥而去。这时，父亲总要把我驮在背上，往返十几里山路，以满足我看一场电影的欲望。稍大了些，懂得怜惜父亲，执意要下地自己走，父亲却强按住我，不住嘴地说："傻孩子，再过几年阿爸老了，你也大了，阿爸想驮你也驮不动啰。"父亲那双粗壮的大手非常有力，我总拗不过他。

为了让我安静，父亲便一路不停地给我讲那些讲不完的善恶有报的民间故事。我印象很深的是父亲讲过一个孤儿、恶嫂与乞丐的故事，说的是从前有一对自小失去双亲的兄弟，两人情同手足，相依为命。长大以后，哥哥娶了个恶嫂，并听信了恶嫂的谗言，将弟弟赶出了家门。弟弟无依无靠，住在一间破草房里，每天给人打短工以维持生计。一天，寨子里来了个衣衫褴褛、浑身长满脓疮的老乞丐。老乞丐先是到了哥哥家门乞求施舍，却被嫂子粗声恶语赶跑了。老乞丐又来到弟弟门口，弟弟善良，有同情心，将仅有的一碗饭分了一半给老乞丐吃，并且烧了一锅热水倒进大木盆里让老乞丐洗澡，安顿老乞丐在家里过夜。老乞丐洗过澡后，阻止弟弟将洗澡水马上倒掉，对弟弟说："明天早晨把它倒在你的床上吧，会给你带来好运的。"弟弟觉得奇怪，但还是听从了老乞丐的安排。次日一早，弟弟醒来发现老乞丐已不知何时离去。弟弟遵照老乞丐的吩咐，将洗澡水泼到床上，霎时间，床上全是亮闪闪的金子和银子。从此，弟弟过上了应有尽有的好日子。恶嫂对弟弟寻根问底，探知了其中的秘密以后，急忙四处追寻查找，将老乞丐请回家中，好言好语相迎，好饭好菜招待。之后又如法炮制，烧了热水让老乞丐洗澡，并留下洗澡水。第二天一早，发现老乞丐离去后，恶嫂迫不及待地将洗澡水泼到床上，霎时间，床上密密挤挤爬满了毒蛇，把恶嫂给吓死了……

父亲类似的故事可多了，而讲得最多的是他的一段亲身经历：一九四九年春，国民党兵被打败，往山外逃窜，父亲被拉了佚，给军队挑担，一路受尽了折磨。半路，父亲寻机撂了担子逃出来，由于劳累过度，身体极其虚弱，加上两天没吃东西，昏倒在山里。后来一个过路的汉商发现了，给了父亲两个粽子，把父亲扶回家调养了几天，才捡回一条命。

"这是好人呀，我和他非亲非故，要是他有坏心，我就没今天了。人都是有良心的，做人就得爱护自己的良心。孩子，一个人做些善事，并不会失去什么，要是做了亏心事，良心就欠了债，很难还清了。"讲完故事，父亲总是这样教导我。

父亲实实在在是个好人，从小到大，我未见过父亲与别人红过脸。在为人处事上，父亲是宁可自己受伤害也绝不让别人吃亏的。记得有一次父亲砍山累了一天，回到家顾不得吃饭，便忙着给我烤几条从山溪摸来的小鱼。鱼烤熟了，又脆又香，父亲只分了条小的给哥哥，其余的全给了我，自己却狼吞虎咽地喝着凉稀饭。隔壁寡妇雅甘婶的儿子阿蒂靠在门边，咬着指头，垂涎欲滴地盯着我。父亲便拿过一条鱼向他招手："来，拿去吃吧。"阿蒂接过鱼，蹦跳着跑了。一会，只听见阿蒂在隔壁大哭起来。"啪！"大概阿蒂挨了耳光，随即传来雅甘婶恶狠狠的骂声："小馋虫！看你眼红别人！一条臭鱼有什么了不起！没见过？卡死你活该！卡死你才高兴哩！"'阿蒂哭得更凶了。

父亲惶恐不安地放下碗，走过隔壁，知道阿蒂被鱼刺卡了喉咙，连声对雅甘婶赔不是道：“都是我不好，都是我不好，怎么没想到把刺挑出来呢?”说着回到家里倒了半碗醋端了过去。我替父亲鸣不平，抱怨雅甘婶不近人情，父亲则耐心地检讨自己，并对我解释了这样一个道理：“我们做什么事都要为结果负责，好意做事有时也会出现不好的结果，我们不能因为自己是好意就不计结果了。”这事给我留下很深印象，也教育了我如何与人相处。

我和哥哥相差一岁，我们同年上的学，可哥哥比我聪明，才读小学三年级，便能给乡亲们代写家信了，每次考试，分数也比我高。但是读完小学六年级后，父亲却不让哥哥上学了，因为只有几十里外的县城才有中学，要支付两人的学费和食宿费，对我们这样的人家来说，并非易事，而且父亲年高体弱，身边也需要个帮手。我在父亲和哥哥艰苦的支持下，一直念完了高中。

毕业后，我被分配到公社工作，常年奔波在外。在家的日子少了，领受父亲深沉的爱却更加丰厚了。父亲在家里养了不少鸡鸭，出田回来便顺手逮些小青蛙小蚂蚱带回家来，把成群的鸡鸭养得又肥又大。每次回家，父亲一定要给我杀一只鸡，亲自烹好，端到我的跟前，眼盯着我吃完才放心。小侄子们馋眼巴巴地在一旁看着，父亲就扯下一条鸡腿，撕成碎片分给他们，一边好声好气地说：“出去玩吧，你们在家常有得吃，叔叔难得回来一次，让叔叔多吃些好干工作，阿公以后再杀给你们吃。”我让父亲也一块来吃，他却说：“老了，没牙，啃不动。”我挑了块鸡肝给他：“你不吃我也不吃了。”父亲却笑呵呵地把鸡肝放回我的碗，说：“这孩子，好，阿爸吃。”说完却挟起一块鸡头或鸡脚，一点一点做着样子啃起来，还不停地劝我多吃。

后来，我调到了县里，回家的次数更少了。虽然每次回家，父亲照例给我杀鸡，可是不知从什么时候开始，那些鸡已经没有从前那么肥，那么大了。父亲常为此叹气。

我参加了路线教育工作队，任务是按照上级指示，经常下到各山寨去发动群众扫“土围子”，割“资本主义尾巴”，其实就是检查农民自留地和禽畜的数量，对违反规定者予以惩处，目的是限制农民发展资本主义经济。

由于工作太忙，我很久没回家了。父亲多次托人捎信让我回去看看，说是想我了。离开父亲时间长了，我也非常想念他。于是趁工作告一段落，我专门请假回了一趟家。

到了家里，鸡笼鸭栏早已空空。为了在饭桌上给我增加一点荤腥，父亲在知道我要回家后提前钻山窜岭打回了一只松鼠。吃饭的时候，他和往常一样坐在我身旁，样子显得非常疲倦。我和父亲边吃边聊，谈到当下的生活情况，他叹了口气，怅然地说："这是什么年头，连山上的野物也打不着了！买火药、铁砂还要配给。"当父亲听说我参加了工作队，那双混沌忧郁的眼睛里流露出不安的神色。他劝我说："孩子，作田人日子苦啊，油盐零花全在几只鸡鸭身上。政府不让咱养咱不养，可你千万不要学别人干那些没情没理的事，要多为旁人想想，咱也是作田人家，多做些好事不求报答，良心不亏就不冤枉做一世人了。"父亲长长吐了口闷气，闷头抽起了水烟筒。

嘴里嚼着肉，却吃不出味来，梗在喉头咽不下去。我本身就是工作队员，每天干的就是父亲所不愿意看见的事情，我无法安慰父亲。其实，我也同样无法理解当时那混乱的一切，我想不通，又无可奈何。

父亲默默给我往碗里挟肉，那粗糙干枯的手背在微微颤抖，我的心猛然被刺痛了：父亲老了，老得真快！那脸上的皱纹更深更密了，两颊明显突起，嘴唇微微内瘪，深深的眼窝里那双混沌的眼睛像蒙了层重重的雾，胸前的肋骨随着不规则的喘息一起一伏，显得格外清楚。泪水不由自主地涌出我的眼眶，顺着脸颊流到腮边，滴入碗里。

岁月终于解开了我心头的谜团，我又看见了父亲的笑脸。一九七七年，我考上了大学，更远地离开了父亲。几度寒暑，我抑制着强烈的思情，狠心埋头功课，未曾回家探望过我那辛苦了一辈子的慈祥的父亲。我暗暗思忖，一定要带着优异的成绩回去，让父亲那颗疲惫的心得到更大的安慰。哥哥也常来信让我别惦记家里，说家里一切很好，近年来生产队落实了责任制，哥嫂负责田里耕作，父亲包养了队里两百多只鸭子，自家还喂了群下蛋鸡。哥哥还说，打算收了晚稻后，和村东帕南家合伙买部手扶拖拉机。

然而，在毕业分配方案公布的前夕，我收到了哥哥拍来“父病重速归”的加急电报。如霹雳当头，我看着电文愣了好久，顾不得收拾行装，日夜兼程，回到了家。

父亲由于长年忙累，积劳成疾，已经病了两个多月，怕影响我的学习，却不让哥哥写信告诉我。直到他自己感觉不行了，才让哥哥拍电报叫我回来。我来到父亲的竹榻前，几乎认不出父亲的模样，瘦骨伶仃的身躯就像一支干柴，松弛的脸上只剩一层皮，唯有那往日黯淡的双眼变得格外明亮，说话也清晰流畅，人显得非常清醒。我知道这是回光返照，心里更觉悲恸。

父亲微微颤抖地伸出枯瘦冰凉的手拉着我，神色安祥地说：“看到你，我死也瞑目了。”过了一会又说：“要做好人，懂吗？”我连连点头，呜咽着。父亲艰难地牵动了一下嘴角，笑了：“傻孩子，别哭了，人到了时候总是要去的。我有件事要告诉你……”

“阿爸，你说吧，我听着。”我强抑着抽泣轻轻地说。

“你还记得我常给你讲的那个汉族叔叔吗？”

我点点头：“记得，阿爸放心，仔不会忘记的，仔会学他做个好人。”

“他是你的亲生父亲。”不等我反应过来，父亲接着说，“过去不告诉你，是你还小，怕你难过伤心，现在我要去了，不告诉你，做鬼我心也不安……”

我心头一紧，吓坏了，急忙连声喊道：“阿爸，你说什么？你说什么？”

父亲平静地说：“别吃惊，阿爸没糊涂。……就是我给你讲的那个故事发生的第三天，那时我还在汉商家……就是你亲生父母的家里调养，当时你才半岁。乡公所的人带着国民党来了，开始以为是抓我，你阿爸让你阿妈带我到附近的山洞躲避，谁知国民党却把你阿爸捆起来。你阿妈不知发生了什么事，紧紧抱着你不敢出洞。我们在洞里看得清清楚楚，他们把你阿爸吊在门前的芒果树下，在旁边支起一口锅，烧起水来。他们把你阿爸衣服剥光，轮流鞭打，还一边逼问你阿爸为什么要通共党，给共党运过多少药品。你阿爸一直不说话，就跟哑了一样。于是他们把开水一瓢一瓢往你阿爸身上浇……你阿妈看见这情景，丢下你，发疯一样冲出洞去，扑向那群恶鬼，你阿妈被他们开枪打死了。这时你刚刚醒来，放声大哭起来，我一急，抱着你拼命往外跑，我想无论如何也要保住你这根独苗，跑了好久，他们没追过来，我才放心。……孩子，你亲阿爸是个好人，真正的好人，你一定要学他做人，要对得起他……唉，我要去了，还有一件事放不下，我不能看见你的亲事了……”父亲的脸上显出一抹悲哀。

我早已泣不成声，仿佛置身梦中，却又分明不是梦。我无论如何也不能相信父亲的话是真的！我不相信！死也不信！我悲痛欲绝，久久，久久不能使自己那翻腾的心有稍微一点平静。从父亲身上，我深切地感觉到一个再渺小的人，也可以有一颗伟大的心！

我望着父亲那疲惫而安详的脸，忍着内心的绞痛默默祈祷：

但愿带着爱奔赴黄泉的都能早升天国，但愿天下父亲的爱都这样深沉、无私，但愿天下的儿子都能自爱、互爱！

（原载《五指山》1982 年第 3 期）

梦中的彩虹

一

已经到了弥留之际，帕那爹却迟迟不肯闭眼。他那两只深陷的眼珠黯淡无光，直直地望着那挂满蜘蛛网的茅草屋顶，喘息急一阵缓一阵，粗一阵细一阵，干枯的脸上一道道深深的皱纹像是凝固般的没有一丝表情。他在静静地等待着死神的召唤，似乎并没有常人在告别这个世界之前的那种常见的痛苦。

乡亲们日夜轮流守护着他已经整整八天。早三天，寨子里几个掌事的老人已经暗地里吩咐为他准备后事，并小心翼翼地问他还有什么需要交代的。

也许，他自己也感觉到留在世上的时间确实不多了。这天一早，他那两颗混浊的眼珠转动了一下，似乎闪过一丝光亮。乡亲们急忙围了过去。他蠕动着松软干瘪的嘴皮，缓慢而清晰地地吐出了几个字：

“叫——丁——老——师！”

丁老师是汉人，二十年前随着浩浩荡荡的知青大军来到山里，后来，同来的伙伴们陆续回城，她却不知何故一直留在那所偏僻简陋的乡村小学，成为这一带家喻户晓的人物。

帕那爹怎么在这个时候忽然想起要见丁老师？人们从未听说他们之间有过什么联系。

乡亲们不敢怠慢，一头派了个腿脚利索、办事精灵的后生急如星火地赶往十几里外的小学去找丁老师，一头则议论纷纷，猜测开了。

二

帕那爹那遥远的过去似乎早已被人淡忘。他原是孤儿，早在成年之前，双亲便先后染疾故去。就像石缝里顽强生长的一棵小树，他在孤苦的环境中终于长成了一个生龙活虎的小伙子。他勤劳能干，又随和大方，寨子里无论男女老幼都爱和他交往。

他父母去世时曾给他留下十几棵芒果树，以后他自己又种下五棵椰子树和一片芭蕉林。以往，每逢果子成熟季节，他总是毫不阻拦地任由寨子里的孩子们采摘。有时果子收多了，他还会主动挨家挨户给那些孩子多的人家和孤寡老人送去。他有一支爷爷传下来的粉铳，轮到他手里，已经不知有多少野物在这枪下丧生。乡亲们在赞誉他的同时，也没少分享他收获时的快乐。

可是，不知从哪一天开始，他变了，变成了一个沉言寡语、性情怪癖而且自私吝啬的人。孩子们再也不敢爬上他的果树，老人们再也没能吃上他的果子。他狩获的猎物也不再与人分享。

山里人本无经商习惯，那是要被人鄙视的，而帕那爹将果子收下后，却斤斤计较地卖给过路的客人。在山上打着一只山鸡，在河里摸着半篓小鱼，也不辞劳苦地翻山越岭，拿到二十里外的小镇上去卖。一次，他打到一头两百来斤的大山猪——照惯例寨子人打着大猎物都是猎手得一份整头和一条大腿，其余者便煮成一大锅，全寨大小各自携带碗筷和酒罐前来相聚畅饮，可是那一回他却偷偷将山猪连夜背下山去卖掉了。

寨子里的人和他疏远了，不屑与他交往。他离群索居，不以人怪为怪地生活了三十余年。

三

这条小河实在是太不起眼了。人们不知它源头出自哪里，也不知它最终流向何方。它在人们知道它的存在之前就早已远远流来，又远远流去，从未停息。它时浅时深，时缓时急；浅处可以踏在露出水面的鹅卵石上跳过去，深处能够没过头顶；缓时几乎水波也看不见，急时却能够冲走一头大水牛。平时，它无碍于人们的过往行来，但每逢滂沱大雨，河床便会猛然上涨，淹没兀立于河中的嶙峋大石，把两岸的小草小树连根拔起，席卷而下，连寨口那两棵老榕树，也时时会受到水花的冲溅。然而，这毕竟又是暂时的。天一放晴，那水很快又悄悄退下，留下一些树枝草棒，留下一片被水冲刷过的痕迹，两岸的人又照常在那些浅水处或石块上往来通行。

二十年前，丁美星老师就是趟过这条小河进山的，如今她又随着报信的小伙子趟过这条小河进了寨子。

她与帕那爹素不相识，不明白那个弥留的老人为何要见她，心里紧藏了一个迷。

当她满怀疑惑地走近帕那爹的病榻前时，老人混沌的目光闪出了一丝愧疚。老人瘪嘴抖抖地说："丁老师，我……对不起，偷……偷了你……你的桥……"

丁美星莫名其妙，一时无语。

帕那爹艰难地从贴胸处掏出一张叠成方块的皱巴巴的纸片，递给丁美星："那年我去公社卖芒果，见你……窗上贴着，就……就偷了下来……"

丁美星接过来打开看，是一幅从画报上剪裁下来的照片，照片里是雄伟壮丽的南京长江大桥。也许是年代久远，丁美星对糊窗纸被揭一事早无印象，或许当时就根本没当一回事。

"我不该偷人东西，但是我……太喜欢这座桥了……"帕那爹的表情很痛苦。黎人祖辈恪守路不拾遗的信条，偷盗是最为人所不齿的。

尽管丁美星至此仍然不能真正理解帕那爹的心意，不知他何以会对这样一件不足挂齿的小事情耿耿于怀，并且在弥留之际专门让人将她唤来作出交代，可是她的心还是被狠狠撞击了一下，她不能不被感动了。

丁美星急忙将画报放回帕那爹枯瘦的掌中：“伯爹，你这不算偷，当我送你的好了。”说罢，心中生出一种难以名状的感情。她的眼睛潮湿了。

“谢谢你了……丁老师，谢谢……”两颗混浊的老泪顺着帕那爹脸上深深浅浅的皱纹，弯弯曲曲地流向耳根，滴落在枕边。

四

帕那爹吩咐乡亲们挖出埋藏在墙角的一个大土罐，里面装着一捆捆一包包用油纸裹了一层又一层的钱币，其中多是硬币和毛票。然后，他用尽了生命的全力，断断续续向人们讲述了一件埋藏于心底三十余年的秘密：

三十年前一个滂沱的雨夜过后，帕那爹一大早就来到了河边，要取安放在河沟里的鱼笼。朦胧中，他看见一个人影失足坠入翻滚的河水中，当时他本可去救，却没敢去救。因为在当地人的观念中，落水者是救不得的，否则救人者就会成为替死鬼。他鱼笼也没要，转身逃了。等尸体打捞上来后，他才知道落水者竟是与自己心心相印的情人晒妹。那天晚上他是和晒妹一块去安放鱼笼的，早上没有想到要邀她一道来取，谁知晒妹却自己追上来了，而他居然见死不救！从此，他被自己扭曲了。为了赎罪，他一门心思攒钱，悖逆了乡俗，得罪了乡亲……

最后，帕那爹恳求乡亲们用那些钱，按照画报上的样子在小河上建一座桥。

帕那爹，这个忏悔的老人，在临终之前终于获得了乡亲们的理解。

只是，乡亲们为他的真诚感动了，却也为他的要求作难了。因为那条小河对人们的日常出行影响不大，似乎并无建桥的必要；况且仅靠他攒下的那些钱，想要建造一座大桥，似乎有如杯水车薪……

（原载《天河报》1990.5.10 第4版）

失落在深山里

暑假，我给老家的两位伯爹带回了几张照片，那是两个月前到五指山区采风时，顺便回故乡为他们拍照的。我从小随父母在大陆生活，一九七七年考入省民族学院，才回到海南岛读书，也才第一次和家乡的亲人取得了联系。以后每逢节日假期，便常常回乡与他们相聚。

见着照片，伯爹们十分惊讶，争相传看，咋舌不已。他们一辈子未出过山，想不到那个小小的机器这样神奇，竟能把他们的容貌留在一张小小的纸片上，而且是那样真切。

“阿海，嘿嘿……”一个老人忽然怯生生地叫了我一声，他手里也拿着我带来的一张照片。他早就进来了，但一直没吭声，我没注意到他，也不认识他。

“他是帕力爹，住在那边村，曾和你爸爸一齐上山闹革命，那年负了伤，回家种田了，直到现在。”二伯介绍说。

“嘿嘿……是，是，那时你阿爸当排长，吭吭……我当班长，吭吭吭……”帕力爹边咳边说，干瘪的脸上挤满了呆板的笑纹。

我吃惊了，看不出这位身处深山僻壤，对外界的变化一无所知的病弱老农，曾经是一个为革命冲锋陷阵的英勇战士。他是我父亲的战友，而今却由于某种偶然因素，造成了二者在生活上的巨大差别。这使我深感惆怅。

“照得真好……”帕力爹拿着那张照片爱不释手。

“学着拍的。”我谦虚地说。

“难吧……?”

“不难。”

“好好……”帕力爹看着照片，一个劲地说。

酒菜上席了，大伯和二伯留帕力爹一块吃。

“不了，不了……吭吭吭……我要回去的……”帕力爹摆着手，嘴上说要回去，却迟迟没走。

“阿海，照相……吭吭吭……不难么?”帕力爹小心翼翼，又不好意思地说：“也能……吭吭……给我照一张么?”

“真对不起，我没带相机回来。”我如实地告诉他，心中十分歉疚。

“噢噢……吭吭吭……”帕力爹很失望。

“下次吧，下次回来一定给你照。”我安慰他道。

“好好，我走了。”帕力爹和我拉了拉手，然后一脚高一脚低地一路一咳着走了。我这才发现他还是个瘸子。

两个月后，我又抽了个空赶回老家，准备再采录一点民歌。帕力爹知道我回来，提着只小母鸡和一罐山兰酒上门了。

“阿海……”酒席上，帕力爹望着我，迟疑地叫了一声，“带……吭吭……带回来了没有?”

“带回来什么?”我不明白。

“那个，那个，吭吭吭……照……照相的……”帕力爹好像很不好意思，半天才把话说完。

我慌了，当初我只是随口而出，过后早把这事给忘了，谁知他这样认真。我很尴尬，只好撒了个谎：“很不巧，相机坏了，还没修好。”

我知道骗人不好，可此时也只能如此了，倘若如实相告，让他知道我没把他的要求放在心里，岂不更伤他的心?

帕力爹却表现出了极大的谅解：“嘿嘿，不要紧……嘿嘿……很麻烦的……”

酒席终了，把帕力爹送出伯爹家时，我一再向他保证：“我还会来，一定把相机带来。”

“嘿嘿，好好，吭吭吭……”帕力爹笑着，点点头，和我拉了拉手，一脚高一脚低地一路咳着走了。

望着他那单薄的背影，我感到十分难受，像是负上了一笔债，心里沉甸甸的。

寒假一到，我便携着相机，迫不及待地回到了老家。但等着我的却是一个不幸的消息。大伯和二伯告诉我，帕力老人已在半个月前过世了，弥留之际还打听过我什么时候能回来。

我怀着深深的自责，沿着一条坎坷的山路来到了那安葬着帕力老人的山腰，在坟前站立了好久。临走时，我把镜头对准了那堆新土，艰难地按下快门……

（原载《海南日报》1985年7月25日）

欺　　骗

他无心欺骗，结果还是一场欺骗。欺骗了别人，也欺骗了自己。

——题记

一

暑假回到农场，古彪无处可去，住进了哥哥家。

“阿彪，该找个朋友了。”饭桌前，哥哥对古彪说，“你不该和爸妈拗着劲，七年了，你一直不给家里写信，是不是过分了点？”

“过分？当初他们怎么就不想想他们是不是过分？”古彪停住筷，忿忿地说，说完又埋头大口扒着饭。

哥哥是个老实人，平时很少指说弟弟，见弟弟动了气，便不再吭声了。

哥哥的话引起了古彪心中那无以名状的烦躁，他的心情陡然坏透了。

天黑了，古彪心事重重地顺着屋后的小路爬上了一座小土坡。他疲惫地坐在坡顶一块光滑的大石头上，摘掉粘在裤脚的两棵草刺，慢悠悠地点燃了一支香烟。

“爱，是不能忘记的”，这话说得多好呀！七年前，古彪带着满腔的悲愤，怀着一颗破碎的心离开了安徽老家，离开了和他真诚相爱过的表妹，千里迢迢跑到海南岛投奔哥哥，不就是为了忘记吗？七年了，多么漫长的日日夜夜！他没有回过一次家乡，也没有给表妹写过一封信。然而，在那漫长的七年中，他又无时不在等待。等待什么？他说不清。表妹不可能在他的生活中重新出现，逝去的时光不会再来。他疲惫了，不想再作徒劳的挣扎，却又常常犹豫不决……

一个黑影远远拐出了对面那片茂密的橡胶树林，沿着小路朝山坡上走来了。是李琼燕，那个情窦初开的痴情女！古彪认得出来。

古彪深深吸了一口烟，没有动弹。

见鬼，我怎么竟答应和她上这来！她能代替表妹么？表妹的身影比她苗条，步态也比她轻捷……表妹表妹！为什么又是表妹！为什么要那么傻！为什么要那么认真！多少人不都是这样过来了？

古彪把烟蒂狠狠一摔，地上猛然溅起一片跳跃的火星。

二

“琼燕，你真的都考虑清楚了？”

“我的心思也不是一两天了。”李琼燕的声音低低的，不敢抬头。

“你会后悔的。”

“我不是那种人。”

“你知道我多大年纪吗？”

李琼燕摇摇头，脚尖在地上轻轻拨弄着草屑：“我不管。”

“我的全部家当只有一张铺盖，一个破箱，外加一张藤椅。”

“为什么要说这些……”

“以后要盖柴棚，要养鸡，要种菜，要挑水，要劈柴等等，我一样也干不来。”

“我从小就干家务。”

“我脾气不好。”

“我情愿……”

古彪沉默了，他不忍去伤害一颗纯真的心。

李琼燕抬头望了古彪一眼，好像想说什么，却不敢张口，很快又垂下了头。

李琼燕太拘谨了，和自己的老师在一起，她从不敢大声说话，也不敢大胆和古彪对视，古彪问一句她便迅速回答一句，古彪若不问，他们便会沉默半天。这小姑娘，当初写信的勇气上哪去了！

古彪像是刚刚卸下个包袱，心里又压上了块石头，沉沉的提不起热情来。李琼燕长得不漂亮，比不上表妹，眼睛小了点，脸蛋也不如表妹生动，表妹笑起来有两个酒窝，深深的，李琼燕没有，古彪有些遗憾。

我这是怎么啦？应该高兴才对呀！除了一颗难以被人理解的孤傲的心，我什么都没有，李木林都说我这人心气太高，与生活现实相去太远……放弃那些不切实际的幻想，死心踏地地去爱吧！古彪努力想着李琼燕的好处，默默地强迫自己。

“这事你尽早和家里说。”

“晚一点行不行？”李琼燕怯怯地望着古彪。在家里父母管束较严，她有些担心。

“不行！”

古彪丝毫没有商量的余地，他有他的想法，当初他和表妹的事就是因为双方的父母联合反对，才导致了今天这场遗恨。他和李琼燕的事才刚刚开始，他不想重蹈覆辙。

三

开学典礼刚告结束，大学生们个个如特赦般地从会场大门蜂拥而出。

“古彪！”

古彪随着人流刚刚走出大门，背后传来了一声清凌凌脆生生的呼唤，引得许多惊讶的目光齐齐向后转。

“是你?”这不是那个长得很像表妹的赵强梅吗！古彪好不惊诧。

“想不到吧?”赵强梅紧追两步，站在古彪面前，两只水汪汪的眼睛毫不躲闪地望着古彪，脸上深深地现出两个动人的酒靥。

古彪脸上莫名其妙的有些发热：“我该祝贺你了。”

“不必，和你一样，代培的。”赵强梅把头微微一侧，活泼中带有几分天真。

古彪心里不由又是一动。古彪曾经和赵强梅同在一所中学共过事，时间很短。那时古彪刚从连队抽调到中学任教。也许是和表妹太相像了，古彪常在梦中将赵强梅和表妹混淆。只因赵强梅很快便调到了另一个农场，古彪无缘与她深交，只好把一段小小的遗憾藏在了心里，不久也就淡忘了。现在这意外的重逢，突然使古彪感到有点手足无措了。

“你住在 2 幢 305 号房，对吗？晚饭后我去找你。”赵强梅说完，朝古彪又是甜甜一笑，转身飘然而去。

啊，那笑靥，那神态，那声音，活脱脱就是表妹再现！只可惜性情活泼得有些过分，表妹要比她稳重些。古彪的心里微微泛起一阵涟漪……

晚饭后，古彪早早洗好澡，拿着本书歪在床上，心不在焉地翻着。她不是说要来吗？他希望她来，又怕她来。

“请问，古彪住这吗?”

随着一阵悦耳的声音，赵强梅那亭亭玉立的身影已出现在门口。她果然来了！宿舍里正在闲扯和看书的六七条大汉几乎同时站了起来。平时宿舍里极少女同胞光顾，现在猛然来了个不相识的妙龄少女，又是那么楚楚动人，大家都有点措手不及了。

“哦，赵强梅，坐……”古彪从床底抽出一张小方凳，慌忙中碰翻了桌上的一只空茶缸，古彪又慌忙俯身去拾，显得有些狼狈。

赵强梅朝那些有点神不守舍的大学生们微微颔首，落落大方地走进屋来。

赵强梅刚洗过澡，身上散发着混合着花露水和少女身上特有的那种淡淡的香味，很容易让人产生一种说不清的心灵上的骚动。她穿着一身洁白透明的乔其纱短袖连衣裙，领口开得很低，露出一小片粉白的酥胸，两根飘带随随便便在胸前挽成个鸳鸯结，一头油黑湿润的秀发散披在肩上，合体的剪裁恰到好处地把少女那优美动人的曲线展现无遗，给人以一种娴雅脱俗的感觉。

同学们见姑娘要找的不是自己，都各自怀着遗憾的心情知趣地退出了门外。

“你们男生宿舍真乱。”赵强梅坐定，眼光四处扫着。

“怎么能和你们姑娘的深闺相比?”古彪恢复了镇静，口气略带着点讥讽。他想在姑娘面前维护男子汉的自尊。

“大概一个星期没扫地了吧?”赵强梅继续挑剔着。

“看不过眼就帮下忙嘛。”古彪还是那种口气。

“还是那个鬼脾气!”赵强梅一脸娇态，笑嗔着。

“真遗憾，本性难移呀!”古彪也笑了，他喜欢姑娘的这种娇态。他觉得心中有些慌乱，掩饰地点着一根烟，缓缓地吐了一口。

赵强梅用手赶着烟雾，皱起小鼻子说：“你们男人就爱抽烟。”

“你们女人偏偏又爱管别人抽烟。”

“怎么，被管上了？嘻嘻……”赵强梅掩起小嘴，狡黠地笑着。

古彪自知漏嘴，掩饰地说：“你这不是在管么?”

“哟，我可不敢管，也不该我管!”赵强梅咯咯地笑了起来，笑得很放肆。

古彪有点反感，他看不惯年轻姑娘过于嘻哈。

“我擦好了三八枪，我子弹上了膛；我背上了子弹带呀，勇敢上前方……”李木林穿着裤衩背心，提着铁桶，哼着一支老掉牙的歌子，风风火火地闯进屋来。他刚洗完澡，一见屋里端坐着一位大姑娘，猛地闹了个大红脸。赵强梅抬头一看，竟也刷的满脸绯红。

“是你?”赵强梅一脸尴尬。

“是你!”李木林一脸惊诧。

“啊，我走了……”赵强梅匆忙告辞，急急闪出了宿舍。

“你们认识？”古彪问李木林，他觉得蹊跷。

“我……我和她是同一个农场的。”李木林有些躲闪。

“怎么她一见你就走？”

“我怎么知道。大概是害羞吧。”李木林故意开着玩笑。

“见鬼！你们一定有过什么不可告人的秘密！”古彪擂了李木林一拳。

“哎，这种玩笑可开不得，艳萍知道了要和我拼命的。”李木林躲闪着，心里确有几分慌张。艳萍是他们班上的女同学，和李木林已经悄悄好上半年了。

“还是从实招来吧！”古彪紧追不放。

“你如果对她有心，我保证不和你抢，只是你最好先征得琼燕的同意。”李木林被逼不过，来了个回马枪。

一句话败了古彪的兴致，他无心再闹。李木林趁机夹着书跑了。

四

古彪和赵强梅的来往日益频繁，吃过晚饭后他们常常一块出去散步，或者到电影院看电影，有时很晚才回，在学院里他们成了很引人注目的一对。但他们不在乎，学院里许多规章制度对他们这些代培生约束不大，他们不必像一般男女学生的交往那样躲躲闪闪，他们没有后顾之忧。

一晃，一个学期又将结束。

一天，从课室里晚修回来，李木林忽然提出和古彪到外面走走。

夜色很美，一轮满月高高悬挂在明净的夜空，宽阔的操场铺洒着一片皓白的光，教学大楼和学生宿舍的灯光全熄了，校园里一片寂静。晚风不时吹拂，使人感觉到有些凉意。

古彪和李木林爬上双杠，吊着两条腿，把身子横架在杠上。

“开学以来你心里想过李琼燕没有？”李木林盯着古彪，又补充了一句，“你要说真话。”

“没有，说真话，我几乎把她忘了。”古彪苦笑一声，他很坦白。

“这样不大好吧。”

古彪重重叹了口气，没有说话。

“我有点替你担心，担心你不能自拔。”

“怎么讲?”

“你和赵强梅来往太密。”

“她很像我表妹。”停了一会，古彪梦呓一般地说。他和表妹的往事，李木林是知道的。

“也许我的思想太陈旧，我一直认为，假如当初你并没有迈出这一步，答应了李琼燕，她为你发疯，为你去死，说得自私一点，这都与你无关。但你既然答应了，就应该负起责任，不能做对不起良心的事。她对你的感情是这样纯真，扼杀了这样一个小姑娘的初恋是残酷的，搞不好有些事情是很难预料的。你可以将心比心，你至今不是还忘不了你表妹吗?”

“这些我都想过，我很矛盾。”

此刻，古彪的内心很痛苦。李木林的话是对的，就凭李琼燕对自己的这片真情，自己还不应该满足吗？不能做对不起人的事！道德的力量使古彪反省着自己，他努力去想着李琼燕对自己的好处，极力排除感情上的干扰，他内疚了，觉得对不起李琼燕。

第二天他给李琼燕写了一封信，忏悔了自己思想上的波动，并表示今后一定要集中、坚定自己的爱，再也不去胡思乱想了。

信一发出，他又后悔了。他一次次问自己：你真的爱李琼燕吗？每一次，他都痛苦地回答：不！他怜悯她，为她的真情所感动。然而，怜悯和感动决不是爱的本身。不过他还是强制自己，尽量避免和赵强梅来往。

最痛苦的莫过于强迫自己去欺骗自己了，古彪的心绪很乱。

李琼燕回信了，她很感动，她不怪古彪。她说：“你能对我说出这些，更说明了你是值得信任的。”她告诉古彪，为了缩短他们之间的距离，她一直按照古彪的要求去做，她已经把中学所学过的课程复习了一遍，许多过去没弄懂的东西现在懂了。最后，她写道："亲爱的古老师，你知道我多想你！你会离开我吗？我相信不会的，我真担心……很快要放假了，你一定要早点回来。"

李琼燕的信并没有给古彪带来多大的安慰，他反而有一种莫名其妙的烦躁。他又一次意识到自己做了件蠢事，不该给李琼燕写这封节外生枝的信。他发现自己竭力想在心灵上向李琼燕靠拢，结果恰恰适得其反，他觉得他们的感情更疏远了。而他有意躲着赵强梅，心里却无时不在想着她。每当和赵强梅在一起，他的心情是愉快的，轻松的。一旦分手便有一种失落感。和李琼燕在一起却完全是应付，完全激不起感情上的浪花。他不得不承认，他真正爱上的是赵强梅，是那个长得很像表妹的赵强梅。

生活总是这样喜欢捉弄人，当一个人在苦苦追寻的时候，他往往一无所得，而他一旦向生活屈服，却骤然发现他原来所要追寻的离他并不遥远……古彪悔之莫及，陷入了重重矛盾之中。幸福已向他迎面走来，若不及时抓紧便将失之交臂！可李琼燕怎么办？她的爱可是真诚的啊，那样未免太残酷了……

又是良心道德，见鬼去吧！爱是心灵的碰撞，我并不"爱"她，既然如此，为什么还要去进行那种于她于我都没有丝毫益处的欺骗呢？难道欺骗就是良心？就是道德？难道一步迈错就必定得步步都错？与其将错就错，不如及早抽身退步，这样对双方都是一种解脱！

古彪把自己的想法全告诉了李木林。

李木林担忧地说："你千万不能这样！且不说这样是否会伤害李琼燕，你看人看得准吗？你了解赵强梅吗？"

古彪很固执："这个问题我想清楚了，长痛不如短痛。我和李琼燕断，只是得罪她一时，而要我为了满足良心的需要去迁就，这不过是一种欺骗，在欺骗中生活，我和她都会痛苦一辈子的。至于赵强梅，我自信还是了解的。"

"不要感情用事，你要后悔的！"

"我早就看出你对强梅有成见！"

"不是成见，说了你会不相信，不说又对不起朋友，我还是说了吧！赵强梅这个人……我了解她，她水性杨花，和谁都好，在场里早就很有名气了。”为了朋友，李木林下了很大决心才说出这话。

如当头一棒，古彪愣了半晌。

突然，他发怒了：“根据！你有什么根据！”

五

古彪再也没有找过赵强梅，每当远远看见她来，他便早早躲开。莫名其妙，为什么要躲？我可没欠下她什么债！躲开之后，古彪往往又骂开了自己。难道自己心里还放不开这个女人？不可能！每当这一念头从心头闪过，古彪马上加以否认。可自己为什么对她恨不起来呢？古彪不明白自己为什么变得这么软弱，过去的自信都上哪去了！这真不像自己的性格。古彪在折磨着自己。

这天傍晚，宿舍里的人全走光了。古彪躲闪不及，被赵强梅堵在了门口。

“出去走走！”

赵强梅盯着古彪，一双美丽的大眼睛亮闪闪的，令人无可抗拒。

古彪不由自主地点点头，相随着走出了校园。

“为什么老躲我！”赵强梅边走边问，也不看古彪。

“说什么话，不是都忙着考试吗？”古彪有点心虚。

“鬼话！考完试这几天也忙？”赵强梅又逼问了一句。

“我可没有闯女宿舍的习惯。”古彪笨拙地支吾着。

“我来找过你几次！”赵强梅瞪了古彪一眼。

“是吗？”古彪故作惊讶。

“装傻！”赵强梅加快了脚步。

古彪没有再说话，也跟着加快了脚步。

他们来到了学院附近的那条小河边。河水很浅，河道上露出一片大大小小嶙峋怪异的石头，涓涓的河水拐弯抹角地从石缝中穿流，发出哗哗的撞击声。河道中央矗立着一块小山似的巨石，顶上平而宽，稀稀地长着几丛干硬的野草，远远望去，有如一座洲中小岛。这小岛背面恰好齐整整平坦坦地陷下一截，又像一级巨大的台阶。在月色溟濛的夜晚，这是恋人们最理想不过的避风港了。古彪和赵强梅就常常在这聊天。

他们躲避着飞溅的细流，踏着石块一步一跳登上了小岛，各自在石阶下选了个舒适的位置，倚着石壁坐好。他们谁都没有说话，赵强梅是心里有气，而古彪是心里有鬼。

我这是怎么啦？竟然毫无条件地跟着这样一个女人来到这样一个地方，我成什么人了！哼，看你怎样表演。我是不会上你当的！妈的，她怎么长得和表妹这样相像，她配吗？古彪忍受不了这种沉默，他有些坐不住了。

“你说我有什么地方对你不起？”赵强梅终于说话了，声音冷冷的。

“什么意思？”哼，还有脸问！古彪口里反问着，心里却在冷笑。

“我知道有人不安好心，可你也相信！”赵强梅哼了一声，猛然转过脸来盯着古彪。

“我不明白。”

“真不明白？”

“你说嘛。”

话才出口，古彪便骂开了自己，你怎么老这样顺着她！她凭什么用这种口气说话！换上李琼燕她敢吗？古彪不明白自己在赵强梅面前为什么总是迁就，有时甚至还近乎于讨好。

“你告诉我，李木林向你说了什么？”赵强梅忿忿地问。

“你怎么知道他说了什么？”古彪反感了，口气也强硬起来。

“就因为你不理我！就因为你躲我！你知道吗？我爱你！你这没良心的……”赵强悔不顾一切地嚷嚷起来。她哭了，泪珠在淡淡的夜色中闪成了串。

古彪心里猛然一震，他曾经多么渴望能听到这句话呀，可现在这句话又这样来得不是时候！他不得不承认，直至现在他还在爱着赵强梅。他之所以躲她、恨她，正是为了把那颗爱她的心紧紧包藏起来。可现在……必须把事情弄清楚！古彪提醒着自己。假如李木林说的是实话，他无论如何在感情上是接受不了的。他是不能原谅赵强梅的。他不能想象，一个在恋爱上受过伤害的人还会有纯真的感情，一个喜欢滥用感情的姑娘更不会有什么真正的爱！他认为爱在每个人心中只能萌发一次，如果有第二次的话，无论如何也不可能不掺带杂质。自己对李琼燕之所以爱不起来，忘不了表妹不就是最主要的原因吗？可对赵强梅又作何解释？啊，不！这应该说是不一样的，因为在这之前自己是把赵强梅当作表妹来爱的，赵强梅太像表妹了！古彪在给自己寻找理由，强迫自己冷静下来。

"那你说说你和李木林到底是什么回事？"古彪提着一颗心，惶惶地问。

"什么回事！还不是因为我拒绝过他的追求，给了他难堪！"赵强梅还是一肚子忿气。

"具体过程！"古彪心里一阵紧跳，难道李木林真的有诈？

"从原来的农场调出不久，我认识了他，他那时在场部教育科，常和领导一块到我们学校布置工作，了解情况。我只不过和他搭过几次话，谁知他却缠上来了，三天两头献殷勤，又是写信又是约会，还买来那些破手绢烂袜子什么的送我，我没搭理他。有次我去家访，回来经过胶林时，他不知从哪钻了出来，死皮赖脸的说要和我交朋友，到后来竟动起手脚来，我没给他好看，以后他再没敢来缠。哼，不要脸的东西！以前你问我，我看你和他是好朋友，给他留了面子，谁知他还这样不知趣！"

赵强梅满脸委屈，一双好看的眼睛哀怨地望着古彪。

"他不是这种人……"

古彪摇着头，他不愿意相信自己的朋友那么卑鄙，可他心里并不踏实。凡是人都会有个假象的，自己不也在进行着一场良心的欺骗么？古彪的心头闪过一丝不安。

"那你的意思是我在撒谎了？"赵强梅不高兴了。

"不，不是这个意思……"古彪的心很乱。

"你呀，总是用善良的眼光去看别人，可我们什么时候又得到过善良的回报？人心是摸不透的。”赵强梅嗔怪着古彪，显得很伤心。

古彪沉默了，他实在理不清这个头绪。

赵强梅哀怨地瞥了他一眼：“别傻了，古彪！你为什么不相信我呢？”

古彪默默地望着赵强梅，赵强梅也默默地望着古彪，他们久久地对视着……

古彪的心动了。瞧那双明亮的眼睛是多么坦诚，多么纯洁，他不忍心怀疑。

“嗯？”赵强梅嘟着小嘴，妩媚地朝古彪扬了一下头，那模样实在逗人喜爱，相形之下，李琼燕是多么呆板呀！

古彪的心跳加快了，只觉得一身热血直往上涌。

“为什么不来抱我？”赵强梅委屈地眨了一下眼，随即又朝他嫣然一笑。

淡淡的夜光下，古彪又看见了那一对动人的酒靥。啊，在这样美丽又多情的姑娘面前，古彪如何经得起这赤裸裸毫无掩饰的挑逗？他疯狂地扑了过去，紧紧地抱住了这个精灵般的姑娘。他明显地感觉到了一颗紧贴着他胸膛的少女的心在剧烈跳动着，他被一种难以抵抗的力量慑服了。他冲动地用颤抖的手，尽情地抚摸着少女那富有弹性的、充满活力的肌体。两颗滚烫的心在疯狂的热吻中融化了。良心、道德、责任……连同这整个的世界，全被突发的原始的狂热吞没了……

狂潮过后，一种犯罪感紧紧攫住了古彪的心。他想起了李琼燕，浑身战栗起来。

“你怎么啦？冷吗？把我抱紧一些……对，对，就是这样……”赵强梅柔情似水，轻轻地喊着。

“强梅……”古彪欲言又止。

“古彪，你真好，真像个男子汉。你知道吗？你很有风度，一举一动都那么迷人。第一次看见你，我的心就被你俘虏了，可你那时却那么古板，那么不近人情……”

赵强梅还沉浸在热浪的余波中，她拉起古彪的手轻轻地抚摩着。

古彪感动了，在这个把一切全献给了自己的姑娘面前，他不能再继续欺骗了，他要把事情的前前后后全告诉她，他不能让自己心里藏着一段隐秘而亵渎了她对他的这份纯洁无私的爱！如果她不能原谅他，就算即刻在她面前撞死，他也是心甘情愿的。

他轻轻推开赵强梅，愧疚地说："强梅，我对不起你，我没告诉你，我和别人谈过恋爱，我有女朋友，到现在……"

"别说别说，你别说！我不听这些，我不管，我不想知道！只要你真心爱我，我就满足了。"赵强梅撒着娇，在古彪怀里一个劲地扭着身子。

古彪又醉了……

六

命运已将古彪推向了最后的抉择。他决定马上回农场去，尽快了结和李琼燕的那种丝毫引不起热情的关系。

人哪有不自私的！为了顾及那些所谓的良心道德而放弃自己可遇而不可求的幸福，其实才是十足的虚伪！十足的欺骗！让谴责、舆论都一起来吧！我不在乎！我再也不能失去了！为了表妹，我付出的代价还小吗？男子汉既要多情又得无情！这就是我古彪的性格！古彪坦然了。

……

完成了一场残酷的感情杀戮，古彪不敢多看一眼那颗在血泊中挣扎着的少女的心，急急从农场逃回了学院。

古彪似乎解脱了，可他高兴不起来。他的内心也曾闪过一丝愧疚，可是他很快又提醒自己：千万不能动摇，要知道在命运的紧要关头，一步放松便步步难追了。"忠厚是无用的别名"，像是哪个名人说的。管他谁说的，反正是真理，颠扑不破！

假期同学们都回家去了，赵强梅独自守着一间空荡荡的宿舍，古彪当晚便去找了她。

“坐吧。”赵强梅倚在床头看书，见古彪进来，她没动弹，懒洋洋地指着一张空凳说。

“没出去?”古彪随口问。

“我出去了你不得扑空?”赵强梅淡淡一笑，又露出了两个迷人的酒窝。

自从那个小岛之夜过后，赵强梅变得有些古怪了，情绪很容易反复，每次和古彪在一起，热起来可以把石头熔化，冷起来又像凉水一盆。古彪心中难免有些不快，可他学会了迁就。

古彪心情复杂地把这次回农场的经过详详细细地向赵强梅说了一遍。

“啊，可怜的小姑娘，何必如此呢?你把事情看得太认真了，太严重了。”赵强梅淡淡地说，仿佛这事与她一点关系也没有。

“说什么话!”古彪压在心的那股无名火陡然发作了，“我这样已经里外不是人了！我为的是什么!”

“为的是什么?”赵强梅却不火，歪着头朝古彪笑。

“别问我!”

“傻瓜！傻古彪!”赵强梅丢下书，跳了起来，搂着古彪的脖子使劲晃，“我最喜欢你这傻样子了。”

赵强梅就是有这种本事。古彪的气消了，他使劲吻着赵强梅的脸、眉和眼睛，把赵强梅逗得咯咯咯直躲闪。

“你真坏！你真坏！跟杀猪的一样粗!”赵强梅放荡地嚷着，却把古彪抱得更紧了。

“嘻嘻!”门外探进两个小脑袋，朝他们做着鬼脸，不知是哪家教工的孩子。

他们急忙撒开手，一人跳开一边去，两个小鬼以为他们要追，撒腿跑得远远的。

古彪和赵强梅在学院里过了一个寂寞而又愉快的春节。白天，他们一块上街看电影，一块到市场买菜回来开小锅，或者跑到学校外的小河边、小树林里胡窜乱转，完全没有目的。他们只是一味疯狂地玩，疯狂地乐，累了便倒在草地上东拉西扯，以至忘了回归。每到夜晚，他们又照例来到小河中的那个小岛上重温旧梦。当然，有时他们也会发生些小摩擦，甚至还会因此吵起来，但最终又每每是赵强梅以她那女性的温柔和动人的笑靥将前嫌消释。和赵强梅在一起，古彪有一种从未有过的满足。这种感觉是琼燕所不能给他的，甚至连那时至今日还常常出现在他梦幻中的表妹也不能给他。

七

开学了，同学们陆续返校，一切又沿着正常的轨道运行。碍于众目，古彪和赵强梅不得不大加收敛。他们虽然还时常来往，却不敢太过张狂了。

李木林把一切都看在眼里，虽然他明显地感觉到古彪在疏远自己，但他还是再次向古彪发出忠告："要适可而止了！"可古彪却笑笑，不无讥讽地说："我历来不习惯由别人来安排我的生活。"

一天，古彪又是深夜才归。李木林在校园小道上截住了他，担忧地说："古彪，你太不清醒了！"

"哼，我从来就没有糊涂过！"古彪充满敌意地瞪了李木林一眼，抬腿想绕道而去。

"今晚无论如何咱们得好好谈谈。"李木林拉住古彪，恳切地说，"我知道你为什么恨我，这我不想解释。但我们毕竟朋友一场，我有责任和你谈谈，如果你执意要断绝我们的友谊，这就算最后一次吧。"

"那就请便吧。"古彪翻了一下眼皮，昂起头装出一副大度的模样。

"你应该替李琼燕想想。"李木林不计较古彪的态度，还是恳切地说。

"你费心了，我和李琼燕早没关系了，她比你开通。"古彪讥讽地说。

"赵强梅不会真心爱你！"

"我比别人更相信我自己！"

"这么说我是杞人忧天了。"李木林一副失望的样子。

"你的好心倒是难得！"古彪满脸得意。

李木林转身往宿舍去了，古彪也跟着回去，他们没有再说一句话。

时间过得很快，离毕业只剩最后两个月了。同学们都在忙着毕业论文的定稿。同时，毕业分配即将开始，校园里又悄悄地展开了一个人生的小战场。周围的人都在试图通过各种办法，通过各种力量，暗暗地拼搏着、竞争着。这些都与古彪无关，除了听听选修课，他便一天到晚泡进图书馆里，聊以打发这在大学里的最后的时光。赵强梅说是功课紧张，也很少来找他了，他没太往心里去。他们的关系已是铁板钉钉，他没有必要瞎猜，况且糖吃多了也会腻的，他也需要冷却一下过于炽热的情感了。

一天，古彪吃过午饭，正准备上床休息，宿舍里来了个年轻的陌生人。

“你，就是古彪？”年轻人英俊、潇洒，两只眼睛炯炯发亮，有点迫人。

古彪盯着这位不速之客，觉出对方并非是怀揣着友善而来，也傲然地微微把头一昂，并不答话。

“我有话和你说。”

“请坐！”

年轻人站着未动。

“好吧。”古彪在前头引路，把年轻人带到了课室。

坐定后，一阵沉默。

“从哪来？”古彪向对方抛过一根烟，先开了口。

“我想开诚布公和你谈谈。”对方接过烟，自己掏出火柴点着，长长吐出了一口烟雾，然后说。

古彪没有答话，他警惕地望了对方一眼，然后平静地把烟点燃。

“你和赵强梅算是什么回事？”对方定定地望着古彪。

“有告诉你的必要吗？”古彪不卑不亢，也定定地望着对方。他很反感，又觉得蹊跷。

“我想很有必要。”对方同样不卑不亢。

“我很爱她！”古彪挑衅地说。

“她爱你吗？”对方撇撇嘴角，揶揄说。

“你说呢？”古彪毫不示弱。

“我问你。”对方也不示弱。

“她更爱我！”

“真的？”

“我想不会假！”

“何以见得？”

“有话直说！”古彪再也按捺不住了。

“爽快！”年轻人嘴角撇撇地又露出了讥讽的微笑，把一封信丢在古彪的桌面上：“仔细看看吧！”

古彪疑惑地看了对方一眼，又止不住好奇心，终于慢慢地把信展开来。霎时，一个个熟悉的字迹扑入他的眼帘，他的心跳突然加快了。

我的亲爱的伟明：

收到你的信，我又惊讶又愤怒，同时又感到格外伤心。一定又有人在你面前挑拨，你竟然也相信……相爱那么久，难道你还不了解我？我不知如何才能表达我对你的一片真心！自从爱上了你，能闯进我梦境里的绝不会再有第二个人。你在信中提到的那个什么古彪，我觉得可笑！那些人也编得出来！古彪算个什么东西，他只不过是以前和我同在一个农场又同在一所学校工作过，我现在和他在同一所大学里进修，他确实在追求我，追得很紧，但我也明确拒绝了他，告诉过他我有男朋友，在我心目中他比不上你的一个小指头……

古彪的脑袋蓦然胀大了，他万万没想到那个有着一副漂亮外表的女人竟会如此虚伪，如此可恶！他万万没想到自己的真诚竟会遭到如此残酷的回报！他愣了，傻了！

那个年轻的不速之客神色古怪地嘿嘿笑了。

“你得意什么！你以为我稀罕！”古彪突然爆发了。

谁知那年轻人忽然颓丧起来，他的眼睛红了，仿佛在自言自语地说：“也好，多认识了一个人，也等于多读了一本书……以前就有朋友向我提出过忠告，说她这人性格轻浮，作风随便，和好多男人的关系不清不楚，可我被她迷惑了，我不愿意相信。后来，我也发现她在某些地方不够庄重，我原谅了她，我总是往好的方面想。想不到……”

啊，又是一场欺骗！可悲呀，堂堂男子汉！可笑啊，那刻骨铭心的爱！爱！爱！爱！难道这就是爱？难道世界上真的有爱？是李琼燕？是赵强梅？抑或是表妹？见鬼去吧！全是自欺欺人！

古彪挥起拳头．猛然朝自己的脑袋砸去……

八

古彪回到了原来的农场。中学的工作已告结束，新的学期还没开始。他把自己整天关在宿舍里，没有和任何人发生来往。

古彪的心情开始平静了。整个暑假，他想得很多很多，想得很远很远。过去，他思考问题多是从外至里，对别人要求得多，对自己检讨得少，现在他开始反省了，这是痛定思痛的反省。

不久，他听说李琼燕考上大学北上了。又不久，他收到了李木林的来信，李木林和艳萍双双分在某县城政府机关里，李木林在信中说，他们准备在近期内结婚。

古彪默默地喝下了一杯人生的苦酒，虽不好受，却是心甘情愿的，因为那是他自己亲手酿制出来的。他已经从欺骗中走了出来，他没有再去指责生活的苛刻，没有再去诅咒生活对他不公平。

开学了，古彪的生活也将重新开始。这个学期，他担任了高中毕业班的语文课教学，还兼任了这个班的班主任工作。

（原载《桂林文学》1985 年第 5 期）

他们都在爱

秀青终于被人抛弃了。那封信是温继林带给她的，温继林在茶厂检验室当检验员。邮递员送信来，他总是忠实地为她取信。

秀青哭了，躲在宿舍里很伤心地哭着。小莉上班去了，宿舍里没人，她可以放心哭。

她恨他，恨那个抛弃她的人，是他骗了她。开始是她先追求他的，后来又是她先向他提出中断关系，因为他考上了大学。但他坚决不同意，他说他不是陈世美。那天他第一次吻了她，那吻好烫人，好叫人心荡神驰。在大学里，他一直给她写信，写得好勤，也写得好真。后来他发表小说了，寄给她看，她很高兴，心里甜甜的，像喝了蜜。小说里有她，也有他，她看得出来。

他出名了，报上还登过几篇评论他小说的文章。她很担心配他不上。暑假他没回来，叫她去，她去了。他把她介绍给他的一个女同学，那女同学很美，像个洋娃娃。他对洋娃娃说："这是我的女朋友，我们感情很好。"洋娃娃哭了，当着他和她的面哭的，哭完就走了。她也哭了，洋娃娃走后她才哭的。她很感动，又有点同情洋娃娃。他说："你是我的维纳斯。"她不懂维纳斯。他还说："你是我的太阳。"她知道太阳，但她觉得自己不是太阳，她不配。她很幸福，因为她知道他真心爱她，这就够了，可如今……

明知道我不该爱你，
偏偏又爱上了你，
怪只怪我自己。
……

小莉下班了，粗重的脚步声伴随着尖吼似的歌声从门外传来。

秀青忙擦去脸上的泪痕，把信藏进抽屉。

从前的甜言蜜语，
如今在哪里？
……

“愿天下男人全死绝了吧！”小莉一声尖喊，把工作服往桌上一扔，双腿一跷，倒在床上。她一定又想起了那段伤心事。

小莉是个“大青年”。五年前曾爱上一个从广州来的知青，他们混得很熟，只是都没说出那个令人害羞和激动的字眼。他回城去了，说：“我会给你写信。”她说：“你别骗我。”他果然给她来了信，让她来城里玩，并嘱咐她带几斤英德红茶，那是别后整一年。她去了，按照信封上的地址，走街串巷好容易找准了门牌号码。那天正是他结婚的喜庆之日。她把一旅行袋茶叶连同袋子丢在了大街上，带着一双红肿的眼睛，两手空空地回来了。从此她恨所有男人。

为了你，牺牲我自己。
既然不能够在一起，
不如早一点分离。
你离开我我也离开你，

把我俩的爱情，

丢进河里，

埋在土里，

让我俩永远永远分离。

……

小莉躺在床上，嚼着口香糖，又含混不清地唱了起来。

“小莉姐，别唱了……”秀青哀求说。

“不喜欢听？啊，幸福的姑娘！你不用分离。”小莉翻身坐起，一副揶揄的笑脸。

自从他上了大学，小莉便极力鼓吹秀青和他吹。小莉不相信任何男人。四年过去了，秀青和那位大学生感情日深。小莉妒嫉了，对秀青也没好言语。

“小莉姐，求求你，别说了。”秀青痛苦万分，她又哭了。

“出了什么事？”小莉很敏感。

秀青伏在桌上，双肩猛抽。

“什么事嘛？”小莉走过来，搭着秀青的双肩。她性情怪癖，心肠却软。

秀青还在哭。

“不说算了！”小莉不耐烦了。

“小莉姐，男人为什么都那么狠？”她抬头，泪水汪汪。

“他把你甩了？”小莉怒问。

她又哭了，哭出了声。

“我早说过男人没一个是好东西！”小莉咬牙切齿。

秀青瘦了，她沉默了，人们再也看不见她的笑脸。

温继林来了，默默地坐了好久，他平时就不爱说话。她也没说话，她没心情。

温继林两年前从技校分来，一来就迷上了她，给她写过一封求爱信。她告诉温继林她有男朋友，在大学念书。温继林很失望，很伤心，从此眼睛里便多了一层忧郁。她不会安慰人，心里却有点同情，有点对不起人的感觉。爱是不能分割的，她只有一颗心，很专一。现在，她并不欢迎温继林来。

她很淡漠，温继林觉得没趣。

“想开些。”他告辞了。

她老是哭，在没人的时候，在夜深人静的时候。她爱他，爱那个负心人，爱得太深，但她不想求他，哀求换不来幸福。

温继林又来了。

小莉指桑骂槐：“打不死的红头苍蝇，纱窗关得紧紧的也要往里钻!”

小伙子挺老实，不知是听不出还是不计较。他没理小莉，只是找话和秀青说。小莉哼了一声走了，把门关得很响。他又老老实实地把门打开。

“想开点，要伤身体的……”温继林劝说秀青，很笨拙。

“我不需要同情。”她很冷漠。

“友情总还是需要的。”他鼓足勇气说。

“友情!”她冷笑，接着流了泪。

他也陪着流泪。没用的男人!

“你走吧。”她说。

他真的走了。走后又常来，来了又没有多少话说。她心里烦。

“以后你别再来了，这里没你的便宜占!”小莉很不客气，她要保护自己的朋友。

温继林可怜巴巴地望着秀青，秀青扭过头不理他，他又失望地走了。

“你以后不要这样对他。”温继林走后，秀青对小莉说，她心肠太软。

“怪人!”小莉翻着白眼，“还想自找苦吃?”

“他又没得罪我们。”她对温继林没有坏印象。

“男人都是坏种!”小莉啐了一口。

“不要这样说……”秀青说。

“那你嫁他好了!”小莉狠狠地说。

嫁就嫁吧。为了抚平自己的伤口，秀青已经想过很多，既然爱的道路那么坎坷，那就用不着折磨自己了。结婚生孩子是每个女人的必经之路，况且温继林那么真诚。爱情是虚的，婚姻才是实的。

她主动去找温继林，一点也不觉难为情。她开口就说："你真的想巴结我?"

温继林很吃惊："我一直是爱……爱你的。"

"不要说爱，甜言蜜语我听过很多，咱们讲点实际的。你要真心，娶了我吧，我会对你好的。"

她果然对他好，花前月下，她陪他散步。在幽静的茶园小径里，她主动去挎他的手臂，给他一个冰冷冷的少女的吻。但他笨得出奇，想躲闪，虽然心里滚烫。

"不要这样，我会伤心的。他比你勇敢，总让我醉。"秀青有些不满，她总爱提他。

温继林只好把她搂进怀里，轻轻地，像搂着个刺猬，生怕被刺扎痛了。

"真没用，把我抱紧些!"她生气了。

温继林稍微使了点劲，身子竟有些发抖。

"你比不上他半个指头!"秀青狠狠地说。往日爱得太深，心灵的伤口久久难以愈合。她很挑剔。

温继林不知所措，很尴尬，想装个笑脸，装不出，竟现出了个哭的模样。

"咱们结婚吧。"她又有点于心不忍，柔声说。

"一点准备也没有。"温继林受宠若惊，声音发颤。这不是梦，但他梦过多次了。

"不用准备。"她说。她只想完成一项必须完成的人生义务，别的再也不愿多想。

"不，我不能让你受委屈!"温继林这时倒像个男子汉了，很坚定的样子。

笨人也有笨本事。温继林托人从农村买来了木料，送到锯木厂裁成板，然后亲自动手，花去了所有的休息时间，锯刨敲凿，造起了家具。

"别太累，出去走走。"晚上，她约他。

"日子还长，以后再走。"他直起腰，抱歉地笑笑。

她也笑笑，不勉强，给他递上一条毛巾，又冲了一杯麦乳精。他很激动，满脸傻笑。

他的手艺好，五斗橱、高低屏、梳妆柜……一个接一个奇迹般地落成，刷得锃亮，照出人影。

她又哭了，不知是悲是喜。她是伏在他怀里哭的，她说她恨那个负心人，他不该抛弃她。

"忘记他吧，我们会幸福的。"

"忘不了，真的忘不了……你原谅我吧，我对不起你，我爱他爱得太深了……"她哭得更伤心了。

"你不想和我好了？"温继林有点妒忌，很担心。

"不会的……"秀青神色凄然地摇摇头。

温继林放心了，更加卖劲地去为他们的婚事做准备。

几天后，小莉来找温继林。自从温继林和秀青确定关系后，小莉对他的态度已有所改变。

"你知道他的情况吗？"小莉问。

"谁？"温继林摸不着头脑。

"秀青原来的那位大学生。"小莉刚从省城出差回来。那人毕业后分在省城一家杂志社当编辑。

"不知道。"

"他的腿断了，截肢了，一场偶然的事故。事发不久，他给秀青写了那封信。"

"秀青知道了吗？"温继林一阵惊讶、慌乱。

"让我怎么跟她说呢？"小莉同情地望着温继林，轻轻叹了口气。

这消息太突然了！太残酷了！为什么会这样呢？不能这样啊！他爱秀青，爱得这样痴，爱得这样狂！当他第一次见着秀青，他就觉得自己的灵魂已经附在她身上了，只是因为她已经有了男朋友，他只能把痛苦深深埋在心底，这痛苦只有他自己才知道的呀！后来他意外地得到了她，他幸福得几乎窒息，这又有谁能知道？现在为什么又出现了这个意外？生活中为什么总是充满意外？

他痛苦，他嫉妒，他不知所措！他躲秀青了，害怕见她。

秀青不解，发怒了："你到底是在干什么！"

他不说话，一张嘴紧闭得像是上了锁。他怎么说呢？说不出啊！

"你到底说不说！"秀青狠狠搡了他一把。

"我不让你离开我！"他终于喊出来了。

"莫名其妙！"她也喊。

他哭了，男子汉也那么爱哭，眼泪像水一样贱。

"我求……求你别……离开……我……"他抽抽泣泣地说。

"神经病！"秀青更气怒了。

"我知道你心里只有他，我是替罪羊。"温继林声音低低的，他疲惫了。

秀青很惊讶，又很伤心，他揭痛了她的伤疤。她确实还在爱他，那个旧日的情人。爱是能够忘记的么？尽管一切都已过去。可是为什么还要去提他！她也哭了。

"他出事了，被车轧断了腿，才给你写了那封信。"温继林边哭边说。

"谁说的？你听谁说的？"秀青愣了！她紧紧揪住了温继林。

"我不让你离开我！"温继林抓住秀青的肩头使劲摇晃着。

两位不幸的年轻人抱头哭成了一团。

"去看看他吧，他需要你。"温继林擦干了眼泪。

"我不去……"她言不由衷，又哭了。

"去吧，不要忘了我。"温继林帮她擦去泪珠，声音抖抖地说。

"继林——"秀青第一次诚心诚意地投入了这位老实人的怀抱。

一个月后，秀青回来了。

小莉疼爱地抚着她的脸，像对着一个小妹妹，注视了好久，才慢慢地说："他走了，前天才走的。龙头山新建了一个茶场，他自己要求去的。他说他不回来了……”

秀青哭了，她没说话。她想不到。

“唉，男人啊，这些男人……”小莉也哭了，她不知为什么要哭。自从那件伤心的事情发生后，秀青还是第一次看见她哭。

（原载《广州文艺》1985 年第 9 期）

梦的旅程

嫂子要回娘家，照例是哥哥陪着去。哥嫂邀思皓同去，他想了想，答应了。他知道小嫄和嫂子家在同一个农场又同一个大队，他早想去了，却又怕多有不便，一直没敢去。哥嫂是知道他和小嫄那段往事的，他常常以为自己忘了，可到底还是没有忘。

嫂子的娘家不算很远，有火车直通，搭上早晨九点钟的车，到了娘家还赶得上吃午饭，所以嫂子常回去。

火车上，哥嫂谈论着家务事，他插不上嘴，也不想插嘴。他搂着小侄女，静静地望着车窗外那一排排倒退着的房屋，一片片倒退着的茶园，还有那一座座倒退的小山出神。

“叔叔，干么不说话?”三岁半的小侄女小大人似的研究着他那张沉思的脸，悠悠地说。

他的思绪被牵了回来，尴尬地亲了小侄女一下，脸红了。

“这次放假怎么不带冰蕾一块过来？我们都想见她呢。”嫂子大概觉得冷落了小叔，便找话问他。

“我们不在一起，她也没有假期。”他明知不用解释嫂子也知道，可他还是解释了。

“你们到底打算什么时候办事？一直没听你提过。”哥哥也问。

他笑笑，没说话。

他和冰蕾是大学同窗，两年前毕业后便各分东西，他留校任教，而她却分回了原来的那个小县城。当初他们力争过，想尽了办法，找尽了门路，想将冰蕾留在省城，最终还是没能如愿以偿。其实办法是有的，只要他愿意和冰蕾一块到那个小县城，也许他们早已组成一个能叫许多人都羡慕的小家庭了。可他不愿意放弃自己的事业，她也不愿意心爱的人为了她付出太大的代价，所以她默默地承受了离别的痛苦，默默地在那个小城里等了他两年。他心里是明白的，分居两地会给他们的生活造成许多不便，但家庭与事业也并非像许多人所认为的那样是不可调和的，而他却以这作为借口一再推迟了婚期。连他自己也说不清楚还想要冰蕾再等多久，以至于使冰蕾这个一贯温柔随和的姑娘也不免心生疑窦，而他又总是信誓旦旦地向冰蕾表明心迹。他说的是真话，他绝对没有要辜负冰蕾的意思，倘若冰蕾提出要与他分手，他倒是要受不了的。他说不清自己究竟是一种什么样的感情，真的，他说不清。

生活太复杂了，人的感情太复杂了！

到了嫂子家，嫂子的父母很热情，饭桌上，不停地给他斟酒夹菜，嫂子也在一旁帮着劝。小侄女被冷落了，不高兴地嘟起小嘴，惹得大家一阵好笑。

也许是太热情了，思皓反倒有些不自然。他从上大学到现在离家在外六年多了。也算是见过世面的，大小聚会，抛头露面的事他经历过不少。和过去不同，他已经不是个腼腆的人了。他有点为自己感到好笑。

好多年以前，当他才刚刚长成大小伙子的时候，他是腼腆的，爱脸红，站不出人前，常常做出一些让人见笑的事。他家和小嫄家都在同一个农场，他在三大队开拖拉机，她在茶厂当工人。有一次小嫄家在附近农村的一个木匠那订做了一个立柜，他开车帮她运到家里，第一次登入小嫄家的门，小嫄的父母对他也很热情，老头子还亲自下厨掌勺，一定要留他吃饭，可他的表现却极其拘谨极其笨拙，连句囫囵话都说不全。待到饭菜上桌了，他却死活不肯留下，匆匆找了个借口贼一般地逃了。事后小嫄对他好一顿抱怨，他头低低的大气也吭不出一声。以后小嫄的父母终于还是没有同意他们的事，但绝不是因为这次丢丑。他那一次并不是以小嫄男朋友的身份上门的，小嫄父母的热情完全是客气。他知道她父母不同意是另有原因，到底是什么原因？他没有问清楚，她也没有说明白。他心中留下了一个谜，藏起了一段恨，好多年过去了，一直未能抹灭。

“你以前爱过吗？”冰蕾总爱这样问他。

“这和现在有什么关系？”他又总是这样回答。

“我想知道。”

“我又何尝不想告诉你！”

“那你说呀。”

“我也不知道该说些什么。”

是的，说些什么呢？他确实不知道。爱过吗？好像是爱过的。那个诗一般迷朦的夜晚，那个深深铭刻于记忆中的小草棚，那个早已远去的短暂的时刻，他只是轻轻地握着她的手，连吻一下她的勇气都没有。当晚队里的篮球场上正在放映《创业》，电影散了，他们也分手了……

“谈谈你吧。”他有意岔开话题。

“我是一张白纸。”冰蕾略带不满地说。

“我更希望你是一张没有完成的画。”他开着玩笑。

“你想给自己寻找平衡。”冰蕾轻轻叹了一口气。

“傻瓜！”

“就是因为我傻，你才总是欺骗我。”冰蕾的语音带上了点哭腔。

“傻瓜！”

一个长吻，堵住了冰蕾的嘴。

他是真诚的，他很相信自己，可他又总是躲躲闪闪。

囿在嫂子家中，百无聊赖。他想出去走走，又怕碰见小嫄，据说小嫄家和嫂子家仅隔着一幢房。既然怕见她，又为何要来呢？他为自己常常莫名其妙出现的一些近似荒唐的念头而哑然失笑。

他喜欢写小说，也发表过几篇小说。他很有想象力，在他那些还不尽成熟的作品里，许多生动的对话、细节往往都是想象出来的，而有些直接取材于生活的人物、故事，写完之后给熟人朋友看，反倒得不到认可。就像他的作品构思一样，他常常喜欢用想象把自己过去的那段经历加以补充、改造，这也许就是他每每想忘而无法忘记的原因了。

他曾想过，倘若有朝一日他和小嫄陌路相逢，他要这样问她："你能帮我拾回失落的记忆么?"

是啊，一切都已经那么遥远，他甚至已经记不清那是发生在什么时候的事情了。有位大作家曾说过，一个堕入情网的粗心人，他可能会对许许多多的事情漫不经心，可他却不会不将女友第一次与他约会时的服饰妆扮留在记忆里。他不能不承认，他比一切粗心的恋人更加粗心，许多该记住的东西他没能记住。他只依稀记得那是个月色溟濛的夜晚，在公路边一片凋零得不成形的小茶园里，有一座草棚盖顶的小凉亭，通透的亭子四周各砌有一张水泥条凳，他在水泥条凳上铺上报纸，握着她的手相依而坐。远处不时传来电影里的对话声，天气有些凉，他穿了件毛背心，由此他估计那时可能正值深秋或初冬，至于是七五年还是七六年，他实在想不起了。当时他对她说"别凉着了。"她捏捏他的胳膊，轻轻地说："你也穿得很淡薄。"他不明白为什么她会把"单薄"说成"淡薄"，唯有这句话给他印象最深。真怪，这本是无关紧要的一句，他却记了那么多年。

他还想过，倘若碰到她的父母，他一定要直言不讳地问："当初为什么要反对我和小嫄的事呢?"他想他们也许不会见怪的，事情早已过去，而且他们过去对他印象也并不坏。这是小嫄告诉他的，他相信。即使她父母见怪，他也还是想问，他忍受不了这种糊涂。

嫂子告诉过他，在小嫄和她丈夫结婚之前，她父母也曾干涉过，她却一反往常的顺从，和父母闹了个天翻地覆，父母最终还是向她妥协了，答应了她的婚事。私下，她父母和别人说："早知今天，不如当初答应她和思皓……"嫂子当时是当笑话说给他听的，他却脱口骂道："可笑!"骂过之后，他心里有一种无以名状的惆怅、悲哀。晚上，他躲在被窝里哭了。自从分手后，他是第一次为爱而落泪。他不明白她父母当初为什么会反对他和她好，不明白自己以往为什么会这样平静，不明白她为什么把那本来应该为他而作出的抗争转给了另一个人，更不明白那短暂的爱为什么会这样长久地折磨人。

如今，当这一个个的谜底都有可能马上揭开的时候，他却犹豫了。

哥哥和嫂子的家人天南地北地唠着家常，思皓努力地使自己适应那些杂乱的话题，却又常常无话可说。他并不是一个不善言辞的人，在讲台上，他面对学生可以丢开讲稿口若悬河地讲上四节课，现在却显得格外笨口拙舌。

“你那篇小说，叫什么来着？十字路口？人家都说是写你自己呢。”嫂子以为他拘束，便故意把话题引向他。

嫂子说的是《走过了那个路口》，发表在《天涯》杂志上。他没去纠正，笑笑说：“那是小说，不能和生活中的事等同。”

那次嫂子的妹妹来广州玩，他曾托她把那本《天涯》带给他的一位朋友。嫂子家的那个农场有不少从他们场调去的熟人，结果那篇小说便传开了。不知小嫄是否也看到了，他不好意思问。

那篇小说的故事是编的，想象的成分很多，可他却认定是他写得最真实的一篇。只不知如果小嫄看了，是否也认为真实？

“这篇小说一定是写你自己的经历。”连冰蕾也这么说。

“何以见得？”每每遇到类似的问题，他总是支吾。

“我总觉得没有亲身体验是写不出那些细节的。”

“你也是发表过作品的人。”

“可我从不编造。”

“所以你再也写不下去了。”

“是的，你很会编故事，所以你也很会编造生活。”

“什么话。”

“哼！”

“在这方面你的想象力倒挺丰富的。”

“爱是不能忘记的！”

看来这个问题是说不清了。爱，究竟是否能够忘记，早在张洁那篇轰动一时的小说《爱，是不能忘记的》发表之后，他们就争论了好多年。他硬说爱是可以忘记的，尤其是已经流逝的爱。他并不是有心欺骗冰蕾，而是想否定自己，他也知道这不过是自欺欺人，却又总是要寻找理由接受自己的这个欺骗。

人啊，真是个怪物！

凭良心说，假如让他重新开始生活，他第一个选择的一定是冰蕾而决不会是小嫄，这是毋庸置疑的。从相貌、才学、品味、志趣等等方面比较，小嫄无论如何都在冰蕾之下。他还没能脱俗，他认为生长在尘世间的人想要脱离尘俗那不过是句玩笑话。假如当初他和小嫄的关系延续下来，他也许就不会有现在这种感情了，他也许是要后悔的。他非常清楚，他所留恋的是一个爱的偶像，而这个偶像又是通过许多美丽的想象塑造出来的。因为过去的那段时间很短，留下的空白也就很多，他可以随心所欲地想象。

晚上放电影，《忍无可忍》，香港武打片。

真的忍无可忍吗？生活中许多貌似难忍的事其实都是可以忍的，在那场感情波折中，他不就是全靠一个忍字吗？他历来对那些靠噱头、感官刺激招徕观众的武打片不屑一顾。也许是这独特的片名引起了他的好奇，他随着哥嫂来到了放映场。

他担心在放映场上会突然遇上小嫄，在众目睽睽之下与她相见，这倒是一件十分难受的事了。他尽可能地缩小自己的目标，埋下头，躲在哥哥身后。他希望放映场上早点熄灯，早点放映。他有点后悔这次缺少考虑的出门了。

事情都早已过去了，为何还要这样苦苦地追寻那飘渺的虚幻呢？当初，一切都来得这样平静，一切都去得这样平静，她甚至连一声道别的话都没有。那时她父母即将调动迁往思皓嫂子娘家所在的农场，搬家之前，他约她出来见面，她没来，以后便明显躲他了。

时隔不久，在通往她家的那条茶山公路上，他偶尔看见了一位骑单车的小伙子，同时也看见她坐在小伙子的单车后架上。这种情形出现几次之后，他似乎明白了，但心里仍然揣着一团糊涂。那小伙子挺一般的，是个落难公子，据说父亲原先是省里哪个部门的大官，现在早已无职无权，被下放到五七干校劳动改造。她图他什么呢？她父母又喜欢他哪一样呢？或者说他哪一点比不上他呢？思皓百思不得其解。他很希望她亲自告诉他一个清楚的答案，但是他却放不下自尊去主动找她询问。也罢，既然她父母不喜欢他，她又另有所靠，他也就不得不尽可能地在行动上表现出豁达。

据他所知，大凡失恋者都会表现出大悲大恸，这很有一种感人的意味。可他没有这种感觉，笼罩在心头的只是一种挥之不去的淡淡的愁绪。他没想到的是以后的感情历程是这样的艰难，他尝到了忍的滋味。

入学后的第二年，他接到朋友的一封信，朋友告诉他，小嫄又恋爱了，男的是个外地司机，他们来往频繁，爱得也非常放肆。有一次男的来看她，过后她送他，送得难舍难分，最后连她自己也送上车去了。她这一去便是三天，因为事先没请假，茶厂领导不知底细，以为她回了家，便给她家拍了电报，催她回来上班。她家见了电报急了，她妈当天就赶来了场里，正巧那天她也筋疲力尽地回来了，她妈气得差点没翻白眼。此事的结果是她得了一个全场通报批评处分，可她却不以为意。还有一次，那男的来了，在她宿舍里过了夜，事后领导批评她，要她注意影响，她却嬉皮笑脸地对领导说："我们什么事也没干，我那房间有两张床。"

连他自己也奇怪，当他知道这些他不想知道的情况后，理应是悲痛欲绝的，至少也会是情绪有所低落。而这一天他却出奇的兴奋，逢人便笑，开口便喊，完全是一副无忧无虑的模样，同宿舍的人都为他这情绪突变感到惊异。当晚，他上图书馆找到了冰蕾，硬将她从书堆里拽了出来，牵着她来到校园里的一个小树林子，第一次向她表明了心迹，而且不顾她的挣扎，强行将她搂进怀里，给了她有生以来的第一个吻。冰蕾措手不及，慌乱中错开了情窦，竟然顺从地接受了他这种粗暴的爱抚。

“你这人真粗，差点让人昏过去！”冰蕾声音颤颤地说。

“嘿嘿……”他只是一味地傻笑。

“你一定是被别人拒绝了，现在反过来欺负我。”冰蕾有些抱怨地说。在这之前，她一直以为他是在追求着班里的另一位女同学。

“怎么会有这种事！”他明白她之所指。

“没看见你们整天泡在一起！”冰蕾有点吃醋。

“正因为无所求，所以也就无须设防。”他很坦然。

“骗鬼！”

“不相信？”

“叫我如何相信？”

他无言以对，这种事是纠缠不清的，越搅越乱，他不想再作解释。

他对冰蕾的爱是真诚的，还在入学之初，第一眼看见她，他便清清楚楚地爱上了她。她很像小嫄，这是他自己想的，若问他冰蕾哪点像小嫄，他又说不出了。他也不知为什么会有这种心理。

“说呀，说呀！你为什么不说！”冰蕾在他怀里扭着。

“胡说什么！”他突然吼了，也不知哪来的火气。

冰蕾吓傻了，可怜巴巴地望着他，半天才醒过神来，哆哆嗦嗦地指着他：“你……你，好啊，第一次……你就这样……这样对我……你……”

冰蕾转身就要往回跑。他急忙扯住她，又是赔罪又是发誓，还给了她歉意的一吻。

冰雪渐渐消融，他对她的魅力也由此更增一层。

他可怜自己，同时也佩服自己的忍耐力。

银幕上，正打得难解难分。血淋淋的躯体，声嘶力竭的惨叫，真真让人难以忍受。那复仇的小伙子从筷筒抽出两根筷子，挥手甩向那个恶霸的管家，管家又是一声凄厉的惨叫，脑门上插着两根筷子扑身倒地。小伙子操起菜刀，跳将过去，手起刀落，砍下了管家那颗瞪着两只白眼的脑袋……

霎时，放映场上骚声雷动，前面一个小激动分子竟呼喊着站了起来，恰好挡住了思皓的视线。

“滚开!”思皓一声怒喝，震住了剧场的喧哗。

“你想干什么?”那家伙转身朝着他，眼里闪着凶悍的光。

银幕上的打斗远不及现实中的冲突来得刺激。人们起哄了，纷纷呐喊着站立起来，极度兴奋地注视着这剑拔弩张的一对。

思皓这下可真的是“忍无可忍”了。哥嫂拦他不及，他早已跳身离开座位，一个箭步冲了上去。对方见他来势凶猛，便来了个先发制人，迎着他当胸就是一拳。他上大学前是跟人学过两下散手的，只是从未与人动过真，这回他要开戒了。只见他身子一侧，同时抬起胳膊平平一架，顺势一肘直杵对方胸口，紧接着猛一反手，一拳砸向对方面门。对方两处受敌，哇的一声仰面倒地，然后连滚带爬站起来，边往后缩边指着他喊：“我认住你！我认住你!”边说边溜出大门跑了。

他坦坦荡荡地回到座位，骚乱很快随之平息。

“待会散场小心遭人暗算。”嫂子忧心忡忡地说。

哥哥没有说话，眼光亮亮地横了他一眼。他腰板直直地坐着，一声不吭。

散场后，他随着哥嫂，大摇大摆地走了回家，啥事也没有。

一个大学教师竟干出了这等有失身份的事！他很为自己这愚蠢的举动感到羞耻，懊悔。他觉得降低了自己的人格，破坏了自己的形象。

是啊，以往小嫄是把他当偶像来怀念的。她曾为自己对他的离弃而后悔过，哭泣过。这是她的好朋友告诉他的。当时，那位落难公子的父亲官复原职了，落难公子自然也该抛下她回城去寻找补偿了，而思皓又恰在此时考上了大学。尽管小嫄的后悔和哭泣是在这一切都发生之后，但他毕竟是最终作为一尊偶像去占据了一颗心，他由此得到了一种安慰和满足。这种安慰和满足带有一点小小的报复，更多的却难以名状，他自己也说不清。正因为说不清，他很矛盾，他放弃了最后一次拾起记忆的机会。那是他第一年探家，她

第二天就要调回父母身边了，约他出来走走。他在家里整整抽了一包烟，终于还是没有践约。之后不久，他就听说她和那个司机好了。

今晚这难以给人留下美好印象的一幕，她无疑是看到了。一个小地方，难得有这样一场电影，她不会不来，她一定是和丈夫、孩子一块来的。他感到有点悲哀。

也好，一切都该就此打上休止符了！偶像本来就是骗人的东西，彻底打破了便会得到彻底的解脱。他，本来就不该来。

他和哥嫂分手了。哥嫂要回去上班了，他也将直接从这返校。很快也要开学了，还有许多事情等着他做。

（原载《五指山》1986 年第 4 期）

采　访

接受了采访任务，一大早我便骑上单车从场部急匆匆地往茶厂赶去。

我要采访的是一位制茶女工，名叫林翠香。她长得是长是短是扁是圆，我还不知道，据说在厂里是个风云人物。为了以实际行动配合“反击右倾翻案风”运动的开展，她在厂里自发组织了一个“革命样板戏姑娘业余演唱队”，受到了广大革命群众的热烈欢迎，对厂里运动的开展起到了很大的促进作用。接受采访任务的时候，我们宣传科张科长一再叮嘱：“这是一桩新生事物，是革命群众自觉反击右倾翻案风的典型事例。林翠香是个很有代表意义的革命闯将，对于这样的典型，一定要大树特树，要以点带面，在全场搞起一个学唱样板戏的高潮。你一定要写好这个材料。”

我到茶场的时间不长，下基层采访是头一回。

茶厂离场部不很远，不用打听，我骑上单车顺着公路径直来到了茶厂。

找地方放好单车，我来到了车间。虽说此时正值春茶大忙时节，各队送来的茶青已堆成了小山，可车间里只有为数不多的一些人在单调的机声中忙碌着，而车间外的收青棚里却聚集着一群谈笑嬉闹的姑娘们。

我朝一位背靠着收青台站着的姑娘走去。那姑娘身着一套得体的花衣蓝裤，身材苗条纤细，两根长长的辫子垂在腰间，看样子不过十七八岁。她此时正身晃手比，口里拖着京剧里的长腔：

“啊——啊——打不尽豺狼，决不下战——场——啊——啊——啊——”

那声音说不上悦耳动听，却很有力。从她那拖长的稍带沙哑的尖声中，可以看出她是使出了吃奶的劲。待她唱完最后一句，我怀着几分敬意打扰了她：

“小同志，请问你们厂长在吗？”

随着周围一阵莫名其妙的笑声，她转过身来。哎呀，我的妈！真是小鸡仔变老母鸭了，这分明是一副皱纹密布的老脸，少说也有四十五六岁！我尴尬地“嘿嘿”笑了两声，说不出话来。

“你找谁——？”她那声音又尖又长，一点也不显恼。

“找你们厂长。”我急忙说。

“噢，老陈头呀！小青儿，你带他——找——去！”她那水泡眼一睁，淡淡的双眉一竖，拖着舞台上的英雄腔。

那个叫小青儿的姑娘小嘴一噘，白她一眼，但还是顺从地领着我往茶厂办公室走去。

刚刚跨入办公室，正碰上厂长要往外走。我截住他说明来意。不想他一点也不热情，冷冷地说：“写材料？这帮人整天猫抓鬼叫的也不知道干了些啥！茶厂的茶是唱出来，喊出来的？你要写，自己找她去吧！”一开口就碰了个硬钉子，我心里非常不满：这当厂长的对新生事物就这态度？真成问题！

厂长撂下我自个走了。我只好坐在办公室里和守电话的老值班员扯了起来：

“听说厂里学唱样板戏的革命活动搞得很不错，是吗？”

“嗯，是很热闹。”

“林翠香同志的积极性真高啊！”

“林翠香？嘿嘿，对对，真高，实在是高！”

“您能不能把她的先进事迹和我谈谈？”

“谈谈她的先进事迹？嗯，她这人吧，嘴巴挺会说的，人也很能干，打运动一开始就没有闲过。有人说现在是‘今不如昔’，‘样板戏是一花独放’，‘样板戏的票卖不出去了’……她听了怒发三丈，在一次批判会上勇敢地跳上台去，说：‘我们革命群众最喜欢样板戏，看了还想看，百看不厌！革命样板戏是我们最最敬爱的江青同志亲自搞的，谁敢说不好？你看，李铁梅、阿庆嫂、江水英、方海珍、吴清华……都是顶天立地的女英雄！我就最喜欢这些女英雄！谁反对样板戏就是反对江青同志，谁反对江青同志谁就是反对毛主席，就是反革命！’后来她就亲自组织了一个样板戏业余团，哦……不，好像是姑娘样板戏业余队，我也讲不全那个名字。一开始好像不怎么顺利，后来是场里哪个领导下了指示才搞了起来。因为她在运动中敢冲敢杀，表现积极，听说还准备要发展她入党呢！”

“这么说，她的群众威信一定很高吧？”

“这个，这个，也许吧。你最好找她本人谈谈，她挺会说的，挺能说的。”

再问，那老头似乎不愿多讲了。

坐了一会儿，我决定去找林翠香，准备当面采访她。临走，老头介绍说：“很好认的，穿花衣，唱高调，样子年轻的那个就是了。”

我再次来到车间。刚进大门，车间里突然传出一阵女人的哭叫声：“呜呜……你们看，这死老陈头当的什么厂长，呜呜……他就知道搞‘唯生产力论’，一点也不关心群众的死活，一点也不关心革命！呜呜……呜呜……”

我急忙跑进去，只见早晨遇见的那个花衣女人正坐在茶箱上，跷着一只用纱布缠着趾头的脚，指着厂长在骂：“呜呜……大家评评，我昨天搬茶箱把脚都砸坏了，喏，就这里！瞧吧，趾甲盖都砸裂！今天我带伤来上班，呜呜……可他这个当厂长的，看见了……呜呜……看见了连问都不问一声。我唱了几句革命样板戏，他就……呜呜……他就骂我不务正业！你们大家看看他是多么反动！呜呜……我们唱样板戏，是为了配合政治运动，是反击他们的翻案风！他害怕了，他反对我们唱样板戏，就是反对革命！你说你是不是反对？你安的是啥心呀？呜呜……”

这哭声又尖又长，和她早晨那唱腔如出一辙，简直就是同一谱子发出的。我心中有种说不出的感觉，真怀疑她得了精神分裂症。

陈厂长根本不理睬她，没好气地向站在一旁暗暗偷笑的一帮青年工人吼道，“看什么看，有什么好看的！老母鸡下不来蛋乱咯哒也没见过？都干活去！”

“什么？”那女人仿佛脚也不痛了，尖叫一声突然从箱子上蹦了起来，甩了把鼻涕嚷道：“你不知道今晚要演出？你想拆台？你想用生产压革命？办不到！”她向准备离去的青年们一挥手：“演唱队的不能走，都排练——去！”

陈厂长似乎有些不近人情，可这女人也真厉害。她不像领导，可权力好像比厂长还大。听口气她好像也是姑娘演唱队的，难怪今早看见她在吊嗓。那样的年纪也算“姑娘”？我真担心林翠香这个年纪轻轻的姑娘能否管得住这个泼辣撒野的女人。

车间里还是乱糟糟地闹着，我悄悄地退了出来，闷闷不乐地回到办公室，再也没有心思去采访了。

整个上午很快就过去了，我两手空空，连林翠香的面也没见着。在茶厂食堂吃过午饭，我歪在值班室的一张空床上，懊丧地想：“唉，怎么厂里的领导和群众对这典型事迹和先进人物都那么冷淡？那花衣女人对样板戏倒是挺热心的，就是有点胡搅蛮缠。”我想不通是什么原因。

迷迷糊糊的，我睡着了。不知什么时候，我被一阵打电话的声音吵醒。

“……哼！老陈头这样做是有意对抗运动。……喂，老张呀，你听到没有？不整他一下，厂里这运动是没法开展了。……”

我坐起身一看，又是那个花衣女人。这时，她放下了电话。见我醒来，笑笑说道：“不好意思，打扰你了。我刚才向场领导汇报了厂里最近阶级斗争的新动向。哼，这些人呀，就是存心要破坏革命！”

看来她很喜欢说话。她拖过一张椅子坐下，也不问我会不会，随手丢了一支“大前门”香烟给我，自己也点上一支。接着说道：“同志，你好像是刚来的吧？过去没见过。”不等我回答，又滔滔不绝地说：“你说说看，像老陈头这样的人当厂长我们革命群众能够放心吗？他一心就是要执行邓小平的唯生产力论，对我们姑娘演唱队怕得要死，恨得要命，说我们是在胡闹，还说我们是捣乱生产。你听听他有多反动！分明是仇视样板戏，对抗运动，反对革命，迫害新生事物嘛！哼，他整天就是生产生产的，不把革命抓好，生产搞上去顶屁用！我们老张说了，这是为资本主义复辟创造物质条件。我们老张还说，中央首长都讲过，‘宁要社会主义的草，不要资本主义的苗’呢！我这人最恨反革命。老陈头偏偏看我不顺眼。他骂我那么老了还唱唱跳跳是别有用心，真把我气坏了！我很老吗？其实呀，我才四……三十多岁，三十多岁怎么就算老呢？报上不是说有个小勒（靳）庄，七八十岁的老太太都在唱革命样板戏吗？那些老民主派、走资派就是不想让别人革命！我穿件花衣服老陈头也看不顺眼！我们老张支持我，我们老张说旧社会我们贫下中农想要穿好一点的还没有呢，现在是新社会了，有了为啥不穿？真的，我不穿好一点的，我们老张还不高兴呢……”

她喋喋不休，没头没脑地乱扯，也不管别人爱听不爱听。我很不耐烦，心里越发对她反感了，但又不好表露出来，只得装出有兴趣的样子打断她的话：“你们老张他是……”

“噢，你还不知道？你还不认识我们老张？他就是场部宣传科的张科长呀，嘻嘻，他是我爱人！”她还要说下去，恰巧这时有人喊她，这才住了嘴。临走，她热情地邀请道：“晚上我们要在厂里演出，你一定要来看！”

“一定一定！”我忙连声应道。看着她那穿花衣的身影一晃一晃地去了，我才如释重负地吐了一口大气。

心烦意乱的，我啥事也不想干了，又在办公室躺了一下午。一天就这样过去了，可我的采访任务还八字没一撇呢。好在晚上还有演出，我可以亲眼看看林翠香的表演。

晚上，灯光球场坐满了人。临时架起的布幕拉开了，砰砰嘭嘭的锣鼓声乱响着，马上要开演了。

我捅捅身边一位小伙子：“你们厂学唱样板戏的活动搞得很活跃啊！”

“就是那么回事吧！”

“群众的积极性很高嘛，瞧，来了那么多人。”

“不敢不来呀，要记考勤的，书记说了，这是态度问题。再说吧，看一场不花钱的猴戏也不算冤枉。”

“嘿嘿，你真会开玩笑。林翠香会上场吗？”

“少了她还能唱？”

“她演什么角色？”

“四十出头不算小，红花衣裳的老铁梅！”小伙子学着《红灯记》里李铁梅的腔调，模仿着剧中人的台词说道。接着一指舞台：“喏，那不是上场了！”

我抬头一看，哟，这不是白天见到的那个穿花衣、梳长辫、水泡眼、皱纹脸的“老姑娘”么！灯光下，那刺眼的红衣裳映得她那搽了厚粉的老脸，就像抹了猪血。看见她这副样子，难怪值班老头会说她“年轻”。

正想着，林翠香早已开唱了。只见她双眉一竖，水泡眼一睁，脖子上的青筋隐约可见：

“……啊——啊——打不尽豺狼，决不下战场——啊——啊——”

闹了半天，原来她就是林翠香，就是那个新生事物的典型代表。而要我整这份典型材料的，原来是林翠香的丈夫，我的顶头上司张科长！这是什么回事？我觉得迷糊。至于这份材料该如何写，我更觉无策了。

（原载《五指山文艺》1979 年第 3 期）

鬼　影

值班医生李军睡前喝了杯浓茶，上床后怎么也睡不着。夜已深，他索性穿上衣服，走出值班室，来到门诊大楼后面的篮球场。他舒展了下胳膊腿，耍了路拳脚，然后又信步走去。

不知不觉，他来到一片空旷地。往前大约三四十步远有间孤独的小房子，那是专门停放死人的太平间。太平间四周别无他物，只有门前长着一棵伶仃的、像把小伞似的相思树，显得更加凄迷、悲凉。若掩若露的月亮泻下一片呆滞惨淡的光，给那小树拖下一条长长的黑影，正好挡住太平间的半壁粉墙。一阵轻风拂来，树叶的沙沙声便打破那黑夜的宁静，树影也微微摇曳着，使人感到格外阴森、恐怖。

天黑前，太平间刚刚送进一个死人，是个外地来的采购员，大约四十出头。死者是今天乘最后一辆过路班车经过医院附近时突然得了暴病倒下的，司机和乘客急忙把他送进医院，李军是值班医生，给他做了检查，原来是心肌梗塞。还未来得及抢救，这采购员就蹬了腿。可以看出，他临死前非常痛苦，以至死后还呲牙裂嘴，眼睛瞪得有鸡蛋大。因为死者是外地人，医院按他的出差证明留下的地址，给他单位发了急电，同时对尸体采取了防腐措施，等待处理。

李军是个刚从医学院毕业的小伙子，胆子出奇大。还在读中学的时候，就得过一个“吓死鬼”的绰号。一天村里刚死了个人，棺材停放在村边的大祠堂里。夜里，李军和几个小伙子打赌，独个到祠堂里，用粉笔在棺材头上画个圈作为记号，然后大家输他一包“大前门”香烟。他进了祠堂，里面空空荡荡的，又黑又静，很是怕人。他壮着胆子向停放棺材的地方摸去。忽然，一个黑影尖叫一声，从棺材旁向外冲去。他迎着黑影，脚下使个绊，双手顺势拦腰一斩，将黑影打倒在地。李军这一手武功，是刚向附近山中万福庙里的老和尚学来的，刚学到就用上了。他打着电筒一看，原来是村里一个好吃懒做的惯偷想来盗棺的。进医学院后，在上人体解剖课时，开始同学们都很害怕，不敢接触尸体。李军却大大咧咧地说：“死人有什么可怕？也不就跟块腊肉差不多。”课后，他还把死人骨头搬回宿舍，放在床头上研究，闹得宿舍里的同学都向他抗议。

走了一会，李军想返回值班室。忽然，他看见一个影子从太平间门前的树影里钻了出来，顺着墙根慢慢向门口挪去。到了门口，黑影停了下来。李军大喝一声：“谁！”便猛冲过去。这时平地卷起一阵急风，迷住了李军的双眼，待他睁开眼睛跑到太平间门前查看时，啥也没有。李军怀疑自己看花了眼，但他发现太平间的房门原来是锁着的，现在却被打开了。他心中好不诧异，忙划了根火柴，走进太平间，只见死尸还安静地躺在停尸台上。他又划了第二根火柴，细细打量了一下房间，也没有发现什么异常，便疑惑地走出来，重把房门锁上，准备回值班室睡觉。

回到门诊部，李军又看见一个黑影从留医部大楼侧面的黑暗处钻了出来。借着路灯，可以认出这是白天刚进院的一个干瘦的老头，他大概是出来解手。此刻，正蹒跚地回到楼下三号病房，开门进去了。

“咕咕咕咕——”一阵又尖又长的猫头鹰啼叫声，从球场边一棵高高的大叶桉树上传来，就像一个疯女人发出的一声凄厉的嚎叫，寂静的夜空霎时在悲切恐怖的气氛中颤抖了。李军不禁打了个寒战。

新中国成立前这一带是个土匪窝，有个叫李四狗的土匪头子，是个杀人不眨眼的魔鬼。他一天不杀人眼就红，经常派人到各地抓来最漂亮的民家女子供他凌辱，玩过一个杀一个，杀了人还要取肝下酒。他管杀人叫“剃头”，所以当地农民都称这一带是“剃头岭”。据说那些屈女阴魂不散，时常在夜深人静的时候跑到这附近啼哭，那哭声非常悲恸凄惨，令人闻之魂飞魄散。李军刚到医院时曾听人讲过这样一个故事：

二十年前，医院刚建成不久。一天夜里，月明星稀，凉风轻拂，一个病号半夜起来解手，忽闻近处有啼哭之声，心中好生奇怪，便轻轻循声走去。一会，哭声止了，到了那儿影子却不见一个。疑惑间，哭声又在别处传来，他又朝哭声走去，还是什么也没看见。如是几次，最后在附近一棵大梧桐树旁，发现一个美丽非凡的姑娘，正伏在树上哭得很伤心。那病号正待向她询问原由，不想一阵怪风骤然大起，一片树叶不偏不倚地扣在他眼睛上，他揉了揉眼，定睛一看，树干上只留下湿淋淋一片鲜血，那姑娘早没了影……

对于故事的真伪，李军无从考究，但他压根儿不相信世上会有这等荒诞之事。可今晚太平间门前出现的黑影着实撩动了他的好奇心，他百思不得其解。

第二天，李军将夜里的情况向院长徐衍辉作了汇报。徐衍辉是个四十多岁的中年人，他听后嘿嘿地笑着说：“有谁会对死人感兴趣呢，莫不是你疑心生暗鬼吧？”

“不！”李军急了，“我看得清清楚楚，而且那门是我昨天亲自锁的。”

“那咱们一块去看看。”徐衍辉拉着李军说。

来到太平间，徐衍辉揭开蒙在尸体身上的纱布，一股浓烈的药味和死人的特殊气味扑鼻难忍。只见死者那双翻白的眼睛半睁着，裂开的嘴巴歪向一边，露出满口大黄牙，灰白的脸庞皱纹挤成一团，叫人看着毛骨悚然。死者衣着很考究，上下都是呢子，脚上穿着双铮亮的皮鞋。徐衍辉细细翻弄着尸体，连死者脚上的皮鞋也脱下看了看。他边看边说：“这家伙光这一身就能吸引不少贪财忘命的人。”

这时，一个年轻护士站在太平间门口远远地叫：“徐院长，听电话。”

徐衍辉不得不和李军走出太平间。

“谁会有太平间的钥匙呢？”徐衍辉若有所思地说。

“那还不容易，用根小铁钉稍加工一下，什么样的锁头我都可以给你打开。”李军不以为然地说。

徐衍辉说：“这样吧，这事先别告诉其他人，晚上咱们再来看个究竟。”

晚上，夜幕降临了。时间还早，徐衍辉和李军坐在值班室里闲扯。

“小李，你怕鬼吗？”

“嘿嘿，鬼还得躲着我走哩，我从来不信那玩意儿。”

徐衍辉又道：“世界上许多恐惧的东西都是人为的，鬼这东西，你不相信当然没有，你要相信，它马上就到。俗话不是说白天莫讲人，夜里别谈鬼吗。我就碰上过一次。”

李军笑了：“那你怎么没叫鬼抓去呢？”

“那是因为我的造化大。”徐衍辉是个喜欢开玩笑的人。他随后又道：“我说的可是真事。那是在我年轻的时候。一次，我和另外三个医生送一个死人到殡仪馆火化。那里已经先放着几具尸体了。殡仪馆的停尸房很大，里面宽畅通明，墙壁全是白的，不会给人有恐怖的感觉，再说我们当医生的是不怕死人的。刚到那儿不久，突然停电了，我们只好在那儿干等。正巧我们四个都是年轻人，很喜欢玩。便趁这个时候掏出随身带来的扑克牌，找了根蜡烛在停尸房里干了起来。大家讲好，谁输了就罚他去和死人亲个嘴。过了一会，其中一个人说：‘你们稍等一下，我去解个手。’好一会，还不见他回来。第二个人东张西望的时候，忽然发现其中一个尸体动了一下，他吓得要命，便找借口说：‘我也解个手’，说完溜了出去。又过了一会，还不见他俩回来，第三个人这时发现那尸体已经坐起来了。他也不敢声张，忙说：‘他们怎么还不回来，我去找找看。’说完也溜了。我是背向着尸体，什么也不知道。看见他们都走了，我高兴得不得了，急忙把他们的好牌全换了过来，心想这回上游是稳拿了。谁知道这时却听见背后有窸窸窣窣的声响，我急忙回头一看，天哪！那尸体已经站起来，呼哧呼哧地喘着大气向我扑来了。我吓得全身都软了，要喊也喊不出，要跑又跑不动。那尸体却尖声怪气一地叫了起来：‘别害怕呀，让我和你亲个嘴！’以后，我足足有半个月醒不过魂来。”说完，徐衍辉啧啧两声："现在想起来我的心还跳呢！"

"你说得真玄，我不相信！"李军从徐衍辉的烟盒里抽出支香烟，点燃后说。

"嘿，"徐衍辉把手一摆："你等我说完嘛。后来我才知道，那哪是鬼呀，那是第一个出去的人悄悄溜回来搞的名堂。"

李军一听，这才恍然大悟，两人同声大笑起来。

忽然，徐衍辉止住笑，把食指竖在嘴唇上，"嘘"了一声："医院重地，切莫高声谈笑。"

月亮升起来了，徐衍辉对李军说："我先睡一会，你自个出去巡巡，有事喊我，待会我再换你。"李军说了声好，出去了。

今晚的月光倒是明亮，天上没有一丝云彩，就像是被水洗过一样清澈。李军躲在门诊大楼旁的一个角落，死盯着太平间。

已是凌晨一点了，还不见有任何动静。李军打了个呵欠，揉了揉惺忪的眼睛。这时，一只大手从后面伸来，搭在李军肩上。李军猛然一震，身子急忙向下一蹲，挥起拳头，正待转身打去，却发现是徐衍辉。

"瞧你，抓到鬼没有？"徐衍辉说。

李军摇了摇头不说话。

徐衍辉劝道："你回去睡一会儿吧，鬼是喜欢欺负年纪小的。"

李军不肯："哼，我就不相信！"

徐衍辉软说硬拉，一定要李军回去。可李军的牛劲上来了，死也不肯。徐衍辉有点火了："你这家伙怎么这样固执！"

过了一会，徐衍辉张大嘴打了个呵欠，无可奈何地说："都是自己吓唬自己，哪来什么鬼呀，连我这个一大把年纪的人也上了你这小鬼的当。"说完自己转身回去了。

已是凌晨五点了，天边渐渐发白，李军也失去了信心，他站起身准备回去。这时，终于看见一个黑影又一跳一跳地靠近太平间。李军忙蹲下来，屏住气，盯住黑影。那黑影悄悄溜到太平间门口，站了一会，又走到太平间的窗前停住了。这回，李军终于看清了那黑影。"嘿嘿，原来是他！"李军几乎喊了出来。他想去喊徐衍辉，又怕惊动黑影，于是便一动不动地等待着。只要黑影一进太平间，他就马上冲过去堵住门口。这样，再高明的“鬼”也插翅难逃了。李军正想尾随上去，可是奇怪，黑影没进太平间，只在门口站了一会，又匆匆走了。

李军无精打采地回去了。这黑影一再到太平间干什么呢？李军大惑不解。他想：好吧，我再等你一夜。

第二天半夜十一点左右，李军谁也没叫，到值班室取了太平间的钥匙，独自拿把手电筒悄悄溜到太平间。他拿出钥匙开开房门，刚要进去，突然一团黑乎乎的东西“嗷”的一声怪叫，从他脚边窜过，把他吓了一跳，打开手电筒一照，原来是只猫。他按着扑扑直跳的胸口站了一会，等心跳正常后，转念一想：等下那“鬼”来了，见锁已开，岂不生疑？于是又退了出来，把门锁上，来到窗台下。这太平间就开了这么个窗，那窗是没格子的。他轻轻打开窗户，爬了进去。关好窗后，他开着电筒朝停尸台上照了照，只见那尸体还是硬邦邦地挺在那儿。他轻轻说了句：“我看你这‘鬼’今晚还往哪跑！”说完选个角落蹲了下来。

这太平间不很大，但因里面只有一个停尸台，所以仍然显得很空荡。今晚的夜色很浓，虽不能说伸手不见五指，可两人对面站着，保险看不清眉目，而且外面还刮着点风，更加重了这夜的神秘感。太平间里就更黑了，连那停尸台都看不清。“吱吱吱”的老鼠打架声从房梁上不时传来。房外，那棵小树被风吹得“沙沙”、“呼呼”的直响，时而像个得了哮喘病的老头在喘息，时而又像个死了亲人的老太婆在悲泣。李军虽说胆子大，但时间一长，心里不免也有些发毛。这时他真希望那“鬼”早点来。

不知过了多久，外面的风停了，太平间里出奇的静。李军只听见自己轻轻的呼吸声和细微的手表滴答声。听着，听着，怎么停尸台那边好像也有呼呼的喘气声？

莫不是死人返生了吧？他屏住呼吸仔细一听，又什么都没听见。想不到“吓死鬼”也有害怕的时候。他狠狠在自己大腿上捏了一下：“胆小鬼，怎么在这个时候害怕了！”他硬着头皮，把心一横，便不觉害怕了。

就在这时，外面响起了沙沙声，不过这不像是风吹树叶。李军竖起了耳朵细听：“沙沙——沙沙——沙沙——”那确是轻轻的脚步声哩。

沙沙声停了，接着是一阵开锁的声音。李军的心被提了起来。“吱——”一声尖细怪异的开门摩擦声就像从阴间地府传来的一样可怕。门被打开了。不知怎么搞的，偏偏在这个时候一阵大风骤然猛起，只听“呜”的一声，一个黑影闪了进来，送进一股猛烈可怕的阴风。黑影进来后，轻轻把门闩上，然后蹑手蹑脚地向停尸台走去。黑影走近停尸台，俯下了身子。李军刚要跳起来，万万想不到，可怕的事情在这时发生了。只见那尸体“嘿嘿”一笑，猛地坐了起来，喊了一声：“不许动！”那黑影“啊”的一声惊叫，随即瘫在地上。李军也被吓得七窍堵了六窍，他举起手电刚要向“尸体”砸去，那“尸体”却一把抓住他的手，开口道：“李医生，别害怕！”李军忙打着电筒向他照去，天哪，真是鬼晓得，这分明是昨夜见到的那个黑影——三号病房的那个瘦老头，怎么竟让他先来了一步，而且自己一直没发现！此刻，老头正握着一支手枪，对着地上的黑影讥笑地说：“怎么样，想不到吧！”

李军再用手电筒向那黑影照去，还未等他看清是谁，那黑影一下从地上蹦了起来，冲向门口。老头大喊一声：“抓牢他！”说时迟，那时快，李军顾不得多想，直向已经开了门将要冲出去的黑影奔去。黑影一只脚已跨出门外，李军猛跨一步，伸手向下一捞，抓住黑影还留在门内的那只脚往上一提，黑影重重地摔了个狗吃屎。当李军再次扑向他时，只见他来了“兔子双蹬腿”，向李军胸口踢来，李军猛地向后一跃，闪了过去。黑影却顺势站了起来，向李军飞来一拳，李军左手一架，正欲还击，却见老头早已翻身下地，飞起一脚踢在黑影腹下。两人在太平间门口展开了一场好斗。别看老头年高体瘦，手脚却非常灵活，三拳两脚便把黑影打趴在地，不能动弹。这时老头大气不喘，不慌不忙掏出副手铐“卡嚓”一声将黑影扣上。李军这时才仔细打量了一下黑影。他不看还好，一看可大吃一惊：“啊！是你呀……”

那老头招呼道：“小伙子，帮个忙。”说着回到太平间，蹲下身子往停尸台下一拖，拖出那个真的尸体。李军帮着把尸体放回停尸台，然后问道："这到底是怎么回事？"

老头笑着拍拍李军的肩膀："如果你真的对这事感兴趣，明天请到公安局找我。"

说完，押着黑影走了。

医院离市区只有四公里。李军一大早就骑上单车往公安局赶去。

到了公安局，那老头身穿一套整齐的警察制服，早已站在门口迎接他了。李军惊讶地望着老头："您……"旁边一位年轻警察笑道："这是侦察科长林威同志。"

进入审讯室，坐定后，林威向那年轻警察道："带徐衍辉！"

一会，徐衍辉被押了进来。徐衍辉惶然四顾，几次张口想说话，但一接触到林威那锐利的目光，又不得不把头低下。

林威威严地盯着他，足足有两分钟，然后突然开口道：

"你是想从宽处理，还是从严处理？"

"我不明白。"徐衍辉抬起头，显出一副惊讶的样子。

"告诉你，我从来没有和犯人磨嘴皮的习惯！"林威用食指轻轻点了一下桌面，语气坚定地说。

"犯人？"徐衍辉更显得惊讶了，那睁大了的眼珠似乎要从眼眶里掉了出来。

林威轻轻一笑："你为什么要深更半夜摸进太平间？"

徐衍辉吞吞吐吐地说："我……我财迷心窍，想偷死者那套呢子服。"

"算了吧，一个堂堂的院长竟会少一套死人衣服？"林威脸色一变，从衣兜里拿出一把精致的铜质钥匙，厉声问道："这是什么？"

徐衍辉身子微微震了一下："不，不知道……"

"这个也不知道吗？"林威取出一件绿色的夹克外套，在徐衍辉面前抖开说。这件夹克是昨晚在徐衍辉家里搜出来的。

"是我的。"

"这袖口上有两滴血迹，是一个月前留下的！"

“啊……”

“你还有什么要说的?”

“那，那可能是我杀鸡时溅下的。”

“亏你还是个医生，难道你不知道人血和鸡血是有区别的吗?”

“哦，对，对了，有一次不小心，削水果时把指头给割破了。”

“哼，院长先生，你应该清楚你的血是O型的，可这衣服上的血是A型的。这是一个女出纳被盗窃现款的作案分子杀害时流出的血！好吧，既然你不想坦白，我替你说吧!”林威从抽屉里拿出一个卷宗，取出一份材料念道，“一九七八年三月十八日夜间十二点左右……”

“我，我坦白！我交代！我、我……我请求宽大……”徐衍辉声嘶力竭地喊了起来。

……

徐衍辉是五十年代的医专毕业生。他在业务上并不怎么样，但在政治上的钻营和经济上的捞取方面却充分显示出他的聪明才干。他阿谀逢迎向上爬，做得非常自然、真诚，看不出半点虚伪。他贪财爱利，从小就喜欢偷鸡摸狗，而且做得不显山不露水。二十多年过去了，他一步步爬上了院长这个高位，一面做着头脸光鲜的医院院长，一面却在暗地里做着见不得人的勾当，从未露出丝毫破绽。那死者名叫皮清水，在距离徐衍辉所在地不远的一个县城里工作，是徐衍辉初中时的同学，两人从小臭味相投，他们长期合作，一块干过不少坏事。

一个月前的一天晚上，徐衍辉又专门来找皮清水。“老搭档”相见，几句寒暄过后，皮清水单刀直入对徐衍辉说：

“老兄，有桩大买卖，愿意干吗?”

“什么大买卖?”

“过几天发工资，财务科今天到银行领了钱回来，如果你愿意合作，我们又可以快活一阵子了。”

“这——办得到吗?”

“嘿，神不知鬼不觉！只要我们设法弄到财务科的钥匙，一切都好办了。”

他们如此这般地策划了一番之后，两人次日一道来到皮清水所在的县城，待到夜深人静时便开始行动了。

那是一栋办公室，财务科在二楼，那年轻的女出纳住在三楼的单人宿舍里，当时女出纳已睡着。皮清水悄悄爬上三楼，用根长竹竿从窗口挑出了女出纳放在床边椅子上的衣服，掏出了钥匙，和徐衍辉一道打开了财务科的房门。皮清水让徐衍辉在门口给他放风，自己钻进室内，打开了保险柜，又从保险柜取出个一尺见方的小保险箱，那钱全锁在箱子里。

说来凑巧，女出纳偏偏在这个时候醒来了。当她发现衣服已被丢在窗台上，钥匙被偷走时，知道情况不妙，急忙奔向财务科。下到二楼，来到财务科，她发现房门已被打开，门口站着个大汉，吓得转身便走。徐衍辉抢上一步，紧紧拖住女出纳，捂住了她的嘴。这时皮清水也赶了出来，用手中的保险箱朝女出纳太阳穴上猛砸过去，女出纳便软绵绵地倒下了。当时徐衍辉穿的就是那件草绿色夹克，女出纳那两滴悄悄落在他衣袖上的血，却一直没让他发现。

回到家后，他们打开保险箱一看，里面装有一万多元人民币。那保险箱的设计是很精密、坚固的，没有钥匙休想打开。两人商定，为了避免追查，钥匙由皮清水留下，徐衍辉则携带保险箱马上离去。日后分赃，必须两人同在一块才能进行，谁也无法独吞。徐衍辉回来后，将保险箱埋在家里，提心吊胆地过日子。

事情发生后，公安人员根据现场推测，作案者可能是两个人。但谁是作案者还是个谜。根据群众反映的情况以及各方面的材料证明，皮清水有重大嫌疑。就在案情日显清晰的时候，皮清水沉不住气了，他先给徐衍辉写了一封信，告知事情即将败露，让徐衍辉作好准备，他过几天将来与徐衍辉会面，准备一块外逃。

提心吊胆等待着的徐衍辉，发现那得了暴病突然死去的旅客就是皮清水时，心里落下了块大石头，浑身感到轻松。他以为这样便真的神不知鬼不觉，再也没人知道他的底细了。可是没有钥匙，那锁住的万元巨款是无论如何也取不出的，他舍不得这笔大财，便设法要从死去的皮清水身上搜出保险箱的钥匙。皮清水只随身带了个旅行袋，徐衍辉翻遍了也没找到需要得到的东西。只好到太平间给皮清水来个“全面体检”了。白天他怕人察觉，不敢妄动，当天晚上他来到太平间，谁知刚开了门就被李军吓跑了。本来第二天白天与李军一块到太平间察看时是个难得的机会，可又被护士喊去接电话。接着他又想出个主意，夜里和李军一块去“抓鬼”，然而他又无法将李军那愣小子支走，计划只好告吹。第三天晚上，终于落网。这是他做梦也没想到的。

把徐衍辉带下去后，林威对李军说：“清楚了吧?”

李军问道：“我简直不敢相信这是真的。你们为什么不早点把他们抓起来呢?”

林威答道：“当时根据我们手头的材料，可以初步断定皮清水是作案者之一，但谁是合谋者，这却是个谜。皮清水的邻居反映过，在出事的那天晚上，有个穿草绿色夹克的人曾到皮清水家，可第二天早晨却不见那人，估计是夜里离去的。后来皮清水做贼心虚，见风声日紧，沉不住气，便畏罪潜逃了。我们侦察到，那笔被盗的现款不在皮清水身边，一定是作案者为了转移我们对皮清水的注意而让合谋者带走了。这次潜逃，皮清水一定会去找合谋者的。于是我们便来个放线钓鱼，谁知皮清水命短，我们的侦破线索中断了。我们分析，皮清水买的车票正是到这个地方落站的，他要找的人会不会就在附近?我们又从皮清水身上搜出这把保险箱的钥匙，合谋者如果在附近，一定会设法把它取去的，因为一万元现款这个数目是很有诱惑力的。于是我托病住进你们医院，恰巧我那天发现徐衍辉神情不安，好几次徘徊在太平间门外，这就引起了我的注意。本来第一天晚上我就可以完成任务的，想不到你这莽撞鬼坏了我的事。”说完，林威大笑起来。

笑罢，林威拍拍李军的肩膀，开玩笑说：“小伙子，我真喜欢你！我第一次发现像你这样勇敢的青年，而且拳脚也很利索。如果你愿意，我真想把你要来当助手。”

（原载《五指山文艺》1980年第7期）

肝肠寸断

妹妹抽动着两个瘦削的肩膀，掩面饮泣而去。刘成身子左右一晃，重重跌倒在铁门里坚实的水泥地上。

刘成睁开眼睛。昏暗的光线，三几张熟悉的脸，靠近床脚的墙角上，一只小蜘蛛正艰难地牵丝结网，一张散发着浓重汗臭和霉味的破棉被齐胸盖在身上。狱医聚精会神地给他输液。他不知道什么时候被人架回了监仓。

“爸——”刘成拔掉手臂上的针头，一声长嘶，疯狂地跳了起来。

“别动！别动！”狱医和同犯们手忙脚乱地用力按住他。

“爸呀——”刘成两脚乱蹬，把床板擂得山响。

一道高墙隔开了一个世界，两扇铁门锁住了一颗希望破灭的心。虽然近在咫尺，刘成却再也见不着父亲最后一面……

刘成七岁死了娘，妹妹也才刚满五岁。在后娘拳头下长大的父亲，不愿让自己的孩子再吃后娘的拳头，没有再娶，含辛茹苦把他们兄妹俩拉扯成人。十六年过去了，父亲的腰身过早地佝偻了，脸上过早地刻下了密集而深刻的皱纹。可是，一番舐犊深情没有换来应有的笑慰，不争气的儿子不跟人学好，本当结草衔环之际，却骤然锒铛下狱。沉重的打击使一颗苦难的慈父之心遭受到无可弥合的摧毁，父亲终于积郁成疾，以至油竭灯灭。

“爸呀……”刘成死命挣扎着，脑袋直往墙上撞。

“冷静点！刘成！”几双有力的手又紧紧地按住了他。

冷静！冷静！要是早知冷静，也不会有今天了！愚蠢啊，在那场恶斗中，为了哥们义气，刘成还未弄清楚事情的缘由，一把雪亮的三角锉刀已经扎进了一个紧紧追赶在同伴身后的对手身上……

如今，一切都悔之晚矣！一场恶梦扭曲了他的灵魂，他却全然不知，直至刚才妹妹向他传报噩耗，他才幡然醒悟。妹妹的到来，与其说是向他报丧，不如说是向他问罪。

身为七尺男儿，没能在恩重如山的父亲膝下报效自己的一颗赤子之心，反在父亲那疲惫衰竭的心上刺进了无情的一刀，活活把父亲折磨致死！刘成好悔啊！刘成入监不久，满头霜染的父亲曾经来探望过他。父亲老泪纵横，一再叮咛他要脱胎换骨，重新做人。他却玩世不恭，撇着嘴角回敬父亲：“你做了一辈子好人，如今又得到什么好处？为人一世，流芳百世难了，遗臭万年也不算白活一场。”父亲气得当场心肌梗塞，差点没缓过气来，而刘成却仍然执迷不悟。

为什么会这样？不应该是这样的啊！刘成也曾有过金灿灿的童年之梦，他戴过红领巾，得过“三好”奖。父亲那枯瘦的手抚摸着他的脑袋，疲惫的脸上滚动着浑浊的泪花，声音颤抖地说：“孩子，要争气，爸爸就指望你们争气呀！”可是，什么时候，什么时候那肥皂泡似的梦幻破灭了？一只罪恶的手悄悄向他伸来，把他推下了黑暗的深渊……

刘成踽踽徘徊在清冷的街头，昏暗的路灯把一个瘦小伶仃的身影拖得长长的，他半边脸颊留着五道红肿的指印，一双迷惘的眼睛噙着泪花，衣服被撕破了，一颗单纯幼稚的心也被撕破了……

好心没好报！人与人之间为什么会这样残酷？真诚为什么会遭受这样无情的蹂躏？人心为什么会如此丑恶？刘成无论如何也解不开这个谜。十几年的传统道德教育在心中形成的生活信念，顷刻之间被现实击得粉碎，他再也不相信这个世界上还有善良和真诚！

他不敢回家，他怕看见父亲那张痛苦和失望的脸。

“细佬，这么晚了还不回家？”一个街头惯见的黑影慢慢朝他走来。

背着光，刘成看不清他的脸，畏怯地退了两步。

“不要怕。”那人和蔼地说，缓缓点燃了一支香烟。刘成看清楚了，这是个三十岁左右的年轻人，脸上似乎并无恶意。

“阿爷病重，来电报催阿爸返乡下，阿爸借了钱叫我买车票……钱没了，我不敢回去……”刘成怯怯地说，眼泪忍不住流了出来。

“钱被偷了？”

“不是，我到车站买票，看见一个老太婆被单车撞倒，我好心去扶，反被她揪住……硬说是我撞倒了她，过路人被她骗了……把我打了……打了一顿，钱被抢去……赔了老太婆医药费……”刘成话未说完，早已泣不成声。

“小兄弟，你太老实了，老实人哪有不吃亏的？”那人同情地说。

刘成还在伤心垂泪。

“多少钱？”那人问。

“三十……”刘成声音低低地说。

那人利索地从衣袋里掏出三张十元票子，递给刘成：“拿去，以后做人学精点！”

“不，不！我不能要你的钱！”刘成诧异地喊道，连连摆手。

那人不由分说，把钱强硬塞进刘成的上衣口袋，帮刘成整了整衣服，理好蓬乱的头发，说：“回去和你爸说，票不好买，今天去晚了。”

刘成又迷惘了，难道这世界上还真有好人？刘成那颗还在流血的心又得到了抚慰，但他还是想不透，时间也不容他多想。他感激地说：“你叫什么名？住哪？以后我还你。”

那人笑笑：“小意思，如果愿意交个朋友，明天这个时候还在这等我。”

从此，刘成瞒着父亲，走上了另一条人生道路。那一年他刚满十六岁。

如今他终于有所悔悟了，铁门和高墙却无情地隔断了他的忏悔之路。他多么渴望能够见上父亲最后一面，多么希望能够跪在父亲的遗体旁接受良心的惩罚……

闹市中的监狱。高墙、铁门——人生中的一条分界线，阳光与黑暗只相隔一步。以往，刘成并未把这一切放在眼里，罪恶与善良的概念于他说来已经模糊。铁门关不住他那颗变态的心，高墙不过是暂时圈小了他的人生范围，虎落平阳还是虎，迟早还要归山。入监之前他一直认为势大称英雄，入监之后他还是认为拳大为王。凭着他那敢杀敢死的无赖劲和那几手闯荡生涯练就的拳脚功夫，他成了有名的狱霸。

“阿成，你家就在市里，向梁队长求个情，让你回家看看吧。”一个曾经吃过刘成拳头的同犯忘了前嫌，同情地说。

刘成猛然一振，止住哭喊，爬了起来，睁着一双哀怜的泪眼说：“行吗？”

“政府现在允许犯人探家，上回张玉强不是回家过春节的吗？要不我们替你说说。”那犯人说完用征询的目光望了其他同犯一眼。

“是呀，我们去替你求求情。”大家七嘴八舌地附和着。

刘成眼里闪出一线希望的光亮，随即又倒在床上哭道：“不会的，梁队长不会让我回去的！”

大家默然了。

能行吗？张玉强事事总是假积极，处处要讨队长的好，还当上了值星员，是队长的大红人，刘成一直管他叫“内奸”。而他刘成在入监的头一天就与梁队长做了对头。

那一次刘成纯粹是无理取闹。梁队长带着他们一伙新入监的犯人进入宿舍，指着墙角的一个下铺对刘成说：“你就睡这！”刘成却硬要挤进靠窗的那个上铺，原铺主只说了一句不乐意的话，刘成挥拳便打。梁队长呵斥他住手，他反指着梁队长一顿臭骂：“别以为你头上扣着顶大盖帽我就怕你！你能把我怎么样！”严重违反监规，刘成被戴上了脚镣。开工路过队部时，刘成还愚蠢地以英雄自居，有意将铁镣弄得啷啷响，学着电影里革命志士的样子，在管教干部面前唱起了“带镣长街行，告别众乡亲……”

惩罚与教育并行，梁队长与他作了一次长谈，告诫他要痛改前非，努力改造，争取重获新生。他却双手一拱，嬉皮笑脸地答道：“山水有相逢，还望多多包涵！”

以后，刘成仍然劣性不改，一而再，再而三地有意触犯监规，事事与管教干部作对。反正罐子已经破了，还怕摔么？他把铁镣当勋章，把耻辱当荣耀，他为自己能在众人面前表现出来的无所畏惧感到自豪。

撞在枪口上了！早知今日何必当初？当初哪怕是有一点点小小的收敛，今天也会有多一线的希望……父亲是为他而死的呀！刘成肝肠寸断，懊悔莫及。当他犯案被判刑入狱时，他并未真正意识到自己的大逆不道，父亲之死令他猛然醒悟到身上所背负的无法饶恕的罪责。

晚了，一切都晚了！悔恨的泪水冲刷不净心中的悲哀……

梁队长两手背靠，冷冷地走进监舍："刘成，跟我走！"

刘成死尸一般地挺在床上，没有动弹。一阵歇斯底里的发作后，他已经疲乏了，麻木了。

"听到没有？跟我走！"

刘成仍然挺在床上。

"别不识抬举！"梁队长火了，一把拽起刘成。

"干什么！"刘成像头被激怒的狮子，咆哮起来。

"干什么？让你回家！让你回家面对你那死不瞑目的老父亲！让你尝尝良心受罚的滋味！"梁队长的语气中透出一种恨铁不成钢的怒火。

刘成愣了，傻了。他只觉得脑子里一片空白，半晌醒不过神来。

"为什么？为什么？你们为什么还要这样对我？"刘成忽然双腿一屈，跪倒在梁队长面前。他那濒临泯灭的灵魂忽然闪出了一片亮光。

看着刘成这副可怜而又可笑的模样，梁队长发出了一声鄙夷的冷笑："政府没有把你当鬼看，你为什么总是不把自己当人！"

梁队长的话语一字一句说得平缓而沉静，刘成听来却如同一串炸雷在心头响起。

他久久地跪着，忘了站起……

（原载《五指山文艺》1985 年第 2 期）

母 与 子

刘婆四十不到就守了寡，好容易拉扯大了三儿一女。老大、老二、老三都有工作了，并且已经成家自立门户，不用刘婆操心，唯有老四阿明不争气，高中毕业没事干，又不愿帮着母亲照管摊子，成日里和街上的“小拉兹”们鬼混。刘婆平日为他操尽了心，可儿大不由娘呀！不是么，半年前的一个夜里，他就闹出事来了：跟人打架动了刀，给判刑送进了劳改场。因为这件事，刘婆哭坏了眼睛，伤心丈夫死得早，怨恨儿子不学好。事已至此，刘婆只能盼望儿子在劳改场里表现好，能够早日获释回家。

周日，刘婆心里又记挂起阿明，心情不好，便到农械厂找女儿老二散心。女儿是母亲的贴心棉袄，懂得安慰母亲，每逢遇上不如意事，刘婆就到女儿家里坐坐、聊聊，心中的烦恼也就散去了大半。

从女儿家里回来，邻居就跑过来告诉她，说街道派出所所长陪着一位劳改场管教干部来过她的家，没找着她，就让转告她到派出所走一趟。刘婆听了，心里就打起了小鼓，暗暗嘀咕：“去年，前街的刘阿添提前从劳改场释放回来，也是派出所所长通知的，这回所长来我家，离不了阿明的事，莫不是……”刘婆很快又否定了自己的想法：“阿明会提前回来么？不会的！他是个野性子的人，不会有什么好事。”刘婆的心猛然一紧，随后轻轻摇了摇头，长长地叹了一口气，出了门，径直往派出所方向走去。

刘婆坐在派出所里的椅子上，忐忑不安地两手贴着板凳，望着所长。

样子威严的李所长直通通地对她说：“你的儿子跑了！”

刘婆猛的抬起头来，心鼓怦怦地响。

李所长一字一顿：“跑是跑不掉的！关于他的行踪，我们已有线索，而且也布置好了。今天请你来，是想告诉你，如果你儿子潜回家来，希望你能配合政府……”

刘婆心乱如麻，后面的话一句也没听进去，两行混浊的老泪顺着爬满皱纹的面颊弯弯曲曲地往下淌。她用干枯的手背抹了把鼻子，语不成句地说：“你们，看见他开枪……开枪打死他好了，当我少生一个……我是个棺材盖顶的人了，还要给人戳脊梁骨……”刘婆说不下去了，撕心裂肺地痛哭起来。

“唉——”李所长轻轻地叹了一口气，给刘婆倒上一杯水，“我们了解你，你为人善良本分，一生没干过亏心事，你儿子走上犯罪的道路，不是你一个人的责任。正因为我们相信你，才把事情对你讲了，希望你能和我们配合，使刘阿明早日归案。这样，对你、对儿子、对社会都有好处。不然，后果你是知道的。”

刘婆停止了哭泣，茫然地点了点头，失魂落魄地离开了派出所。

以后几天，刘婆坐在货摊边上总是魂不守舍。

这天夜里，刘婆饭也没做，从货架上取来一块烧饼，啃了两口就咽不下去了。她不开灯，呆呆地坐在床头上，想着她那永远想不完的心事。

夜深了，外面突然起了风，刮得瓦面呜呜直响，连老鼠也被吓回了窝。刘婆躺在床上，睁着昏花的老眼，盯着房顶，心里怦怦直跳：“他真的回来么？他真的逃跑了么？……”刘婆的心里像是塞了一团乱麻，无法理清。突然一声响雷，仿佛劈碎了她的心，她吼道：“不给他进来，死在外面还好！”

孩子，母亲心头的一块肉！世界上哪有不爱儿子的娘！在刘婆家里，最使她牵肠挂肚的不是别人，正是老四阿明呀！从一团肉疙瘩长成五尺大汉，全靠刘婆一个人的心血和泪水呀！阿明原本也是个天真无邪、惹人喜爱的孩子，小小年纪就懂得为母亲分担忧苦。那时，刘婆常到外头摆香烟摊，哥哥姐姐放学后便到外面捡破烂卖钱补贴家里，买菜做饭的家务事全落在阿明身上。懂事的阿明做好饭菜还要送到街上给母亲吃。逢年过节，人家的孩子穿红着绿，买气球，放鞭炮，好不高兴。阿明却把母亲给的零用钱，一分一分地积攒起来，等到刘婆生日那天，他就把这些钱全都用上，不是买鱼，就是割肉，逗得刘婆打心底疼他。可现在……

刘婆心如刀绞，嚎啕大哭起来。

房子里，“咣当”一声，老鼠把窗口装肥皂的罐头盒碰翻在地上，刘婆那颗受伤的心猛地一颤：“阿明回来了?”她转过身子，屏住呼吸，可以辨别出来，门外是风声和雨声。“不会的，门都闩牢了，他进不来。”刘婆坐起身，两眼迷迷糊糊，依稀看见阿明就站在门外，胡子黑麻黑麻的，头发又长又乱，衣衫褴褛，哭丧着低声乞求：“妈，开开门吧……”她站起身，蹑手蹑脚走到门边，轻轻地打开房门，跨出门槛，却什么也没有。偶尔一阵雷电，可以看见条条银白色的雨丝，但刹那间又不见了。

“唉——”刘婆失望地转身回屋，忽然一个黑影从旁闪出，挤进门来，她吓了一跳，随即反手把门掩上，上了门闩。

黑影“噗”的一声跪在地上，轻轻地喊了一句：“妈!”

刘婆定睛一看，果然是阿明这个孽障!

刘婆俯身抓扯住儿子衣襟：“啊！你还认得我这个妈?”她咬牙切齿，掐着儿子的皮肉，好像要把他撕碎，一片一片吞进肚里才解恨似的。儿子一言不发，嘴角一抽一抽的，两眼闪着泪光，可怜巴巴地望着母亲。刘婆气得喘不过气来，颓然瘫倒在地板上。

阿明仍然跪着，木然不动。刘婆慢慢地醒转了，看见身边的阿明，忽地爬将起来，又冲上去狠狠地给儿子一个耳光，压着嗓子喊道：“你要死，就死到外边去!”她上前拉开门闩，用力一扳，门板碰击墙壁，乒乓作响。“走，跟我到派出所投案去!”

阿明跪着爬了两步，扯着刘婆的裤脚哀求：“妈，你就忍心把我往死路上推吗？啊？”两只眼睛瞪得像只死羊，眉梢上的一块小伤疤在夜光下依稀可见。

刘婆的心被猛地一刺，一把搂过儿子；“我们祖祖辈辈都是本分人，从没做过伤天害理的事。你爸连杀鸡都下不了手呀，可你……”

阿明抱住母亲，哭得泣不成声。

刘婆的心碎了。她用手掌擦去儿子脸上的泪：“过去错了，就让它过去吧。你重起炉灶，不要再让妈的良心受罪了，不要怕，李所长讲了，只要你主动自首，会宽大处理的。听妈的话，啊？

阿明死死地抓住刘婆的脚，颤声哀求：“妈，不能去，我……我出来的时候，又伤了劳改场的管教干部，我会被枪毙的……”

“啊？”刘婆脑子里一阵晕眩，急忙扶住桌子。

“妈！”阿明摇着母亲的双腿，将额头往刘婆的膝盖上一叩，“我跑出去，偷渡到香港，到国外去，我打听好了，我有路子，现在就缺钱了，不交钱我出不去。我出去以后发达了，就再也不让你吃苦啦！妈，我要钱，给我钱吧！”阿明脸色苍白，额头上的冷汗在黑暗中一闪一闪的，像无数的豆粒纷纷乱乱地滚落下来。

世上没有比母亲的爱更深沉、更伟大了，也没有比伤害母亲的心更残酷、更无情了！要是用母亲的死能够解脱儿子的罪责的话，刘婆愿意死一千次，一万次呀！然而，这是绝对不可能的。刘婆昏了，刘婆傻了。一颗母亲的心在流血，在崩裂……

半天，刘婆才缓缓地透过气来。她走到墙角，默默地打开箱子，拿出一叠钞票——一个本分善良的母亲的血汗钱——丢在犯罪的儿子的脚下：“这是我一辈子的积蓄，全都在这了，没有了，你拿走吧！”刘婆额头贴着箱子，无力地往外挥了挥手：“走吧，走得远远的，别把刘家的门槛弄脏了！”

阿明流着泪，呆呆地看了一会母亲的背影，弯下腰拾起钞票，喃喃说道：“妈，到了外面，我一定……”

“一定？”刘婆抢过话头，猛地把头一摇，瞪大眼睛，尖利地吼叫起来：

"一定什么，一定去当杀头鬼!"

阿明缓缓地站起来："妈，儿子对不起您，您保重!"说完转身朝门外走去。

"孩子!"刘婆喊叫了一声，忽然举起椅子，朝阿明的后脑勺狠狠砸去。"咣当"一声，只见阿明捂着后脑，缓缓转过身来，两眼翻白，倒了下去，手里的钞票散落一地……

"阿明，我的孩子——"

刘婆凄厉的哭叫声被吞没在雷电交加的风雨夜中……

（原载《广西日报》1983年10月26日第3版）

电话奇缘

那是在我最痛苦最潦倒的日子里，吴千惠坚决而彻底地单方面中止了我们维持了一年多的恋情。我极力想了解其中的原因，吴千惠却不愿多作解释，甚至拒绝和我见面。

我痛不欲生，且愤怒无比。

晚上，在公用电话亭，我最后一次拨通了吴千惠家的电话。我质问她："我不能这样不明不白，你究竟不满意我什么？是因为我的贫穷还是平庸？或者是因为出现了第三者？你总应该让我知道……"吴千惠毅然决然而且非常不耐烦地告诉我："你别再问，你所说的都是原因又都不是原因，说不清楚，也不想去说清楚了。我尊重自己的感觉，我们的缘分已尽，你好自为之吧！"

绝望中，我呆呆倚在电话亭里不知过了多久，憋闷于心的那股悲愤之气不知如何宣泄。

一张纸片静静地展开在机架边，我完全是毫无知觉地随手捡起，借着昏暗的路灯辨认出上面一行字迹：江雪 885878。这显然是某位不拘小节的通话者遗留下来的电话号码。

在以后很长的时间里，我始终无法分析出当时是出于什么动机，我照着那个号码拨通了电话，那一边劈头盖脸传来一阵尖厉而且愤怒的女声："林伟成，你不用再解释！你做得出来就没有必要虚伪！我鄙视你，你不要再来电话！"未等我有丝毫的反应，对方已将电话挂断。

大概又是一个失恋者！如果真是这样，也实在太巧了。我猜测着，叹了一口气，然后懒懒而去，心情渐渐地又沉重起来。

好长时间，我没有再去纠缠吴千惠，却禁不住仍然在绝望中胡思乱想。

一天下班后，我没有早早离去，百无聊赖地留在办公室翻看报纸。没翻几下，心里就烦躁起来，渐渐地又陷入了因吴千惠的背弃所形成的精神困顿之中。毕竟相恋了一年多，她居然能够轻轻松松地说散就散，连一个明白一点的理由也不给我，可见她实在无情无义！回想起在她提出分手之后自己那种种毫无骨气的表现，心里便有一种沉重的屈辱感。于是我迅速作出一个补救尊严的决定：再给她打一个电话，让她知道她的离去对我来说是一次生命的解放，让她明白天涯何处无芳草大丈夫何患无妻……

我怀着阿Q般的兴奋，精心打好一篇腹稿，意气风发斗志昂扬地拿起话筒，然而电话拨通了，却没人接。我泄了气，重又烦躁起来。我找不到排遣郁闷的方法。

蓦然，我想起了那个电话，想起了那个女孩……或者女人，当然最好是个年轻的女孩了，看样子也像是女孩，而且受了感情挫折的女孩。于是，我又一次拨通了那个电话。

“哪一位?”话筒里传来一个倦怠而仍然悦耳的声音。

“江雪，你好!”我镇定地说。

“你是谁?”她又问，声音仍然还是懒洋洋的。

“连老同学的声音都听不出来了?”我以极其熟络的语气，煞有介事地说。

“你……”她显然在思索。

“心情好一点没有?”我问。

“你怎么知道我心情不好?”她显然有些反感。

“别再为林伟成的事生气了。”我劝道。

“别再提他!”她提高了声音，表现出明显的厌恶。

果然不出我之所料，我抑制着那种由恶作剧所带来的兴奋，尽量以诚恳的语气说：“想开点，这种事情……”

我还没说完，她便气冲冲地嚷道：“这种事情又怎么了？是他对不起我，我当然想不开……”她一发而不可收，滔滔不绝地声讨着那个叫作林伟成的男人。从她的发泄中，我了解了一个痴情女子负心汉的故事，印证了我最初的猜测。

也许是同病相怜之故，我开始由衷地开导她：“林伟成确实过分，但事已如此，你也不必用别人的错误来惩罚自己了。”说完这话，我心里也似乎得到了一种自我开解。

我们在电话里聊了好久。

最后她说：“谢谢你今天的电话，我现在心里好受多了。”

此后，我们便常常通话，而且总有许多投合的话题，通过电波，我们悟出许多过去没有悟出的道理，看开了许多从前没有看开的事情。我们不再去说林伟成，吴千惠也渐渐地被我淡忘。

大约半年后的一天，江雪终于在电话里对我说：“你没有必要再隐藏自己了，直到现在我还不知道你是谁。”

我说：“你会知道我是谁的，明天我请你吃饭。”

约好时间、地点，我们成功地完成了一次历史性的会面。以后的故事虽属千篇一律，但也顺理成章。

又过了半年，我们结婚了，日子过得很平凡，但感觉很好。我们在心平气静中享受着生活。

目前，我们已有一个三岁的女孩，孩子像她一样漂亮，像我一样聪明。

（原载《粤港信息日报》1992年6月13日）

寻回的失落

十三年了，我以为我早已忘记她。当初，她悄悄闯入我的心里，又悄悄离我而去，连一句道别的话也没说。时隔多年，我们都已各有归宿，我没想到有一天还会见到她。

我和妻子已决定离婚。在冷战的日子里，为避免同居一室的尴尬，我趁着假期前往故地，住进朋友家中。

谈起昔日的熟人，朋友随口告诉我，她还在原单位工作，听人说她婚后的生活也不尽如人意。我心头猛然一紧，那感觉说不清是幸灾乐祸还是悲怜伤感。这时我才明白，岁月的流逝并未能将以往的记忆冲刷干净。在无数次的梦幻中不断出现的模糊的身姿和面影，终于在对往事回眸的瞬间得到了清晰的印证。

近在咫尺，一种要与她相见的冲动猛烈地撞击着我的心扉。事实上，我这次之所以回来，潜意识里不就是要见她一面吗？

朋友洞悉我的心思，我还在犹豫中，他便不由分说地把我拽上了摩托车，直奔她的单位。

在她的办公室里，我很快认出了她。昔日那个纯情的少女的形象已不复存在，她显得成熟而更具风韵了。在她惊愕的目光下，我尽量摆出一副大方的样子，朝她道了一声："你好！"

她小愣了一会，随即笑笑，一言不发把我引出走廊，极不自然地说了一句："到家里坐吧。"

路上，我装着轻松的样子，笑道："十三年了，你还能认出我。"

她没作声，轻轻叹了一口气。

家中，我们无言相对。

良久，我问："你爱人呢？"

她望我一眼："出差了。"

我松下一口气，又暗想：我怎么像是在做贼？

"这些年过得还好？"她问。

"我不明白，当初你为什么要离开我？"我脱口而出，这是多年来埋藏于心底的一段谜。

她身子明显一震，惊讶地打量着我，半晌才颤声说道："我也一直不明白，你当初为啥突然就不再理我了。"

彼此都已明白，今天的结局是出于当年一个无须再做解释的误会。

"我要离婚了。"我原先并未打算告诉她。

她盯着我，眼里闪出了泪光，忙把头别向一边："是因为……"

"是的。"

话一出口，我就感觉到自己的虚伪。实际上，在与妻子热恋的阶段，我们也曾爱得死去活来。感情的破裂，完全是因为现实的琐细充满了梦幻的空间。我不是一个合格的丈夫和父亲，在责任面前，我逃避了。

"他对你好吗？"我问。

她又望我一眼，表情有些作难。稍顷，像是下了一番决心，平静地说："家庭里夫妻间的小摩擦是免不了的，看开点也就没事了。有段时间我们的关系也有点紧张，现在好了，他凡事多能向我让步，他一让步，回头想想，我反而觉得自己过分了。……其实，他这人心地挺好的，也能吃苦。"

我心里有了一种受骗的感觉，尽管我平时的感情也并不像对她所要求的那样纯洁。

"梦是心境的虚幻，你很幸运，懂得体贴妻子的男人十分难得，希望你能珍惜已经拥有的这一切。"

我多少有点违心地对她说，心里却被自己的话触动了。在以往的家庭生活中，我也并非一无所有，可我珍惜了多少？生活是实实在在的，我们却常常以虚无飘渺的想象来欺骗自己。

望着她，我忽然这样想：我对她到底有多少了解？我和她原先虽在同一单位，而进入实质性的感情交流的时间只有一个多月。我所留恋的或许只是一个爱的偶像，而这个偶像又是通过许多美丽的想象塑造出来的——这大概就是我对她之所以每每想忘而无法忘怀的真正原因了。

由此我又想到，人生中的许多困扰，或许正是源于自身对生活认识和理解上的偏差？自己本是凡人，为何总是要求别人必须完美？

一剪无奈的身影伫立在我沉重的心尖，我最后一次扬起告别之手，心里又多出一重内疚：我本不该来！

我决定，归去之后，得与妻子开诚布公地深谈一次。

（原载《人口观察报》1990 年 3 月 25 日副刊）

洒满阳光的归家路

天蒙蒙亮的时候，阿萍终于被送进了产房。在刀绞般的阵痛中，她仍未忘记自己身负的重大使命。她夸张了自己的痛苦，大声尖叫着，以掩饰等待命运宣判前的巨大的恐慌。

“还没生呢，就这样大呼小喊，待会生的时候不把天都震塌了？”连见惯了场面而变得极有耐性的护士也忍不住呛了她一句。

这能怪她吗？丈夫天龙是房家三代单传的最后一根独苗，当初公公婆婆艰苦奋斗了十多年，他才尾随五个名叫“招弟”、“盼弟”、“来弟”、“带弟”、“有弟”的姐姐之后姗姗来迟。自从阿萍进了房家门，家里人谁也没说过什么，可阿萍过于敏感，她仿佛感觉到家里一双双心照不宣的眼睛，全都时时紧盯着她的肚皮，尤其是公公婆婆知道她有了“喜”，那种惊喜而又提心吊胆的模样更加证实了她的感觉，她心中的压力随着产期的临近与日俱增。尽管天龙平时一再声明无论生男生女他都喜欢，但她知道他心中盼的还是男孩。她的肚子才刚刚显形，他早已买来一大堆玩具，全是刀枪棍棒。

公公婆婆平时对她很好，天龙也懂得疼她。愈是这样，她愈感不安。或许肚里的小生命也感知了形势的严峻，预产期已超过两天，仍迟迟不肯出世。

“听说往后拖的大都是男孩。”入院的当天，天龙本意是要安慰她，却暴露了他心中的秘密，她反倒更加不安了。

小家伙终于呱呱落地，是个女孩！

阿萍筋疲力尽。她怜爱地望着护士手中那个手舞足蹈的粉红色的肉团，心中有种本能的做母亲的欣喜，更有一种莫名的失落和伤感。

在门外守候已久的天龙听到婴儿的哭声，箭般地闯了过来，又猛然“定格”于门前，两眼怔怔地盯紧了仍然抱在护士手中的孩子。

护士双手擎着赤条条的孩子往天龙跟前一送，笑道：“看准了？千金！”

阿萍不敢再看天龙的表情，她虚弱地把头朝里转向床边，抽动着肩膀哭了。

“哭，哭什么！你不知道坐月子不能流泪吗！”天龙狠狠地吼一声，转身而去。

医生护士面面相觑，嘀咕着：这男人也太凶了！

阿萍有了一种天塌下来的感觉。

很快，天龙送来了热气腾腾的鸡汤。阿萍心头一热，想送上一个亲切的笑，却见他低垂着眼皮，根本没有望她。他一羹一羹地喂她喝完鸡汤，也不多说什么，提起饭盒，走了。

中午，天龙又来给她送饭，恰巧护士推着小车送孩子给母亲喂奶。天龙用眼角瞥了阿萍怀中的孩子一眼，便把头转向了一边，脸黑得像锅底。阿萍望着天龙的背影，心里沉沉的只想大哭一场。

第二天上午，天龙来时又是喂奶时间。孩子吃过奶后，天龙再也把持不住自己，默默地从阿萍怀中接过孩子，细细地打量那张稚嫩可爱的小脸，两片紧锁着的厚嘴唇终于裂开了一条宽缝，嘿嘿嘿地露出了一串傻笑声。

看见丈夫这副模样，阿萍郁结于心中的委屈反倒找着了缺口，她哇的一声哭了起来。

天龙惊慌失措：“你怎么啦？哭什么呀？”

“你还好说！”阿萍泪珠子一串串的直往下甩，也顾不得周围有人，忿忿地嚷道，“平时说得好听！孩子落地之后，你对我们母女啥时有过好脸色？……”

“我……我什么时候……我没有不喜欢呀，我这……这不是抱着了吗？”

病房里荡起了一片善意的笑声。

阿萍出院了，天龙和公公婆婆同来迎接。见面时，公婆的表情很热情，他们都是通情达理的老人哪！阿萍既惊又喜还有点儿怯，但心中一块石头总算落了地。

由婆婆抱着孩子，大家一块上路回家。公婆逗着孩子在前头走着。小俩口在后头说着悄悄话：

“嘿嘿，不瞒你说，我原来也觉得将来当家公比当丈人神气些。”

“哼！现在呢？”

“唉，面对现实，接受现实。”

“真的想得开？”

“想不开又怎么样，国策如此，能不遵守吗？我们没有必要用空洞的大道理去表现自己的觉悟，但总不能也去加入‘超生游击队’吧？”……

天空格外晴朗，归家的路上洒满了和煦的阳光。

（原载《人口观察报》1991 年 2 月 25 日副刊）

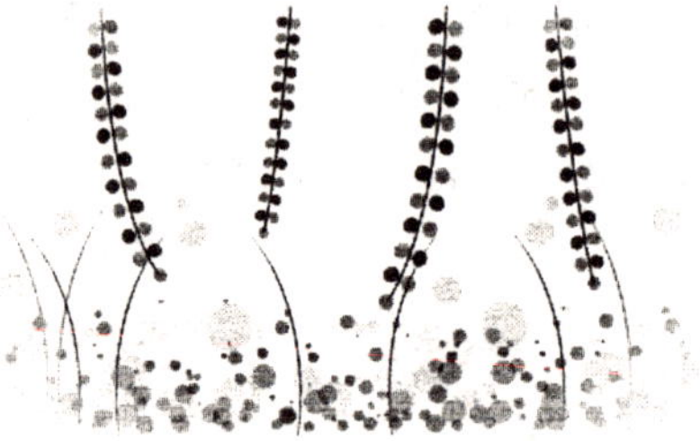

忏　悔

狭窄而昏暗的禁闭室。

一线强烈的阳光穿透铁门上小小的瞭望孔，燃烧般地在斑驳黯淡的墙壁上映出一团圆而亮的光影。

门外，传来一阵微弱的啾啾声。

李家文脑子里仿佛一片空白。他懒懒地歪在床上，盯着那团明晃晃的光影发愣。

不知过了多久，李家文心中忽然闪出一个活泼的念头，于是便神情专注地伸出一双粗大的巴掌挡在墙前，小心翼翼地拢住了光影，之后双掌猛然一合，想要出其不意地将其逮获。那光影却精灵般地轻轻一跳，跃上了掌背。他抽出一只巴掌扣向掌背，光影复又跃上这只掌背。如是几番，他放弃了这徒劳的想望，叹一口气，随即苦笑了一声。他不明白自己身陷囹圄，何以还会有这种童趣。想着，心里渐渐沉重起来。

门外啾啾声依旧，李家文没有在意。

墙上的光影幻化了他的思绪，将他带回到那段童年的记忆。

记忆中有一片明媚的阳光，阳光下，一群无忧无虑的孩童在平阔的青草地上尽情戏耍，稚嫩无邪的笑声充盈着那片纯净的生命的世界……

太阳下山了，夕阳将夏日的傍晚染出一片生动的绚烂。伙伴们恋恋不舍地在父母的呼唤声中纷纷归去。小家文陡然放慢了脚步，他记起了今天只顾玩耍而未写暑假作业。父母不反对他玩，但要求每天规定的作业必须完成。他很难向父母交代，脚步愈发变得沉重起来。

生活中有许多的偶然，这偶然的出现又常常预示着事物发生转机的某种必然。小家文的转机在于当他懒洋洋地挪动着沮丧的脚步朝家中走去的时候，偶然踢着了一个绿色的钱包。那是一个与青草同色而在暮色初降时分极难辨认的钱包。里面的钱不多，总共只有十三元七角四分，其中夹着几张医药报销单据和一张医疗证。小家文从姓名上知道失主就是邻居的吴叔叔，他未加思索便将钱包径直送到了吴叔叔家里。吴叔叔将小家文连同一腔的感激和许多的赞誉之辞一并送到小家文父母面前。于是，父母于欣慰之际便忘记了或许是宽恕了小家文未写作业的过失。

小家文感到很侥幸，当然也收获了不少受人称赞表扬的愉悦。

不久，开学了。老师在班上表扬了他，他的名字还上了学校的光荣榜。他很意外，原先的愉悦之感霎时变得神圣起来，于是生命中便有了一段短暂却辉煌的记忆。

他格外珍惜这段记忆，并以此作为生命上进的动力。他果然渐渐地在感觉的升华中不断自觉地以社会道德和良心准则约束自己，努力在自尊与自强的树立和巩固中发掘自己的人生价值。在以后很长的一段时间里，他成了一个父母认可老师赏识街坊邻里公认的好孩子。

假如不是自暴自弃，假如不是交上了那群坏朋友，或许便不会有今天的下场了；假如入狱之后能听从政府管教干部的教诲，虽说是亡羊补牢，却也还能续接起后半生做人的希望……

然而，如今一切都已悔之晚矣。

墙上的光影暗了下来，门外的啾啾之声却更加清晰而凄厉了。

李家文心中厚厚地堵上了一团烦躁。

高中毕业之后，高考场上他以七分之差而名落孙山。以往的道路过于顺利，他未及做好与命运抗争的心理准备，人生中一个小小的挫折便摧毁了他的全部自信，他不顾父母的劝说和师友的鼓励，放弃了继续进取的努力。没有工作，又不屑于帮助父亲料理家里开设的那间小货档。心灰意懒，无所事事之际，于闲逛中认识了几个同样是无所事事的同龄人，而且很快成了好朋友。于是他渐渐于失衡的生活感觉中找到了共鸣，并且产生了心理畸变，不知不觉地就突破了以往那种种做人应有的规范，以至于当他与同伙盗窃摩托车案败露被依法逮捕投入监狱之后，心中仍无悔意。

入狱之初，他屡犯监规，管教干部没少找他谈话。可他从未听进半句。回想起来，他才真正明白了何谓苦口婆心。然而，这看似极其浅显的认识也许将要使他付出生命的代价！

事情原本就不该发生。在茶园锄草时，为赶进度他极其马虎地应付差事，茶行里留下了许多未锄净的杂草，组长看见了要他返工，他与组长发生了口角，后来竟然挥起锄头朝组长脑袋砸去，组长被送往医院抢救，至今生死未卜，而这一锄头也使他自己跌落在生死门边。

他无法得知组长生命的结果，故而难测自身的凶吉。他作过最坏的打算，强使自己在可能发生的一切面前处之泰然。在禁闭室等待命运裁决的日子里，他便发现这是自欺欺人。他还年轻，他不愿意就这么早早地为自己的生命画上一个句号。可是，这一切都全是他自己一手造成的呀！

李家文的精神开始全面崩溃了。

墙上的光影消失了，门外那持续已久的啾啾声也不知何时悄然而止。

狭窄的空间里充塞着一片沉重的阴暗，一场急风暴雨或许正在酝酿之中。

黑压压的宁静重重地罩在李家文阴郁的心头，使他不可自拔地陷入了一种莫名的恐慌和绝望之中。

在一种难以名状的心理的驱动下，他忽然关心起门外那曾经凄声哀啼的小生灵的命运来。于是急切地扑向铁门，将眼睛贴近瞭望孔朝外窥探。

他看见了一个高大威严的身躯伫立于门前，两道慈祥的目光正凝视着托在掌心上的一只显然是受了伤的小麻雀。小麻雀大概从那一片橄榄绿的映护中获得了某种安全的预示，神态显得格外的平和。

啊，刘管教！

李家文脱口喊了一声，再也抑制不住地放声嚎哭起来。

（原载《粤新报》1992年2月20日）

老虎借猪

街市上，偶遇昔日同窗小单。

“我正要去找你！”小单紧握着我的手，一副惊喜的模样，又轻轻拍拍我的肩头，“你还是老样子，一点没变。”

我稍稍愣了一下，很快就认出了他。

“我真的专门要去找你的，正巧在这碰上了。”寒暄过后，小单又说。

“那就……”我有些犹豫，最终还是客气地邀请：“到家里坐坐？”

我和小单其实交情不深，而且对他印象并不太好。我们同学不到一年，他在大一第二学期临近期末便被学校除名了。他太不争气，刚刚入学就三天两头旷课，第一学期结束时有四门功课不及格，到了第二学期又被发现有盗窃行为，学校只好令其退学了。当时，同学们曾对他的不知自重而毁了大好前程有过一阵议论，过后也就渐渐将他忘记了。如今，我留校工作已经三年，他离开学校也已经六年了，倘若不是这次街市相遇，我不会记起他。

小单见我邀他回家，脸上略呈窘色，嗫嚅道：“不啦，学校——里遇见老师不好看，随便找个地方聊聊吧。”

我其实也并不真的希望带他回家，见他婉拒，就松下一口气，顺水推舟而又仍然有点勉强地说：“那就先去吃饭，边吃边聊。”

“怎好意思让你破费。”小单客气地说。

我心想，我开口邀他吃饭自然理应由我作东，哪里还需要他事先暗示？这也未免太精明了。看来这小子品性依然未改，做同学的时候，他就常因爱占人便宜而让人讨厌的。想罢，心里就有点鄙视他，嘴上却说：“咱们多年来未见，你不上家去，饭总是不能免的。再说，现在也正是午饭时间，这也算是赶上了。”

选了一家街边大排档坐定。我让他点菜，他执意不肯。我不再客气，点了几样实惠而又基本上能顾全面子的菜。

喝着啤酒，相互交谈着彼此的生活情况，也谈及其他熟人的情况。小单说他自被学校除名后，先是在家乡一个砖厂干了一年多，后来又在一个包工头手下做了近两年的建筑工，以后还贩过海鲜，倒过山货，几年来一直没有固定职业，日子过得十分艰难。

“一失足成千古恨呀！”小单喟叹，一脸的悔恨和无奈。

说实话，我与小单在私交上并无太多感情基础，加之常人固有的心理定势，对小单这样一个失足者，我很难不对他的人品心存警惕。所以，自与小单重逢的第一刻起，我的所有客气都仅仅是出于礼貌。听了他的诉说，感觉到他似乎确在悔过，禁不住对他的处境产生了同情，于是诚恳地安慰了他一番。

这顿饭吃了许久，也说了许多。

结了账，小单却无马上要走之意。他转动着茶杯，目光躲闪，一副欲言又止的模样。

“你好像有什么事？”我问。

小单抬眼望着我，一脸苦笑：“我很难开口。”说完，又垂下眼睑：“我是有事相求才来找你的。我这次从家乡来是想做一宗水果生意，没想到被人坑了，不光本钱全蚀了，而且身上剩下的还不足十元钱……我去找过两个同学，想借点路费，可他们都推说手头太紧……我不怪他们，他们完全有理由不信任我……”

小单的样子不像是在撒谎，可我却仍然不敢轻信。我很矛盾，今天正好是发薪日，出门时，我从财务科领了工资后便直奔街上来了，前几天在书店看准了一套新出的丛书，我想将它买回去。我心里暗想，倘若是好朋友遇上困难，我当鼎力相助，可是为小单这种人，值得随便浪费自己的义气么？

“我只需要解决回家的路费和这几天的住宿费用，回去之后我马上寄还给你。”小单急切地说，说完，又显出一副可怜巴巴的模样：“我不敢要求你相信我，但我一定会还你的。”

唉，人都难免有落难之时，将心比心，如果自己也落到小单这种境况，那情形不也是可以想象的么？

正想着，小单叹了一气：“你要是也觉得为难就算了。”

“不！”我忽然莫名其妙地激动起来，说不清是否为了表白自己，急忙从口袋中掏出了所有的钱，诚恳地说，“这是我这个月的全部工资，说实话，我收入不多，每个月的安排都很紧……”话未说完，小单已欣喜若狂地伸出双手：“够了够了！真谢谢你了！回去以后一定马上寄还给你！”

事已如此，我不好再说什么，只能将错就错，拣出四五张五十元大票递给他：“咱们一人一半吧，我还得留下这个月的生活费。”

小单接过钱，一再道谢，也没留下地址，匆匆而去。

以后再也没了小单的消息。渐渐才明白过来：老虎借猪，别再指望还期了！

事隔一年多，与几位同期留城的同学相聚，闲谈中聊起小单，又进一步证实了他品行的恶劣——当年同班同学中，几乎所有留城工作的都被他以同样的手段诈了一笔！

原以为这辈子再也不会与小单打交道了。又过了三年，有一天却意外地收到他寄自监狱的汇款单，稍后又收到他的一封长信。

他在信中说，他于两年前因盗窃、诈骗罪被判处五年徒刑。在高墙下经过两年的劳动改造，他对自己以往的人生开始了痛苦的反省。他渴望早日获得新生，为了补过，他决心以自己的劳动所得，逐渐还清过去的骗款。现在寄来的这二百元钱，是他在狱中积攒了整整一年的生产奖金，而且是他奉还受骗者的第二笔款数……

老虎借猪，竟有还期，我很惊讶。

（原载《梦之星》1996年第7期）

卖鸡蛋的小男孩

不知从哪一天起，单位办公大楼门前多了个卖鸡蛋的小男孩。每天下午下班的时候，总能见到他守着一篮子鸡蛋，在大门一侧的人行道边靠墙蹲着，目光怯怯声音怯怯地向过往行人兜揽生意。那男孩看上去不到十岁，大大的脑袋，小小的身子，两只忽闪的眼睛少了一点孩童常有的天真和欢快，多了一丝在那个年龄所不该有的沉郁。

一天，他来的时候刚好是下班时间。他见人们已陆续匆匆涌出大门，担心失去一些可能成交的机会，于是快步横穿马路直奔过来。当他冲至人行道的时候，为躲避一辆急驶而过的单车，不慎跌倒在地，篮子里几十个鸡蛋全都滚落在地摔破了。骑车者却视而不见，扬长而去。小男孩拾起篮子站到路边，抚着双膝，望着满地破碎的鸡蛋，伤心地哭了。

我走过去，查看他的伤情，劝他别哭。他伤得不重，只膝盖磨破了一层油皮，渗出一片细密的血珠。我到附近买了几片创可贴给他敷上，让他回家。他停止了哭泣，望望我，又望望满地破碎的鸡蛋，没有说话，眼中又溢出一片泪光。我猜他是担心回家不好交账，就恨起那一对狠心的父母来，他们怎么能将生活的责任压在一个孩子身上呢？于是掏出十元钱塞进他的衣袋，嘱咐道："回去就跟你父母讲，蛋全卖出去了，这样他们就不会怪你了。"

他却将钱掏出来还给我，使劲摇头："我不能要你的钱，奶奶说过不能随便贪人家便宜，贪便宜的人以后要吃大亏的。"说完，提着空篮子去了。我叹一口气，也准备离去。"叔叔，"小男孩忽然转身喊我，带着泪痕的小脸上绽出一片纯真的笑，"谢谢你，你是好人！"然后急急而去，很快隐没在匆匆来去的人群里。

第二天，他又来了，一切都与过去一样。这种情形持续了好久。

终于有一天，他在我下班的时候主动喊住了我。他是专门来向我告别的。他说学校放暑假了，他要到很远的地方去探望爸爸，是一个人去。他每天来卖鸡蛋，是为了积攒路费，为了这次远行，他已经计划和准备了好久。

我心头为之一颤，敏感地意识到这孩子一定有着非同一般的生活背景和心灵历程，否则他不会如此沉郁如此早熟。我同时还意识到他对我的信任，而且非常需要我接受他的信任。我不能令他失望，便把他请进附近的冷饮室里，和他聊了起来。

也许是平时的压抑太多，或者还因为很快就要见到自己的父亲而情不自禁，他向我道出了长期磐石般压在他幼小心灵上的沉重的秘密。

他名叫晓峰，今年十岁，家中原有爸爸、妈妈、奶奶和他。父母和奶奶都非常疼他，他也曾和许多同龄孩子一样，有过一段无忧无虑只知扑向大人怀里撒娇的美好时光。可是两年前的一天，爸爸却因利用职权索贿受贿而被捕入狱，从此这个家便整个被毁了。奶奶哭坏了眼睛，妈妈住进了精神病院，他和奶奶常去探望妈妈，妈妈却早已不认识自己的亲人，她唯一能认准的就是谴责自己，逢人便说，没人的时候也说："都是我害了晓峰他爸，我太贪心，他听了我的话。害得他去坐监……"晓峰和奶奶相依为命，日子过得很艰难。奶奶一再告诫晓峰不要学他爸爸，告诉他贪婪是一把杀人的刀，害人终归要害己，这是报应。在这场生活变故中，晓峰失去了同龄人所应该拥有的许多，也承担了他所不应该承担的许多。他恨爸爸，可又十分想念爸爸。他决定要去探望爸爸，于是央求邻居一个开副食品店的好心的大婶，每天让给他几十个鸡蛋去卖。如今，积腋成裘，他终于可以如愿以偿了……

送走了那个名叫晓峰的可爱而又实在可怜的小男孩，我的心久久难以平静。

（原载《粤新报》1992 年 5 月 18 日）

小小江湖郎

“咣咣……”

街边电影院门前不大的一片空地上，一阵破锣声骤然响起，拽住了行人的脚步。一个蓬头垢面干瘦如猴、明显营养不良的半大男孩放下手中的破锣，立于渐渐围拢的人群中央，像模像样地拱手就地转了一圈，以一口奶气未脱却又显得格外老道的江湖腔调侃侃而道：“各位爷爷奶奶叔叔阿姨哥哥姐姐，今天我要借贵城一块宝地，给大家献上一点祖传的技艺……我不敢把牛皮吹得太大，牛皮吹破了大家也不会原谅我，我也不想砸了自己的招牌！”

人群里稀稀响起三两声含义不明的笑。

孩子小人小样却显出一副闯过大风大浪的派头：“大家别笑！我知道大家笑什么，是笑我人不大口气不小，对吧？确实，我年纪是不大，可是别看我年纪不大，我从五岁起就跟爸爸出来闯荡江湖了！我今年十三岁……我们家祖辈都是跑江湖的，如果没有一两手祖传的本事，我也不敢一个人从大老远的老家跑到这里和大家见面了……”

孩子终于刹住了话头，从随身带来的破包里取出一个疤痕累累的搪瓷碗，碗底碗面朝四周亮了一回：“大家看清楚了，这碗是空的。”说完将碗置于脚下，又取出一块皱巴巴脏兮兮的红布朝众人抖了几抖，盖上碗面，煞有介事地说：“瞧好了，我说一声变，里面保证会变出一样我想要变的东西。变什么好呢？各位想看我变什么，希望我变什么呢?”

众人反应淡漠。

孩子很善于揣摩观众心理，马上老练地做了个不屑为之的手势：“大家以为我真的会给各位表演这种小把戏？这也太对不起大家了！给大家表演一点真功夫怎么样?”孩子弯腰拾起一块拳头大的石头，一手托着，一手比划着：“一掌劈下去，你说这石头会不会断成两截？不相信吧？我可是跟着父亲苦练了八年的!”

围观者渐渐被吸引了，不时爆出几声内涵各异的笑来。

孩子却将口气一转：“我可能还是让各位失望了。有人心里会嘀咕：你小子卖了半天狗皮膏药，原来就这么点本事啊!”说着将石头弃于地下，拍拍小巴掌：“我给大家表演个绝招吧!”

孩子脱去上衣，拍拍瘦骨嶙峋的小胸脯，从破包取出一把长约二尺的锈迹斑斑的铁剑，比划着：“看清楚了，这可是真的，我要把它吞进肚里去，不要怀疑，我马上会让大家相信的!”说完将剑置于脚边，紧紧裤腰带，双手捂捂干瘪的小肚皮：“我得先运运气!”之后闭上眼睛，双手合十，两腿分立呈半蹲状。少顷，张开双臂，缓缓于身前交叉划两道弧圈，深深吸一口气，将个小肚皮使劲缩起，再呼一口气，那干瘪多皱的小肚皮又鼓成好似一口滚圆的小锅。

围观者已有不少显出聚精会神的模样。

孩子又接着做了几个煞有介事的动作，然后显出一副力不从心的样子，可怜巴巴地拱手说道：

“各位爷爷奶奶叔叔阿姨哥哥姐姐，我单身一人从大老远的老家来到这里，为的就是混一口饭吃，请大家多多照顾。我今早起床到现在大半天了，还没吃过饭，想给大家表演也没力气了。请大家可怜可怜帮助帮助给点饭钱，我一定不会忘记大家的大恩大德。”

说着，拾起搪瓷碗伸向围观者。

众人如大梦初醒般顿作鸟兽散。

有人边走边抱怨："真是小鬼戏大神，站了半天，什么也没看成！"

一拄杖老者摇头叹道："可惜了一个聪明的孩子，正是上学的年龄哟！"

那孩子站在空荡荡的场地上，沮丧而怨愤地骂了一句："他妈个臭×！"然后穿好衣服，收好破锣破碗破剑，背上破包，悻悻而去。

（原载《云硫报》1992年6月13日）

不偷不抢

路上，行人匆匆。

一辆单车风似地从身后窜出，“啪”的一声，一团巴掌大的厚实的物体落在跟前，车子却风似的远去。未及驻足细辨，身后早已扑来一条汉子，极其迅速地拾起那遗落之物，又极其迅速地揣进兜里。

我莫名其妙地望着汉子，汉子急忙堆出一脸紧张的笑：“别出声，见者有份！反正不是偷也不是抢的。”

明白了，一个拙劣的圈套而已！汉子与失主肯定是一伙，以“拾到”贵重物品为诱饵，利用一些人的贪财心理引其上钩，然后反宰一刀。这种事不止一次听说了！

汉子却极亲切极兴奋地指指数十步之外稍微僻静之处：“咱们到那边说话。”

且看你如何表演！我跟着迫不及待的汉子后面，心里很有种猫戏老鼠的兴奋感。

止步之后，汉子急急掏出拾遗之物，两眼放光，双手哆嗦，一副激动的模样。啊，这回看清了，是一叠用橡皮筋扎着的厚厚的钞票！

看着汉子笨拙的指头翻动着一张张令人眼花缭乱的钞票，我心中又一次在冷笑：看你还有些什么花样！

“一共2300元!”汉子松下一口气，呻吟般地说道。紧接着却陡然一惊，快速将钞票揣回兜里。轻喊一声：“他来了!”

话音刚落，失主已骑着车子来到跟前。

哼，好戏终于开场了！我打定主意看个明白。

我迎着失主辨贼的目光，自觉表情绝对是心虚者所难以具备的不卑不亢。

失主开口了：“你们是不是捡到了我的钱?”

汉子目光躲闪，不吭声。

有了明察秋毫的心理优势，自然不甘处于被人审问的位置。于是我居高临下主动接过话头反问：“为什么不先去问别人就直奔这来了?”

“我问过了，有人看见是你们捡了!”失主口气很冲。

“是吗?我怎么没看见?”看见失主发急，我心里挺乐，随时准备揪紧这幕闹剧编导上的破绽，同时当然也暗暗掂量并自信过去学过的两道散手在万一之时还能一个顶俩，于是我口气里就有了明显的挑衅。

“我要搜一下。”失主伸手就要摸过来。

“你敢!”喝住了失主之后，我仍然心平气静，微微笑道：“搜身可是侵犯人权的喔。”

“你别走!”失主忽然转脸吼一声，扑向想要悄悄开溜的汉子，不管三七二十一的就在他身上摸索起来。

汉子没有反抗也不作辩解，一脸讪笑。

失主抖起搜出的钞票，理直气壮口气强硬地盯着汉子：“这是我的，总共2300元整，要不要当你面点一下?!”

汉子无可奈何地摊摊手：“是你的就拿去啰，没偷你也没抢你，谁让你自己不小心的!”

失主不再理睬汉子，掉转头狠狠瞪我一眼：“不老实!”言毕骑上车子原路而去。

瞥一眼万般沮丧的汉子，汉子友好而无奈地笑道：“刚才要是走远一点走快一点就好了。”说完，懒懒而去。

真他妈的见鬼了，他们并不是一伙的，刚才那一幕也不是什么圈套！

恍然大悟之后，我心里也莫名其妙的有点儿沮丧。倘若刚才真的走远一点走快一点，或者失主晚来一步或者根本没来或者干脆是自己独个拾到，是否会……又见鬼了，怎么会冒出这种想法怎么能有这种想法？这岂不是和那个被自己鄙视的汉子成为同路了么！

想罢，吓了一跳。之后不禁感慨：做人着实不易，不易中之最大的不易，或许就在于贪欲对良知的时时侵扰了。

（原载《现代企业报》1995年10月29日）